《萌芽》2006 年度佳作

萌芽杂志社 选编

漓江出版社

图书在版编目（CIP）数据

《萌芽》2006年度佳作/萌芽杂志社选编. —桂林：漓江出版社，
2007.1

（中国名刊2006年度佳作系列）

ISBN 978-7-5407-3837-2

Ⅰ.萌…　Ⅱ.萌…　Ⅲ.文学—作品综合集—中国—当代　Ⅳ.I217.1

中国版本图书馆CIP数据核字（2006）第147242号

MENGYA 2006 NIANDU　JIAZUO

《萌芽》 2006年度佳作

选 编 者　萌芽杂志社
责任编辑　胡子博
美术编辑　石绍康
责任校对　徐　明
责任监印　唐慧群
出 版 人　李元君
出版发行　漓江出版社
社　　址　广西桂林市南环路22号
邮　　编　541002
发行电话　0773-2863978　2821573
传　　真　0773-2821268　2802018
电子邮箱　ljcbs@public.glptt.gx.cn
http://www.lijiang-pub.com
印　　制　北京泰山兴业印务有限公司
开　　本　720×980　1/16
字　　数　348千字
印　　张　20
版　　次　2007年1月第1版
印　　次　2007年1月第1次印刷
印　　数　1—18 000册
书　　号　ISBN 978-7-5407-3837-2
定　　价　24.80元

目 录

第八届全国新概念作文大赛一等奖作品选登

韩寒新作

小说盛典

小说家族

Y 世代的部落格

虚构之刀

青春心事

小磨咖啡

我说我在

校园清泉

大牌档

我的阴阳两界

冯霁

一

一百年后，也许人们会这样描述现在的学校：专门训练人磨屁股的场所。说到磨屁股，相信大家并不陌生。开会，听报告，都是磨屁股的事儿。一个人，如果连屁股都捺不下性子去磨，就会给领导以浮躁、不老实的印象。所以磨屁股要从娃娃抓起。这大概是中国人多痔疮的原因之一吧。

公元2005年，马飞上高二。我就是马飞。一上高二，就面临分文理科的问题。即让你选磨哪一种屁股。文科背得多，磨下面。理科则是磨上面：脑子。马飞当初选的是文。其实我本来是要学理的，及至某日看到北大某博士一篇文章，开头就援引：劳心者治人，劳力者治于人。然后一口咬定学文是劳心学理是劳力。我想，还是治人吧。就报文。说实在话，文科班就是比理科班好。文科班女生从质量和数量上都远甚于理科班。如果再有哪位女生垂青于马飞，也许他就不会又转理了。

报文后一个月，在一次政治课上，袁老师（男性，中老年）突然唤起正在睡觉的马飞，也就是我，让他回答人的两项基本活动是什么。我睡得正香呢，突然被同桌（女性，脸上略带雀斑）踢醒，迷迷糊糊地站起来张口就答：

"食色，性也。"

班上哄然，后排几个哥们还给我鼓掌。妈的，这不是要我命么！——正确答案是认识世界和改造世界。袁老师脸部肌肉一抖一抖的，喘了一会之后摆摆手让我坐下，没再说什么。我就坐下，也不说什么。

又是一次习题课，一道选择题说：基因工程体现了什么？答案是体现了人的主观能动性。老师挥着手中的卷子说：知道基因工程到底是什么是没有用的，重要的是记住人的主观能动性，以后见着了这一类题都要这么答，这就叫举一反三，懂不懂？

马飞想，还是学点"没有用"的东西吧。

就又转理。

二

转理时，马飞又遇到了麻烦。

我的这个学校一直重理轻文。所谓由理转文易，从文转理难。

果然，年级组长抖着手说："这个文科生想转理嘛，难。以前又没有先例，这个没先例的事情办起来就更难。"这句话不知怎么地传到老谋子耳朵里，还用到了新片《千里走单骑》中。对不起扯远了。

我连忙说这是我慎重考虑的结果我发现我根本不是学文那块料张口就是政治错误以后要真学文没准成了文化流氓姚文元第二那可是给咱们陕西人民丢脸啦您还是答应了吧。

后来年级组长答应了，不过得考回试，数理化。这就难不倒我了。我就坐在办公室答，年级组长坐我对面盯着看。事后她对其他老师说：这小子做题真TM快，和小日本一样疯狂。一改，分数和理科实验班中流相当。

马飞就这么进入了年级最好的理科班。

三

王小波有一部中篇，就叫做《我的阴阳两界》。一个阳痿男人的故事。治疗好叫阳，未治好叫阴。我是报文时为阴，学理为阳。从书中看，王二（那篇小说的主人公）一点也不留恋阳痿时的"阴"。而我，在踏入阳的一面后，又对阴增加了好感。——这就叫做阴中有阳，阳中有阴，更符合国学中的阴阳学说。

学理科，好处在于对就是对，错就是错，一道题，正确与否拿出笔纸算一下就可判断。是对是错，不是哪个人光凭嘴能说了算的，不像孟夫子"吾善养吾浩然之气"，然后认为自己做得事事都对，谁要说个不字，就说他是"禽兽非人哉"。还好没让达尔文听到。

所以，像我这种头脑简单的还是适合学理。可是学了几个月，马飞又受不了啦！

这回我不是对课有意见：课倒是越学越上劲——看来我天生一个"治于人"的命。我是对同学有看法。

一下课，满屋子人动都不动，连个撒尿的都没有，敢情是攒上半天的一次解决？只有我，怪物似的拿出本《万历十五年》之类的看看，后来只敢看看《江村经济》——也就这本偏点理。

还有一次，一个同学（男性，一脸青春痘）跑来问我："咱们国家让同性恋结婚了？"我吓了一跳："没有哇！"

"那为什么钱钟书的伴侣是杨什么先生？"然后不等我吐血就恍然大悟，"噢原来钱钟书是一女的呀！"

开始怀念学文时和同学们讨论《宋诗选注》的美好时光……

距离产生美啊！

四

一个人的时候，我爱看王小波的《沉默的大多数》，从他那里可以得到"吾道不孤"的感受。那家伙也是挂羊头卖狗肉嘛：学理的出身，干写作的勾当。

也像那个"围城"的譬喻：城中的人想出去，城外的想进来。而我，正站在那城墙头。

（原载《萌芽》2006年第三期）

苏城日记

薛晓玮

一 苏城

苏城像一本旧书，被安静地遗忘在某个角落，有蜿蜒的水，河道迟缓，草儿飞长。旧城里，沿河低矮的房屋，乳白色的墙上有一块块斑驳的水印，灰黑色的吊角屋顶，屋檐底下依稀有燕窝的痕迹，而燕子大概早已飞散在久远的年代。旧历年里头老人家挂在门梁上的纸糊的灯笼，在早春丰沛的雨水里退却了大红的颜色。我站在石砌的河岸上，眼前的水，零星地带着点黑，却全然没有被污染的味道。以前在这水道上，乌篷船来往穿梭。水风凉的早春，泠泠的雨一下，总也会有些性情浪漫的人或是独自或邀佳人坐上这船，撑起油纸伞从头到尾走一回这翡翠样的绿水。一直向前看，没有多少的桥，人们把新城与旧城用一水相隔，让苏城的昨天安静地居住在原地，独自享受着时间的洗礼。走在苏城里我总也会想起余秋雨说的，就在美国举国欢庆两百年独立日的时候，我们苏州已经悄悄地过了它两千五百岁的生日。苏城虽怎么也不比苏州，但它也依旧带着灵秀而古朴的气质，保持着一份原始的和谐，说着吴侬软语，对于一切娓娓道来。以前苏城里年轻的女人总是穿绣花的软底鞋，走起路来从不带什么声响。倒是那些绾着髻、三五成群坐在弄口谈天的妇女，叽叽喳喳，喋喋不休。午后一道道金色顺着慵懒的阳光落在她们圆润略带皱纹的脸上，我似乎能够清楚地看到，在十年或者更久以前她们的颔首羞怩。我希望她们仍能像六七十年前的人那样，笑嘻嘻地大声问一句，大姑娘从哪里来？大姑娘慢走些。我可以答她们，我从水上来。

在我的身体里存在着对苏城与生俱来的亲近与忠诚。在童年时光里外婆哼唱的歌在苏城夕阳潮湿的暖风里慢慢发酵，在某个熟悉的街角巷末带着令人无限怀念和暧昧的气息，拂面而来。一些曾经在无忌年月里的林林总总，总是在我沉静或浮躁不安的时候像30年代的无声胶片，有着黑白分明的色调，在眼前反复地演。它们是那么地生动鲜活，带着平稳的一呼一吸。陆小羽跟我说过，人的童年应该是明媚而毫不张扬的。我很庆幸有我的苏城。黏湿的风和丰沛的雨水，苏城一直怀着一种温润而古朴的情调，保持着安详、怡然和清淡。苏城头上的太阳灿烂但绝不毒辣，水绿不见底但绝不浑浊，苏城人的日子过得清风白水但绝不单调枯燥，苏城里的总角①时光明媚但绝不张扬。

　　我需要一个地方能够承载我内心全部的最虔诚的信仰，能够拥有一种如同边城一样毫不悖乎人性的人生形式。那片土地应该是质朴、干净和纯粹的。我再一次地说，我很庆幸，我遇见了苏城。但是我又是那么地寂寞。我急不可耐地渴望一个合适的倾听者，听我喋喋不休地讲述我对于这座旧城的依恋，听我说它的沉静与隐忍。我更加地渴望一个同龄人，用一种最干净最纯粹的感情来维系我们之间的关系。我要对他说我的幼稚、迷茫、坚定和固执，还有我内心深处一直深藏着的萌动的思想和躁动不安的念头。我喜欢看陆小羽在阳光里舒展的笑容，喜欢他看苏城的神情——陌生但是专注。他也许就算是我一直渴望的人——能够让我把心中所积压对于生活全部的热爱与愤懑不满通通倾之而出，得到一种灵魂的轻松和解脱。我是那么喜欢他。然而这却是一种寄附于人性而绝非两性意义上的感情。也许没有人会相信，我和我们这一代眼中的某个世界是那么的干净而和谐，某种相互维系的感情能够如此的简单而纯粹。

二　我已不忧伤

　　在我和陆小羽要离开苏城的时候，终于有温和的雨水贴到我身上。旧日的苏城以它最为亲切的形式与我握别。在雨水和黏湿的风里，路上巷角没有人躲避，没有任何措手不及的慌乱。一切依旧是安然如初，依旧是跟着祖祖辈辈一直延续的不急不缓的步调，保持着独一无二的恬淡与安逸。

　　陆小羽拉着我沿屋檐底下跑。我是多么希望那些在弄口谈天的妇女能给我说，大姑娘，慢走些。这雨水干净着呢！我不知道还能有多少时间，让我对着隐居在南方的城市孤单地诉说我的虔诚；还有多少时间能让我和陆小羽

---

①　总角，儿童头发向上分开梳成髻。《诗经·卫风·氓》中有"总角之宴"的说法。后总角泛指幼年或童年。——编者

平心而坐彼此用最真诚的话语来抒发同龄人之间共有的苦闷，来彻底地释放积压在心底的抑郁。这干净的雨水紧紧贴在我身上，彻底地吮吸着我每一个细胞里的污浊和混沌，试图唤醒我的被迫沉静下来的躁动不安的青春。我在一路向前跑。身后的陈旧的木船静默在水上，目送着我们像是蓄意良久的一场挣脱或是逃亡。我现在是不是在离弃这熟悉的乳白色的墙，上面斑驳的水迹像是尚未破解的远古的图腾；我是不是在离弃轻流至今的绿水，它们曾一次又一次地洗涤过我近乎被圆滑世故弄脏的灵魂。

陆小羽曾经不止一次地问过我，究竟要到什么时候我们才能离开这个狭小而陈旧的城市？是不是在当我们被怜悯地赐予一张通知书而欢呼雀跃、喜极而泣的时候，我们原本那疲惫不堪的灵魂就能够得到超度？那个时候的我们是不是再也不会被任何生活在摩登城市里的人瞧不起，我们就能够挺直腰杆儿做人，做回真实的自己？然而那个时候我们还有真实的自己吗？我们究竟什么时候才能得到救赎？

我本来以为自己已经想通了。我本来以为我能够做到平心静气去走这三年，不要忧伤。但是，无论怎样安抚，都无法熨平心底的褶皱，无法平息狂起的波澜。我不确定，我以及我们这一代是否都带着一种特有的迷茫在生活，我们是否一定要在一种落寞的抬头低头和无休止的伏案中去迎接一份过于劳累的成长，拿我们全部的时间全部的青春去进行一场精心准备的赌博，为了去兑换那构想中的尚未到来的荣耀。然而又有谁能告诉我，要等到什么时候才能归还我一个平等的机会。光怪陆离，纸醉金迷，我的确需要一种物质上的资本让自己在别人的妒羡声中成为她的唯一的骄傲。每天我在心里不停地痛骂，痛骂这一切的不公与残忍。然而最后所有的只是如同磐石一样坚不可摧的沉默。我们的承受能力是无限的——这算是一种幸运还是悲哀？我无力改变，只能屈服。我们只能屈服。

"红了樱桃，绿了芭蕉。你走你的独木桥，我唱我的夕阳调。谁的孤独，像一把刀，杀了我的外婆桥，杀了我的念奴娇。"

三　一代人

陆小羽说，我们是不应该呆在苏城的人。它离我们的距离实在太远了。我始终固执地相信人的身体里应该保留这一种最为原始的安静以及对人性全部美好的渴求。我也始终这么认为——在每个人的心底都构建出了一个也许并不近乎于完美却使自己无限热恋的地方，或许有朔北的风，或许有江南的雨，它们在恰当的时候慰藉孤单疲惫的心，让灵魂得到舒展。人的一生就像一个圆，生命一直沿着圆的轨迹，看似向前事事难料，却又是周而复始。圆中心那片干净的土地，被紧紧隐放于整个生命过程之中。如果不离开、摆脱那近乎套板反应的俗不可耐的轨迹，去寻求一种合适的不悖乎人性的人生形式，那样，那片干净的土地永远也进不去。人理应让自己活得更纯粹，更简单，更真实，更有人性。

我自不量力地以为，可以见解深刻地去剖析我们这一代人，只能说，我们是特殊的一代——我们是可悲的。成长过程中的孤独把我们的内心出落得自私与冷漠。我们活得格外独立而又显得自负和无助，过分地强调以自我为中心，使我们不懂得交流与融洽。性格中的任性与孤傲已经变成了我们特有的一种气质。在中国80年代改革开放的浪潮中，每一个城市都开始萌动。新潮浮华、拜金逐利在我们尚未成年的岁月中已经深深地根植在我们身体里。我们是一代真正意义上的中西合璧的产物。不完善的教育让我们丧失了真正实践的能力，让我们对这个不公的社会产生了更多的不满和抨击；新生事物的影响让我们的一些行为与父母眼中传统的规则相悖。在全部的溺爱与娇宠之下，滋生出性格的叛逆，无数的争吵和尖锐的矛盾。我们究竟应该怎样生活？我们理应是生活在圆中的人，是最干净最纯粹的；我们理应怀抱着对人生最忠实的一份热忱和希望。即使我们所看到的生活肮脏不堪到令人绝望，因为爱着它，所以相信它会不同。

梁晓声说，我们是时代的活化石。我们是特殊的一代。无论评价我们好与不好，独特的本身就是历史对我们的荣耀。

四　所谓后记

苏城和童年的外婆还有外婆哼唱过的歌，都曾经真实地在我的生命里出现过。本来单纯地以为它们可以安稳地存在于我的内心深处，可是它们像是不倒翁一样，压下去，却又更快地弹起来。它们是我心中最温和安逸的部分，与我那无数的愤恨不满在我瘦小的身体里相互对峙，相互纠葛厮杀。也正是这种温和和安逸以一种最安静的形式抚平了我心底突来的浮躁与不安，让我在沉静下心的时候就能意犹未尽地想念起黏湿的夹杂着青草味的空气和新鲜的风。我还是那个梳着短小马尾辫坐在外婆家门前伸出手一只两只数飞鸟的孩子。被时间剪碎的苏城泛黄的老照片，在我的总角之后拼成了一个句号，结束了我与苏城最亲昵的往来。那片闯入我生命的新城每时每刻挽救堕落的子女——我骂它，恰恰是因为热爱，因为对它充满了希望。

当我在写这些字的时候，我不时地向窗外张望。我的学校——层层葱茏茂密的树挡住了太阳，枝杈伸得很高，把瓦蓝的天分成一小块一小块毫无规律的形状，树影大片地落在灰色的水泥甬道上，深深浅浅，斑斑驳驳；刷着蓝漆的篮球架，红绿相间显得格外土气的塑胶操场；我的窗外一到春天会是整整一大片灿灿的迎春花。在这个时间里，在大多数的时间里这里的人轻轻地呼吸，偷偷地小睡，安静地听课，悄悄地走神儿——伏案的人，站立的人依旧如常。在我疲惫的时候，落寞的时候，还有苏城可以回想，还有外婆教过的歌可以在温柔的晚风中低低地哼唱。

我无力改变，只能屈服。

> 快些仰起你那苍白的脸吧
> 快些松开你那紧皱的眉吧
> 你的生命它不长
> 不能用它来悲伤
> 让该来的来　我们在这里等待
> 都会有的　总会好的
> 那些阴霾　还有未来

（原载《萌芽》2006年第四期）

人为什么总在仰望

马晓晨

从小受"人之初，性本善"的教育，受惯了，实在玩不出什么花活儿。所以，最初接受荀子先生的"性恶论"感到十二万分的敬意。别出心裁的理论得以提出，当然不是出于想要玩一把叛逆心理。荀子说："饿了要吃饭，冷了要穿衣，男人见美眉怦然心动（一般指在双方均未婚的情况下），这些都属正常，是人生来就有的欲望，可是当这种欲望不加节制时，便成了恶，所以后天教育的重要性就在于抑恶啊！"这话说得好，恐怕孔子在世都要赞叹一番了。孔子是人吗？是的话就也有欲望。他不是想天天洗桑拿，洗完了就去春游吗？可惜的是，到死都是个未完成。欲望就是我们十分想要，却怎么也抓不住的。它高高在上，它就是我们的天堂啊！所以，圣人非圣人也。孔丘先生仰望他的天堂，荀子先生也是，你、我、他便都是了。

我这个人比较爱抠字眼儿。题目说：人为什么总在仰望？人是什么？中国古典神话中的玉帝，犹太教的耶和华，基督教的上帝。他们都不是人，因为他们拥有一切。我愿意将希腊十二天主神排除在外的原因很简单，维纳斯婚姻失败；宙斯受命运三女神摆布，至今仍是个"花心大萝卜"。他们在某些方面无所不能，某些地方受外物摆布，他们不是完全意义上的神，是人化了的神。

林清玄先生说过这样一个故事：一所神学院有一批应届毕业生，他们将要走到世界各地做牧师。最后一堂课上，老师问："同学们，天堂是什么样的？"并要求大家一一回答，结果越到最后，学生越是惊恐，大家发现每个人心中的天堂都不一样，甚至对自己几年的学习成果都怀疑。老师笑了，说：不一样的欲望，不一样的仰望，不一样的天堂。牧师的责任是使人类心灵美好，向往得不伪善，最终到达天堂。一直以来，我都把这个故事当作像珍宝一样。上帝不是菩萨，他们用《圣经》使我们坚信：只要信，就必得。而恰是因为不一样的欲望，不一样的天空，大家在仰望的时候，还不至于彼此争吵不休。

先知摩西跑到摩纳山上仰望耶和华，这一次仰望是代表全人类的，因此当我们翻开《旧约》寻觅到这个古老的传说，哪怕不是亲身经历，哪怕不是亲眼所见，依然是心潮澎湃，热血沸腾。

在上一个世纪之交，莱特兄弟仰望天空，铭记了自由翱翔的鸟，几年之后，人类也可以在大气的平流层中运动了。不只是莱特兄弟，这曾经是无数人的梦想。于是莱特兄弟名留史册，于是当世之人欢呼雀跃，于是现代人至今仍在享受着这曾经的天堂。

曾经有一段时间，中国知识分子狂学西学，甚至连辜鸿铭先生极端地挽住传统文化的奔走努力全然不顾，最终，就像钱穆先生所说的，学得"非驴非马，不中不西，辗转反复，病痛百出"，所以，西方至今仍是许多中国人的天堂。

而对于西方人来说呢？追求东方遍地黄金的时候已经过去了，可是有西方人来到东方，仍会说，啊，我终于来到了东方。不管是为了什么，看来东方在某些人眼中依然是梦牵魂萦的梦魇，依然是一个神秘的天堂。

那么如此一来，对于现在西方媒体诸如《新闻周刊》《时代》所展示的"世界媒体热中国"以及中国现今的"国学热"也就不足为奇了。

李白年壮时马不停蹄地奔走于各大名山，寻访隐士，不过是想要效仿"终南捷径"罢了。请在皇太子办公厅的贺知章吃了顿酒，于是高呼"仰天大笑出门去"，过了三年"皇巾侍吐，御手调汤，贵妃捧宴，力士脱靴"的好日子，然后被一脚踢出了京城。从此，忽忽悠悠，缥缥缈缈地成了后世敬仰的浪漫主义诗人。同样的，柳永从山中走出，四次高考落榜，在市井中游荡潦倒半生。只是，在教你堕落、引你花钱的风流之地，纵使你有摩天之志，钢铁毅力，也非叫你泥烂铄骨不可。可是，歌女捧着柳永，反是给他稿费，好吃好喝地供着，因为要靠他唱红汴京呢！于是，柳永成了宋词里程碑似的人物。

李白转向山水，柳永转向市井，取得卓越成绩。他们心怀一个天堂，而现实却给了他们另一个天堂，两个天堂矛盾斗争的结果，是升华出来一个更完美的天堂。但是遗憾的是，欣赏他们旷世奇才的我无论如何不能将他们从沉睡了千年的黄土中唤醒，告诉他们，他们所得到的天堂有多美，即使能够，那又有何人能安慰，安慰他们至死哭泣的心灵，又有什么伟力能够摧毁那个曾经的天堂，那种最初的仰望。

当我听说中国的贫富差距已接近国际警戒值时，不禁一身的冷汗。因为当社会动荡不安的时候，也正是有人要来与我争夺天堂的时候。

我可怜安徒生，他仰望了一生的神秘国度中国，最终都没能达到，即使有一篇《夜莺》又如何？未达天堂，终是含恨死去。

"人总是在仰望的，为什么？"他拉着她的手坐在绿绿的草上，望着蓝蓝的天。

而她，终是知道，他是不肯满足于现状，不肯与她的小城平静一生的。但欣喜的是，他所说的也正是她想说的。

可是，大家还是分开了。不是因为爱得不够深，而是他要她去他的城市。而她，终是不能忘记曾经仰望的天空，不能舍弃幻想一生的天堂。即便只是幻想。

"我是一个人。请尊重我的权利。"她说。

有些什么在诗中一旦唤起初心，那些曾经属于我们的美丽与幽微的本质，也许就会重新苏醒。

即使记忆飘浮如草原上的晨雾，即使在杀伐争夺的史书里，从来没有给美留下任何位置。

一生不忘。

人为什么总在仰望？因为我们是人，有梦的权利，有遥想天堂的权利。

（原载《萌芽》2006年第三期）

鳃

徐珺蕊

　　一位游客在湖边散步，抬眼望去，对岸的景色非常诱人，他于是悠闲地吐出噙在口中达数秒之久的烟雾，顿了一顿，将手中的烟头掷于地面用脚尖碾死。

　　在低头确认烟头已然失去生命的同时，他看到的是湖中一条几乎失去生命的鱼。一条鱼用力搅动自身周围看上去幽深而清静的水。

　　时间是夏末秋初，太阳不依不饶地尽其所能烤炙地面，待到为了去除口中烟味的柠檬糖融化殆尽时，那位游客——三十岁上下的中年男子开口说话了。

　　"我明白。"他说，"呛水的滋味……不好受吧？"

　　"得得！"那鱼扭动着，"还用问？喂！你不做点什么，拯救我……或是别的什么？"

　　"这……你明白的，我想去对岸，刚巧发现那里景色出奇地好……拯救嘛……"

　　男子犹豫着，额上沁出细密的汗珠。人也好鱼也好，都沉默着，一如关系欠佳的夫妇。半晌，男子摘去太阳镜脱下短袖衫，纵身跃入水中。

　　"衣服眼镜什么的还在那里……"男子有些局促地开口。

　　"没关系的。"看门人抬起头，"这里即这里，与那里毫无关系，眼镜也好衣服也好，请通通忘掉好了……不抽支烟？"

　　"不，谢谢。既然这里与那里毫无关系，那么那条鱼究竟是如何到达并出现在湖面上的呢？"

　　看门人不说话，端上精致的瓷盘，盘里盛着红烧的鱼，白森森的鱼眼浸在酱汁里，无表情无意义地看向前方。

　　"饿了吧？从今往后你也是这里的一分子了，那边的事不用再管，也不必想着回去的事儿……回不去的，明白？"威胁意味甚浓。

被强行划入溺水者世界的男子看着因呛水死去而失却其完整性的鱼，似懂非懂地点头。

"嗬！这天是愈发地冷起来了！"远远地站在门口的看门人对着男子打招呼。

"是啊，湖水都结冰了呢！"男子搓着手回应。

"来，抽支烟吧。"看门人热情地递上香烟，自己亦点上一支夹在指间，右手食指与中指已被烟焦油什么的染成黄褐色。

男子不声不响地点燃手中的烟，长长吐出一团烟雾。

"总这么吸烟，怕是对肺不好的吧？"

"不不，不至于，烟是形而上的烟，只是通过吸烟这一形式确认什么罢了。"看门人很快回答。

"形而上归形而上，可毕竟是烟，总会有影响吧，多多少少，对肺的呼吸作用……"

"不，不碍事的，这。"看门人顿了一顿，"因为其实，我们不用肺呼吸的。"

"？"男子困惑地望向看门人。

"用鳃。"看门人不无得意地说，"肚子上有鳃的……这你怕是不知道吧，每天有那么多空气啊水啊经过身体，没有鳃过滤怕是不行……"

"那么我何以没有鳃而生存在这里的呢？"男子吐出一口烟，"为什么没有被撑破呢？"

"所以你来到了这里，因为在那里你几乎被撑破了，这也是你看见呛水的鱼的原因。"

"……"

"不用想了，没有鳃，是绝无可能离开这里，而一旦长出鳃，就离不开这里了。"看门人转过身去，用砂纸打磨起鱼骨来。

而男子立在冰封的湖边，长长吐一口白气，望向对岸，白亮亮的一大片，不知是霜还是雪。低下头去，冰映出男子的脸，可怕地瘦削着，那脸越来越模糊，竟变成一条鱼的模样，摇头摇尾地拍打冰层。男子这才反应过来，捡起块石头用力砸开冰面，那尾鱼便活泼地跳跃起来。

"日安！"鱼说，"一向可好？"

"好是好的……"男子一时语塞，"但你是？"

"我是鱼，怎么，不信？"鱼有些愠怒，"长着鳃的鱼，如假包换！"

"不不！"男子摇头，"没有怀疑的意思，只是鳃么……"

"要赶来谢谢你呢！跑了好远的路，来谢你在那边拯救了我！"鱼打断男子的话。

"那边？你不是被看门人……他说这边与那边毫无关联……"

"看门人？"鱼诧异道，"哪儿来的看门人哟？莫不是肚子上长着鳃的那个？"

"是啊！是他！"男子说。

鱼于是沉默，鳃一张一翕。

"那是你本身。"鱼说，"看门人即你，你即看门人。红烧鱼是我，我也是红烧鱼……"

"知道荣格吗？"鱼问。

"或许。"男子说。

"意识与无意识呢？"

"知道。"

"那么自我呢？"

"你莫不是说，肚子上的鳃是自我么？"男子恍然大悟而又疑惑般地问。

"正是。"鱼说，"每天有那等数量惊人的意识试图进入你的脑海，若是没有自我这个过滤器把大部分归入无意识，你不早就被撑破了么？"

"那么我为何没有鳃，而看门人有鳃，我却没有被撑破呢？"男子问。

"所以不是说，你即看门人，看门人即你嘛！一个在这里，一个在那里而已。"

"这里与那里绝无关联这一说法也是骗人的啰？"

"不不，"鱼略一沉吟，"倒也……不完全假。这里是溺水者的世界，即未知世界，也就是无意识的世界；而那里则是原本那个意识的世界，也就是被鳃过滤过了的世界，二者原本统一完整，而自我将其划分开了，所以唯一的交点即是……"

看门人的小屋。

看门人递来打磨光滑的鱼骨。男子接了。二人都不说话。男子将鱼骨佩在脖子上。

"既然你知道了……不必瞒你了。"看门人摊开双手，"所谓溺水者，即是被无意识淹没了意识——换句话说，有无意识冲开了自我这一鳃般的过滤器，渗透进意识，而导致人格失去了完整性，成了现在你是你、我是我的局面。"

"那么我的自我是如何冲破的呢?"

"那就要问……我来这里之前想了什么。"

之前……男子想……

"对岸的景色非常诱人，我想到对岸去，那里似乎更有吸引力一些……"

"所以我想去对岸，那里看上去美好。"男子说，"而我在这个无意识的世界中过的这些日子，也并未发觉无异常美妙之处，相反，我觉得原本的世界也一样美好啊!"

"所谓意识与无意识是原本统一的，只是被湖面阻隔，要游过去的话，还是要有鳃才是。"看门人指指鱼骨，"喏，这便是鳃了。你若仍觉得新奇，我很愿意送你去湖对岸看一看呢!"

男子站在对岸，透过湖再望原先那一边，感到那边异常优美。

他想起自己的上衣和太阳镜，于是沿着岸向原先那一边奔跑，湖里有鱼探出脑袋，摇动尾巴在翻腾，男子不知道这一切是真是假，身上冒出淋漓大汗。

男子走出公园大门时遇见了看门人，公园的看门人，看门人看着男子脖子上的鱼骨，笑着说："嗬! 不是鳃么!"

男子忽然两手一拍，暗自说道："真是的!"

(原载《萌芽》2006年第三期)

一座城池 (节选)

韩 寒

　　说起房子，我想到我早前的一个女朋友。那姑娘来自外地，岁数比我大三岁，总是充满危机感，并且下定决心一定要在一年内出嫁，其心情的急迫和对时间限制的严格，让人感觉仿佛女人在二十五岁前万一不能成功出嫁就要爆炸掉一样。很难想象我是如何和这样一个人恋爱。她对房子的感情是我不能理解的。此人在自己的活动场所附近租了一套房子，布置得异常繁琐，让人看了就懒得在这辈子再买一套房子去搬动那么多东西。但是她对那租来的房子咬牙切齿，如果不是隔壁住了另外一个她颇为欣赏的帅哥，感觉她随时都要放火点燃这房子，只因为不是她自己的。而她的父母必然时刻向她灌输一定要找一个上海的有房无贷的男人嫁出去。但是我们还是很奇怪地开始恋爱。她说她觉得我们未来肯定能开奔驰住别墅。虽然我尚不能开奥拓买经济适用房，但是对她能如此肯定我的潜力非常开心。后来终于弄明白是一个算命的大仙告诉她在某年某月某日某时某地能遇见可以托付的贵人。大仙还说那人可能当时没什么钱，但是在十年以内肯定能飞黄腾达。

　　不幸的是，当年当月当天当时，我出现在那个莫名其妙的地方。

　　在和她一起的几个月里，我深刻感受到她的不安全感。我也能理解为什么她如此想要有自己的房子。但是有一天我突然对她说，以后即使有了钱，也不愿意买房子。有房子是多么没意义的一件事情。

　　"咻"一声她就跑了，截至发稿前，我再也没有能够看见过她。

　　世界上真是有很多人没有安全感，我想。而且想来人应该大抵上都是这样。只是我不明白为什么人们都要把这些托付在一些身外之物上，比如房子或者在银行的存款。这地球是如此不可靠地悬在宇宙之中，地震，战争，经济崩溃这些随时把我们的身外之物夺走。所以我不明白为什么这些随时要失去的东西能带给人安全感。

　　但是我却一直不能想明白什么能带给我们安全感。我就这个问题咨询过学校里的朋友，答案基本上是一样的——你这个傻逼，当然是安全套能带给我们安全感啦。

　　现在想来，这个答案似乎是没错的。我们总是在找问题的答案，但问题总是有很多正解。但生物好像总是想得到一个唯一的。那就是说，我们并不要这些那些的答案，我们只是翘首期盼一个问题的结果。

　　上一个问题，我没能得到结果。

　　我觉得内心的安宁才是安全感的来源。而只有五十年产权的房子，唯一的好处就是折算下来付的钱要比酒店少。但其实这只是一个五十年的酒店罢了。新中国也不过成立了五十年。

　　所有啰嗦的想法归根结底就是没钱。如果有钱我就天天住五星级酒店，而且要两间。住一间空一间。空出那间的意义就是看到节假日很多人在前台那里因为没房间了干着急我就高兴。

　　看眼前，慈祥的大妈已经让我和健叔免费住了不少日子。而且因为是钉子户，大妈的旅店常常被不小心断水断电。大妈说，每到用电高峰要限电的时候，她这里总是第一个被停电的。大妈嘀咕说，上头说了，用电紧张，各个工业单位和旅店娱乐场所都要轮流限期让电，可是不管轮到工厂还是酒店还是娱乐场所，大妈的长江旅社总是首当其冲没电了。大妈那句经典的感叹让我和健叔迟迟不能忘怀——

　　政府的政策我理解，可是我一天才耗一度电啊。

　　当然，最关键的是，我们不能再白住了。这让我们的良心很过不去，况且，长期几个月定在一个地方，哪里有通缉犯的样子。我们应该狡猾地经常变换地点。

　　健叔说：租房子是怎么个租法？

　　我说：押一付三吧。

　　健叔说：那就是说，至少要准备一千。再把大妈垫的那些给付了，就至少要五千。

　　我说：差不多。哪去弄。

　　健叔说：难道只能去打劫，说不定抓起来审都不审就关监狱了，那里最安全啊。

我说：我们两外地人天天晃悠也没工作，你又伤成那样，我怀疑这里早就有人怀疑我们了。

健叔说：搬，搬，开始新生活，我要找个女朋友。

我说：那钱怎么办？

健叔掏出两块钱，说：去门口的即开型彩票那里买一张彩票，说不定就有钱了。

我决定做个神经病，拿起两块钱就走。空地上新搭出一个台子，最上方停着一辆崭新的桑塔纳作为大奖。台子下面就是一排卖彩票的，正中放着一个挂了红彩带的音响，看来也是奖品之一。我满头大汗才挤到正中央，买了一张，打开一看，里面图案是个菠萝。我问销售，菠萝是什么？销售说，到那头的兑奖处自己看去。

我揣着菠萝，又挤进人群。有人口中念念有词：樱桃，草莓，西瓜……还有人捧着一堆毛巾捏着一百块钱继续往卖彩票处冲。我停下脚步，看那人又买了五十张，结果中了三张苹果。那人摇摇头，挤往兑奖处。我跟在他后面，只看见他垂头丧气又领了三条毛巾。连同手里的已经有了至少十条。那家伙刚一转身，就被一脸色通红汗流浃背的小伙子拦住，那小伙子边掏钱边说，太好了，终于看见一个卖毛巾的了。

我把菠萝递给了工作人员，还没缓过神来，我已经被戴上大红花，拖到领奖台上。四周锣鼓大作，只听到司仪说，恭喜这个小伙子，他得到了五万元的现金大奖。

我心花怒放。

忽然间，一个工作人员上来和司仪说了几句。司仪忙说，对不起，这位热心的彩迷得到的是五千元的大奖。我们的工作人员搞错了，五万元应该是大菠萝，但这个小伙子抽到的是小菠萝。

我领了五千块钱，走回长江一号。我感叹人生真是无常。在我极其倒霉生活不顺的时候，我从来没有这样的感叹，我觉得这才是正常的。但这次终于得以回光返照春风得意，让我有了这样的唏嘘。当我把钱拿给健叔，健叔也唏嘘了一下。而且我发现无论你是一个多么崇高的人，得到一笔横财总是比得到自己的劳动所得要高兴很多。

租房子就被摆到了日程上。在不断的租房和看房过程中，健叔无疑是一个累赘，所以我本来将他安排在旅社静候佳音。我对这小城市不甚熟悉，所以不得不带上王超。王超最近也很高兴出门，因为终于学车完毕，得到驾照，有一切可以开车上路的机会总是不愿意放弃。而且刚学会开车的人也显得很乐于助人，倘若能被夸奖一句真是看不出来你是个新手，那会产生将近五百公里的动力。因为有了王超家里的老桑塔纳旅行车，健叔也得以被顺便捎上，而他的轮椅也能放在后厢中。

我们来到一家房产中介。接待我们的是一个刚毕业的漂亮姑娘。当然，漂亮是相对的。比如你总能觉得这个服务员或者那个纺织工很漂亮而很少觉得那些漂亮的空姐很漂亮一样。这说明只要降低标准，世界就变得多么美好。

漂亮姑娘说，你们要租什么地方什么价钱的房子，多大。

王超说，三百左右，豪华装修，两室一厅。

姑娘很干脆，说，没有。

王超说，那四百。

姑娘翻看了一下登记的本子，说，有一家。

王超说，好，那就那家。

整个过程中，我和健叔还没来得及发表观点。

健叔说，王超，你怎么干事情这么利索？

王超说，你们也就四百预算，能租到的也就一个，这条件就符合了。

我和健叔无奈接受。

姑娘拿起电话通知房东。房东瞬间就到了，这让我和健叔很放心这房子的地理位置，肯定是在这不远处。房东看我们开车过来，很是高兴，说这地方还真得开车过去，以前就是因为住得太远不方便才搬出来的，那房子空着就为了出租，没想到还真租出去了。

驱车十公里，来到城市的边上。还好这里尚算干净，周围也有店铺，就是显得有点凄惨，尤其在这太阳快要落山的时候。

房东说，这里是政府规划的新城区，以后会繁华的。

房子在一片低矮的建筑里呆滞地矗着，显得异常奇怪。这是一个普通的民房，看样子也不算很老，但是周围没有任何小区，看模样就仿佛是开发商财力有限只能开发那么一栋，而且是在这样一个楼书上都说不明白的地方。让人诧异的是，进门居然是密码锁，只是年久失修，只要往里推一下门就能打开。房东吩咐说，千万不要输入任何数字，那样门就上锁了。如果因为这样上锁了，要推拉五十下才能打开。

我们跟着房东上楼，房子的装修尚算用心，在主卧和客厅居然有一排窗通亮开着，整个房子显得十分明亮，放眼望去是稀稀拉拉几棵小树和一条小河，秋风吹过就发出大自然的声音。

看完房子，我们下楼。王超说不相信世上有这么神奇的密码锁，就在门关上的时候按了几个数字，只听"啪"的一声，门就上锁了。王超摇了两下，确实不能打开，啧啧称奇就上了车。

房东说，这环境很好，你可以绕到后面去看看。

王超开车绕到房子后面，我看见那么大的从客厅铺到卧室的阳台，心旷神怡。最主要的是，我很喜欢听风吹树木的声音，这让我感到平静，就像躺在某些挂历里的地方，骑马牧羊，背倚大山，四周都是繁密的森林，而房子前恰好有一潭湖水。我本身是没有这样的想法的，是我那位招呼都没打就不见的女朋友在某天拿着一张挂历来到我面前，对我说了上述话。我当时说，你这个笨蛋，这样的房子，电也没有，自来水也没有，煤气也没有，电话线也没有，到晚上吓死你。

但是每当我听到风和树木发出的沙沙声，我总是想起这情景。虽然我肯定我丝毫不喜欢那个人。但是我肯定每个女人总能在别人心底留下一些东西。

王超开车离去。末了我最后看了一眼那让我喜欢的阳台，发现卧室的窗开了。我的记忆中似乎那是关着的，而且刚才看的时候也没见打开。难道是这房子里还有人。我想得自己头皮发麻。又一阵风出来，我想，是风吹的。

开车经过前门的时候，我们同时发现一个中年男子在楼梯门前拼命摇门。

晚上我们吃饭。吃完饭王超积极驾驶，带我们绕了这城市的每一个旮旯，我们甚至知道了一些匪夷所思的机构的所在地，比如专门研究一种灭绝动物的研究所，专门实地测量房间面积以精确计算和推测你所购买的床肯定小过你的卧室的一个公司，专门生产自行车脚踏板上面的荧光条和隔壁专门制作某特定大小显微镜的防尘套的工厂，专门负责监督人口普查的过程是不是准确并且自己还要再普查一遍的一个有将近三十人的政府办公室。逛完以后实在没有事情做，只好再吃一顿夜宵。

半夜时候，健叔还不想回酒店，王超似乎还没开够车，我没有任何态度，我们就将车停在一条僻静的街道上。

我把我下午看房子看见的怪事告诉了王超和健叔。

健叔吓得说不能住那房子。王超说，你那是胡说，我去看的时候明明那窗就是开着的，我还从窗外丢下了一个烟头呢。

我说我在楼下看的时候肯定是全关着的，我怕下雨还特意仔细看了一眼。等最后一眼的时候才发现开了。

健叔是最感到害怕的一个人，想来如果可怕的事情发生，最可怕的就是健叔不能跑还不能打，标准不过地坐以待毙。王超说，我才不相信任何的鬼神。

我其实从来不相信鬼神。但是我从小就固执地认为，空间是固定的，而时间是抽象的。就是说，在一个固定的空间里，有不同的事物和我们分享着不同的时间。我们是不能彼此看见的，在大部分的时间。而我们是不能和比我们更加未来的事物分享这时间，就如同在另外一个时间里，那批事物总是和过去的事物分享着这时间。

而时间其实是一个静止不动的东西。只是我们误解了时间的意义，让时间不断向前移动。空间的固定和时间的静止又是完全不同的两个静态。我好比我在某个时间看见了之前发生的事情，而其实在我们看来，是因为那件事情留下了太多强烈的精神力量，让它能够长时间地停留在空间和时间的某个交叉里。而与此同时，在我们看见以前发生的事情正感觉到恐惧的时候，那件事情在那些事物的那个时间里，正在真切地发生着。无论是战争或是谋杀或是交通事故，因为一个人或者很多人的精神在瞬间释放了，也就是说，他们死了，但又不是正常死的，所以留下了强烈的讯号。

这些讯号有时候能异常的强烈，但是他不能做出任何的事情。就是说，他只能借助在他出现的那个无限个时间里的无限个事物中以自己的力量去完成某些事情。这取决于那讯号是否强烈到可以控制在同一个空间里而不同的时间里的另外一个生物。

这样就很好解释很多恐怖的事情。那不是同一个时间的事情，但却在同一个空间里发生了，时间和空间的运作是那么复杂，你总要允许在这复杂的平衡里出现一点失误，就是你看到不同时间里发生的一个正在发生的事情。

我表达完自己想法的时候，王超和健叔已经睡得不知道在哪个时间里了。而叙述途中唯一的反馈就是王超的一个"去你妈的"。

这次我睡了整整一个白天，在这一过程里，我苏醒了三次，准确地说，是饿醒过来的。由于王超的野蛮操作，我们把好不容易吃到的一顿鸡肉大餐都吐了。我想，这还真是应了那句该是谁的就是谁的，这鸡本来就是健叔连蒙带骗得到的，加工的过程也是连蒙带骗，吃下去还没隔夜就全吐出来了。看来真是不该吃的不能吃，不该得的不能得，得了也有报应。当然，这好像仅仅适用于普通老百姓。

我的每次苏醒都抬头看着窗外，一次是白天，一次是黄昏，一次是晚上。那是我们一日三餐的时间，我估计是我的胃唤醒了我的大脑。但我觉得醒了也是饿着，因为他们两个还没醒。而他们也肯定醒过，抱着和我一样的想法又睡了过去。真是众人皆睡我独醒，长使英雄泪满襟。

我白天醒来的时候看着树影摇曳，窗外欢声笑语。黄昏的时候听见全是自行车铃声，我还闻到很香的野鸭的味道，估计是隔壁邻居在做菜。在这样的香味里，我迅速睡了过去。当然，也可能是昏了过去。而晚上，我觉得是那样的绝望和冰冷。我想，无论如何，是不是应该找一个异性，可以并肩同行，谈论时事，探讨八卦。但我想，这事情还是罢了，现阶段的形势，暂时只能养得起一只兔子，连猫狗都不能，何况是人。

有一个时刻，我听到了窗外噼里啪啦的声音，在半梦半醒之间我觉得周围很热闹，还时不时传来烧烤的味道。迷糊之中，健叔和王超都醒来了。

王超的第一反应就是楼下新开张的一个烤鸭店，健叔挣扎着到窗口，探出脑袋看了一眼，大叫一声：我操！

王超冲了过去，途中问道：我操什么操，是不是搞活动啊不用钱就能吃？

王超到了巨大的窗口，探头一看，也大叫一声：我操。

我爬起来问：怎么了怎么了？

王超说：着火了。

我问：哪呢哪呢？

王超说：楼下那卖杂货的棚。

我的第一反应是，那以后要上哪买吃的啊？

健叔提议我们下楼看看。但王超觉得楼上的观赏角度比较好，在任何的赛事或者演唱会上，这都是票价最高的位置，在电影院里，这也是大家最喜欢的角度。

健叔没有顾及，穿了点衣服就下楼去看，我和王超在阳台上趴着。我说：什么时候着的？

王超说：我也不知道，我也是被烧醒的。

我说：那消防车什么时候到？

王超没说话，继续看着。我想看看这究竟是什么时间了，但我发现整个房子里居然没有一个能知道时间的东西。而可以肯定的是，现在正在夜里，所以也没有办法通过太阳来判断。这样的感受很不自在，仿佛自己已经被轰然前行的时间抛下。我发疯一样在房子里寻找一个可以知道时间的东西，但是寻遍都不能知道。这就仿佛大商场里没有厕所一样让人感觉别扭。突然间，我浑身不自在。

这时候，王超说话了：你找什么呢？

我说：找钟。

王超说：找钟做什么？

我说：我想知道现在的时间。

王超说：哪来的钟，没买过，知道个大概就行了。

我说：那现在大概是几点？

王超说：你看路上没什么车了，就是过了十点了，但天还没亮，路边卖馒头的还没到，就是不到五点，大概就是十点到五点之间。

我说：我想知道个确切的。

王超说：你又不赶着上班，知道时间有什么用。

我说：这觉睡得时间太长了，浑身难受，就想知道时间。

王超说：那就只有天知道。

话音刚落，楼上窗"砰"一下就开了，一个女声大喝道：哪家半夜两点半还放鞭炮啊，让不让人睡啊，我操他祖宗十八——啊，孩子他爹，着火了。

王超说：你看，天发话了，半夜两点半。

我大为镇定，搬来一个椅子一起看火灾。火势已经渐渐变大，火光都能映到房子里，偶然还升起一些火星，能达到和我们平高。楼底下已经聚集起很多人，很多中年男子只穿了汗衫短裤，这就是火灾比水灾好的地方，火灾能从床上爬起来什么衣服都不用添置就在边上观赏，尤其是在冬天，路过火灾现场更是温馨感人，暖意盎然，真是市民休闲驱寒的理想场所。

大约烧了十分钟，周围已经围了上百人，我这才明白原来我们这孤楼里还是住了不少人的。我一直以为自从那场爆炸以后这里就没有人住了。现在看来，人丁兴旺。而且抬头往上看，发现还有一双双求知的鼻孔对着我们，而且周遭人的说话声明显已经盖过了燃烧的声音。人类再一次战胜了大自然。

王超突然问我：健叔呢？

我说：可能在人群里，找找。

王超说：你刚才在看天上的时候我就一直在找，没有，健叔穿了件绿衣服下去的，很好找。

我说：你仔细找找，看看角落里，有没有和冬青树混为一体？

王超说：不可能，你看周围这么亮，我怎么找都找不到。

我说：完了，会不会太激动，走太快，摔在楼梯上了？

王超说：有可能，快下去看。

突然，我发现健叔一跷一跷从楼道里出来。

王超说：好快的速度。

我说：是啊，要不那天拿了只鸡怎么能让人给抓住了呢，他总是以为自己好了，你看，好个屁了。

我们只见健叔在人群的周围绕了一圈，发现没有什么口子可以钻进去，又站到了花坛上，发现自己只能看见黑压压一片脑袋后又下来，在原地一筹莫展。

王超说：这家伙一看就知道没听过演唱会，没戏的，进不去的，你看看我们的位置多好，VIP ROOM。

消防车的声音从远到近，又从近到远。看来这台不是我们定的消防车。群众们心急如焚啊。的确是，作为一个人，一辈子能看到几次消防车灭火的。

果然，楼下开始有抱怨了：这消防车怎么还不来，再不来，这火灭了怎么办？

然后就是一堆附和和对消防局的指责。

终于，那辆迷途的消防车找对方向，出现在大家的视线里。群众自发地统一散开，大家都直勾勾看着消防车，想看看究竟是怎么灭火的，眼神中充满了虔诚，就差涌现一个群众代表，上前热泪盈眶地说：老百姓都盼着你们呢。

车停稳后很快跳下几个消防队员，指挥官先冲上前去断定火灾的性质，其他人很快抽出消防枪，端着往前冲。

我们在上面看得一清二楚，真是扣人心弦啊。这是一场人类和时间的较量，也是一场人类和大自然的较量，我们的消防官兵们必须争分夺秒。晚一步，火就自己灭了。我都仿佛能听到大家的心跳。

杂货铺已经彻底被烧毁，现场还留下一堆火苗，而且火苗有渐微之势，大伙都不敢喘气，生怕把火苗给吹灭了。因为没有了天然大火炉，我和王超在楼上都看得有点冷。还好，已经演到了最后的高潮接近谢幕的部分。我们忍受着寒冷，继续注视。

须臾间，消防队员冲到了火苗前，正要打开水枪，忽然人群中冲出了一个老太婆，端了一脸盆水，大叫道：救火啊，救火啊。

离得最近的人正要阻止，但是已经来不及了。老太婆已经将水泼了出去，真是覆水难收啊。大家都痛苦地闭上了眼睛。周围的一切都好像静止了。

只听到长长的一声"扑——"，火灭了。

大家都仇视着老太婆，老太婆收起脸盆，转身就跑了回去。大伙还愣着，突然一个有识之士喊道：她八成是又回去接水了，大家守住了，别再让她过来。

有人说：哪里来的老太婆。

还有人说：这是扰乱了治安的，可以报案。

很多人附和道：报案，这个绝对要报案的，这个严重妨碍了消防员的工作，快打么么零。

消防队的指挥叉着手大喝道：报什么报，谁再说报就把谁抓起来。如果人人这样，火就扑灭了，我们就不用出警了。

大伙纷纷开始央求，比较集中的意思是，这火还有可能重燃，为了安全起见，应该予以彻底的扑灭，而且你们消防车来都来了，来了就应该扑一下。

最后消防队决定为了防止有隐患，还是要进行斩草除根的扑灭，一个火星都不能留。消防龙头开启的一刻，老百姓欢呼雀跃，鼓掌称道。在高压水柱的威力下，别说是火星了，连原来的杂货铺都没留下，一阵冲射后，那堆残骸都冲散了。在群众的掌声之中，消防官兵们收队了。

不到十秒，人群散了。第二天还要工作呢。地上留下了很多瓜子壳。我说：你看，这下健叔就好找了，剩下的那个肯定是。

果然，只留下健叔一个人在现场，慢慢往楼梯移动。

我和王超关上窗户，躺到床上。

我说：我睡不着了。

王超说：还能睡啊都睡了两天了。

我说：现在估计已经三点了。

王超说：要吃东西也要等到天亮啊。现在哪里有东西吃。他妈的，昨天吃得好好的鸡，都给吐了。

我说：是前天吃的，我纠正一下。

王超说：是啊，这样下去要三高的。我爹就三高，血压高，血脂高，还有什么的也高。

我说：你爹肯定吃得比你好。你爹就不管你？

王超说：管，怎么不管，每个月都给钱。

我说：这是，那你开的那桑塔纳就不还给你爹了？

王超说：这车本来给我妈开的，或者有的时候我爹到农村去的时候用，后来局里配了吉普车，我妈现在也没有执照，就我开了。

我说：那你学校里老师同学都怎么说？

王超说：这有什么新鲜的啊，开个破桑塔纳，都没人搭理这事。我自己还神经病一样，很少开到学校里面，都停在学校外面。而且这还没开几天呢。这算什么啊，我们学校最漂亮的四朵金花，你知道里面的一个，开两门宝马328，你知道328是什么吗？是六缸的，3升的排量，特快，办完了将近一百万啊。

我说：人家家里真有钱。

王超说：有钱个屁，她妈还下岗了呢。

我说：那怎么能开那三几八？

王超说：我不知道，比我厉害多了，我都想开开那车，给那么个小姑娘挺快一车真是浪费，我还没开过那么快的车呢。我爹那奥迪还是二点四的排量，不过瘾。

我说：那么快的车人家能开吗？

王超说：不能开，这不前几天撞了吗，听说要运到上海修，这没修的，要修掉四十多万，还没件，从德国定，至少要修半年。

我说：那人呢？

王超说：妈的，居然没死，不过人家的车安全性好啊，这要换我们的车，估计就死了。不死也得重伤。有安全气囊就是好啊。

我说：那小姑娘不是没车开了？

王超说：有啊，但人家大老板又不是开车行的，已经给了一个宝马了，就不错了，没别的车，就暂时给了她一个公司的车，她死活不要开。

我说：好歹不漏雨啊，为什么不开？

王超说：这道理很简单，这养女人像养狗一样，这狗只要吃到过肉骨头就不高兴回头再吃狗粮了。

我说：这不一样，饿了不也得吃吗？

王超说：是啊，这不人小姑娘还是收下了那台车嘛，就是整个人都没有以前活泼了，而且从来不开进学校，都停在学校旁边，她也不像我，停在人家饭店门口，她就直接停在马路上，光拖就被警察拖走了三次了。

我说：那到底是一什么破车啊，人小姑娘都这不愿意开。

王超说：你就别逼我说了，给我留点面子。

我说：是个桑塔纳啊？这不是挺好的吗？我还以为是面的呢。

王超哭丧着脸说：还不是桑塔纳，是要比我这再高级一点的桑塔纳2000。

这时候，健叔终于走到了，张口就问：什么桑塔纳2000？是不是我看广告上新出来上海大众的那车？这车挺好啊，怎么，王超，你要换那个车了，牛逼啊，那样我们两个就可以跟你一起风光风光了啊。

我和王超一起叹了口气，真是男女有别啊。这男女平等的口号都喊了多少年了，看来要做到真的和女人平等，还很难啊。

健叔兴冲冲说：刚才你们看见了没有，那火——

我说：我们看得可比你清楚多了。

健叔说：真不知道怎么着的，这火。真饿啊，又睡不着。

我说：健叔，你别打岔，我正听王超说他们学校的四大金花中的一朵呢。

健叔说：好看不好看？

王超说：好看，好看，真的好看，有点像李嘉欣。

健叔说：李嘉欣啊，好看，好看，真的好看啊。怎么，你要追她，我支持啊，我现在还残疾，追不上了，那小子就别指望了，就靠你追回来了，我们不摸，看看都成啊。

王超叹口气说：我哪行啊。

健叔说：怎么不行，你看，你人也不难看，现在也有车了，而且还是桑塔纳，怎么追不上？

王超哭笑不得。

健叔还继续刺激道：你看，如果你换了桑塔纳2000，那就更手到擒来了。你看，你说这的姑娘都虚荣，风气也带坏了，人家金花一看你开的是桑塔纳2000，肯定这虚荣心就上来了啊，特别乐意坐，你这不就泡到了吗？

(原载《萌芽》2006年第一期)

纸 鸢 记

张悦然

是的，我自己亲眼看见古米的西比尔吊在一个笼子里。孩子们
在问她"西比尔，你要什么的时候"，她回答说，我要死。

——T.S.艾略特《荒原》

1

十四岁那年的某个夏日黄昏，在西北方向的天空中，西比尔看到了海市
蜃楼。她在那个栗棕肤色的暹罗国士兵的怀里，停止了挣扎，只是专注地看
着那座剔透的琉璃宫。然后，她缓缓闭上眼睛，在心中默声祝祷。健壮的士
兵咬断她的连衣裙肩带，湿淋淋的舌头沿着她颤抖的胸脯一路滑下去。他在
她的身体里乱窜时，她却忽然感到很安宁，好像诺亚带着那些成双的动物们
在波浪渐渐平息的大海中航行。天地重新开启，一切都如崭新。野蚂蚁爬上
她静定的身体，啃噬着那微微颤抖的、被男人弄皱的皮肤。男人拣起她的裙
子擦拭沾染在身上的血。可是她却好像已经被救离此地。疼痛也没有，羞辱
也没有。那个傍晚的太阳很不寻常的，那么柔和温暖，仿佛有一只仙人的手
遥遥地伸过来，揩干了女孩脸上的泪水。

那座宫殿正如父亲曾描绘的那样，是透明的，晕着淡粉红色的光。仿佛
还有几朵自由的翅膀，上下拍打着，云游于天际。她终于相信了父亲的话。
天堂是存在的，那么救赎也会有的。她喜极而泣。

2

若仁慈的天父看到他流落异乡的小女儿赤脚奔跑于潮湿的森林、陡峭的
山谷，他会否感到心疼呢？迷路，和父亲走散，眼看天就要黑了，而这条山

路仿佛永无尽头，不见一点人烟。她跑了几个钟头，只在丛林里看到过一只从废弃的大炮上拆下来的炮筒，几只松鼠在里面安家，有大有小，咔嚓咔嚓地分吃着坚硬的松果——这是西比尔很久以来见到过的绝无仅有的温馨场景。

西比尔不断地和自己说话，起先还是默默地在心里说，后来她哭了，堵塞在喉咙口的声音就再也阻挡不住。她开始大声和自己说话。这片密匝匝的红树林犹如墙壁般回赠给她一缕缕回音。少女的绝望在这片树林里荡漾，如不能走出去的幽魂一般来回往复。

她知道自己不应该绝望，爸爸说，天父将与我们同在，他将牵着我们的手带我们走出危险和痛苦的沼泽地。所以，我们所要做到的就是去相信，去领悟天父的旨意，满怀希望地走下去。她知道这是懂事的大女孩应该做到的，是长大必须经受的考验。可是天父会知道吗，她的双脚一直在流血，脚心的伤口在扩大，她疾跑时能感到泥土混入血液，尖利的木枝穿透她娇嫩的皮肤。可是她不能停，爸爸说夜晚的森林会有野兽出没。她要在天黑之前走出森林。天父会知道吗，她已经两天没有吃过东西，为了有力量继续走下去，她吃了一朵艳丽的蘑菇。是的，也许它是有毒的，但那时她已饿得寸步难行。与其困在一地等死，倒不如赌一下。她吞下了这朵有着樱桃般诱人色泽的蘑菇。这些折磨超过了她忍耐的极限——她那颗在父亲训导下归顺于信仰的心，终于还是起了怀疑。

3

此刻西比尔特别想念父亲。这个将半生都用来侍奉神的男子，为了让世人得救，将神的话语传遍世界的各个角落，几乎从未停下过行走的脚步。

她的母亲是华人女子，在遇上她的父亲之前，在中国江南的一个杂耍班子里表演绝技。

有一天，一个棕色胡子的大个子洋人看到了她的表演，她在他们的头顶飞来飞去，令他大为震惊。演出结束，他向着她走过去，微笑着说：你是一只鸟儿吗？

他离开的时候带走了这座城里最美丽的小鸟。

西比尔生在中国。她父母的结合，是伟大而高尚的，因为它是建立在共同侍奉神的基础上。爸爸常对她说，妈妈是最勇敢和开化的东方女子，是最先听到神的话语的人。所以他要带她在身边，让她走得更远。

于是，她真的走得很远，陪他四方传教。他们先后去了越南，尼泊尔，缅甸……最后是印度。她终于停下了奔忙的脚步——就是去年，一场大火缠住了她的脚。但爸爸说，这并不是坏事。现在妈妈走得更远了，她服侍在天父的旁边。

那时他们正在孟买传教，当地灾荒连年，十三岁的西比尔正在阿姆斯特丹的邻居家寄宿，她在学中文，以及制作简单的菜肴。

"要做独立的小孩，这样将来才能和爸爸一起去工作，做他的好助手。"西比尔常常这样督导自己，睡前不忘去日历牌上画下一个记号——又是一天，她一天天算着爸爸妈妈回来的时间。

4

孟买的大火烧起的时候，西比尔正站在桌前注视着她的生日蛋糕，邻居家的女主人将蜡烛插在蛋糕上，她数着，一支，两支……没错，十三支。她几乎不敢相信，自己已经长成一个少女了。

当西比尔正在数她的生日蜡烛，孟买街头的女人，正打算去药铺买些草药，独自走在孟买的街道上。那场火，就像躲不开的云霞，飘进了她的眼睛。是一座印度高塔在着火，高高矗立，火光四射。她想也没想便跑上去救人。

火焰就是希望，邻居说着，将一根点着的蜡烛，交到西比尔的手中，要她自己去点燃蛋糕上的十三根蜡烛。十三根火苗映出十三张花苞般鲜嫩的小脸。十三个西比尔在雪白的蛋糕前憧憬着金灿灿的未来。

在浓烟滚滚的塔楼中，一个少年僧侣被浓烟迷住了眼睛，看不清路。这时有一只温暖瘦小的女人的手，握住了他。她小心翼翼地带领着他。浓烟已经蒙住了眼睛，他听见横梁砸落下来，在他的脚边吱吱燃烧的声音。他们在狭窄陡峭的楼梯中绕走，她用他不懂的语言和他说话，他听不懂，也看不见她，但是通过那只温暖的手，他知道她是让他不要害怕。

西比尔，许个愿吧。周围的人都说，于是西比尔快乐地闭上了眼睛，让兴奋的内心沉静下来，开始许愿。

女人又跑进了高塔里，火势已经蔓延到了楼梯上，她沿着墙根艰难地移步向上走，循着哭泣和呼喊声，她找到了几个孩子。她一手牵着一个孩子的手，又让其他孩子抓住她的衣襟，他们这样跌跌撞撞地冲下楼。

所有的人都微笑地看着西比尔许愿。那是一个悠长而静谧的愿望，有关爸爸、妈妈，有关他们伟大的事业，有关他们温暖的团聚。

他们终于冲出了宝塔。可是女人隐约听见，高处仍有嘤嘤的哭声。一刹那的错觉涌现，她甚至觉得，被困在塔里的就是她的西比尔。于是她重返高塔。一路循上去，却没有找到一个孩子。而火焰已经堵住下楼的路。她被困在塔中央。

许完愿，西比尔长长吸了口气，觉得身体里空空凉凉的，将所有愿望都倾倒出来的感觉真好。

也许只有跳下去了。她跑到窗口，是那么高的塔，下面人头攒动，但都是那么渺小，谁也救不了她。这时，她在人群中看到了她的丈夫，是的，他来了，有天使为他带路，他知道她在这里。女人又看到了她英俊的爱人。鹰钩鼻子，棕褐色的胡髯，信仰使他看起来那么强壮。她笑了。

西比尔鼓起腮帮，一口气吹灭那些蜡烛。

女人从高塔的窗口纵身一跳。她的脚上还绊着熊熊燃烧的火苗。人们看见，她在空中停顿了片刻，似乎是不知道该飞向哪里，是向着地面上她的爱人，还是高空中她的天父。

十三根蜡烛都熄灭了。掌声响起来，为她庆贺。西比尔握住系着缎带的刀柄，在一朵艳丽的玫瑰花上切下去。

牧师看到一只艳丽的鸟儿飞向他的怀抱。时光仿佛在一瞬间回到了十五年前。在中国江南的梅雨天气里，他的爱人是一缕令人欢喜的阳光，照在他的额头上。他向她走来，微笑着说：你是一只鸟吗？生命的末了，她回答了他的问题，以鸟的姿态拥抱了他。她坠地时，泪水从他的眼眶里迸涌出来。他跑过去，看见女人犹如孔雀一般雍容升起，她的身后，缓缓地开出一扇鲜红的屏。

我们的西比尔，她初尝世间的丰盛，对未来充满期待。世界在她的眼前展开，甜蜜好似这精美的糕点。西比尔将一块缀着半朵玫瑰雕花的蛋糕掂在手上，小心翼翼地抿了一口奶油。

塔在烈火中摇摇欲坠。人们呼喊着四向奔散。只有牧师仍在原地，抱着他的妻子痛哭失声。他将她脸上的乱发拨开，亲吻她尚余温热的脸颊。她仍那么年轻，仿佛还是个姑娘，他从未走进过她。十几年的同榻而眠也许只是一个梦。她如此美好，好像耀眼的珍珠，孤单单落在世间太危险，死神定然会来将她偷走。

后来，西比尔一直坚持她目睹了一切。穿过跳跃的烛光，她看见妈妈的飞翔。她看见孔雀开屏那一刹那的兀艳。

5

牧师失信于他的小女儿，没有在冬天到来之前回家。

那年冬天，多少个夜晚，西比尔穿着崭新的白色鱼尾裙式小礼服趴在厅房的餐桌上睡着了，那扇门始终没有被敲响。直到圣诞节后的某一天，有人笃笃笃敲响了门。西比尔慌忙低头去看她的礼服：礼服已经皱巴巴了，白色荷叶边上有不知从哪儿蹭来的油渍，而她的头发，也因为好几日不洗而打绺了。她慌忙祷告，企图动用上帝的力量来帮助自己，让她快快变身为干净悦人的小公主，否则她妈妈看到她这副邋遢的样子非要生气不可。事实也的确说明，她的许诺得到了应许，那一天，她的妈妈没有回来，再也不会有人挑剔她不够整洁。

她爸爸慢慢走进来，动作迟缓得好像幽禁在古堡里的上世纪鬼魂。西比尔立刻感到，父亲身上悲伤肃穆的情绪将她严严实实地围住了。她将大门关上，门外大雪纷飞，父亲重重踩下的脚印，已经被新雪覆盖得毫无踪迹。那时她尚且不知道发生了什么，但她看着门外低沉的霉青色天空，难过地想着，大概这漫长的冬天再也不会结束了。

那恐怕是爸爸最难挨的一段时日。他将自己关在屋子里，不和西比尔说话，只和天父说话。西比尔每次走过他的房间，都感到有一种湿漉漉的伤感情绪，氤氲不散。西比尔大致猜到发生了什么。几天后，她敲开他的门，仰脸看着他，等着他来告诉她。他缓缓蹲下，揽她在怀里，泣不成声地说：

"你怪我吧，我没能把你妈妈带回来。"

这个一直认为自己得神眷顾，一路有神庇佑的幸运儿，哭得像个茫然无措的大男孩。

西比尔感到一阵隆隆的耳鸣，她心里的确在怪他。他总是那么大意和乐观，一心只为了那份伟大的事业。她早就怀疑他是照顾不好妈妈的。每一次，他总是那么轻易地将妈妈从自己身边带走，以神的名义。现在他把妈妈弄丢了，再也带不回来。

可是她无法对他动怒。他从未显得这么可怜，像一个做错了事的小孩靠在西比尔的身上，剧烈地颤抖着。她伸出手抚摸他的脸颊，从他深陷的眼窝里涌出来的泪水灼伤了她的手指。爸爸虽是个感情强烈的牧师，每次讲经的时候也会慷慨激昂，眼眶也会红，却从未掉下过眼泪。

上帝终于把这个一直对他深信不疑的大男孩弄哭了。

西比尔抿着嘴，不让悲伤显现在脸上。她将额头抵在爸爸生满胡须茬的下巴上，轻轻地拍着他的背，温柔地说：

"我只是希望你以后出远门带上我，不要再把我丢下。"

6

那两个月，阿姆斯特丹阴雨连绵。冬天就这样过去了，牧师再走出他的房间的时候，屋外已是一片春光明媚。他又开始神采奕奕地站在礼堂的讲台前带领着信徒们一起祷告，用洪亮的声音唱赞美诗。在爸爸的眼睛里，西比尔看不出伤悲的影子，看不到他的亡妻留下的痛楚的痕迹。她怀疑爸爸已经将死去的妻子忘掉了，一如他说过的，他此生唯一的工作便是侍奉神，这将带给他源源不断的快乐。遗忘是多么可怕的东西，西比尔想，妈妈离开的痛，于她而言，好像从未消减过。也许只能说，她处理伤痛的方式，是与别人不同的。有一些伤痛，被她犹如镶进画框般，日日对照，永不消减。

有时候西比尔会觉得，妈妈真的变成了一只鸟，常伴她左右。下雨的夜晚她总是要打开窗户，次日清晨醒来时，她在枕边发现几根白色的羽毛。她知道她是来过的，用最柔软的胸襟上的翎毛抚摸过她的脸。

三月的某天，牧师便带着他的小女儿又启程了。临行前他卖掉了从前的房子，从那一天开始，西比尔便再也没有家了。她怀疑上帝误解了她的意思，生日许愿时，她的确说过希望去遥远的国家旅行，像个大人那样自由自在。可她从未说过不需要家，以后都过一种流浪的生活。

这一次他们在大海里颠簸几十天，从西方来到东方。他们绕过非洲的好望角，穿过马六甲海峡，抵达暹罗①的海岛。爸爸说，他们是沿着哥伦布当年的航线一路来到这里。这是西比尔第一次看到如此宽广的大海。这也是她第一次和爸爸单独出行。她似乎从未靠他这样近，在妈妈还活着的时候。她悄悄地看着他：爸爸要比妈妈老得快许多，他已是半老的人，在船上这么坐着，不一会儿便打起瞌睡来。

西比尔怕他着凉，为他披上一件斗篷。她知道他异常孤单，需要一个女人陪伴左右，照顾他，鼓励他。但她转念又想，旅途之中，妈妈不是一直陪

① 暹罗，泰国的旧称。

在他的身边吗？她就是那一只小鸟，始终盘旋在他们头顶上的那片蓝天里，爸爸也应该能感觉到。他又怎么会孤单呢？

"爸爸，"在他醒过来时，她忍不住问，"你能看见妈妈吗，她还在我们周围。"

"是吗，你看到她了吗？"

"嗯，她是一只鸟的模样。给我留下过几根白色的羽毛。"

"哦，没准那不是你妈妈，那是在你睡着的时候来探望你的守护天使。"

"天使？"西比尔迷惑地问，爸爸总是对她说起守护天使，似乎从她蹒跚学步的时候就开始说，不要怕摔倒，守护天使会站在身后保护你的。

"是啊，你是神的孩子，神知道你在想念妈妈，就派守护天使来陪你了。"

"你总说起天使，可是我从未看到过它们——爸爸，你看到过天使吗？"

"当然。我常看到它们。"

"它们什么样？"

"它们也是人的模样，但有一对白色的翅膀。很美。你以后也会看到的，当圣灵将你充满，你获得新生的时候。"

西比尔不再说话了。爸爸眼中的世界，永远是和神连在一起的。然而她却宁可那些在下雨天的夜晚从窗户里飞进来，睡在她身边的，是妈妈。

7

经过数十天的航行，他们终于抵达一个赤道上的岛国。

海岛上终年如夏，西比尔脱下厚厚的棉袄和长裤，穿短裙，赤脚走在白色沙滩上。她喜欢那些栗子色的当地女孩儿，她们的头发又黑又直，和东方的绢丝一样迷人。她多么羡慕这样的头发，她的虽也是黑发，却天生便是拳曲的，怎么也不可能像瀑布和山涧里的泉水般顺滑地垂在肩膀上。她必须承认，虽然她不喜欢颠沛流离的生活，可她的确喜欢热带的植物和沙滩。在她的国度，西比尔从未这样尽兴地晒过太阳。

但战争却不会因为这片土地上绝好的太阳光而不爆发。那一年，暹罗国向邻国宣战，战火蔓延整个国家，到处是一片混乱。牧师对西比尔说：

"这样的时候，会有更多的人需要帮助，我们就更应该留下来。"于是他们错过了最后一班遣送外国使者回国的船。

牧师和西比尔奔走于大街小巷，帮助许多无家可归的难民。直到五月，战争不断蔓延，几个邻国也先后卷进了战争。暹罗国的抵御式微，眼看邻国的军队就要攻城。

那一天是邻国军队向暹罗城进攻的日子。难民四散逃亡，但城门已经关闭，没有人可以跑出去。牧师和西比尔，便是在奔逃的难民中走散的。他们曾相约，若是走散了，就在城门口碰面。西比尔记得城门在西面，于是她一直向西奔跑。此后她便迷了路，迷失在一片雾霭浓密、没有尽头的森林里。

8

西比尔遇到那个在山坡上藏身的士兵时，她已经筋疲力尽。他们彼此对视了一会儿，迅速地辨认出对方的身份。她知道他一定是贪生怕死的逃兵，在战争面前畏缩了，躲藏在这里。暹罗士兵仿佛从这个外国女孩的眼神中找到了一丝轻蔑，他向着她走过来——他要使她屈服，使她因那不敬的眼神而得到惩罚。当然，眼前这个混血少女，犹如皎白的月亮般耀眼，他早已为之心旌荡漾。

他扑向她，他要浇灭她。

也许就是在西比尔心中生出死念的那一刹那，她看到了海市蜃楼。在西北方向的天空中，被粉红色的光晕包围着，就如剔透的琉璃宫。那大概就是神明的府邸，妈妈也应该住在那里。她寂灭的心忽然又燃起了希望。她看到了，就如她去到了一样。是的，她忽然得以跳脱出来，俯视自己的身体。她觉得那流血和受辱都不算什么，一切都是为了获得新生。好像一场新陈代谢中寻常的脱落。

她看着士兵远走的身影，慢慢给自己穿上那件染满血渍的裙子。血的气味还在周围，她揉了揉鼻子，从草丛中爬起来。

她的西北方。西比尔伸长脖子平仰着脸庞，用目光紧紧地锁住那座天空中的宫殿，像一只等待着盛存雨水的圣水杯——是的，此刻她还能听见自己身体里汩汩的流水声。

她被重新注满力量，又可以奔跑。

9

那个傍晚，西比尔竟真的感到了奇迹的降临。天黑之前，她跑出了森林，远远地看到了高高的城墙，弥漫着硝烟的城门口。过了城门，就是码头，她和爸爸就是要在那里坐船离开。而她很快在城墙下那些忙于照顾受伤士兵的医务人员中，找到了她的爸爸。牧师背对着她，正在给一个胸部中箭的士兵包扎伤口。她看到他消瘦的背影，一阵心酸。她大声呼喊他，可是城墙下躺满了伤兵，邻国士兵射来的箭仍不断从城墙的那一边飞过来。她看得胆战心惊，担心他若是听到女儿在呼喊他，就会不顾一切向着她跑过来，那将使他陷入更大的危险中。

同一时刻，西比尔看到天边有几只白色的大鸟一字排开，正在城门上空飞翔。它们纯白的翅膀是那样结实而有力。信仰使它们如此强壮。

她再定睛一看，便看到那并不是什么大鸟，脆生生的翅膀下荫蔽的是壮年的男子。她几乎不能相信自己的眼睛：那些英俊的男子正携着两片洁白的翅羽徐徐飞跃城墙。西比尔的目光落在那只头鸟的身上。她忘记了也许只因他飞在前面，她才觉得他那么高大。她看到他冷杉色的衣袂飘飘，他的背是那么直，脆硬的翅膀在他身上那么契合。他太高了，她看不清他的面容。但她几乎可以肯定他生着浓粗的眉毛，高鼻阔嘴。

她相信，那是天使。是的，她看到了天使。她在西方都没有看到的天使，终于在这儿，让她看到了。这是爸爸一直说的天使。人的样子，但架着一双白色翅膀，很美。

那个傍晚果真不寻常，也许因为天使的降临，黄昏的日光迟迟没有退散，天地之间的一切都好像融在一颗琥珀里，用和缓直至消停的速度慢慢运行着。

倘若真有所谓一刹那间的爱情，西比尔相信，它一定就发生在此刻。陌生的男子，对他一无所知，可是就在初见他的一瞬，已将过去若干年里对天使的崇爱移至他的身上。他一定是来救她和爸爸的，也许他只是向着她伸出手臂，他们就能随他飞起来，将这场兵荒马乱远远地抛在身后。

10

她向着城墙下飞快地跑过去。她要在他落地的时候，站到他的面前。然而她还未跑到城墙下，他就已经落在了地上。她看清了她的天使。他那背在身上的薄竹片扎成的翅膀，被最后一点晖光映成半透明的。

她还没来得及看清他的五官，却只见他蓦地从腰间掏出一把长刀，向着城墙下的人砍过去。当他的刀从背后深深剜进那人的身体里时，她悚然大惊，险些叫出声来，慌忙伸手捂住嘴。

那个背影慢慢倒下，然后她就看清了爸爸仰脸朝天的面孔，冥冥圆睁的眼睛。他坠地的一瞬，她还看到单薄的《圣经》小册子从他的外衣口袋里滑落，惨白的简陋封面在血泊里很快被染红，再也分辨不清。很快，她的爸爸也将无法分辨，因为"天使们"的杀戮从未停止。城墙下血流成河，尸体叠摞在一起。暹罗国士兵，平民百姓，外国使者……他们血肉相融，直至彼此再无分别。

西比尔停下了奔跑的脚步。她站在那里，一动不动地看着。看她的天使熟练地操刀杀人；看她爸爸贴着泥土的头发被凉风吹起来，但很快那簇金黄色就找不到了，它大概已被热带汹涌的墨绿色植被所吸纳，湮没。涨潮了，海风吹过来，那几只被着陆后的"天使"抛弃的纸翅膀被吹得翻来覆去，打着滚儿，在贴近地面的低空飞舞。

她跪倒在地上，闭上眼睛，面前暹罗城沦陷的一片哗叫都已听不见。她烧灼的耳畔，只有那些纸鸟呼啦啦呼啦啦振翅起飞的声音，自由自在。

（节选自《誓鸟》，原文有删节）

（原载《萌芽》2006年第七期）

乐　器

李海洋

在起初的年月，一切并没有什么两样。从四面八方赶来的人们，勤劳懒惰，漂亮丑陋。

在这片土地上定居下来，他们来自何处，又为何而来，很多年以后，都已成谜。但众所周知，背井离乡是痛苦的。新的家园需要开拓，大地开始燃烧。经过几代艰难的繁衍（其中经历过一次瘟疫），我们终于在此稳定下来。在开始的时候，祖先们带来了很多作物，但经过长时间的淘汰，一种可以两季而熟的黍麦获得了优先的生存权。起因是一次惨烈的干旱。我们学会用黍麦调制出各种食物，事实上它们的味道大同小异。我印象深刻的是，年幼时坐在田埂上啃食的麦饼，父母在饼的中心挖出一个洞来，挂在我的脖子上，为的是让我在无聊的时候有事干，避免哭泣。一说起少时的岁月，我总是没完没了，很多年以后，我因为喜欢说废话遭到众人的鄙视。由于黍麦两季的成熟，人们在剩下的季节里闲来无事，年轻的人们，刚学会谈恋爱，便又迷上了无休止的造爱。成年的人们对造爱显然已经失去兴趣，我们经常可以看见他们在村中唉声叹气，有一些敏感的人，喜欢对着天空，硕大苍白平坦的天空，感到自己的卑微。便开始一些无谓的吟叹，这些人成为诗人。另一些人是讨厌这些人的，他们不停地咒骂诗人们，说他们吃饱了撑得慌，最后在形成贫富之后，他们成为当权者，把所谓的诗人赶出村子。诗人们开始在四处飘荡，其中也有人成为不朽的作者。

他们的著作大多很柔和，适合在阳光清澈的下午，在树荫下躺在长椅上，就着温温的茶茗阅读。如果你的智力没有问题，会发现在很多著作中都提到"祭塔"这个奇怪的称呼。实际上，如果你有机会来到我的家乡，第一个进入你眼睛的便是祭塔。毫无疑问，对于现下村中最高大的房屋，它也是显得巨大的。它占据了约两亩左右的土地，容纳下七层数百间隔室。在少时的岁月，我一度认为它是世界上最大的建筑物。事实上，谈论它的高大等等都是毫无意义的。对于同样是村里无聊的人，幼小的我们是没有人关心的。我们想的是，在以前的岁月，只拥有简陋工具和技术的祖先是如何建造它的，又为何建造它。即使是村中辈分最高的老人，也无法说清来历。有人提出这样的解释，祖先可能像我们一样无聊，由于那时的黍麦只熟一季，于是他们开始建造这座塔。当然，他们这样说也是有依据的，因为建筑中包含着不同时期的建筑风格，一个拱门，一个回廊，一截楼梯等等，显然不是在一段时间完成的。显然这样的猜测低估了我们祖先的智力，没有人会无聊到干一件如此浩大的体力活，而只是为了打发时间。老人们给出的答案是为了祭祀使我们丰产的物神，在祥和的岁月，他们的话是很有权威的。

建筑的很多部分最后被人为地修葺改变，为了使它更美观精致，工匠们将那些塔面的空洞封起来，加上镂花的阁窗。其实我一直认为，那样做达到了反效果。因为建筑本身便是完整而无可挑剔的。所有的材料都只采用一种泛出蓝光的石头。它们被完美而精巧地堆砌衔接。这种材料在村附近的山上可以找到，它们镶嵌在山体的岩石中，纹理细致光彩夺目。这是经过考证的，因为村中曾一度流传天外来客建造的鬼话。我想如果我们找不到石料的来源，那便会像很多奇异的景致一样，引起很大的争论，众说纷纭。其实，没有一个说到点子上的。那些人甚至比后来出现的无聊的小说家更富于想象力。

在早晨的时候，我站在我家的屋顶上，仰望高原上的建筑，随它一起沐浴早上的第一道阳光。阳光掠过塔顶，一部分被光滑的顶面反射，另一部分咻咻地照到我的身上，我张开双臂，开始祈祷。然而，对于祭祀这个用途我始终持怀疑的态度，因为建筑中没有一处关于物神的物品，那些都是后人搬进去的。我的爷爷告诉我："原本里面是空荡荡的。"

空荡荡，这个词可以让我们联想起很多东西。但首先袭击脑海的是一个叫做S的小姑娘，这看起来荒谬，其实只需要些微的解释，你便能明白就里。

我认识S已经有二十个年头，从我认识她开始，她便喜欢穿着宽大的衣服，包裹住瘦削的身体。这样在肉体和衣物之间的部分便体现出上述的词汇。这样的联想看似很合理，其实，同时期这样穿着的很多，然而，我只记得叫S的这个小姑娘。不仅仅是因为这么多年来她和我走得很近，更在于她和我一样同意：建筑是有别的用处的。

十几年前的岁月，我们六岁，一起爬上屋顶，沐浴阳光，对着建筑发起呆来。然后她在她家的房顶上对我招招手，阳光斜打在她身上，镀上金黄色光芒。

　　以后我们常在一起玩耍，这样一直到十一二岁。很多年以来，我们一直在回忆往昔的岁月，未来的幸福或者不幸，都来自源头。

　　这么一天，我记得是在夏季的傍晚。我和S一直在后山的山坳下玩到很晚，小伙伴都已经回家，但我和S玩的游戏还未分出胜负，S这个倔强的姑娘不依不饶。其实我是让着她的，最后我觉得肚子很饿，想让着她，但一想到将来可能成为S的笑柄，便坚持下来。结果S智力不足的毛病还是暴露出来，她站起来，恶狠狠地看着我，把手中用于游戏的道具哗一下扔在我的面前，稀稀落落。然后转过身，负气地跑开去。那时候刮起一阵微妙的清风，将她宽大的衣袍吹起来，就像是风把S带走一样。很多年后的一天，S真的被风带走了，我再也没有找过她。而现在，我愣在那里，意识到自己办错了一件事情，我挠挠头，站起身，往S去的方向追起来。S属于典型的静如处子动若脱兔的女孩子，我追出去好远，仍然连她的影子也未看见，然而我未曾放弃。很多年以后，我养成坚韧的品质，大抵和那个时候有关。天色入定，淡淡的黑色像是国画里的水墨。我没有顾上周遭的景色，风中有些唏嘘的味道，残留下一些S的体香，顺着这一丝线索，我追过大约五百米的距离，气喘吁吁地在建筑前停了下来。

　　很显然，S跑进了祭塔里面。

　　站在门口的时候，我有些害怕。虽然里边长年都有灯光，但那斑驳的光影对我的年纪来说是一个恐怖的玩意。我已经不能揣测S站在门口时的感觉。我硬下头皮，走进门廊里。

　　S！我扶住门框，叫道。声音在屋里盘旋，升腾。我寻觅着，未见到S的身影。然而回响却让我害怕了。这时候，一双手搭在我的肩上。当然，这是过后我才知道那是一双手，但当时我被吓了一跳。

　　哇！我叫起来，一缩身子蹿出好远，扭过头，却看见S捂住嘴巴呵呵地笑。

　　我有些懊恼。但想起来，是我惹S生气的，于是我抿抿嘴巴，S，你不生气了吧。

　　现在不生了，我们扯平了。她说。扯平，这是一个很关键的词，S长大后成为女权运动的倡导者，从这个时候起，平等就已在她心里扎下根来。

　　嗯，我点点头，那我们回家吧。

　　不，S摇摇头，我很少来这玩呢，我想逛一逛，你饿了不，饿了就先回去吧。

　　呵呵，我不饿的，你想逛我陪陪你啊，我经常来这玩呢！

S点点头，看看四周吊着的大油灯，昏黄的光映照在物神雕塑的脸上，诡异得让这个胆大的小姑娘有些害怕。

我们去楼上看看吧。她说。然后拉起我的手向楼上走去。小脚踏在石面的楼梯上，发出啪啪的响来。楼梯的建法采用的不似西式古堡的旋转式，我们转过一个身，便来到二楼。四面的窗户紧闭，中间是一张巨大的桌子，还有数十张椅子，这是长老们议会的地方。S走过去拍拍桌子，嘎吱嘎吱地响，然后又觉得无趣地摇摇头。

你看，没什么玩的吧，我们回去吧。我那时候归心似箭，想起妈妈做的肉汤麦饼。

等一等嘛。S说，你有没有去过最上面啊。

没有，我说，再上去就什么也没有了。

谁说的，那里很高哎，应该可以看见全村的景色吧。她转转脑瓜子，飞快地向楼上跑去。未及我反应，楼梯已经踢踢踏踏响起来，我于是跟着上楼，但我不敢顾及周围的景色，四面孤灯，阴森可怕。在行进中，如果一步可以跨开四级楼梯，我绝不愿意跨三级。待我上去的时候，S已经站在一扇打开的窗边，有风入室，明火开始忽明忽暗，影子也跟随此消彼长。

S张开双手，看着窗外的景色。

好看么？我跟过去，猥琐地从背后环抱住S，在她的耳边说。很多年以后，这个动作在一个电影里浪漫地出现。不过，这时候，S像鱼一样挣开我，咯咯地笑起来。

很痒咯。她说。

我呵呵地笑，准备再过去挠挠她，她看向远处。起风了啊，她说。

我随着她的目光看去，在村子的上空，远处树林的上空，空气变得污浊残暴地向这边滚来。还没来得及让我反应，一股暴戾的力量忽然将我推开。在我的故乡，这本是常见的风，但站在祭塔七楼的时候，才知道这里的感受和以往任何时候都不一样。我贴在窗户上，紧紧拉住S的手，免得被风吹走掉。风钻进屋子里，仿佛没有打算离开的意思。它已经顺势而下，在楼梯形成的天井里贯穿。我的眼睛已经睁不开来。

怎么会有这么大的风啊。S说，我们把窗户都打开，把这股风放出去吧。

我想了想，这真是个好主意。于是我抓住窗户的棱子，一个接一个地把窗户的棱子除掉。等我长大后，我突然发现，那个时候我的智商真是低。

风就这么在我们的帮助下溢满整个楼层，连衣服和皮肤的空隙间，耳郭鼻子全都是风。而终于我们连抓住窗棱的力气也没有了，我把S揽住，她尖叫着，就这样被风攥在手心里卷起来，像包春卷一样。顺着楼梯我滚到了六楼，就在那一刹那，六楼的所有窗户都被吹开来。

噼里啪啦。

可是我的滚动并没有停止，我和S顶着风势摇摆。如果你试过就明白，命运不在自己手里掌握是多么痛苦。然后，我失去知觉。

而在我们醒转回到村子的时候，我们才明白：那个时候，村里的所有人都停下手下的活，在屋中的人来到户外，给孩子喂奶的母亲放任孩子的哭泣，他们的眼睛都集中在祭塔的身上，一层层的窗户在风力的作用下扭曲着被打开，祭塔就像它开始一样，千疮百孔。风继续呼呼地吹，事实证明，那其实是很多年罕见的风，村子若没有树林的保护，相信也会被吹得变形。风没有放过祭塔的任何一个房间，一个角落，在其中贯穿转折，再从另一个孔洞中跑出来。然后，一股奇妙的音响从祭塔中发散出来，开始的时候断断续续，慢慢地连贯起来，形成优美的旋律。所有人都惊讶起来，年纪稍长的人眼中突然闪烁出异样的光，那是很久以前口头流传的曲子啊。所有的人都默默地静立，在弥散在空气中的美好旋律中沉浸，忘却一切。

可是我什么也没有听见，等我悠悠地醒来，四周一片漆黑。我四周摸索。最后是一只手，然后是一声尖叫。

是S么？我问。

是我啦，你个猪。S没好气地说。

我们这是在哪儿？

隐约间我看见一只手指向上空，我抬起头，一个狭小的白洞，透出光亮。透过那个孔洞，可以看见物神的雕像，那么按照推算，我们是在一楼的下面。在一楼的下面还有地下室么？那么我们又是怎么来到这里的呢？但黑暗让我恐惧，我不愿意思考。其实即使很久以后，这个问题依旧是谜。

首先我们得看得见，哪怕是一丝光亮来辨清方向。

于是我说，要有光。

嗯，光是好的。S说。我记得S的腰间有她妈妈给她缝的一个小布偶，那是一只小布老虎。可以昭显S母亲的期盼。事实证明，S长大后的确成了一头母老虎。但我们无法预见未来，我只能向S索要过来，S感到很奇怪。其实我想要的是里面的棉花，那时候我的手里还有一根木棍。我的邻居曾经在监狱呆过，他给我讲，以前在里头的时候，只有烟没有火，但每个人拿到烟不到一分钟就能全点着。他们从床里边抽出棉絮，然后包裹在小棍的顶端，在布鞋底子上一搓就燃。那时候我还没穿上胶底的凉鞋，家里的鞋全是我娘纳的布底，但由于生手的缘故，我搓了很久，换了几团棉花，差点搓成棉线。最后那小火苗挣扎着形成一团火来，照亮一个小小的世界，急切的S欢喜起来，我举高那团微火，空气潮湿略带一丝的腥味，我把手往右一转，那里居然有一盏油灯。

在此之前，已经多少年未曾将它点亮呢？

四面的油灯在点燃一盏后突然全部都亮起来，现出一条长长的甬道。我迟疑一下，扔掉手中的木棍，准备往前走。

S突然拉住我，我们就在这等吧，等村里人来了，就会救我们出去。

灯里面的油不是很多，我说，再等可能又会黑下了。

我宁愿黑暗，S说，你知道前面有些什么吗？

你闻到腥味没有，其实是水的味道。这表明这前面有条路通向河边。我说着，拉住S的手，攥住，牵引她往前走。S蹑手蹑脚。

甬道并不是很长，我只是不明白祖先为什么要进行如此繁复浩大的工程。就在这个时候，眼前的空间突然爆开，我的眼前突然一阵开朗，那个东西就突兀地出现在我的面前。

那个东西很高大，起码那时候的我看来是的。它复杂而紧密，数百个的齿轮犬牙交错，环环相扣。在它的中间竖起一根数人才能合围的柱子，柱子已经伸展到一楼，我这才想起来在每楼的某个部分，都有这样的一根柱子，它们本来是连接在一起的么？那么这架机器的用途又是什么？

我们走吧。S的话将愣住的我拉回现实。我们继续前进，但从那个时候开始，甬道的一部分被从机器中伸出来的仿佛连动装置的东西填充，我们小心翼翼地走，最后终于看见一丝亮光出来。

而且哗哗的水流声也开始丝丝入耳。看来我的推测并未错误。

我回头对S笑笑，舒缓一下紧张的情绪，甬道的尽头是什么呢？如果是在村中，那么为什么这么长时间没有人发现呢？

等我们走出去后，原来我们已经出了村子的范围很远了。那连动的装置最后连在河边的一架破旧的巨大水车上。这是流经村里的河流的上游部分，水流湍急。因为处于茂密的林间，所以少有人至，难怪未被人所发觉。然后，曼妙的旋律穿过层层的叠嶂传进我的耳朵中。

等我们结束冒险，回到村子，才发现所有的人都已经明白建筑的本身用途，为建筑本身加上窗户是一个错误的决定。在很多年以前，祖先们利用山谷多风的环境，造下建筑，在其中分成许多隔室，当风吹来的时候，建筑变成为一件庞大精妙的乐器，而演奏者便是自然本身。祖先们本来是想造福后人，为我们留下可贵的财富，但最后由于瘟疫的缘故，使很多知情者死去，最后建筑也被荒废经年。

这是多么伟大的构想呢。而善于表达的S向长者们讲述起我们的冒险，最后人们来到地下的房间，根据工匠的精密计算，得出更为惊人的结论，建筑的每一层本身都是可以活动的。而为它们活动提供动力，正是我们见到的巨大水车。工匠们开始加班，将水车用电动机代替。最后在一个有风的傍晚，听完建筑演奏完一曲之后，我们操作起机器，层与层间开始摩擦，然后转动，最后便成为不同的更为美妙的旋律。后来根据不同的组合，我们能够掌握更多曲子的演奏法门。

人们不再无聊。诗人们为曲子编写了悦耳的词，在有风的晚上，人们燃起巨大的篝火，和着建筑的演奏唱起歌，生活越来越美妙。

我和S相视而笑，拉起手跳起舞来。

我并不是为了S笑，也并不是为了美妙的生活，因为一切证明了：祖先也是因为无聊才建下这个诡异的建筑。那时我认为，没有什么能比让我这个荒谬的想法成为事实更让人激动的了。

(原载《萌芽》2006年第七期)

乒乓的38度8

徐 璐

一 蝴蝶飞不过沧海

乒乓是个小疯子。疯子谈恋爱时足够疯狂，失恋后也足够变态。

学化学的乒乓是这样与学经济的男朋友相识的（鉴于乒乓现在提起前男友不喊名字而是喊王八蛋，我们就喊这人小王好了）。两人相遇在校园爱情发生率最高的地方之一：饭堂。午餐时间，乒乓和小王正巧坐对面。开始时二人埋头各吃各的，都不曾仔细互看一眼。

乒乓吃完饭后，再也喝不下鸡蛋汤，又怕浪费，就想将汤倒入自己的水杯带走。那会我们的乒乓才刚刚读大一，是个喜欢找乐子的淘气小姑娘，倒汤的时候，她拿起一根筷子放在杯口来引流，动作小心翼翼，就像拿着玻璃棒做化学实验一般。最有趣的是她做这些时全然不顾旁人的眼光，一副专心致志自得其乐的样子。小王将这一切看在眼里，觉得这姑娘真可爱爆了，便起了贼心追求之，竟也轻松得手。

小王是个特直接的人，他和乒乓相识才一个星期，就对她说："咱俩好吧？"乒乓愣了足有半分钟，回过神后接着死劲摇头。小王就灰溜溜地走了。

又过了一个星期，小王跑过来说："咱俩好吧？"乒乓的目光愣在他脸上几秒，然后摇头。小王只好又垂头丧气地走掉了。

再过一个星期，小王本着"明知前路是坟也还是要走"的心态，蹭到乒乓跟前，说："咱俩……咱俩好吧？"

沉默。难堪的沉默。乒乓仍在发愣。

小王彻底灰心了，抢在乒乓摇头前转身就走。谁知，乒乓叫住小王："回来！——要不，咱俩试试？"

就是这样两个孩子气的男女主角，这么一个过家家式的开局。别人恋爱里该有的海誓山盟、刻骨铭心、百转千回他们都有，别人恋爱里没有的花样他们也玩了出来。比如，小王大四准备出国时，乒乓摸着他的睫毛说："你的睫毛太好看了，出国前把睫毛剪下来送给我，免得你拿你的长睫毛去勾搭别的女的。"这种变态的要求只有乒乓想得出来，也只有小王会答应！他真的把眼睫毛剪了一半送给了她！——两个疯子！

可惜，爱情这东西有多甜美就有多脆弱，何况还是隔山隔水的越洋爱情。距离产生美，但更多的是产生问题。眼睫毛会重新长出来，新的爱也会萌芽生长，只要土壤合适；誓言会自行失效，旧的爱情也会猝然死亡，只因大限已到。才出国3个月，小王就另结新欢，一句冷冰冰的分手话毫无留恋。没办法的，蝴蝶飞不过沧海。

失恋后，乒乓垮了。不上课，不学习，白天吃不下饭，夜里睡不着觉。她患上了严重的头痛和胃痛，但这些痛楚加起来都抵不过挥之不去的心痛。每天像个女鬼一样飘来飘去，魂魄不知去了哪里，只剩一具行尸走肉。她甚至不能够多看一眼校园里的一草一木，因为每个地方都有他和她的回忆，随便想起一点一滴的温柔往事都会使她忍不住流泪。乒乓没想到自己会像那些她鄙夷过的小女生们一样失恋了就失态、失去自我，她不得不承认：到底，我也是一个最普通不过的小女孩而已，傻傻地把爱情放在第一位，一旦失去，便觉得天塌地陷。

一天黄昏，乒乓在教学楼的顶楼上站了许久，看着下面，她听见心里的一个声音说：乒乓，跳下去，跳下去你就不痛苦了。这个声音在乒乓心里肆虐啸叫着，恍惚间乒乓竟真的抬起了脚。抬脚的瞬间她又立即清醒了过来，她的心猛然一紧，为自己居然产生了自杀的念头而害怕。乒乓拼命跑回宿舍，一路上飘飞的水珠都是她痛苦的眼泪。是的，她很痛苦，柔肠寸断肝胆欲裂。她不知道该怎么解除现在的痛苦，可她知道不该一死了之。——该怎么办呢？

宿舍的大姐说："乒乓，要不，你回家一趟吧。找以前的朋友同学玩玩，去小时候常去的地方走走。"

乒乓想了想，马上收拾了东西去火车站，坐上了回武汉的火车。

二　时间最有力量

乒乓没有回家，怕被爸妈教训，更怕让爸妈为自己担心。她先躲到高中时的同桌易馨的宿舍里。

易馨在华工读通信电子专业。华工的绿化据说是全国高校里最好的，四处都是参天大树和林荫小道，郁郁葱葱曲径通幽，别有一番韵致。南方城市的秋天最是美丽，而10月的华工校园更是美不胜收。与易馨对坐在宁静小树林的石凳上，任秋风轻轻吹拂面颊，乒乓忽然很后悔自己没有留在家乡读大学。这样，也不会遇见小王，现在也就不会这么痛苦了。

看着乒乓苍白的脸，易馨说："乒乓，你一向是个大大咧咧、非常开朗的姑娘啊？怎么这次这么想不开呢？"

"是啊，以前我看到别人失恋后哭哭闹闹觉得很可笑。轮到自己，却也一样。我感觉自己像残疾了一样，不知怎么继续生活。"乒乓第一次发现自己如此脆弱如此不堪一击。失恋真的很痛，好似内出血，又似窒息。

"呵，"易馨轻描淡写地一笑，说道，"我和魏明分手时，刚开始我和你现在一样痛苦，吃不下东西，睡不好觉，夜里偷偷地哭。我的体重在一个月内下降了十斤。我觉得自己像被掏空了，感觉很迟钝；又像有人用一把生了锈的刀，时不时朝我的心脏戳一下，痛感却是格外的强。"

"那你是怎么挺过来的？"

"熬过来的。颓废了一个多月，某天早晨起来，我忽然觉得肚子很饿，像大病初愈后食欲大开。我逃了课，乘车去亚贸的肯德基。吃完后我感到自己浑身是劲，我觉得我有力气去操场跑上10圈，有力气去把魏明打得满地找牙，也有力量开始新的生活投入新的爱情。就这样，我复原了，还更强大了。真的，时间是最好的创可贴，你要相信时间的力量。"易馨说完笑着看着乒乓的眼睛。

"时间。"乒乓自语道。她仍是茫然的，她羡慕易馨眼睛里的笃定。魏明和易馨从高二时就在一起了，两个都是相貌出众气质脱俗的人，看起来真是绝配，走在校园里可称为一道靓丽的风景。他们顶住了老师的压制和学习的压力，却没能顶住一个误会。明知是误会，却无法忘怀和原谅误会中的伤害，双方都那么痛苦那么不舍却还是选择了分手。帅哥多，美女多，为什么爱情却不多？都是多情浪漫的年纪和心灵，为什么却做了许多不解风情的事？是哪个玲珑剔透的人说过的话：真爱就是互相伤害。

易馨说："记得吗？高中时有一次英语课，张Sir写下这么一个例句：It is better to have loved and lost than never to have loved at all. 虽然最后我和魏明还是分手的凄惨结局，但是，我一点不后悔，爱过并失去，比从未爱过要好得多。我的生活曾那么精彩，我的17岁到19岁不是一片空白，我觉得很幸运。乒乓，你问问自己，你后悔开始这段感情吗？如果后悔，那证明那个人根本不值得你爱，既然不值得，你痛苦个什么呢？如果不后悔，那就更不该痛苦了。"

乒乓后悔吗？乒乓不后悔。小王用破锣嗓子给她唱过滥俗的《老鼠爱大米》，在情人节送过99朵玫瑰给她，他霸道地夺去了她的初吻，她也第一次尽情享受了无理取闹的权利：他告诉她自己最喜欢的成语是"相濡以沫"，她为他读过她最喜欢的童话《小王子》；他们一起看韩国影片《我的野蛮女友》，黑暗的电影院里，她把他的胳臂揪出了一块青紫；在她的逼迫下他甚至曾向她双腿下跪，并非犯了什么不可饶恕的大错，只为博她一笑；他在最繁华的大街上背过她，也曾无数次地骑着破单车载着她看夕阳……

不后悔。是的。乒乓不后悔。

可是，她还是很痛心。非常非常痛心。如此美好的初恋，叫她怎么能轻易释怀？而如此的美好竟因为时空的变换全部被推翻，又叫她怎么能不痛心疾首呢？——为时间所修改的一切，也只能由时间来埋葬。乒乓只能熬了，熬到时间的利刃彻底斩断过往的那一天。

风吹翻脚下枯黄的梧桐落叶，乒乓想起高晓松《立秋》里的几句歌词：

> 那本书合了又开飘落下梦想
> 我们俩合了又分像一对船桨
> 总是有些随风　有些入梦　有些长留心中
> 于是有时疯狂　有时迷惘　有时唱

三　最常记起你的笑

海德格尔说人生有三大沉沦：好奇，闲聊，踟蹰。乒乓就处于踟蹰这种沉沦中一蹶不振。白天，易馨宿舍的人都去上课了，就剩下乒乓留守。大部分时间她都是泡在网上，有时她也会偷偷掉几滴眼泪，有时就躺在床上发呆什么也不干。最大的乐趣则来自看高中同学冯栖寒的Blog。

冯栖寒去年年初去了德国。乒乓和冯栖寒算不上好朋友，两个都是随性的人，不会刻意去经营一份友谊，但只要碰在一起却总能毫无芥蒂地嬉笑怒骂，很是投缘。他出国前，乒乓打击他："你英语都那么烂，别说德语了，出去也是受罪！"冯栖寒却满不在乎地说："是啊，我打算使用手语，不知道手语几级才可以出国？"一句话惹得乒乓笑得前仰后合。之后也没什么联系，直到在易馨的电脑收藏夹里发现他的博客地址，这个超级乐观的家伙才在乒乓的耳边又发出令人愉快的声音。

Blog记载了冯栖寒离家以后"在别处"的生活。乒乓看他记叙在异国遭受的冷遇与领受的善意，看他去年暑假独自去德国南部旅行的游记，看他恶狠狠地谩骂汇率看他刻毒地诅咒考试，看他很流氓地YY图书馆偶遇的身材奇佳的金发美女，看这个极左分子散布充满火药味的激进言论，看这个Em-inem的铁杆fans用很地道的英文很生动地骂人。那么热烈的爱恨，那么放肆的嘲讽，那么温柔的忏悔，那么幽深的伤感。——这厮太丰富太艺术也太可爱了。

乒乓花了一个下午，把100多篇日志全部看完，边看边笑，边笑边骂，边骂边思考。人生其实是很开阔的，不该太过济济于小儿女的气短情长；只顾在爱情的钢丝绳上铤而走险，却忘记生活里还有这么多可敬可爱的人物；爱情不是按劳计酬的，自己是不是太计较得失才会迟迟走不出阴霾？有一篇日志写得尤为出彩，标题叫《人生上半场领先》：

没谈恋爱时，在BBS上看到一男生发的帖子：

活了20岁，拒人三次，被拒两次，人生上半场一球领先。

——看后大笑。

后来自己也恋爱了。享受爱情带来的欢乐。也承受着一并的痛苦。矛盾徘徊之余，就安慰自己：你拒人、害人的次数绝对超过被拒、被害的次数。现在受一点折磨，也算是符合天道人心吧？

在这个能量守恒原理支配的世界里，有人欢笑就有人哭泣，有人得意就有人失去，有人付出就有人辜负，但我相信，上帝到底还是公平的。我也相信，真正的爱情是存在的，并不仅仅是传说或童话。

投身一场爱情是一次巨大的冒险。得到最终的胜利是那样的艰难，只要你想要得到的既是人，也是心，以及地久天长。但你心里明白，这种冒险，值得。一旦你赢了，你会获得人世间至美的生命体验；即使你输了，你也能获得一段无法磨灭的回忆。

不要为付出了很多却没得到同样的回报而伤心。因为，有一天，你会为自己再也无法付出而伤心；甚至，有一天，你会发现自己再也不会伤心了。所以，那就义无反顾地去爱吧。既然人生难得一次恋爱，难得一次失恋，难得一次真爱与伤害。反正，人生上半场还领先着呢！

哈哈哈——大笑三声，啤酒去也。

乒乓想：至少，我还知道心痛，我还没有心如死灰。想着，乒乓的心又剧烈地痛了一下。

乒乓还在Blog上找到冯栖寒的QQ号，立即将其加为好友，她很想念他。很快就有消息回复，原来冯栖寒在线呢。现在的年轻人，特别是大学生，多是网络化生存，有事无事都在网上挂着。

冯栖寒的网名叫"蚂蚁没问题"，取自张楚的一首歌，签名是"生命在于折腾"。乒乓取笑冯栖寒的搞怪签名，他也没饶过她："你的签名也挺BT的：若将我身当做你，就能天天在一起。听起来像逼婚。"

这个签名还是小王出国时乒乓开始使用的。有朋友评价说，前一句振聋发聩境界奇高，后一句堕入尘世降了几个档次。其实，女孩子家，都是在以一种惊世骇俗的方式，寻找一个持久安心的归宿。乒乓叹息了一声，心说：该换了。

"逼鬼的婚。我被人蹬了，恨不得自杀。德国有一种叫双立人的名刀，赶紧给我寄一把来。"

"别啊，我的小姑奶奶——生命诚可贵，爱情无所谓。"

看着这条信息，乒乓在电脑屏幕前哈哈大笑。笑过之后，她忽地又难过了起来。生命诚可贵，爱情无所谓。这句看似洒脱超然的话里，多少还是有点苍凉凄怆的味道，感觉就像孩子成年后把曾经喜欢过的童话看成笑话，那无所谓的一笑里包含着一种信念的倾毁和梦幻的破灭。乒乓不禁怅然若失。原本是神经很粗的小姑娘，在失恋后变得极其多愁善感，常为一点小事触动触痛。

见乒乓半天没回话，冯栖寒有点急了，他问："说话啊！你该不会真割腕去了吧？"

"呵呵，小姑奶奶我被你这猴崽子逗乐了，刚才揉着肚子蹲墙角笑了一会儿。"

"你笑了就好，呵呵。小孩，你知道吗，我现在一回想起你就是你笑的样子。你笑起来很放肆很忘我，那真的是非常棒的笑容，像热带雨林的阳光一般明朗灿烂。"

乒乓，他在喊你小孩，他在赞美你的笑容。嗨，嗨，小孩，你怎么哭了呢？还哭得这样伤心这样一发不可收拾？

四 痛苦没有比较级

周末的晚上，易馨回家了，乒乓一个人在华工南大门外晃来晃去。南大门对面有一地势低陷处，号称"南坑"，这是一个著名的腐败场所。一整条街各种饭馆、冷饮店、K歌房、网吧、唱片屋、Pub、小旅社一应俱全。从黄昏到午夜，满街飘的都是美食香味和朗笑豪语，一派流光声色歌舞升平的景象，不由得你不信大学生是全中国最幸福的群体之一。

武汉作家池莉说得好，武汉这种江水奔流的地方，总是江湖气重的，这里的人最是癫狂最是豁得出去：雅兴一来诗下酒，豪情一去剑赠人。所以，这里的人腐败起来都是彻头彻尾但求一个痛快淋漓的。看着一张张酒气四溢红光满面的脸，乒乓备感孤寂。她的胃口依然不佳，心情依然低迷：唉，世界上快活的人那么多，怎么就没轮上自己呢？

那天冯栖寒对乒乓说：这世上还有很多人食不果腹衣不附体，在为基本的生存而斗争，你却在为失恋流鼻涕掉眼泪不踏实做事，是不是活得太奢侈了点？

是的，冯栖寒说得很有道理。可是，痛苦是没有比较级的。一个孩子丢失一件心爱玩具，一个中学生在高考中失意，一个年轻人总也得不到心上人的青睐，一个职员总也得不到升职加薪，一个健全的人在车祸中失去了双腿，一个流浪汉无家可归，一个依然恋世的老人即将被死神带走，一个不幸的人因为战争失去祖国，等等等等，每个人都感到痛苦，也都有理由感到痛苦。上帝给了人们苦难，也给了他们痛苦的权利。痛苦都是相似的，没有大小贵贱之分，不能比较。人类的命运有一条隐蔽的线贯穿始终，看到苦难相似地降临在别人身上，我们不该产生庸俗堕落气的"心理平衡"，而是获得一种同类之间天然的体恤和宽慰：原来，我不是一个人孤独地与命运搏斗。

所以，乒乓并不为自己失恋后痛彻心扉而感到可耻，她只希望尽快寻找到解脱的出路。

一家门庭相对冷清的副食店门口，有三五个人正借着灯光围观象棋对弈。乒乓可是个象棋迷，且还是一个不让须眉的高手，便也过去看个门道。正盯着棋局看得入神，忽然发现站身边的观棋者眼睛直愣愣地看着她，乒乓迎着眼神看过去，呀！竟然是多年不见的初中同桌穆遥！

"怎么是你！穆遥啊穆遥，你小子初三时不做一声就颠了，从此消失！那年武汉还流行脑膜炎，我还猜测你是不是感染脑膜炎了呢！哈哈哈！"乒兵边说边抓住穆遥的一只胳膊使劲摇晃。

"嘿嘿，你这妮子，一点没变，还是那么喜欢消遣人，还是一股蛮力，还是笑起来那么惊天动地！"

这两个久别重逢的人骂骂咧咧推推搡搡动静很大，以至于一个下棋者抗议道："安静点！要吵到一边去吵！"

兵兵笑着对穆遥说："呵呵，那我们就换个地方吵吧？"

"行，那进店里去！"

"这个副食店是你开的？"兵兵随穆遥坐进店里。

"我爹娘开的，我给他们打工。"穆遥边说着边打开一罐芬达递过去，接着说，"我还记得呢，你最喜欢喝芬达，最讨厌喝可乐。"

兵兵转着黑眼珠，得意地咬着吸管，说："呵呵，记这么清楚啊？是不是暗恋我啊？"

穆遥举起左手眼睛望天，说："我穆遥对天发誓，我从来没有暗恋过你！"

"哈哈哈！"

……

小商店里欢声笑语，羡煞路人。兵兵和穆遥在初中坐了大半年的同桌，就是这么一路吵吵闹闹过来的，虽几年未见却丝毫没有生疏感，反因为是少年时期的朋友而备感亲切和珍贵。穆遥得知兵兵在外地读大学，就奇怪她怎么10月中旬还在武汉呆着。兵兵挺老实地告诉他："说出来你别笑话我，我失恋了，很难受，怕在学校跳楼，就跑回家了。"

穆遥敲了一下兵兵的脑袋，说道："有没有搞错啊？我这种人反正是废了的，混日子混得心安理得；你这样有大好前程的，怎么也胡混呢？不就失恋吗？中华儿女千千万，不行咱就天天换！"

兵兵被穆遥逗得一口饮料全喷了出来。正笑得花枝乱颤，忽然从柜台下蹿出一只大老鼠，吓得兵兵花容失色，跳起来吱啦哇啦大叫。她哭丧着脸说："我这辈子最怕的就是老鼠！真是倒霉到顶了！这只老鼠怎么偏这会儿跑出来吓我呢？"

穆遥不屑地说："别个有别个的生活。这只老鼠没准还赶着回家洞房呢，哪有心思吓唬你？"

别个有别个的生活。是啊，你在这为小王伤心欲绝，人家小王一点事没有，他还真没存心让你怎么怎么着呢。他有他的生活，该怎么过还怎么过；你却为他乱了自己生活的阵脚，犯得着吗？再说，你又能把他怎么样呢？亦舒说得好：一个男人不再爱他的女人，她哭闹是错，静默是错，活着呼吸是错，死了还是错。——想到此，乒乓有点醒也无聊醉也无聊的感觉。

穆遥看着手表说："再坐一会，我爸马上就过来替我了。他来了，我们就出去吃东西。今天我请客！"

五 醉笑陪君三万场

二人穿出西三门，一同进入地质大学路上那家"小张烤鱼"，去到二楼挑了个靠窗的位置坐下。室外暮色苍茫霓虹闪烁，室内窗明几净灯光亮堂，又能与旧时故友对坐聊天，乒乓有一种心灵熨帖的舒服感觉。她好希望时光永远停止在这一格，她不想离开家不想回学校，不想去面对明天；或者退回到过去也好，退到小王没有出国前，或干脆退到初中，她压根就不想面对未来的生活。

"那小子有什么好的，很帅吗？有照片没，哥哥我帮你鉴赏一下。"穆遥说。

乒乓从钱包里拿出小王的一张登记照，那还是他办护照所摄的照片。很干净的一张脸，鬈翘的长睫毛好像要翘出照片的平面，乒乓最爱看小王的眼睛。有些日子不看这张照片了，此刻一看，他的模样依然能在她的心里产生一种无法名状的奇异物质，这种物质令乒乓有种束手就擒的感觉。爱战胜了意志，崇拜覆盖了挑剔。这是上帝的决定，决定她的沉沦她的万劫不复。乒乓拿着小王的小登记照，沉默地看了许久，不觉两行眼泪流了出来：真没出息，你还爱他。

穆遥赶紧劝阻，说："老大，别在这哭啊，别人还以为我欺负你呢……哎呀，我的祖宗，我错了我给你赔礼了，求您别哭了……"他这一劝非但没劝住，反倒使她哭得更厉害了。穆遥只好默不作声任她哭个尽兴。

哭累了，乒乓的情绪平息了一些，她说："穆遥，说真的，我觉得活着好没意思。我所有的梦想都和他有关，而现在我所有的梦想都破灭了。此刻要是有个人把我杀了，我一点不恨他还感激他。"

穆遥沉思了一会，缓缓说道："和你说说初三时我为什么消失吧。因为，我姐姐自杀了。"乒乓大吃一惊，眨着眼睛看着穆遥，她的睫毛上还挂着泪珠。记得穆遥是有个姐姐，应该是叫做穆清的，穆遥从前老夸他姐长得漂亮。

"那年我姐夫不幸出车祸过世，一个月后，我姐姐承受不了也自杀了，追随她的爱人而去。"穆遥轻轻叹息了一声，接着说，"那是我这一生中想得最多也最想死的时期。姐姐姐夫都是善良、优秀、洁净的人，可上帝说要收回他们的生命就收回了，不容商议。上帝对人类究竟是善意的还是恶意的？不能够追问一些终极的问题，追问到最后往往就是虚无。我忽然觉得人是很宿命的，生来就注定是悲剧的，生命脆弱而卑微。我很痛苦，有了一种自暴自弃的心理：再怎么斗也斗不过上帝，人生没有意义。我天天逃学，泡在网吧里打游戏、看电影，醉生梦死。后来。我决定去西藏，我想去那儿当个不问世事的僧侣，或者把自己杀死在路上也可以。"

穆遥说时的语气很平静，乒乓听起来却觉得惊心动魄。那时穆遥才是一个15岁的孩子啊，他竟独自吞咽和消化所有的痛苦，都不曾向周围的人透露一丝一毫。天地有大美而不言，四时有成理而不说，真正的大悲大恸大彻大悟也都是无法兑换成语言的吧。再看看自己，已经20岁的人了，失个恋就四处哭诉，算什么呢？

"我已经买好了火车票，走前，我去医院看了看我妈，她被突如其来的变故打击得病倒了。看完我妈，我还想去看看我爸。我就悄悄来到我家小店的对面，准备看一眼就走的，谁知一看就看了半个上午，再也走不掉。"穆遥停顿了一下，把投向窗外的目光折向桌上的一个啤酒瓶，说道，"我看到我爸卸货，吃力地把一大筐一大筐的啤酒往里搬。看到他对收税的点头哈腰，攒出一脸的谄笑来招待对方的冷漠无情；看到他与老来赊账的顾客周旋，最后不得不继续赊给那无赖香烟。我想上去狠狠地踢这些家伙们的屁股。我看到我爸围观店门口的象棋局，每有妙招他的皱纹和笑纹就会叠在一起，我第一次觉得门口这群下棋的闲人真他妈的伟大，他们令我劳累的父亲得着了片刻的休息。我还看到我爸匆匆关上店门，他要赶回家去做饭，做给他卧病的妻子，做给他不争气的儿子。我看着这个微微佝偻的中年男人苍老的背影，他刚刚失去女儿和女婿，他的妻子正在住院，他有个不懂事的儿子，可他并没有放弃，以巨大的忍耐力和意志力承受着一切，维持着一个家庭平凡琐碎的日常生活的平衡。我对自己说：穆遥，你没有理由离去，没有理由放弃。"

乒乓被穆遥的一席话震撼得说不出话来。她的心里有感动，有敬佩，有酸涩，有歉疚，也有一丝温暖。

"记得吗，我最喜欢的小说是塞林格的《麦田守望者》。"

乒乓答道："当然记得。初中时你的书包里永远装着《麦田守望者》。我还记得我问你为什么喜欢这本书，你说，喜欢那种迷茫的感觉。"

"对的。现在我依然喜欢这本书，但我更欣赏的是混沌迷茫中的那一丝清醒。书里有一句话：一个不成熟男子的标志是他愿意为某种事业英勇地死去；一个成熟男子的标志是他愿意为某种事业卑贱地活着。有人为了我而卑贱地活着，我就不该为了成全自己的英勇而死去，那样很不成熟，也很自私。你看到了，今天，我还健康地活着，我用我的呼吸证明我的成熟，我为自己的成熟而自豪。"穆遥说到此，微微一笑，"呵，我谈的好像与你的失恋无关。但我想，爱情还是应该放在一个更广阔的范畴内来理解。我不想说教，乒乓，你是聪明的姑娘，不用人给你讲什么大道理，你都懂。我相信，你会坚强地活下去，你会做得很好。好姑娘，向我保证，你永远不会放弃，OK？"

乒乓的眼里有泪花，她的眼眶是热的，心是暖的。她正努力微笑，在用力地点头。

"好了，不说这些了，我们喝酒。乒乓，还想干什么还有什么要求尽管说，能满足你我一定满足你。"穆遥问她。

乒乓想了想，忽然眼睛一亮，声调兴奋地说："陪我去理发店！我要烫个爆炸头！我早就想烫了！"

穆遥把乒乓横看了一下又竖看了一下，劝道："千万别，估计你光头的形象比爆炸头的还能好点。"

"不！我偏要！"

"你们女人啊，不高兴了不是拿自己的胃出气，就是拿自己的头发开刀。"

"少废话！敢不陪我去！"

"好好好，陪你去。陪酒、陪聊、陪剪头发，我成三陪了。"

"哈哈哈哈哈哈！"

六　最后一滴眼泪

一大清早，穆遥陪着乒乓去户部巷大快朵颐。

户部巷是一条以卖早点闻名遐迩的巷子。武汉的菜不成菜系，早点小吃却是种类繁多特色分明，热干面、豆皮、面窝、烧卖、欢喜坨、糯米包油条、油香等等，那味道真是无敌了。乒乓在北方读大学后，从来都拒绝吃早餐，她不肯降低自己的早餐品位。而每次放假回家一出火车站，第一件事情就是先买一碗热干面吃！今天在户部巷，她真如饕餮，过足了瘾，仿佛要把这几年漏下的早餐全部补上。

顶着夸张的爆炸头，挺着圆滚滚的肚子走出户部巷，乒乓说："唉，我都舍不得离开武汉了！"穆遥立马目露凶光地瞪着她："不行，你今天晚上就给我回学校去！我亲自押送你去火车站。"

乒乓不肯坐车回去，想去走长江大桥，说是多走点路正好消食，穆遥只好陪她疯到底。从一个桥墩乘电梯上到桥面上，眼前顿时开阔了起来。秋风越发肆意萧瑟，拂乱了发丝和衣袂，心却反而安宁了、净化了。也许，这份内心的宁静，是因为乒乓又与长江相对了吧。

乒乓的家就住在长江边上。一年四季，远处江上总有轮船不知是起航还是归航的汽笛声，响彻在斜阳晚风中时最是深沉。炎炎夏日，一定会有一群晒得黝黑的孩子在水浅的地方嬉戏，一任身体淹没在水中放肆地欢笑。直到傍晚时分，母亲们一一唤回她们顽皮的孩子，江面上就只剩下悠闲晚唱的简陋渔船，以及夕阳划过的一抹残红。乒乓觉得，江水的流速与她的心跳速率一致，正是这滚滚奔流的长江水，雕铸了她个性中所有的勇敢、柔韧和激情。

乒乓最初的梦想便是由眼前这一片水酝酿而出的：做一个水手。那时她还是一个孩子。在孩子浪漫的想象里，水手这个职业意味着在惊涛骇浪上驰骋飞翔，意味着冒险与自由。读小学的时候，她的梦想变成了服装设计师，因为小女孩的美学意识觉醒了，她不但想捕捉美、成为美，还想参与美、创造美。等成为中学生，她发现分子式和元素周期表很迷人，认为化学是上帝设置的最炫目的谜语，于是她梦想当个化学家。等她念了大学，她认识到自己也许永远成不了"家"，但还是可以做个化学研究者的。而且，没关系，这时她有了新的更重大的梦想：她爱上了一个人，她想成为他的妻子，她想把自己系上蝴蝶结送给他，做他生命里的礼物。——如今，爱的梦想已经倾覆，那就只能追求自由、追求美、追求真理了。毕竟，人活着，需要一些支撑，需要追寻点什么，需要一个前方。或许，积聚美、自由和真理的力量，有一天，还能够最终抵达爱？难说。呵呵，谁知道呢？但如果你不去试一试，它就一定不会发生。

"我忽然很想大喊大叫。"乒乓的语气是轻快的。

"那就喊啊！"

乒乓厉声喊道："穆遥——你是个大笨蛋！你是我在这世界上第三恨的人！"喊罢自己又朗声大笑起来。

穆遥紧张地左右看了看，还好，大桥上没什么人，这使得他不是太后悔自己刚才对她送出的支持。他挺委屈地说："我只能排第三吗？那排第一、第二的是谁呢?"

"排第二的是猫王的女儿。"

"猫王的女儿? 她啥时候招惹到你了?"穆遥好奇地问她。

"我最喜欢的歌星是迈克尔·杰克逊,最喜欢的影星是尼古拉斯·凯奇,猫王的女儿既嫁了杰克逊又嫁了凯奇。哼! 死女人,别让我在路上逮着她,看我不往她脸上泼硫酸。"乒乓咬牙切齿地说。

穆遥耷拉下眼皮,小声自语道:"女人真可怕。"又问:"那第一恨的呢?"

乒乓揪了一下穆遥的胳膊,骂道:"说你是笨蛋吧? 这还用问?"

哦,一定是那个辜负乒乓的王八蛋了。穆遥有点后悔,不该提的,难得她今天心情好。

乒乓沉默地看着远方。穆遥也不说话,保持岑寂。两个人之间,只有风声来去。

许久,穆遥问:"乒乓,你在想什么?"

"我在想一首歌。"

"歌是用来唱的,不是用来想的。想唱就唱嘛!"

"不想唱,只想想。"乒乓淡淡地笑了一笑,竟笑出了一分沧桑。没有人可以指责这分沧桑里掺杂有矫情的成分。爱情令这姑娘重度受伤,她是真的累了、痛心了、无奈了、老掉了,或者说,成熟了。是否,成长必是要穿插这么多苦痛挣扎才能成就的呢? ——她想的那首歌曲,便是一首关于成长的歌。

天黑黑欲落雨　天黑黑黑黑

我爱上让我奋不顾身的一个人　我以为这就是我所追求的世界

然而横冲直撞被误解被骗　是否成人的世界背后总有残缺

我走在每天必须面对的分岔路　我怀念过去单纯美好的小幸福

爱总是让人哭　让人觉得不满足

天空很大却看不清楚　好孤独

天黑的时候　我又想起那首歌

突然期待　下起安静的雨

原来外婆的道理早就唱给我听　下起雨也要勇敢前进

我相信一切都会平息　我现在好想回家去

忽然,乒乓对着江面奋力高声喊道:"石森,你是个王八蛋! 我恨你!

我最恨的就是你！你这大木头、笨石头、王八蛋！你会后悔的！"——哦，原来小王的名字是这样的。喊完发泄完，乒乓倚着桥身蹲下来，双手捂住脸，哭了。她拿出一整个的生命来哭泣。

她一边哭一边在心里命令自己：这是最后一次为他哭。最后一次。

七　从38度8到36度2

好了，乒乓的生活还在继续，而我的小说就快说完了。

不知道这么散乱的东西算不算得上小说。小说家米兰·昆德拉说过：小说是伟大的散文形式。我这个算不得行家的小说作者说过：生活从来就是充满戏剧化场面的散文，以漫不经心的步态留下深深浅浅的足迹。而我们，从来就是在一种平缓中体验动荡，在一种平凡中领略奇崛。

也许你会边看边猜测，小说里有个怪名字的女主角是否就是作者本人？

呵呵，也许是的。

乒乓也许是我，也许是你，也许是你爱过的或正爱着的一个姑娘。她究竟是谁并不重要。重要的是，一场38度8的爱情高烧之后，她又活过来了，还活得不错。体温正常，头脑清晰，目光清明，笑容温暖。现在的她很坚强很独立，刀枪不入自成乾坤；但内心也保留了柔软温润的部分，留给那个真正与她的灵魂相契合的人。这姑娘依然热爱生活、相信爱情呢。她没有理由放弃。她仍微笑着等待生命中的奇迹。嗯，乒乓是好样的。

（原载《萌芽》2006年第一期）

于飞和燕好

噎死爱肚

今天农历八月初二，阴晴不定。这时辰，我是个年轻的女子，我的名字叫于飞。

上午在床上睡，殷上课回来撩开帐子，只有你最嚣张。就缩缩脚，把手放进被子，换个姿势继续睡。

我是个嗜睡的人，但夜深的时候总不愿合眼，待到青天白日，人出鬼没的当口，才肯甘心在聒噪中抱着被子天昏地暗大梦一场。

人世间，就算是白日，也有太多鬼影憧憧，还不如夜游，倘若真遇见个鬼，也总没有白日里应对一群人兽来得不堪。

蒙眬间姑娘们描龙画凤，细绾青丝，莺声呖呖。

这个说，我今天要穿背带裤。

那个说，啊呀，眉毛又长了杂的出来。

再有一个便只会拿了桃红配墨绿、七公分高的黑鞋在地板上晶光闪闪地踱来踱去。

纵是深睡，混沌中也要忍不住笑出声来。

卫生间中水声不绝，似听到周公斥责，白天也就罢了，要睡便好好睡，梦里也要挑人，女孩子家家，什么德性。

便忙噤了声，把脸狠埋进枕头。

任你天打雷劈，我自昏睡百年。

再有几日便是中秋，嘴里已鼓鼓囊囊地塞满了月饼，上网的时候遇见朋友，她客气说，若不是要回老家，我会来同你们一起过节。便恬不知耻地在键盘上敲打说，没关系，送我们月饼就是，我喜欢莲蓉，燕好喜欢火腿。那老实人接口问，那几时呢，提前给你们吧。

于是窃笑，又骗了一顿吃食。

离开网吧，街上的人似乎一夜之间多了起来，摇摇晃晃的，总感觉要撞到人身上去，想想看，砰的一声，突然发觉接触了一具陌生躯体，若抬头看见一口黄牙和油腻呈缕状的毛发，定是毛骨悚然，要是那人还要开口道歉，张嘴满口隔夜之气，遮云蔽日，实在太恐怖。古训曰行端坐正果然是天理。

接到电话。

燕好说，老妈，我想你了。

我吆喝，出来出来。

燕好是个美女。

她生在四月，照理是梨花疯子一样到处飘扬四处招惹的季节，然而燕好的容颜却更像桃花像芙蓉像玫瑰像蔷薇像一切我说不来但足够妩媚娇艳的植物。

对于燕好，从始到终，我这样定论，首先她要先是个人得眼的人儿，然后我才要考虑是否爱她，若她对我好，纵容我，顺从我，宠爱我，心疼我，体贴我，理解我，关心我，捍卫我，时时惦念我，常常牵挂我，不离不弃，生死与共，并且在我们共有的时光中神态自若，出入自如，那好吧，我也会爱她。

我真的爱她了。

认识她的时候我也小，皇天在上，我们同年生，燕好比我晚了一个月。

若要说到相识的那一番光景，不觉抬头看天，毫不心虚地厚颜微笑。

的确，那季是我们的豆蔻年华。

人前燕好叫我于飞。人后燕好叫我妈妈。

走路的时候会习惯不自觉地来牵我。笑声嘹亮，极易忘形。

那一年，我们十四。

我生了病，耽误了上课，便留级一年，恰恰好，仙女一样降落到燕好班上。

她不喜欢我，觉得我穿黑，必不是守规矩的好女孩。她后来说。

我也从不在意，只知道有这么个人，个子矮矮，面若芙蓉。

晚自习之前有半个小时的晚餐时间，一日溜达到学校外面去，看到一间小书屋，明码实价，折扣得厉害，便抱了两本鲁迅回去，心里知道是盗版，也甘愿得很。

回到教室，寥寥无几三五个人，在自己的位置上坐下来，那燕好跟了过来，你也喜欢看书吗，我可不可以看一下你买的书，你放心我会轻轻翻，不会弄皱，马上就还你。

十多岁的女孩，恐怕没几个如是说话，她的语调那样急切，可是却真诚如同孩童，生怕你不信，生怕你拒绝。

我把书扔给她，我说皱了怕什么，你看就是。

她居然跟我较真，说那样是对文字对作者乃至对圣贤的不尊重，是猥亵，是造孽云云。

于是我亦兴起，跟她讲道理，我说你生来世间，是要东西来折腾你还是你折腾东西，被这些滥货所累，对不起你妈怀你受的苦。

这是我们的第一次对话，两个痴人。

那时并不知道，燕好对我的好，就从那天绵延起来。

她说，这个世界上，只有你对我好，肯和我温和说话，对我耐心，很平等。

渐渐才知道这是个直肠子的姑娘，认死理，头脑简单，老师眼里，便是愚钝、弱智了。

也不算夸张，数学课上被叫到前面解题，实在简单的一道，只需把数字原封不动地代进公式。她打死不会，提示了半天，台下已是哄笑一片，她仍不开窍，只茫然地看过来，那年轻女人也是急了，脱口而出，你简直是个猪。

我不忍，下课的时候跑去看她，她居然满脸堆笑，兴高采烈地说我带了小甜饼，你来尝尝吧。

我把书摊开，说，你看看，其实再容易不过。用笔在稿纸上慢慢算给她看。

她说，我很笨。

我说其实这也是我唯一会的一道题。

我说的是真话，也并不幽默，她却笑，笑个不停。

从此，燕好天天跟着我转悠，只要一有空便蹭过来，我可不可以跟你说说话。

她在班上全无人缘，处事全凭真性情，有一说一，待人接物决不矫饰，于是人人以她为怪，冷嘲热讽，动辄便拿她谈笑，往往乐不可支，东倒西歪。

燕好并没有深入我的生活，只是觉得她可怜。她不是没有自尊，只是认为自己没有错，她说，他们为什么要这样对我。

我说不要理睬，我有本书借你看。

她绝对悉心阅读，她说，因为是于飞要我看的，我相信她。旁人听到，必又是一场好笑。

一场重感冒，请假在家，吃过了药，便只知道睡，等睁开眼时天色已经全黑，恍惚里床前一个人影，再看时，是燕好。

于飞，于飞，你醒了，你好点没有，我想和你说说话。

这个傻子怎么得了。奶奶偷偷叹息。后来她告诉我，燕好放学就找来，进门就对人鞠躬，嘴里劈里啪啦，阿姨好奶奶好，我叫燕好，我来看于飞，打扰你们了，我绝对不会吵她。看我昏睡，一直在床前守了三个小时，劝也劝不开。

她是不是有毛病，妈妈也这样说。

我说不是，不是。

她只是寂寞。等我醒了，也只是要找个心智健全态度良好的人听她说话。

燕好在班上打架，一天清晨，大家刚到教室坐好，突然一阵喧闹，有桌子倒地的声音，抬头看热闹时，燕好已经和个半大小子抓扯在一起，她小小个子，分明使出了蛮劲，面红筋涨。

十四五的姑娘如此举动，不是笑话是什么，周围的人都兴奋，我回不过神，坐着不动，老师闻风而来，把两人分开，用力太大，燕好跌在后面的课桌上，一杯刚接来的开水被打翻，顺着她的一条腿倾下。燕好尖叫，跑出教室。

老师说坐好坐好，都安静了，简直唯恐天下不乱。

我霍地站起来，我看到她负痛的脸。老师走过来，也好，你出去看看，有什么就回来说一声。

我在厕所里找到她，她仍然对我笑，笑到最后轻轻地说，于飞，我不行了。

我把凉水浇到她腿上，紧张得泼了自己一身一脸。

燕好住院了。我们去看她，一帮班干部，细细数来，没有一个不曾看过她笑话。

第三医院，一间大屋，放了十多张床，都是烫伤烧伤的病人，进去有难闻的味道。燕好在最内间的床位，整条腿上都是黑色药膏和鲜红的肉，上面用灯炙烤，老师对她说你要好生养病，不要着急功课等等。我站在人后，索然无味。临走的时候她突然语调清晰地说，于飞，于飞请你过来。我凑上前去，她伸手拉住我，要说什么，却看着其他人开不得口，半晌，抓起身旁饼干蛋糕巧克力一类要我带走，那是我们才刚买来给她的，用的是班费。如此天真，不问青红皂白便把盛情无顾忌地倾倒，我不禁退后两步。

那是她病中的一个半月，医院离我家近，不时顺道来看看她，一些情形，便尽收眼底。

常常去时她身边没有一个人，我便坐在她身边，燕好絮絮地把一些事情说给我听。

三岁的时候父母离异，大人各谋出路，她就跟了爷爷过活一直到现在，她所记得的是日日不断的纷争和尖叫，还有，母亲在叔父面前撩开裙子露出红色内裤，父亲雨夜来敲门投宿却被女人赶出家门。她说，我们见面很少，一个月一次也嫌多。

燕好很平静，我也表现得很平静。人人都有家事，燕好的故事并不比其他更惨烈。

一次去了不多久，一个黑瘦的女人风风火火地走进来，穿着艳丽连身短裙，一张脸尽被颜色遮盖，大把白粉涂在面上，下面脖子黄黑，眼影蓝绿，紫的嘴唇及腮边不曾抹匀的大红胭脂，我猜只有最劣质的化妆品和最卑下的审美才可得这般效果，她直直走到床前，我听到燕好叫，妈妈。

她说你怎么样了。燕好说只是疼，天热，想多抹抹身子都不行。

女人似乎满腔怨气，你爸呢，怎么不来看你，你是他亲生的啊，他不来伺候谁来。

燕好不语。

她接着说，医药费怎么办，这是在学校出的事，一定要让他们负责，不然你就去找校长，把你的腿给他看。她回头，终于发现我，啊，同学，你说是不是，他们总要讲道理的吧。

她把带来的用塑料纸包裹的四分之一个西瓜分成三份，递一块给我，我看着她指甲上斑驳的红，推辞说不渴。她却硬塞到我手中，并催着我吃下才罢休。

临走的时候她说，我忙啊。还伸手去理理女儿的头发，张嘴对我笑，说同学之间就是要互相帮助，燕好现在有困难，你要帮助她。

她扭着髋部嗒嗒快步出去，母女两个谁都没有说道别的话。

沾在手上的西瓜汁水突然变得更加黏稠粘手，我坐立不安。

燕好突然说，她年轻的时候还是很漂亮。我说我知道。

看燕好的五官，就知道养下她的人早些时候必是个可人儿。

我说燕好，盆子在哪里，我来帮你擦身子。

燕好说，她是个妓女。

我直起身来。燕好说，在我之前她已经做掉过好几个孩子，器官已经损坏，医生说再堕胎以后可能有坏结果，于是我就被生下来。她说于飞啊，我还是很好运。

我说这些你如何得知。

她说爷爷告诉的。

一代的不堪，还要上一辈下一辈来传颂，几个回合，便扭曲，大家互不原谅，彼此唾弃，冤冤孽孽不得解脱，但奇得很，燕好心里没有毒，她一个人长大，读房龙，读李白，读至爱的金庸，某个当口遇见我，自己觉得对了，便扯住不放，睁大眼睛陈述那一段公案，她说，只有你知道，不要告诉其他人。

燕好出院以后，和我更加亲厚，每天放学要陪我到家门口，再自己倒回去，劝她也不听，只说，让我和你多说些话。

我说我没有来的时候你是怎样过的？

她说我看书，我屋里有好多书，一大箱，我觉得那里面的世界太繁大了，每一个写书的人都不平凡，我觉得有书看太幸福。

我知道她的习惯，每一本书都把封皮包了一层，轻拿轻放，备有数枚书签，决不折叠。

笑她是书奴，她说她很愿意。

她还说，小时候我一个人，爷爷买了一对珍珠熊给我，我喜欢得不得了，有一天给它们洗澡，它们乱动，我就胳肢它们，谁知道它们就都不动了，其实我只是想和它们开个玩笑，不晓得是不是手重了，还一个人哭了很久，后来和屋里的蟑螂玩，我用粉笔在地上画白天和黑夜还有道路和房子，把它们到处赶，要它们睡觉就把它们翻过来，八脚朝天乱蹬，好玩。

燕好寂寞，比我寂寞，寂寞到不谙人言不识人心。

她确是至情至性的人，全然不解人情世故，是原始而直接的，有话冲口便出，高兴时会站在路中间拍着肚皮高声地笑，愤怒时亦随时可能和人大打出手。燕好品行端正，见人开口必是你好，这是她唯一的交际技巧；燕好热衷环保，绝不乱扔东西，心地纯善，同情残弱，尽管自己亦是蝼蚁。

她曾经说，我最喜欢和崇拜的人有两个，一个是于飞一个是李白。我反复告诉她，不可以把这两个名字并排放。燕好认真，我说的都是实话，你看书很多，又从来不欺负别人，你说话的时候从来都温和，又不同那些人一起坏，你从来不怕老师，走路的时候大步大步，不小气不计较，还有，你对我很好。

等等等等。

她活在她的世界，自有一番准则，她拿出来比比照照，衡量考度，我便成了极可爱的人。

后来那句话改成我最喜欢的两个人是乔峰和于飞。

她说，找男人就要找像乔峰那样，若没有，于飞在也很好了。

我们熟识之前，燕好的生活简单，她是一个小白痴，努力在阴影中探头，她有一只箱子，里面全是书本，于是她就有了一间黄金屋，长长久久地蜗居，现实中虽难免磕磕碰碰，她固执，也一直知道伸手够取她那点点小快乐。

读到李白吟天唱地纵酒放歌，煞是羡慕那一番豪放洒脱，便一个人把爷爷的药酒抱到厨房关上门喝，醉得胡天胡地人事不省。我问她时她说书上说喝了便乐极登仙，人间烦恼全都不见，她说古来多少雅士高人、多情骚客，没有不依恋这个，全都是狂花乱草，衣袂翩然，乐此不疲，可是为什么我觉得的就不是那样，那味道实在难喝。

我说你可有烦恼。她说周围的人都不和她交好，他们不爱读书也就算了，为什么总是喜欢口出恶语，讥讽相加，她说可以说话的人，只有你一个。

我想说你是古代的人，如此珍稀，和他们语言不通，便不识瑰宝，现今下谁还会以真面目示人，人前人后一张脸，若不是异类便是有毛病。

我什么都没有说。

人在狼群中长大，人形虽在，终究出落成狼，燕好在背阴僻静处一路独自成长，怎能要她一瞬间明白很多。

我带燕好到家里，她爷爷每天做的饭就只有蒸茄子和泡菜，吃很多也总是觉得饿，我妈妈是一把好手，我天天吃腻的菜肴燕好也直呼美味，妈妈看她如此憨直，把自己的手艺一捧再捧，眉开眼笑，直说多吃多吃，私下里悄悄议论，那姑娘食量真是吓人。

燕好永远会记住在别人家吃完东西之后擦桌洗碗，她对我说，别人对我好，我不能不自觉。她还帮家里打扫卫生，我在旁边客气，她便说，这些都是我该做的，你给了我那么多呢。

我何尝有过，只是乐得多个可爱的随伴。

生日时拗不过一帮人，小操小办一番，客请完了又闹到家里，十来号人，一个个宾至如归，唱歌喝酒吃东西玩麻将，自觉得很，全然忘了我是主角且是主人，只得端着一碟子点心走来走去，好不容易送走瘟神，看家里脏乱得是可忍孰不可忍，正在望脏兴叹，想就是天亮也弄不规整，可是一转身，没有出声玩闹的燕好出现，已经拿着抹布开始行动。

她说，人那么多，你也知道我和他们玩不起来，我来就是为了做这些。

她心甘情愿混在人群中，不要你看见，曲终人散，她便出来，和你一起收拾残局。她作用微小，力量薄弱，却态度坚决，让人窝心。以后也是这样。

我们走得越来越近，她用了十分真心来对我，而我付出无几，她却总觉得受人恩惠，她说，除了爷爷，你是我最亲的人，我很爱你。

活了很多年，也没有听到过这样直接表达情感的话，且是一个女生。燕好说，我没有太多东西给你，但我想要你知道，我真的很爱你。

曾觉得别扭，她的率直让人不自然。

到后来，看过一些东西，才发觉，亲爹亲娘不会用我爱你来表达什么，若他们会说，自当坚信不疑，除此之外，只有燕好的这三个字再值得相信，她说得如此轻松，仿佛天经地义。

十四岁那年，我捡到一个宝，独自在路边，别人都不要，还有人吐口水，我碰巧尊重了它一次，她便得道成精，翅膀上面全是一个字，真。

傻傻地给给给，用涌泉换滴水也未尝不开心。

燕好还没有把一段家事当成十字架来背，她笑靥如花地走入又一个春暖花开的季节。

燕好的初恋，是一场闹剧。

我说，你十五了，你不是洛丽塔。那时我也仅是带着猎奇的心理找了碟片来看过，全然不解个中深意，便张口乱说。

我说，你不是洛丽塔。燕好说，我喜欢他。

他是个男人，儿子和我们一般大。

一个语文老师，倒真算满腹经纶，在文学方面造诣颇深，燕好去请教了几次问题，迷醉于他侃侃的谈吐，便一头栽了进去。

可是他终究是个平常人，亦对燕好动心。

杀了我也不会改口，若你没有明眸皓齿颊上蔷薇和发育优秀的身形，鬼才要和你谈文学谈人生到深夜。

燕好是认死理的人，我说的竟全然不听，抱着唐宋诗选东坡陆游，扛着《飘》拎着普鲁斯特，吭哧吭哧地跟在那人后面转。

　　我想他是不敢的，只是面前一个皮囊细致光滑顶着一头黑鸦鸦毛发的美好活物，活色生香，睁着明媚信赖的眸子在眼前，意淫一下也算是他八辈子修来的美福，也许他想，窃书不算偷，语言犯罪不算犯罪。

　　一个晚自习，我在下面看书，教室乱糟糟的一片，抬头讲台上没有了老师，顺势瞥过去，燕好的位置也是空的。

　　我跑出去，直接到他办公室，门半掩，那人舒服地坐在藤椅中，手中一支烟，正天花乱坠，还不时做潇洒状把一口烟喷出来，燕好双手托腮，聚精会神。

　　我敲门进去，那人见我即说，来来来，你这回的作文很是不错，但是有一些毛病，我来给你说一说。他把我的本子翻出来，说你的毛病就是空，没有切身体验，比如说抗战时期的慰安妇，你没经历过，怎么能知道那种屈辱，你们还小，根本不知道女人受的苦。

　　他强调是被人脱光并如此这般的屈辱。

　　居然说得出这样五马分尸千刀万剐的狗屁话。

　　我顺着他往下说没有被老油条勾引过就永远不知道陈年老油有多臭吧，哈哈。

　　足够莽撞，说话的时候不顾后果，男人真正尴尬，我拉起燕好离开。

　　心里也不是没有衡量过，我很快就要离开，不求你什么，你若有办法给我小鞋，顶多光脚走几天，以后老死不相往来，我不碍你的眼，你也再没能耐污我的耳朵。只要不是燕好，随你老树萌春，我想就算狂蜂浪蝶都得了失心疯也再不会出一个单纯的燕好听你讲道。

　　不如轻狂。

　　放学路上燕好把他的话重复给我听，他说人一辈子最是要看得开，要拿得起放得下，老是拘泥于一些道德规范对不起自身，他还说世间唯一的真正快乐除了阅读，除了美食美酒，除了朋友之间的推杯换盏豪情向天，就只剩男欢女爱了，只是超脱的人不多。他说，燕好，我谅你不敢。

　　我说，你是不是迫不及待要解脱了，他哪里好，再犯傻小心几辈子不得超生。

　　她说他读了那么多书，终究是不容易。

　　我生气，我别的没有，书不多，也堆了几堆，你要的话都给你，嫁给它们也比陪那人精神上床来得干净，我觉得你还是当尼姑当书奴比较不蹉跎。

　　燕好不语。我知道，我在她心中是有分量的人。

　　事情总有升级的时候，其实也没有做什么，只是写了几封匿名信投到校长办公室。

内容不乏捕风捉影，添油加醋，本是泄愤，但那人竟然很快不见踪影。燕好也及时抽身出来，她全身而退，她说，只当一次经历，谢谢你在我身边。

她认定那是她的初恋，有点不堪，但过程真实，她自己亦真诚面对过。既已经过去，我也不搅她清梦，如此纯粹的人实在不多。

本来以为是自己落笔有分量，句句掷地有声，后来知道学校对一些事情早有耳闻，碍于他资格老，一直没有下手。我的信只是导火索，别看小小一所学校，尔虞我诈哪里少得了，拖垮了你我便翻身上，乱七八糟的争斗，纷纷为斗米披甲，怎么折腾是大人的事情，你死我活通通与我无怨。

哈哈，我仍很得意。

妈妈把我一顿暴骂，说如此锋芒毕露不知深浅，迟早要吃大亏。

然而没有。我们已然升学，我读普高，继续仰望大学。燕好读旅游职高，同样都是千百来块的学费，不知道哪里跑出来的几个亲戚一合计，觉得她有必要早出来工作，大学万万读不得的，这样笨的孩子，也不指望读出来有什么作为，白白浪费时间金钱。

也是，燕好不是读书的好料子，引起她真正兴趣的东西并不在课本上。妈妈每月给百来块的零花，爸爸有时上门吃饭，末了还要找老父要几块钱车费。老人的退休费能有几何，燕好没有怨言，她说，我如同没有爹妈，爷爷很爱我，只是没有更多东西可给我。

我逼不得已说肉麻的话，你还有我。燕好感动，看得出来是真的。

我们仍有愉悦时光，周日在家大睡懒觉，醒来时燕好已经守在客厅看电视，我歪歪倒倒出去，她便露出个大微笑，拿出纸袋，里面是红豆糕和蛋黄酥。我知道那是马得利的东西，我说过喜欢，她骑半个小时的车给我买来早点，等我中午起来吃。

她喜欢看美体健身一类的杂志，自己揣摩了一套按摩手法，来找我时我多半在床上，便要给我捶捶肩揉揉腰，我怕痒，笑叫着躲闪不及，她说我是要打通你的穴道，让你舒筋活络神清气爽，我说你孝心可嘉，只是我福薄，实在受用不起。她便去找妈妈献爱心，妈妈常常腰疼，多个如此厚道讨巧的"孙女"，也乐得享受。燕好常常一做就是一两个钟头，妈妈趴在床上睡着，我让她停手，燕好孜孜不倦，她说，要做就要做好，对人要真诚。直到妈妈醒来，团着她的手说受累，然后在我家吃饭，呼噜呼噜像个小猪仔。

我们的学校隔得远，但我一回头就很容易看见她，她的空余，除了给喜爱的书本就是给了我。知道她在别处也没有找到伙伴，否则她不会这样依恋。她已把我无私划为亲人一列，孩子没有长大的时候总是黏着母亲，而燕好似乎很难长大。她说，于飞，只有你接纳我。

以为这又是一场依附，人之间的距离若是太近难免生厌，我们竟没有，或许是这样，我挥手的时候燕好已经知道悄然无声，她说，我不会让你累，你若烦了，一定要说。

于是哪里还顾得上烦。

记得一夜，燕好陪我直到上床，我催她走，她说你让我再留一会，她关上灯，坐在床沿，话说没了就唱歌，歌唱尽了就把班德瑞的音乐用口哨吹出来。

她不回去，一定有最深刻的孤独，不然不会在女伴已经睡去的时候才轻轻掩门自己走。

其实我没有睡熟，只是闭着眼睛，等待她自己在深夜离开。

你若遇见燕好，一定要让她吹班德瑞给你听，拉灭灯，低声的，有些许的呜呜咽咽，却依然清脆。

有天燕好穿了一身新衣，我开她的玩笑，她说，那是妈妈买给她的。我说她几时有这好情致，这是她给你买的第几身衣服？

燕好说，她那天来找我，眼眶是青的，带我上街，去饭店吃饭，还给我一千块钱，于飞，她从来没有这样过，我记事起没有几次和她呆过整整一天那么长，每次送生活费过来总是怨愤满腹，脚不沾地就走。

我问，你可恨她？

那首先要让我爱她才可以，不，我不恨她，我是没有机会爱她，她是她自己，我们没有共同的东西。我爱读书，她只看黄色画报；我对生活有要求，她只与龌龊男人调情；我心中有梦想，她心是坏掉的；我年轻，她已经老了。你看过她，脸就是一个调色盘，是不是很恐怖。

她是你亲妈。我说出最落俗套的一句话。

对的，但是除了那堆油彩，我常常忘记她的模样，她不曾爱过我，一年相处的时间不超过一个星期。于飞于飞，我和她之间没有感情。

我不相信。但我没有资格发言。我有完全的家，一切尘世琐碎人间烟火都轰轰烈烈地包裹了我。

你知道吗，那天她还向我道歉，说自己没有能力，对不起我，要我以后努力上爬，一切都靠自己。那又能怎样，会有一天我要送钱给她，都是道义上的东西，对于这些，我责无旁贷。

我心中突然有些什么，却不太清晰，没有说出口。

大家都在长大，燕好一定耿耿于怀才会这样，她的童年破碎，周遭肮脏污秽，她只是个和蟑螂玩游戏的寂寞小女孩，待到青春期的时候，她潜意识里要自己豁达，骗自己不在乎，似乎免于伤害。

也许真相本身并不值得去面对。

周五晚上我们去英语角玩，在滨江路上，人散去时已经十一点，我们骑着车走，竟迷了路，跑到二环路外兜圈子，虽然不认识，但我们都不急，时间有的是，每个方向试一次，总可以走通，直到晃荡到街上只有我们两个骑车的人，才发现同一个路牌好像已经遇到了四回。于是狂笑，燕好大声到人神共愤，路过的小车中探出脑袋来回头看。

迷路也这样兴致高昂，我们理直气壮，有声有色。

还能有什么不好，孩子态度明确，不好的就要遗忘，一点点小火花也要让它完全盛开。

有几天，燕好没有电话，人也不露面，我觉得正常，我亦有自己的生活，直至一天中午顺手拨个电话过去。

我说你还好吧，没什么事情吧。

燕好说，我有事。

十七的时候，燕好失去生她但不同她在一起的那个人。

她说不晓得从哪里突然冒出来这么多亲戚，吵得她头昏脑涨。

我于是有机会到火葬场，燕好说，你不要来，这是我自己的事情。我说，你要把事情弄砸。

我第二次见到那女人，据说她自己割腕，死不透，就又吃了一把药，真正的七窍流血。此刻她要被送到焚化炉里去，脸是干净的，像极了燕好。

有人吹起唢呐，走了调的哀乐，传送带开始移动，有个胖老太婆突然推着燕好说，你怎么不哭，快点哭，再去看你妈一眼。

燕好不做声，那人把她的头使劲向前揿，说你简直是个没良心的东西，你妈面前你一滴眼泪水都没有，你要遭大报应。其他人也纷纷谴责燕好，语调恶毒，仿佛燕好不是失掉母亲而是凶手。

燕好突然奋力挣脱，直视众人，朗声说，我为什么要哭，哭给谁看，她死了对她来说是解脱，她在那边更快乐，你们是谁，我不认识你们。

胖女人扑上前给了燕好一耳光。大家在焚尸炉面前一下子安静了。

燕好愣了愣，反手一巴掌回过去。

好戏连连。

我上前拖着燕好就跑，撞开人群，穿过阴晦潮湿鬼影憧憧的梦境。燕好不是主角，她的世界从来月白风清。

我们拼命向前，琉璃场，烧死人的地方，有人已经去了，此间早没有殉葬的说法。

怎不跑，我们已经错了，有人觉得我们大逆不道，欠了全天下，不自己杀条血路，小心叫你以死谢罪。燕好气喘吁吁，绑在黑套上的白花松了，飘落在后面。

她真的不曾落泪。

女人的遗产亦起了大纷争，不过就是一套五六十平方米的旧房，就不知道哪里跑出那么多遗书证明和乱七八糟有关联的人。

我说，那应该是你的，你可以争取。

燕好说，给他们闹吧，我实在不想见到那些人。

每月有一点点的抚恤金，直到十八岁。燕好说，你看，她就值这么一点点。

过年的时候我要燕好到我家，晚上大家看春节晚会的时候她来敲门。我说这么晚。她说她在陪爷爷。我说那你可以不要来。她说现在他已经睡下了。

空调暖烘烘，燕好脱下笨重的衣裳。妈妈把饺子端出来招呼我们吃，茶几上堆满东西，碟碗杯盘挤挤挨挨，有气球飘在天花板，窗外挂了两串红灯笼，我家年年如此，老老少少一家人，热热闹闹守岁。

虽然有时心里在向往别处，但现状已经叫人满足。

我们给奶奶磕头，奶奶就给我们压岁钱，燕好站在旁边笑着看，奶奶笑眯眯地说，燕好，你不来给我磕头吗？

我有善良的家人，我很高兴是这样。

晚上燕好和我一起睡，她握着我的手，她说我真爱你。

我已经习惯。

只是她以为我不知道，她曾把我的手指尖放到嘴唇上轻轻触碰。我不动，假装睡去。

她没有按常理长大，也就不能按常理推断。她要得不多，一点点的索求必然会回复给你铺天盖地的好。

我进了C大，此后的一天燕好跑来告诉我她考取了C大成教部英语专业。她们学校这一届只有十个人得以升学继续。

多好，大家又在一起。

燕好在外面租房住，与人接触不多。她说与不相干人的往来，实在麻烦。要知己知彼就必须花费心力，我不能胜任。

便由她去，该面对的自然要慢慢到来，就算你摇旗呐喊举世宣告我要自闭也无济于事。

但是常常在想，当决定依靠一个人，而有一天那个人那颗心突然消失，必然会悲痛欲绝。

所以燕好选了我，足够安全。

或者，幸福根本就是也无风雨也无晴。

一日燕好说她恋爱，突然莫名慌张，回去打电话给那男孩，才知是自家孩子表错情。

怕燕好想不通透，押她出来吃饭，她永远嗜吃，吃到走路也蹒跚才想起问我，你找我可有事情。

一腔说教忘在九霄云外。

后来她说，自己心里有数，只是觉得何苦作践自己，吃饱喝足已经不容易，还要为一点小情伤筋动骨，她说，等我有钱了，帅哥养两个，一个用来看，一个用来摸。

她是玻璃心肝的人，和我说话永无太多顾忌，出糗也不用找台阶下，已经习惯了这人包容她了解她。

仍是不知道怎么和人打交道，兴冲冲地跑去跟人家说我喜欢你，请和我恋爱。可不是所有人都识得她的真诚，从此看见她走路都绕弯。她说给我听，我笑得眼泪都出来。

慢慢不太担心她会再受伤。

燕好是个美人，身后不愁没人跟随，只是恐怕少有人能吃透她那一套，近不得身，不过年轻女孩，貌美如花，时辰到了就会有对的人，于是便会有新恋情，燕好的寂寞，多少也会被填补吧。

多少年，看着她长到现在，也算是相互盯着一路走来。

心中有不一般的东西，对于燕好，早不是朋友一般简单，我多少是散漫的人，若要打起精神去负担的，除了道义，怕是只有燕好一个。

一晚在网吧，燕好打电话。

你在做什么？

老地方。

又在上网。

啊。

吃饭了没有？

没有。

须臾燕好赶到，买了奶茶和我新近爱上的沙拉面包。

我下线和她一起走。

她说打电话时身旁有人问她给谁打，她说给我妈，旁人诧异，你妈多大了，还上网，是不是去骗小男生了，她说我妈比较前卫，人老心不老。

我听她说，乐不可支。

走到因泯湖边，我说燕好，你还小。好光景在后头。

她微笑，于飞，我已经是女人。

我震惊，几时的事情？

燕好挽住我，你管他是几时，我只是做了觉得该做的。

为什么？我仍不甘愿。

因为风很轻月很好夜色美丽，一切都具备。

突然回过神，一切不是太早而是发生太晚，燕好是初涉人世的孩子，她有大堆的功课要赶，人世间的事情，她曾错过了一大截。

我失笑，这是什么心态，莫非真以母亲自居，把孩子看得牢牢，以为永远是自己的宝贝，于是患得患失，顾此失彼。

我亦是有情有欲的人，就像我要吃饭一样。燕好依然坦白坦荡，无比自然。你知道吗，其实半夜醒来，常常想到我妈，心中没有大动静，却要不自觉地流泪。我替她不值，一生都过得不好，人生实在苦短，你也许比我更明白。

她说了实话。

我的燕好走在我旁边，一路走一路长大，她是个美女，一直勇敢，内心里亦玉洁冰清。

上星期有次约会，照例带着燕好一同前往，男主角喜吃甜食，蛋糕房里燕好顺口说老妈我要苹果派。那个诧异，你叫她什么？

　　燕好不理他，埋头苦吃，我忍住笑，说没错，我就是她妈。那人自以为幽默，转头对燕好说，我做你爸爸可好。

　　燕好脱口而出，呸，你别想，长得那么丑。

　　我一边尴尬一边道歉圆场，喝一口水，终于忍不住喷出来，既已经原形毕露，索性和燕好蹲在地上笑个够。

　　后来我们走在街上，燕好说，你几时给我找个爹啊？

　　我说不了不了，人不能贪，不能要得太多了。

　　她说总要有个不一样的人来对待你，我说你就是。

　　她说那哪里一样？

　　我笑，大人的事情，小孩子少操心。

　　亦舒说，我要很多很多的爱，不能就给我很多很多的钱也是好的。

　　我没有很多很多的钱，但燕好确实给了我很多很多的爱。

　　燕好是福气，一辈子一个，再多了都不要，否则折寿。

　　周六去教会，唱诗班还在，燕好在旁。我们是异教徒，但已忘却所有罪责，心藏福祉，手牵喜乐。

（原载《萌芽》2006年第一期）

捉小的蓝色

陈吉文

"我叫雄照，来自北京，今年十八岁。我最大的理想是想体验三种苦难：爱情，生存，流浪；三种幸福：太阳，诗歌，小狗。"来到上海上大学的第一天我这样介绍自己。这句话有一半是盗版的，它出自我最喜欢的那个诗人，现在我不能说他的名字，因为我觉得对不起他。

在讲台上说完的时候同学们为我热烈地鼓掌，没人揭穿我。

可是我回到座位时，有人递了张纸条给我。我心惊肉跳地展开来，上面写着几个"像拿两个鸡爪爬过去一样"的字：

胸罩:>我也喜欢流浪　周晓

我不知道谁是周晓，我想她一定是个读"牛马册"的坏孩子，胆敢把我的名字写成胸罩，我真想把她灭了，但我还是很庆幸她不是来揭穿我的。

过了几分钟，有人在讲台上说她叫周晓，我循声望去，只见一个全身蓝色运动装的女孩站在那里，我的第一反应是：好漂亮。接着不可思议的事情发生了，她大声说道，我家祖宗十八代都种田为生。我是农民的女儿。讲台底下有一个打扮得宛如一只孔雀的女孩低声说道，哇，村姑。她的声音不响，可是讲台上的周晓还是听到了。她拿起一支粉笔在黑板上写下两个字：村姑。转头她又看了一眼台下的人，又写了两个字：城姑。然后她转过身来看着那个说村姑的孔雀，大声说道：村姑和城姑都是姑。

教室里的一切都静止了，大家都在想这句话的含义，几秒钟后，大家都笑了。我也笑了，虽然通常我的笑是没声音的，但我会笑。

笑完之后我很后悔。

因为不自信，我隐瞒了我的家庭。

虽然我家在祖国北京，可是我的家境很不好。父母都是小学老师，早年的时候他们到江西去当知青，在江西农村教小学。我爸爸学了很多当地方言，回到北京后仍然改不了口，索性把那些话直接翻译成普通话来教训他的学生，这在学校形成了一道独特的风景线，小孩子们都不知道我爸爸骂人的那几句话是什么意思。

比如，你丫读书"牛马册"。

比如，你丫，写的字就像拿两个鸡爪爬过去一样。

我也不知道"牛马册"是什么东西，但我想大概的意思我能懂，就是给牛和马读的册子。好像是很笨的人读的书。那句"拿两个鸡爪爬过去"，我后来去了动物园看见笼子里的公鸡母鸡们留在地上的那些凌乱的脚印，才佩服爸爸形容得多么贴切。我是花了许多年的时间才完全了解这两句话的精髓。在爸爸的学校，大家都认为这是我爸爸的疯语。我爸爸早年的知青生活不如意，染上了嗜酒的毛病，这些年恶化了，酒成了他生命的支柱，有时候他们班上的小孩子得捂着鼻子上课，才能抵制他嘴巴里喷出来的酒味，小孩子们都在他背后叫他醉鬼。

我爸爸很快下岗了。家里的一切都得靠妈妈。

由于有这样一位醉爸爸，我从小就没有什么自信。

我的精神世界由此往不寻常的方向发展，导致我成了一位诗人。我高二那年就出了自己的诗集，把稿子寄出去之前，我看见爸爸头上渐渐增加的白头发，我把诗集的名字取作：《牛马册》。爸爸以我为荣，逢人便谈他的诗人儿子。我知道爸爸懂我的诗，他读我的诗的时候流露出来的眼神，他的表情，他的一切细微的动作，都被我敏感的心记录着，爸爸是我眼里的第一个知己，我喜欢他读我的诗。

现在他正在北京最大的医院治疗他的醉鬼病。他已经酒精中毒。好在现在医术高明，他的身体有望复苏。可是我的稿费也因此告罄，我又成了很穷的人，但离开北京时爸爸说的那句话我仍然记得很清楚，他说，做人要视钱如土。爸爸的话有三层含义：他治病将花光我所有的稿费，希望我不要在乎；他之所以喝酒，就是因为不把钱放在眼睛里，结果快活了两百年；他要我做人别太在乎金钱。我通常想起的是第一层意思，我看着别人花钱如流水，看着自己的钱却要细水长流，只能用爸爸的话来鼓励自己：不要生他的气。

我想我是个很能理解别人的人，妈妈常常怂恿我和她一起讨厌爸爸，但我做不到，我爱爸爸。可是我小的时候不敢像别的小孩子一样自豪地说出我的爸爸。其实没有旁人的时候，我很喜欢和爸爸在一起，他喝醉了以后常常会带我去护城河边打水漂，那是我们唯一的爱好。每次爸爸都比我多出一个步骤：在城墙上写那一句一成不变的诗句：醉里乾坤大，壶中日夜长。写完后我们便开始打水漂，爸爸打得很漂亮，能一连串漂出很远，一圈圈串联在一起的、荡开的水波总是让我想起冰糖葫芦，爸爸会在回家的路上买冰糖葫芦给我吃，他自己也会吃上一串儿。

这是我的童年。

现在的我依然不敢很自信地说出我的爸爸和我的家，这个时候我会觉得我一直都是个没长大的孩子。

而那个叫周晓的女孩，却勇敢地说了出来。

毫无疑问，这将是一个给我最深刻印象的女孩。她从台上下来后我也给她写了一张纸条：

> 周晓同学，请别篡改我的名字

我让坐在旁边的胖子把纸条递给周晓，过了不久胖子把周晓的回复的纸条递给我，胖子用很不耐烦的神情瞟了我一眼，我对他笑了一下，然后展开周晓的纸条，她说：

> 遵命　胸罩同学:>

转头看了一眼身后那个五大三粗的胖子，我放弃写纸条的打算，看一眼隔壁一组的周晓，她正朝我眨眼睛，我暗地里捏了一下拳头。我真的很想把她当沙袋暴打一顿，这个念头产生之前我联想到了该外号广泛流传的后果，万一大家都知道我叫胸罩那我就永远别抬头做人了，我得缩着头做乌龟。

大学的第一堂课我就不幸染上了暴力倾向，这是我始料未及的。下课后，我留在座位上没动，因为我看见她也没动，我想留下来和她算账，她似乎很理解我，居然按兵不动。但是，等大家走光了我反而没勇气走向她，我该死的自卑使我把她想象成了一位武艺高强的女大侠。我刚想离开这是非之地，她就朝我走来。我想如果我是个张扬的人该多好，我可以以此为借口，甚至不用借口便可以和漂亮的她打得火热。

我为什么做不到呢？我觉得我能做到。于是我立刻站起来说，你……糟糕，我没想好说什么，憋了半天我才说出，你能不能不叫我胸罩？我听见自己的声音小得像蚊子。

周晓像没听见似的，她说，你也喜欢海子是吗？我也很喜欢他，可是你刚才把他说过的话占为己有，你这样做是不对的，是剽窃他人劳动果实。

她知道我的自我介绍是盗版海子的诗。她没当场揭穿我，她是个很会照顾别人感受的人，可能是过分感激，我觉得我的脸红了。

我转移话题说，你能不能不叫我胸罩？

周晓说，你不觉得这样叫很有创意吗？我们搞广告的就是需要创意。

我很小声地说，但你别拿我开刀啊，我是无辜的。

她说，看你这么可怜兮兮的样子就算了吧，算我错了，走，你的午饭我请了。

我不太想和她去吃饭，可是她再三催促，我只好跟在她身旁。

对于总是没主见的自己，我总是很失望，我常常这样联想：如果祖国再次受到小日本的侵略，像我这样的人最容易变成卖国贼——这是胡思乱想，但我常常以此为根据，对自己感到失望。

周晓在我身边不停地说话，我基本上什么都没听见。我神经质的思绪突然冒出来一个奇怪的念头：如果她变成了我的女朋友，那会怎么样。接着我幻想了一大堆我被她虐待的场景。然后尽量和她保持距离。

周晓拿出手机给她爸爸打电话。她刚才说她爸爸是种田的，可是她不像是农民的女儿，她穿的那套运动服是耐克的，她用的那款手机看起来价格不菲，她真让人捉摸不透。不过我倒希望她爸爸是农民，我喜欢和穷人在一起，因为我就是穷人，况且我的精神世界是属于土地的，小时候父母灌输给我的那些乡土经验在我心里构造了一片神奇的乡土世界，那是我诗的幻象，我的灵魂就是农民，它在我虚构的乡土世界里孜孜不倦地劳作，它很疲倦，就像烈日下的他们一样……

不知道周晓和她爸爸说了什么，他们说的是方言，我听不懂。我们到了校门口，那里空无一人，我趁机说我想走了，改天再和你一起吃。

周晓说，说好的事情你怎么敢反悔？

我支吾地站着，我的卖国本质又暴露了，我不知道该怎么做决定。

周晓说，你要是真的很不想和我吃饭你就走吧。

我看了一眼她就慢慢地转过身子，她在我身后说，你真的敢走？

我回头看一眼她，她正斜着眼睛看我，她的样子很可爱，周晓是个美女，好在她没架子，要不我会觉得自己长得很难看。

她接着说道，你真的要走了吗？

我低下头，不知道该怎么办。

周晓突然哈哈地笑起来，她朝我走来，说，你很胆小的噢，你是怕和我爸爸一起吃饭吧。哈哈，别怕，我爸爸很随和的，我们家以前都是农民，我们都是很老实的老百姓，不过还好你没真的走了，你知不知道你要是真的走了，换了别人，你会令人觉得很失落的。

她刚说完话身边就停下了一辆车，我看了一眼，是宝马。

车上走下来一人，他很胖，挺着一个啤酒肚儿，我以为是问路的，但是周晓说，爸，这是我新认识的同学，他叫胸罩。呵呵。周晓爸爸笑了，他看上去的确很和蔼，他的笑声让我想起李逵、鲁达之类的人。我想有其父必有其女，他伸出手和我握，我很无辜地看了一眼他女儿，也伸出了手。

叔叔你好，我叫雄照。我趁机更正道。

周晓爸爸拍拍我的肩膀，他说，小伙子，你这么瘦可不行，男人要挑重担子的，得多吃点才行，像我一样，哈哈。

我也呵呵地笑了一下，习惯性地摸自己的后脑勺。

周晓说，爸，你怎么也会说大道理了，想当年你什么时候挑过重担子了？

周晓爸爸说，咳，你女孩子家知道什么，走，吃饭去。

我们上了车，车在一家招牌上有五颗星星的大饭店停下，我们下了车。

大学第一天，坐宝马，吃大餐，这也是我始料未及的。

到了饭店，周晓的爸爸不断问我问题，我毫无隐瞒地把我的一切都说了出来，因为我不想在周晓面前留下什么把柄。我说到我从北京来的时候，他爸爸说，好，很好，你文质彬彬的，看上去就是首都来的。我说到我家庭的身世和嗜酒的爸爸时，他哈哈大笑，说，男人就是这样的，总该有自己的爱好。

周晓立刻插话说，我爸爸的爱好就是赌博。

周晓爸爸嘿嘿地傻笑了一下，像我一样伸手摸了自己的后脑勺，他的这个动作让我找到了一丝亲切感：那是我最常有的动作。看见自己的动作在别人身上出现，我会觉得他就是我。就像猩猩会做许多人的行为，我们会给予莫大的关注，最终还把它们认定为是祖先。

我这么说岂不是说周晓爸爸是猩猩了？我又觉得他是我，我岂不是说自己是猩猩……我真糊涂。

你有没有自己的爱好？周晓爸爸的问题让我回过神。他明明在和女儿说话的，怎么突然就问我问题了。

我走神的能力很令我担忧，这个问题我早就想过了，我常常以为老年痴呆就是这样犯的。

我考虑要不要把我喜欢写诗的事情说出来。

周晓爸爸看着我，笑得像弥勒佛。

他说，小伙子别不好意思，男人嘛……说吧，好吃？好喝？还是好赌？……难道好嫖？嗯？……

我很不自在地笑了一下。

周晓大声说，爸，你怎么这样欺负老实人。

周晓爸爸说，我知道啦，小伙子，你是样样精通是吧？哈哈。

我突然想起我爸爸，我觉得眼前的这位叔叔和我爸爸有几分相似，都有些疯癫。我又在他身上找到亲切感。于是低着声音告诉他，我喜欢写诗。

不知道为什么，我觉得喜欢写诗这样的爱好很不好启齿。

但是他似乎很高兴，重重地拍一下自己的大腿，说，哈哈，你喜欢写诗，那不是太好了吗？唉，女儿，我们邻居，那个你常常提起的叫什么李的……

是李白。周晓说道。

对，李白，他也喜欢写诗。哈哈，真巧，你们可是了不起的人啊。

我摸摸后脑勺说，没什么的。然后我很奇怪李白怎么会是他们邻居。但那时候菜端上来了，那些菜全是我没见过的，香味儿让我走了神。周晓和她爸爸吃饭的动作一点都不拘谨，我便也放开手脚，全身心地投入。

饭后，周晓爸爸把我们送到寝室楼下就走了。我和周晓也道了别各自回寝室。

那天回寝室我想大学生活还真是不一样。

我打电话给妈妈，告诉她这里的一切。妈妈则告诉我一个坏消息，她说爸爸常常吵着要出院，她还说昨天晚上爸爸企图偷偷跑出去买酒喝，还好被逮住了。

我笑了笑，我早已经习惯爸爸做的任何事情了。他就是这样一个人。

只是，现在我远在上海，不在他身边，我突然觉得好担心。

妈妈叫我不用想太多，她说亲戚们都出动了，一定会把爸爸的病彻底治好的。

挂了电话后我很想念爸爸。

第二天再次和周晓在一起时我想把两个想好的问题问出来，但我又觉得没什么好问的。

我想问的是，你爸爸是怎么从一个穷人发达起来的？还有你为什么喜欢诗，为什么喜欢流浪？

第一个问题似乎有点没礼貌。第二个问题我问我自己，连我自己都不能给自己答案，她也一样的吧。但好奇心使我还是开口了。

出乎意料，周晓的答案信手拈来。

当时我们正走在学校的小公园里，她要回答我的时候，在路边的石凳坐下。我在她身边看着她从书包里拿出一本书，我瞥了一眼封面，那书名叫《美容宝典》。我大吃一惊，心想，答案不会和这本书有关吧。

周晓在目录里找着什么，过了半天她翻开其中一页，她说你看。

于是我看。那一页上写着：

　　内在篇：一个女孩子的美除了后天的保养，更重要的是要培养自己的爱好。阅读是最能培养精神气质的，这就是一个人的内在，什么是内在美呢？该怎么去培养呢？我们将在这一个章节里展开讨论……

周晓翻动手里的书，她说，你看后面就提到了要多阅读一些诗歌。

我说，好了，我知道了。

我的心里涌上许多不悦，我本以为我能交到一个志同道合的好朋友了，这些年我最缺少的就是朋友，可是没想到周晓居然是为了美容而喜欢诗歌。除了感觉她很有趣，我更多感到的是失望。

我说，你就是这个原因才喜欢诗的吗？

周晓把书收起来，她说，这只是其中一个原因。

另外的原因呢？

周晓沉默了一会儿，看了我一眼才说，我十三岁以前是住在江边的，三峡知道吗？我家就在巫峡，我喜欢那里蓝色的水，还有那里的清晨，云雾缭绕在山腰上，天空也是蓝色的，我从小就很想把这一切画下来，可是没人教我画画。后来我从书上看到，古时候，这里常常有诗人来的，我找到了所有与我家乡有关的诗，把它们都记在心里……我现在知道自己做得很对，我们的老家已经不在了，被水淹没了，我所熟悉的那些景象也已经找不回来。你看我全身穿的都是蓝色的，看我的袜子，背包，都是蓝色的。我就是想念那里的江水和天空。还有我的好朋友们，我用蓝色纪念小时候的一切。

我看着神色逐渐黯然的周晓，她在短短的时间里令我的思绪摆动得像大海里的波浪，一下翻上最高处，一下跌到最低谷。

周晓说，你看这里的天空。

我抬头看了一下，灰色的天空，这是我熟悉的，北京的天空永远是这样的。这是我第一次抬头看上海的天空，没有北京的那么灰，也没有蓝色。

周晓接着说，我在这里四年了，一点都没有家的感觉，我不习惯这里的人，也不习惯这里的天空……还有这里的江水，你还没去过黄浦江吧，我第一次去那里之前想着，黄浦江的水是从我家乡流过来的，我想找一点家乡的感觉，可是见了黄浦江我才知道家乡的味道是不会跟着江水来看望我的，它只会等我回去看望它……可是它已经不在了。

为什么会不在了？我感到很奇怪，家乡怎么会不在了呢。

三峡工程啊，你不知道吗？周晓很诧异地看着我。

我终于反应过来，周晓一家是三峡移民。

接下来的日子，我都在听周晓讲她的故事。许多人总是把自己的往事藏在心里，其实每个人都渴望倾诉，只是找不到可以倾诉的人，这个世界的人大多是孤独的。听完每一段周晓的故事，我都会觉得庆幸，我能听见那么真诚的述说，这是一种多么陌生而美好的感觉。

周晓家乡在巫峡的一个小村庄。我很想知道她生活过的村庄和我心里的乡土世界是不是有许多相似之处，可是她的述说没停留在村庄上，她不断说起的是一个名字，阿根。

阿根是周晓在巫峡最好的朋友，也是她这辈子最好的朋友，阿根的爸爸是个道士，专门为有红白喜事的人家做法事。村里人说阿根出生的那一天天上布满乌云，阿根从他妈妈肚子里爬出来的那一刻，一道闪电将他家院子里的一棵大树劈倒了，村里人认为阿根之所以有点傻就是那道闪电害的，虽然他爸爸法术高强仍然无法挽救上天的安排，他爸爸看了时辰，发现阿根五行缺木，于是取名为根，另一个意思是，那棵院子里的风水树虽然死在闪电下，但它的根仍然在。

阿根在长江水的养育下，和周晓一起成长着。

可是现在他们已经四年没见面了。

周晓说她很想念阿根，接着她说起阿根的眼睛，阿根的右眼是蓝色——

说到这里周晓把手掌合在一起，仰着头，皱着眉，嘴里却笑着，她仿佛要陷入一段悲喜交加的往事里。她用一种很难形容的表情告诉我，阿根右眼里的蓝色是她留在阿根身上的记号。那记号表示，阿根是周晓的好朋友，要是有一天她把他弄丢了，拣到的人得还给她。

他们七岁那一年的春节，周晓拿着从村里土地庙拣来的两个大鞭炮，找到阿根，她自己不敢点燃鞭炮上的火线，于是吵着阿根帮她点。他们把其中一个埋到雪堆里，阿根很勇敢地把火线点燃，炸开的雪堆像一朵花一样留在周晓的记忆里。

要点第二个鞭炮的时候，周晓问阿根说，你敢拿在手里点燃吗？她想起了大人们玩双响炮的时候总是拿在手里的，爸爸也是这么做的，每次她都得把眼睛闭上才敢看。那天她想睁着眼睛看阿根表演一次。

阿根说，这有什么不敢的。于是他毫不犹豫地把鞭炮拿在手里并点燃火线。一声巨响后，周晓透过浓浓的烟雾，看见阿根像黑炭一样的脸和流血的右眼，她吓得大哭。

阿根没哭，他说，鞭炮太响了，周晓不要哭。

这是我这辈子听过的最温暖的话。周晓对我说，同时她伸手为自己擦眼泪，她流泪了。

阿根的眼睛有鞭炮里暗蓝的硫磺留在眼白里。那是周晓留下的抹不去的记忆。

阿根没在我身上留下痕迹，可是我永远忘不了他。不知道他是不是像我这么想念他一样想念我。但我很担心他会忘了我，他总是给我这样的感觉：周围的一切，不论是对他好的人还是对他坏的人似乎都与他无关。我希望他仍然记得我。周晓说。

阿根是个令人心疼的孩子，周晓从来不像别人那样认为他是个傻子。可是当阿根坐在教室里的时候就什么都不会做了，他是周晓的同桌，周晓常常看着阿根盯着数学题满头大汗却一道也算不出来，每当这个时候周晓总是跟着着急，可是她帮不上忙，阿根似乎什么都听不进去，他冒完汗就盯着窗外发呆。

那扇窗户是朝南的，阿根看了六年，除非老师要打他，他一律往窗外看，久而久之他的脖子渐渐歪向一边，无论什么时候阿根都是往左边看的，所以周晓和阿根走在一起时，都是站在他左边的，这样阿根才能很方便地看到她。

周晓站在阿根左边一起走了六年上学的路，小学毕业的时候，阿根很高兴，他以为永远不用再读书了，整天乐呵呵的。

那个暑假里，周晓跟着生龙活虎的阿根跑遍了村子附近的森林，阿根用他做的一个机器抓到了一只美丽的小鸟，那种小鸟他们从来没见过，叫不上名字，它有一身华丽的羽毛，它的叫声像歌唱一样，周晓和阿根都很喜欢，于是他们决定把它养起来。他们决定给小鸟取名字，周晓正在想的时候，阿根已经想好了，他决定小鸟的名字叫：美丽。周晓坚决反对，于是他们吵了一架，那是他们第一次吵架，阿根不知道为什么非常固执，周晓输了，那只小鸟的名字就叫美丽。

那个暑假的一切都围绕那只美丽展开。

他们在村庄的每个角落为美丽寻找食物，寻找舒适的草为它筑巢，阿根很照顾小鸟，可是他爸爸很讨厌小鸟，好在他爸爸是个道士，常常云游在别的村子里半年不回家，每当阿根爸爸要回家的时候他都会把美丽送到周晓家，直到他爸爸再次出门，他才准时来领回去。

周晓的家人们也喜欢美丽。周晓是家里唯一的女儿。在村子里没生下一个儿子来传宗接代是很丢人的。周晓妈妈生下周晓就再也不会生了。她爸爸在村子里抬不起头来做人，因此开始堕落，不知什么时候走上了赌博之路。但他一直对家里的人疼爱有加，他只是无法摆脱村子几百年的成见。

后来村里新上任的村长实施了铁腕政策，明文禁止赌博，爸爸只好赶十几里的山路到镇上去赌。无论输赢他都会在镇上买一些好吃的回来给周晓和她妈妈。

他带回来的东西，周晓都会分一些给阿根，阿根会因此把美丽多留在周晓家里几天。

暑假很快就过完，周晓和阿根都将到镇上去读初中，爸爸很高兴，他可以以送周晓上学为理由名正言顺地到镇上赌博。

到镇上读书的这一年同时传来要建造三峡工程的消息。但那时候大家都不太相信那是真的。

周晓和阿根仍然在同一班级，因为整个年级才一个班。她到了新教室里做的第一件事是看看教室的窗户，她希望窗户是朝北的，这样阿根的歪脖子病就可以治好了。

教室的窗户南北都有。周晓不知道阿根会朝哪个方向看。

开学三天后周晓知道阿根哪个方向都不会看。因为他被开除了。

那时他们接触了奇怪的英语课，阿根非常感兴趣，他上课不再睡觉，不再看窗户，他非常认真地听那个名字叫古德的英语老师讲课。可是阿根还是什么都记不住，他怎么都不明白一样的字母为什么有两种读音，他不明白拼音的字母为什么要和英语的字母读法不一样，他觉得非常混乱，什么也记不住。

可怜的阿根在每一句最简单的英语下注上汉字，也就是这个原因，他惹了一次祸。

第三课里有一句英文是这样的：It's good.

阿根在这句英文下写的汉字是：一踢死古德。他的这句话立刻在班级炸开了锅，英语老师知道了以后，把阿根的笔记簿撕破了，还打了他一巴掌，他也很生气，立刻和古德打成一团，不知道他们是怎么打的，结果古德的一只手骨折了，阿根就这样提前结束了他的学生生涯。

他很开心的，因为他可以回家照顾美丽了。

教室里没有阿根后，周晓有时候会走神呆看着那朝南的窗户。只有星期天的时候她才能回家和阿根一起玩。

过了不久，三峡工程的事情已经很确定了，大家做什么事情都开始心不在焉，教书的老师也是这样的。

有一天，周晓正在上课，她爸爸突然闯了进来，他哈哈大笑，手里拿着很大的一包糖果，他像疯子一样哈哈大笑，给每一个同学发糖果。然后爸爸把手里的糖果到处乱扔，扔完以后他拉起周晓的手，告诉她不要再读书了。

周晓哭着问他为什么，他说这里要被淹没了，这里要建成水库了，我们得离开这里。

周晓连自己的书都没带就被爸爸拉回家。

爸爸到家以后更疯了，他把周晓家的那台黑白电视机砸破了，他砸着哭着，他说，我们再也不用过这种日子了。他砸完电视机就跑出家门，再没回来。村长组织了好几队人到处找周晓爸爸的下落，十来天过去了也没找到人。

周晓爸爸是自己回来的，那已经是半个月后的事情了，他是被一辆小轿车载回来的，他回家以后就把以前一起赌博的人叫到家里来，将家里的值钱的东西，包括两口猪都送给他们，然后他把周晓和妈妈拉上车离开那里，他们就再也没回去过。

那一切就像着了魔似的，周晓笑着摇头说。她说他们家就那样搬到上海来了，爸爸直到两个月后才把他买体育彩票中特等奖的事情告诉她们。

我听了感觉非常意外，没想到答案是这样的。

周晓笑了笑，她说，我到现在还是不太相信这一切，我现在还习惯看晚上十点钟那个摇奖的节目呢。我只能以此来安慰自己这一切是真的：那个节目里，隔一天就显示，祖国的许多角落里，每隔一天就会有五百万突如其来地落到许多人手里。我真不敢相信我爸爸成了其中的一员。

我也不太相信。

周晓说着说着又说起了阿根。她说她离开村庄的方式太离奇太匆忙了，来不及问阿根的去向。

你现在知道我为什么会对你说我也想流浪了吧？周晓笑着对我说。

我点点头。

你是想去找阿根。

嗯。我是想去找阿根。我现在只知道他们大概在四川，可是我不知道该怎么才能找到他们，更糟糕的是我始终不敢一个人出远门，如果我敢一个人走，我早就上路了……周晓看着我。

她说，以后你想流浪的时候，记得叫我。

我说，一定会的，我陪你去找阿根。

之后的日子里，我和周晓成了好朋友。走在路上的时候她总是站在我左边，有时候她会牵着我的手。周晓牵起我的手的时候，常常对我说，她用蓝色纪念巫峡的水，用蓝色纪念巫峡的天空，用蓝色纪念巫峡的阿根。她说她要把她喜欢的东西都涂上蓝色，然后她用一种水汪汪的眼神看着我。我心里暗想，千万不要喜欢上我。

因为我不想像阿根那样，把鞭炮拿在手里点燃，让炮硝在眼睛里留下蓝色。

而且，时代不同了，现在拿着鞭炮点燃会被认为是恐怖分子的，那是自杀性爆炸。

再之后的日子，我们仍然常常在课堂上传递纸条。只是我们的路线改变了，那个很凶的胖子不为我们服务了，我们的纸条绕了长长的路才到彼此手里。

周晓仍然把我的名字写成胸罩。

我也学会了以牙还牙，可是我怎么想也想不出有效的办法，我只能把她的名字写成：捉小。她很喜欢我这样写她的名字，因此我总是吃亏。

有时候我打电话回家会向妈妈说起周晓。但我们更多谈的是爸爸的病。爸爸的病没什么明显的效果。我和妈妈都很着急。

有一天，我突然收到一封信，居然是爸爸寄来的。

爸爸说他最近的生活很空虚，就像生命里最有质量的一部分突然被抽空了。爸爸的语气假装很轻松，可是我知道他很绝望，看完爸爸的信我哭了。那是爸爸第一次给我写信。

我把信拿给周晓看，那天晚上她打电话叫我出去见她，见到她的时候，她拿了一张飞机票给我，她说，我知道你很想回去看你爸爸，明天早晨九点的飞机。她笑着，我不知道该说什么，那一种感动我很陌生。我呆看着周晓的眼睛。

她把一小包东西塞给我，说是给我爸爸的礼物。

那一刻我想伸手把她抱在怀里，可是我没敢。

第二天我请了假和周晓说了再见就上路了。在飞机上，透过碗大的窗口，我第一次和天空如此接近。云端之上的那片蓝色世界让我想起周晓。

回到北京我下了飞机就直接去了爸爸的医院。一个月不见爸爸，我几乎认不出他，他的头发全白了，一张脸瘦得不成样子。

我站在他面前说不出话。

爸爸看到我回来很高兴，他看着站在床边不动的我，笑着说，怎么了儿子？我这不是好好的吗？哎呀，你看你，怎么哭了，嗨，过来，别哭了，你丫小样儿，大男人的不要来这一套。

我陪着爸爸坐在床上，我们生疏了很多，都怪我想得太多，我怕我突然间就失去了什么。我恨自己这样想，可是我控制不了自己。

爸爸想假装很轻松自在的样子，他越是这样子越令我心疼。

于是我说，爸爸你在想什么，都告诉我吧，我知道你很难过。

爸爸叹了口气儿说，还是儿子最懂我啊，我这辈子有你这样一个儿子，我就什么都不求了。我还有什么好难过的。只是这段时间来我觉得……我在信里都向你说了。我觉得活得不自由。我没酒喝了儿子，这种生活简直……

有个护士走了进来，爸爸立刻闭上嘴。

等护士走了爸爸就没往下说了。

他问我在学校里的生活，我很仔细地讲给他听，他像小学生一样认真地听着。我说了我能够记起的一切，也说到了周晓和她离奇的故事。然后我想起周晓要送给爸爸的礼物，我从背包里拿出来，打开纸盒才知道里面是一个玉帛，有几分透明的颜色，上面画着一个正在喝酒的古人，旁边写着一句诗：醉里乾坤大，壶中日夜长。

我看了不禁很吃惊，不知道周晓哪里去找来这样一个帛。

爸爸看着那个帛，笑得像个小孩子。

他从里面拿了一张小卡片，那是周晓写的：祝雄伯伯早日康复。

爸爸说，儿子，这是你的女朋友吧。哈哈……真细心啊，不错……不过，你看这字写的，跟拿两个鸡爪爬过去一样。

我大笑了一阵。

然后我的手机响了，有人发消息给我。

是周晓。

她说，胸罩，你要回来，你走了之后我的一切都变成了蓝色，从头顶的头皮屑到我脚下的脚指甲，都充满了蓝色。知道为什么吗？因为我的小命里充满了你。

我闭上眼睛，用力堵住要涌出眼眶的东西。

我想，我是周晓的蓝色，我会回去找她的。

（原载《萌芽》2006年第二期）

D调的华丽

仇晓慧

我玩博客还不到一个月，高中好友崔西莱在MSN上告诉我一个令我大跌眼镜的消息——我们高中时的死党兼密友游清不久前开辟了一个音乐博客。在我还没喘口气心平气和地接受这个事实的时候，崔西莱又说了一个让我更为厥倒的消息——游清博客的点击量居然创下同城第一的纪录。

"Miracle！"我惊叹不已，因为我太了解游清这个家伙了，此人一向大大咧咧，视"写字"如粪土，像我这种只是偶尔有兴趣在纸上涂涂鸦的闲散人士，都被她以"文青"冠之，并以"有这么些酸味"而遭到她无数次鄙视，搞得我每次见到她都不得不装作很心虚的样子。

"难道她从良了？"我不禁问道，毕竟我与她少说也有三年没有见面了。不过想想，像她这种"金霸王"级的高能量活跃人士，任何时候都有可能焕然一新。"哈，她总是一不小心就能走红。对了，她的博客叫什么名字？"

"好像叫'D调的华丽'。"崔西莱在MSN上发了一个讽刺的表情。

D调的华丽？周杰伦不是有本自传也叫《D调的华丽》么？低调？怎么看也不像游清的作风呀，我立马对崔西莱发来的"ICON"表情心照不宣，"嘿，这个大名我可是早有耳闻，我还以为某个小屁孩抄袭周董（Jay）呢。我一定要上去好好转悠一下。"难道她的博客会特意营造出低调的风格？——这一切都让我兴趣十足。

我记得游清是T中第一个与我说话的同学。在我高一下半学期第一天转学来T中的时候，不知怎的，对新环境十分害怕，一听老师介绍完我名字，就像一只惊慌失措的小鹿那样，逃到那个指定的属于我自己的座位。一到下课，我不知道该对身边的同学说些什么，就索性打开随身携带的MP3，沉浸在曼妙的音乐声中。

我戴着大耳麦，摇头晃脑听得正欢，忽然感到脑袋一阵疼痛，貌似下手不轻。我第一反应就是遭到"偷袭"了。我马上捂着"负伤"的脑袋，寻找肇事者。只见一个长发飘飘的女孩子在我身后一米的地方好奇地看着我，见我反应过来后"哧哧"地笑起来，甭说凭第六感，我就算是凭动物的本能也知道是这家伙动的手。

"好男不跟女斗。"我心里想着，一边安慰着自己，猜想着是不是新人都要遭到这样的"见面礼"——就跟你买了一双新鞋就非得给别人踩三脚，你剃了新头就得给别人摸三下是一个道理。一这样想我就心平气和了很多，于是比较绅士地问那个女孩："你为啥打我？"

"啊，别那么凶呀。我刚才可是叫了你老半天哦。"然后她做出热情无比的招手的样子，"我刚才就这么跟你说hello，hello，可是你一直不理我。那我只好……"

我一听是这么回事，脸不禁有些泛红："啊，是这样。我刚才一定是听音乐太投入了，真不好意思啊。那，你有啥事情么？"

"你还真信我啊，哈哈。你真是可爱。"她捂着嘴"哧哧"乱笑，后来面孔又正经起来，"我只是想告诉你，我很喜欢你的那副白色大耳麦。"她微笑着说，"我们现在都知道你叫林风，但你还不认识我们呢，我叫游清。"说着，她就走到我跟前，大方地伸出手来。

这是我第一次听到游清的名字。我不由得上下打量了她一下，她穿得有几分淑女，一件素白色的带着蕾丝花边的衬衣，配了一条浅蓝色的背带牛仔裙，但是她的大眼睛格外有神采，从眼珠转动的快频率来看，就知道她是那种特机灵特活泼的女孩子。我看着她白里透红的脸庞与神采奕奕的双眼，不得不在心里承认眼前的女孩是属于美女那一级的。

这时，我的脑袋虽然痛感还在，心里却格外舒坦起来，要知道"美女永远是男人心中的神奇解药"，于是我很高兴地与她握了握手。

正当我还陶醉在一番友好的气氛中时，只听这家伙丢下一句"借我听听"就一把抢过我的大耳麦戴在她自己的耳朵上。我刚想开口说什么，她的眼睛居然一下子变得贼亮贼亮的，几乎是在向全教室宣布什么重大事件似的兴奋无比地大声说："林风听的是Jon Brion的Moana Chimes。"她的声音引来教室里一片沸腾声。

"呃，他们为啥这个反应？"我十分纳闷地说。

"没啥，你应该感谢他们不是在'嘘'你。你可能不知道，我们班有很多人都很喜欢音乐。如果你听满大街都在放的音乐，一定会被我们嘲讽老半天！哈哈。"然后她甩了甩手里的大耳麦，"借我回家听听吧。我喜欢你选的曲子。"

"嗯。"我轻轻地点了一下头，下意识地看了看游清的座位，她就坐在与我并排的右边课桌，与我只相隔一臂的距离。

我记得这一天我特别庆幸认识游清，第一天她就给我介绍了好几个之后成为我死党的朋友，特别八卦但特别善良的崔西莱就是从那个时候认识的。

我们热络地聊了很长时间音乐。他们还说，我们一看到你就知道我们是一伙的，我们都酷爱音乐。我听到这样的话心里特别热乎。

我还下意识地打量了一下自己的装束—— 一件TOUGH JONESMITH浅绿色丝绒服，鲜红色的耐克T恤，松松垮垮地横亘在头顶上的黄色帽子，还有之前一对挂在我脖子上的大约占我脑袋一半大小的超大白色耳麦，顿时心中也有种找到"组织"的感觉——他们也都穿着这类朋克衣服，耳朵里十有八九都挂着耳麦。

说实在的，若不是崔西莱的提醒，我都快不记得游清这个人了。虽然才时隔三年，虽然她是我高中时期暗恋过的女孩子，但现在游清在我脑海中的印象与我暗恋时期的游清总是挂不上号。这种感觉有时候真让人沮丧。

我暗恋时期的游清，像是一本色彩斑斓的画册上的影子，每天都是新鲜而快乐的。我喜欢她无拘无束的富有感染力的笑声；喜欢她在不小心把我推倒在地后，为了安慰我而在走廊上唱的一曲动听的歌，我迄今还记得那歌声在走廊里余音缭绕的回响；喜欢看到她经常因为迟到一两分钟而在校车屁股后面猛烈地奔跑追车，脸红彤彤的样子—— 每当这时我就只好再次做一回好人，央求司机大叔放慢车速，然后在车门处拉着她的手，将她安全地拽到车上……

而现在的游清……我真不好说，或许她现在就正在某个PUB里躺在老外身上吞云吐雾吧，她总是忙不迭地寻找新的刺激。对了，我刚想起这家伙现在正在美国。如果没记错，她高中还没毕业，就直接去美国一所还不错的大学去学国内外都十分热门的景观设计。其实，我倒是很希望她能够继续做她喜爱的音乐。

不管怎么说，她的博客还是让现在的我有些猎奇心理。我在网页的blank上输入游清的博客域名，页面很快打开了——呈现的是让人很有迷失感的通目黑色。果然是低调风格的，我心中默想着，突如其来地在瞬间爱上了这个博客的模样。

博客的底图是一只七彩的犀牛——游清最喜爱的动物。这家伙总是喜欢这类稀奇古怪的东西，就好像她喜欢的异性也各式各样。

　　眼前的第一个博客是她对一个摇滚聚会的叙述，伴随着一曲夏威夷歌谣"Waikiki"，Jon Brion的，他的音乐总是温馨祥和、气氛翩然：

> 昨天去了Vans Warped Tour
> 那是Vans办的全美巡回"摇滚乐队畅游"
> 有很多band都会去参加巡回
> 蛮特别的是在tour里同时有好几个stage在表演
> 旁边有很多像巡游演唱会的摊子在卖衣服CD帽子之类的
> 而且还有专门的台子给人表演滑板
> 我原本以为场面会很混乱
> 结果没想到还蛮校园摇滚派的
> 没有很多夸张的band或是fans，很多高中生
> 最多大概也只是像simple plan，blank 182
> 跟很久之前去bar里面看的夸张朋克还是有差距
> 可能地方太大了反而很难集中精神去enjoy吧
> 不过还是蛮不错、蛮有趣的体验
> PS：R，你还记得我们一起去参加各种音乐party时的情景么？

　　面对着黑色的底色，听着这支舒缓的乐曲，我一下子就回想起高中时，我们一群好伙伴在夜空下，横七竖八地躺在草丛中，闭着眼睛分享着无忧无虑的电影原声……

　　那时候的我们真是洒脱啊，我们一听说北京有一个一年一度的摇滚盛会——"迷笛"音乐节，就商议着去看。我起初还以为只是大伙随口胡扯，没想那时候还真就稀里糊涂地上了路。我记得那晚，不少伙伴都在火车上显得睡意蒙眬——基本都是被游清从宿舍里拖起来的。

　　那是我第一次乘坐很长时间的火车硬座，虽然明明知道第二天必定要翘课，心里却有着说不出的兴奋。我们一边打牌一边还在开心地猜想班主任可能出现的大惊小怪的面孔。

　　记得表演那晚，我们虔诚地坐在草地上，和着迷彩的灯光，看着崔健、许巍等一些老牌摇滚乐手——亮相，体验一些希望来此提高人气的新组合飞扬跋扈的张扬，那时，"氧气组合"、"幸福大街"的唱片还不像现在这样雪花式的发放。很多乐队就像潜力股那样默默无闻，但我们现场的歌迷都很

兴奋，大汗淋漓地与他们一起叫喊。

我记得那天，游清有些反常，与周遭兴奋的人群不同，她坐在碧绿色的草地上，一下子变得很沉默。我与她并肩坐着，轻声地问她怎么了。她说，她不小心被许巍的《故乡》感动了，然后泪水"哗哗"地往下流。我不知道该怎么安慰她。这是我第一次体会到她对音乐的热爱。我只在平日里听朋友说过，她是一个视音乐如生命的人，时不时地会冲着一支粗制滥造的曲子发脾气，别人唱走调了她也会显出无法容忍的模样。她曾说过，旋律就像遗传基因DNA，真正好听的音乐都是符合一套难以破解的密码的。

"风，能借个肩膀给我靠一下么？我觉得有些冷。"她气若游丝地说。

"嗯。"我轻声地说。她头靠在我肩膀上的那一刻我感到自己心中颤动了一下？我是多么喜欢她，我在心里对自己说。

"我也很想跟他们那样在台上放纵地唱，你说我会吗？"她声音柔软地飘过来。

"没问题的。若你唱，我会成为你最有力的后盾。我为你写曲子。"我笑着说。

"呵呵。你经常在课上拿出五线谱就是在写曲子么？你很行啊，风，记得要给我看。"她伸出手来，做出了拉钩的动作，我也很痛快地跟她拉了钩。"现在，我好多了。谢谢你。"她站起来，整了整衣服，追上了早就挤在前面的崔西莱与保罗他们，又一下子蹦蹦跳跳起来。

记得那次，我们从北京回来，班主任对我们大眼瞪小眼，然后说是否作旷课处罚看我们月考成绩。说来也很有意思，那次月考，我们都破天荒地考得特别好。

我渐渐喜欢上了这个博客，它仿佛为我打开了高中美好记忆的一道门，让我重新回忆起我暗恋时期的她。我还真没想到这是一个比较怀旧的博客，难怪有那么高的点击量，人都是猎奇的动物吧？我暗自笑着，继续往下看：

> 昨夜，我在休斯敦街头遇到了中学的音乐课老师F
> 他居然来这里陪一个学生参加钢琴比赛
> 在去××路的车上，我还在跟崔西莱发短消息
> 她比我还兴奋，说，好啊好啊，你去看看他，毕竟是你曾经迷恋过的人
> 曾经觉得他似乎英俊得可怕

虽然不算魁梧，但把一身优质西装永远穿得挺括，身形恰到好处

他也是最不认真的老师，时常用泡椒牛肉做引诱

让我去帮他的家教学生教授钢琴

他似乎从不备课，每次都是信口开河地讲

永远都是男生嘘声一片，而有些女生也不能容忍

记得每次有什么音乐比赛，都推荐我上阵

如果他当评委，就给我最高分，天晓得我的水平如何

记得我即将前往美国的时候，他偷偷地开着他的"富康"把我送到机场

如今再看到　虽然尚未见他发福　也觉得英雄迟暮

摘下眼镜的单眼皮显得异常锋利　依然跟我讲半生不熟的上海话

还跟我谈在国内正火得一塌糊涂的超级女声

还拉着我玩真心话大冒险，在玩骰子的时候做小动作

并且跟着驻场歌声哼唱滥大街的歌

我只是想，才毕业了3年啊……

PS：不知3年后见到R，会将怎样

配的音乐是Mo-Wan's Dialogue。好哀伤的调子。哈哈，果然说到了F老师。一提到F老师，就会让我禁不住想起那天发生在校门口的往事。

那天我们正好在上音乐课，我看到坐在我前面的崔西莱向我示意什么。我把头凑过去，听到一个几乎让我一阵晕眩的消息——"你看游清，听得多认真。她喜欢F老师呢！"

我沉默了半晌，然后以香辣蟹作诱饵，跟崔西莱说："我们偷偷溜出去吧。"

后来，我们就真的从教室后门溜了出去——大概高中时期逃音乐课的习惯就是从那个时候培养起来的吧。

我与崔西莱在学校小摊生猛地撕扯香辣蟹时，我忍不住问她："你不会开玩笑吧，游清真的喜欢这个F老师啊。"

"这没啥不正常啊，我们都觉得F老师很帅啊，长得很有型，你是不是太保守了。"崔西莱只要一吃香辣蟹就张牙舞爪，显得很没人性。

"那么，F老师知道么？"我有些着急，我虽然不了解F老师，但万一他为

人不那么正派，游清岂不是羊入虎口。

"应该知道的吧。我还看见他们一起逛街呢，跟普通情侣没啥区别，我们都好羡慕哦，那么帅的一个老师。"她又抓起一个香辣蟹。

没想这个时候，我们正好看到F老师从校门走出来。我看了一下手表，刚刚下课。令我们大跌眼镜的是，一个女孩飞快地从校门口的一侧飞奔过去，与F老师搂抱在一起。

"这个女生，不会就是游清吧？我有些近视，看不清。"崔西莱搭着我的肩膀，眯着眼睛问道。

这时候我差不多是一头雾水，因为那个女生分明不是游清。我正稀里糊涂，不明白是怎么一回事的时候，看见游清也出现在校门口。然后就看到游清跟F老师在争执什么，两个人都很激动，没想到那个F老师身边的女孩推了游清一下，游清差点跌倒在地。

我一下子明白过来，肯定是F老师欺骗了游清，被游清发现，而游清在争执的时候，被那个女的打了。我顿时火冒三丈，不顾三七二十一就冲到F老师面前，拉起他的领子就一拳揍过去。

F老师也很火大，气势汹汹地说："你干吗打我？"

"这你还用问，你这个不要脸的。"我又无比生猛地一拳打过去。

他气得七窍生烟，于是，就见两个人在校门口上演"精武门"。我几乎是把能够想起的武侠片里的招式全使上了。可是我却忘了，当时他至少比我重十斤，一拳上来的威力至少要比我凶猛很多，所以事后我比他伤势惨重。

正在你一拳我一拳干得起劲的时候，周围路过的同学老师都纷纷跑过来试图把我们拉开，但我们实在是难解难分。

没想到游清像一个发了神经的"辣妹"那样，整个人立在我们中间，然后用很大很激动的嗓门说："你们都不要打了，冷静，冷静一下啊……"

我们一下子住了手，我看到她脸上也气得青一块紫一块的。

但F老师似乎不愿意放过我，一把抓起我的衣襟，说："你居然敢打老师，跟我去教务处！"

"去就去。"我根本就不害怕，心想，到时候还不一定处罚谁呢。

后来怎么结束的我有些忘了，但很快大家就意识到这是一场误会。原来，游清是向F老师请教一个音乐问题，正争执得起劲，不经意发现F老师的女朋友居然是初中同学，特别"喜出望外"——这个词是游清解释的时候说的，谁知道她当时怎么想的。那个女生个性比较爽朗，推了游清一把表示"很久不见，真是开心"。说实话，我知道结果是这么一回事的时候特别晕，而那个始作俑者崔西莱早就不知道跑到哪里去了。

"那么，你们不是已经是情侣了么，还不是一起逛街么？"我记得我当时还傻乎乎地问了这么一个问题。

"正好在路上碰到而已。"F老师与游清笑得嘴角都歪了——说真的，他们在那女生面前还真配合默契。

高二的时候，虽然没有音乐课了。但我们几个伙伴时不时地还会去F老师家喝酒、吃饭。古话说"不打不相识"真的不无道理。

记得在我鼻青眼肿的那段时间，游清每天都会在车站给我递来一杯温热的牛奶——我们经常会在一个街区的车站等"捷运"大巴校车。那段时间，经常因为误点而搭不上车的游清变得特别准时。我也特别开心每天能看到她脸冻得红扑扑的样子。

"嗨，又撞到你了，我本来还想把牛奶带到学校里去的呢。干脆你现在就把它喝了吧。"

我点点头，一口气把牛奶喝了。

她有时候看着我伤口上贴着的"邦迪"说："你好白痴哦。"

我很喜欢她说这句话时在风里温暖微笑的样子，于是也就真的跟个白痴似的"呵呵"笑。

我看着她博客上的一篇又一篇博文，听着一曲又一曲的旋律，感觉十分美好。这时，我发现她的每篇博客下部有一个PS，仿佛是在对一个叫R的人说话。R究竟是谁呢？

我可以看得出，她对这个R情有独钟，隐藏着欲言又止的情愫。连同下面一些资深博友都在留言上说，你要坚持啊，他一定会重新出现在你面前的。

我忽然想起了在高中时，游清一听到一个男孩的名字就兴奋地大叫。我看到过他，他生得仪表堂堂，很高大、很帅，而且还会传说中的"绝对音感"——不管听到自然界任何声响都能准确唱出音阶的天赋。

说实话，我那时觉得游清与那个男孩子很相配，两个人都是学校里比较出名的俊男靓女。而且，他们两人在音乐上都很有才华。

记得在高二的学校元旦演艺会上，我第一次看到他们的钢琴四手联弹，诧异极了。我原来还曾以自己能够轻松复述只听过一遍的乐曲而自豪，但在那一刻，却差点连喜欢音乐的勇气都没有了。

当时，我坐在礼堂一角，看到他们两人如此协调，如此默契，如此错落有致地用四手联弹的方式表演四重奏，细长的手指在泛着金属光泽的键盘上恣意挥洒，震撼得无法回过神来。

那个晚上，我撕了所有我上课时在五线谱上的涂鸦，然后把那个白色大耳麦与MP3永远尘封在一个角落里。

好巧，这篇博客写的仿佛就是那个男孩，配的音乐是《关于莉莉周的一切》中那个轻灵空旷的主题曲《呼吸》——我曾经很迷恋的音乐，我屏着呼吸看着。

> 记得以前高中的时候
> 学校里有一个音乐才子
> 别人都说他长得很帅
> 我觉得还好吧　但是很耐看
> 感觉上很有自己的想法
> 我们曾经还一起表演过四手联弹
> 说真的　那次我们的表演真的是perfect
>
> 那次我们表演完之后　他送我回家
> 我请他表演传说中的"绝对音感"给我看
> 我问他是不是真的什么都可以
> 他笑着跟我说，你可以试试看啊
> 我想了一下，问他说：
> 那正在向我们驶来的那个"捷运"发出的"嗡嗡"声你也听得
> 出来么？
> 于是他就侧着头听了一下那个根本对我而言只是随便的噪声
> 然后很认真地跟我说，那应该是升G
> (……之类的啦……因为我已经忘了实际上是什么……)
>
> 结果高二下半学期结束之后
> 他就转学去一个有专门音乐组的高中了
> 在那之后的某一天
> 我跟崔西莱坐在音乐教室的最后面打算混过音乐课
> 我们聊着聊着
> 她突然问我说：你知道音乐才子以前喜欢你吗？
> 我很惊讶地摇摇头说我不知道

这时崔西莱用很谴责的眼神看我，接着说：

他原本叫我不要跟你说　但反正他都转学了　所以我想还是告诉你好了……

PS：我忽然想起那天四手联弹后，他送我回家。他刚刚表演完"绝对音感"的那一刻，似乎对我欲言又止，他是不是想告诉我呢？R，你知道么？我后来明白他为什么不直接告诉我的原因了。他真的很聪明，要知道，就在这么一念之间，我对他忽然就……

我看后有些云里雾里。但我可以确信的是，那个R不是这个男孩，那会是谁呢？难道是她在大学时新认识的男孩子？我可以感觉出，她对这个R很专情。专情？这个词放在现在的游清身上真的难以想象。

我逐渐回想起来，在表演完四手联弹后很长一段时间，她似乎一直闷闷不乐。我们起初以为，是因为那个男孩子转学的缘故。所以当崔西莱告诉我们那个男孩喜欢游清的时候，我们都死命儿让她把实情告诉游清，这样至少可以挽救一份永恒的浪漫啊。

对了，崔西莱把实情告诉她的那天晚上，好像还出了一个事情，真奇怪，她居然没有在博客上提到。那天，她突然心血来潮地问我们其中一个死党借了一辆单车，坚持要骑车回家。

我们想她可能去找那个男孩了，告诉他，其实她也喜欢他。可是，我们一时没想到，一直坐大巴的她，显然对骑单车不熟练，而且在上海这样到处车水马龙的大街，很是危险。

当我们接到她"SOS"短信的时候，已经是晚上8点多。我与崔西莱急急忙忙地翘晚自习去救她——那个时候好像我们已经分班了。

到了现场，她很生气地痛骂了一阵子那个在她背后"袭击"的电瓶车——原来，一辆电瓶车忽然从她背后将她撞倒，车主一看闯了祸就加大油门跑了。

她趴在崔西莱身上痛哭，说着："还是你们好啊。"她哭得一副很颓败的样子，看得我们心里都阵阵发颤。那段时间好像又传开了有关她的新桃色绯闻，新分班的同学都有些疏远她。

幸好她的伤势不重，只是脚有些扭伤，那辆单车也只是掉了链条，龙头有些弯曲，我稍稍调试了一下就好了。于是，我们就一边与她说笑话，一边让她坐在后架上，护送她回家。

后来不知怎的，我想起什么，很认真地跟她说："游清，我们以后未必都能每次过来及时帮助你，你一定要自己多小心，你喜欢谁一定要看清楚，以后再也不会有一个白痴一样的人傻到还没搞清楚发生了什么情况就为你打架了。"

她很不通情理地瞪了我一眼："你居然教训我！我一向就是想怎样就怎样！"

崔西莱又来打圆场："游清，你怎么这样，林风这么说是为你好啊。"

"你总喜欢把整个世界都弄得满城风雨，巴不得大家都围着你转，"我有些激动起来，"我们迟早会对你厌烦的。"

后来她一赌气就跨上单车走了，虽然没骑出多远就跌倒下来，崔西莱马上跑过去扶她，她一把将崔西莱推开。崔西莱回来的时候，不知所措地说："你真不该那么凶，游清好像哭了……"

很多天后，当我们再次看到游清的时候，仿佛判若两人一般，整天跟一群小流氓一块儿混着。而我对她的那份朦胧的暗恋情愫早就不知在什么时候丧失殆尽。

我记得高中毕业后，崔西莱告诉我游清几个月前去了美国，在我惊讶的时候，她说："我很了解游清，她是一个敢爱敢恨的女孩。她在初中的时候，与一个男孩偷食了'禁果'，差点被学校开除。或许你不相信，但我相信，她真心喜欢过那个F老师、那个会'绝对音感'的音乐才子，或许还有更多人。她对爱情永远感到饥渴，但这并不是说，没有她的原则。但是她一旦对爱情丧失信念的时候，也是她堕落的时候。去美国，或许是一个最好的选择……"

不知不觉，我就翻到了最后一页博客，这支曲子旁边没有任何注解，我却是如此熟悉。我对音乐的记忆力很好，很多曲子听过一遍，过了很久都能反应出来，但这支曲子，我却一时不知道叫什么，我忽然心头怔了怔，知道我为什么说不上这支曲子名字的原因了——

> 这是我的第一篇博客
> 我是为了纪念一个人而建立的
> 我时常想 那样的时光还会再回来么
> 他叫R Pure and Reality，纯粹、真实
> 上面是我最喜欢的两个英语单词，都有R

记得么，R，这是你自己谱写的曲子。
那天早晨，我看见你桌肚里的五线谱废纸
就把碎片一张一张粘合了起来
我很难过。那时，你就坐在离我一臂之隔的地方
我经常在上课时偷偷看你
很多次都看你在那里拿着五线谱在画
难道你忘了我们的约定么？你说你会拿给我看

我很喜欢这支曲子　我把它取名为
The lost of innocent love（遗失的纯真之爱）
我每次都反复地听，反复地听
我没想到，一个纯粹D调的曲子
居然也可以华丽得那么动听
我终于决定，做一个博客
记下我对你的感情，还有那些，我已然丧失的纯真爱情

记得在临行前不久的一晚，我一个人骑着单车
去拿这支曲子录好的小样
想作为给你道别的礼物
因为我就要去美国了
可是，那天，你却对我说，你迟早会厌烦我
那些日子，是我最昏暗的时光，你不知我哭得有多么伤心

记得有一天，音乐才子要向我表白
可我看到那辆飞驰而过的"捷运"大巴上
你一脸迷惘的神情
我不知怎的，一下子心痛起来
我知道，即使他开口，我也无论如何不会答应他的要求

我无法忘记，我们一起搭乘"捷运"大巴的时光
记得么，我们有时候会一齐放掉车上的扶杆
两人一前一后站在车板的走道上
看刹车时谁先倒下来

知道我为什么经常误点么
因为我住的地方不用坐校车，但我为了看你
宁愿跑10分钟赶到那个车站，与你一起等校车好幸福的
所以，有段时间，你还问我
为什么牛奶总是有些温热的

还有，知道么，知道么
记得高中一个万里无云的晴天
我看到了教室里站着一个新同学
记得老师在介绍他名字的时候，他的脸都红了
不知怎的，他身上那种单纯寂寞的气质全然吸引了我
我知道自己从那一刻，就爱上了这个目光纯净
笑容里带着百合花香的男孩子……

　　我突然哭了，我多么希望时光回到三年前的某一天，或许就在那个"迷笛"音乐节的夜晚，你将头枕在我的肩膀，我听到了自己迷乱的心跳，在五光十色的迷幻舞台下，我们坐在碧绿的草坪上，耳旁充斥着我们最爱的音乐。草坪上的男孩即使再羞涩，也会无论如何鼓足勇气告诉他身边的女孩——"我是喜欢你的，我是喜欢你的，从我看到你的第一眼开始！"

（原载《萌芽》2006年第三期）

我们恋爱吧

马中才

（一）一只猫

卡门离开以后，我开始恢复我原来的孤独生活。一个人走路，一个人吃饭，一个人打篮球，一个人背枯燥无味的大学英语（五）的单词，一个人唱歌给自己听，还有写长长的可以吓死人的回归设计及多元统计分析的作业。

很显然，我怀恋卡门在我身边的日子。她陪我吃饭，走路，上超市，洗衣服，甚至睡觉。

我现在才发觉，我竟然会如此迷恋一只猫。

是的，卡门是一只猫。

虽然她是一只猫，却没有谁可以代替她。我在很久很久以前认识了她，确切地说是在一个月之前。我习惯把一个月之前称为很久很久以前，因为对于我来说，一个月是可以发生很多故事的，而我又是一个记忆力极差的人，所以一个月对我来说是一个很长的时间。我只记得她是我在深夜的校园里遇见的一只猫。我只是看了她一眼她就跟了我许久许久。一副楚楚可人的样子，又有点害羞地尾随在我的身后，一直到我的公寓。

也许她是一只无家可归的猫。我想。于是我把她带回了我的家。

我之所以叫她卡门是因为她经常卡在我房间的门口。一副慵懒的样子，用紫色的撒娇的眼睛看着我。她是一只很瘦很高的猫。很漂亮，很高贵，尾巴很长。

家里有了卡门以后自然添了很多乐趣，但常常带着她出入学校也遭到了很多同学的质疑。一个带猫的女人会给人以妖媚的感觉，那么一个带猫的男人呢？或许给人一种不伦不类的感觉吧。

所以我觉得有人总是用诧异的眼光看着我和我的卡门。而事实上也确实如此。还有同学告诉我，路边的猫是捡不得的，因为它会给你带来痛苦和不幸。这种乱七八糟的思索太多了我便有了丢弃卡门的念头。

她本来就是一只流浪的猫罢了，即使我再把她放回大自然也没什么不妥。我提醒自己不应该用"丢弃"这样的字眼，也不应该为此而感到内疚。相反，我应该为自己让野生动物回归大自然而感到欣慰。

但我始终还是舍不得让她走的。这说明我是一个固执的放不下旧情的人。我只是尽量少带她出门罢了。在家里我仍然很乐意让她分享我的点点滴滴。我用笔记本写东西的时候，她会听着优美的钢琴曲在地毯上荡来荡去，有时候会跳到我的桌上来摇着尾巴，仿佛14世纪西方高傲的公主。她每天喝掉我一半的牛奶，吃掉我特地为她准备的鱼。我甚至想养一只老鼠供她锻炼身体，让她在没有了室外活动的环境下能保持矫健的身姿。

我已经习惯了她的陪伴。

我觉得很奇怪，我一个平时连自己都照顾不好的人竟然能如此细心地照顾一只猫。一只毫无缘故的猫。一只在路边捡来的猫。一只一点儿也不假的普通的猫。

可是，卡门居然主动离开了我。

毅然地离开了，没有留下任何痕迹，也没有给我任何预兆。就这样无声无息地走了，不可思议。应该是从窗口跳出去的。似乎是惩罚我那个要丢弃她的念头，她倒先发制人，把我给抛弃了。

她是跑不远的，我想。

（二）一个人

一个人的生活是孤寂的。我再次深深地体会到了这种感受。我是一个被一只异性的猫抛弃的男人。

在上课和下课往返的那段不短的路程上，我开始改变了以前边走路边用文曲星背英文单词的习惯，不自觉地左顾右盼起来。我只是在期待着卡门的出现。就像一个被抛弃的人总希望被重新接受一样。这种感觉让我极其郁闷。我知道她还在校园里。为此我看到了平时根本没注意的很多美丽的路边风景。这仿佛成了我打发孤寂的理由。

可是，遇见一个人是没有理由的。

孟佳佳是在卡门离开后的第八天出现的。我第一次看见她是在学校左边一家饰品店外。那是个不很美丽的傍晚，我走在回公寓的路上，按照惯例看着路边各式各样的风景，不经意地发现了那家叫"十三月"的饰品店。当时的孟佳佳倚在木质店门的边上，用那种清澈的眼神打量着过往的行人。当我的眼光掠过她时被她逮个正着。或者说她被我逮个正着也罢。总之是四目相对。随之我们彼此点头一笑，仿佛相识已久的朋友，极为亲切。

孟佳佳就这样莫名其妙地走进了我的生活，填补了我内心深处因为失去卡门的孤寂。

孟佳佳是一个很有才艺的女子。饰品店里的很多首饰都是她自己设计编制的，别有风味地挂在屋子的壁钩上，美不胜收。风吹的时候，荡漾的风铃发出各自的声响，悠然动听。

我成了"十三月"的常客，有事没事往店里蹿。而孟佳佳大部分时间都是在安静地编织着手链。她认真做事的样子很好看，微微地低着头，长长的头发倾泻下来挡住半边脸，眼睛极其专注地盯着那些绳绳线线，一眨一眨。

风大的下午孟佳佳会去红豆林里捡一颗一颗饱满的心形红豆，然后拿回店里打孔穿线，做出各种各样的手链、项链、挂饰、风铃还有手机吊坠。让我吃惊的是孟佳佳竟然能用红豆做成戒指和耳环。有时候孟佳佳会让我帮她拉住绳子的一端，使得她能顺手地完成一条手链的编制。我很乐意这样做。我半蹲在地上，拽着绳子的一端，略略抬起眼皮欣赏一个女子认真做事的表情和干净的面孔，虔诚如基督教徒一般。

而孟佳佳在我的目光中仍然若无其事地编织着她手中的绳子，她那一眨一眨的眉毛也不怎么在乎我的表情，仍然自行其是地在一眨一眨着，最多只是偶尔对我一笑以示感谢罢了。我觉得孟佳佳应该会感觉得到我那种虔诚的目光的，可为什么她会装作毫无感觉的样子？

事实上我和孟佳佳的交流极其困难。现在我必须把事实摊开，孟佳佳其实是个聋哑人。

是的，她不会说话，也听不见任何声音。她自己制作的风铃到底会发出怎样的声音她一概不知。但她还是乐此不疲。

一张A4的白色纸张，一支罗氏牌黑色钢笔，这就是我和孟佳佳的交流方式。一般是她拿起笔在纸上写一句，然后把笔放下，我再拿起笔写一句。如此往返循环。她通过这些告诉我，她五岁那年的一场高烧使她丧失了听觉和说话的能力，从此她的世界无声。而我则告诉她一些我常做的坏事。比如说我看见别人往学校的鱼塘里丢面包喂鱼的时候我就朝鱼塘里吐口水，看着一大堆鱼来抢我的口水吃我就不亦乐乎，还比如说我非常讨厌学生会的人晚上来宿舍检查我们的活动，每次我看见学生会的人三五成群戴着工作证，拿着笔和纸煞有介事地在我们宿舍的走廊上一间一间地检查时，我就跑到楼顶大声地叫："狼来了！狼来了！"然后那些在宿舍吃火锅的，玩扑克牌的，打麻将的，看色情电影的，玩电脑游戏的，和女朋友做小动作的都通通停止了一切活动，做好准备工作迎接学生会的检查。还有一些同学过于兴奋却跑到走廊上来朝我喊道："谢谢啦，我们知道啦，辛苦你啦。"气得学生会的人咬牙切齿，以至于再也不敢去我们那栋楼检查我们的私生活。

每一次，孟佳佳都会看着我写的文字笑得合不拢嘴，然后在底下画一只小猪或者把"坏蛋"两个字写得其大无比。

最后，她总是把我们写满了字的纸张小心翼翼地放进一个小纸箩里收好。我问她为什么？她用手语比画着："这是我生命里最快乐的时间，我需要珍藏这一份快乐。"

她这个手语让我感动了许久。我知道，孟佳佳也和我一样珍惜着我们的相识相处和相知，珍惜着我们这种很纯粹的关系。

和孟佳佳在一起我也总是觉得很快乐。虽然她不能和我说话。她偶然会教我使用一些简单的手语。她的手因为经常编编织织变得异常的灵活而优美。

或许造物主是对的，它给每个人的都不会太多也不会太少。孟佳佳有了清秀的颜容就失去了甜美的声音，丧失了听觉却拥有了修长的身材和灵巧的手指。

她告诉我，我一拿起笔来就变成美少女战士了，写的文字好可爱，会带给她一整天的开心。

我告诉她，和美少女在一起理所当然就变成美少女战士了。

然后她咧开了嘴，无声无息地笑着，笑着。确实是一个美少女。

我们在一起的时间是寂静无声的，除了风起的时候风铃发出的叮当声，但总是有一种异乎寻常的感觉飘荡在我们呼吸的空气里。

而这个时候，我总是有一种错觉，觉得卡门又回到了我的身边。

我不知道卡门和孟佳佳到底有着怎样的联系会让我有如此熟悉的感觉。

（三）关于孟佳佳

关于孟佳佳，我虽然不很了解她，但我知道她是一个可以隐忍着无数苦难和不幸却仍然能活得很快乐的女子，仅仅因为这一点我就觉得，孟佳佳是一个值得我仰慕的女子。

连孟佳佳都能灿烂地笑着面对生活，那么平静，那么安心。而我过着这么优越安逸的日子却如此地不甘于那种所谓的无病呻吟的寂寞。我应该想想孟佳佳的处境，学着以孟佳佳的心态去面对这个世界。

就在我试图平静地过自己孤寂的生活的时候才突然发觉原来自己的生活已经不再孤寂。

因为孟佳佳。

孟佳佳的无声无息已经不知不觉地渲染了我的世界。只要一想到孟佳佳，我就变成了一个感觉不到孤寂的人。我终于知道，孟佳佳和卡门唯一的相同之处就是她们都不会说话，却都给了我不再孤寂的感觉。可见说话和孤寂是没有任何关系的。一个滔滔不绝的人并不代表他不孤寂，而一个只言片语的人也不表示他很孤寂。写到这里，我想起了古龙在《欢乐英雄》中的一句话："谁说英雄是孤寂的？我们的英雄就是欢乐的。"

突然有一天，孟佳佳发短信告诉我："这次我可发财啦，拥有那么多名人手迹！你快过来看呀。我发大财啦！"我赶紧关了电脑往饰品店跑去，看见孟佳佳正在一张一张地数着我们曾经用来交流的A4纸张，足足有孟佳佳的手掌那么高。

孟佳佳看见我了，兴奋地从地上蹦起来搂过我的脖子，眼睛骨碌碌地转动着看着我，想张大嘴巴想对我说什么，却那么艰难，发不出声音，仿佛她此刻的兴奋已经无法用任何方式表达，非得从喉咙里挤出一点声音，却怎么也挤不出来。她这个动作让我心痛不已，我想，如果她会说话就好了，如果她会说话，又能听见她制作的风铃发出的声音，我愿意为此付出任何代价。

她一直搂着我的脖子，眼睛里那种无法掩盖的喜悦之情让我继而又感到害羞起来。接着她变戏法似的从抽屉里掏出一本小说——是我新出的一本小说，然后她指着封面上作者的名字，用手语比画着问我："你竟然是这本小说的作者？"

我点点头。同时纳闷地想，她也会喜欢我写的青春情感小说吗？

她接着又用手语缓缓地比画着："这居然是你出版的第三本书？"

我再点点头。

"你竟然是那么热爱文字的人？你竟然是C大的研究生？你到底还对我隐瞒了什么？"

我被孟佳佳那越来越快的手语搞得一惊一乍，然后突然醒悟过来，抓起笔在纸上写道："那你以前把我当成什么人了？"

　　孟佳佳笑而不答，对我做了一个搞怪的表情，然后抓起笔飞快地在纸上画了一只小猪，并且这次她把猪的鼻子画得其大无比。可想而知，她之前肯定是把我当成一个不良青年了，因为我总是告诉她我做的一些恶作剧。

　　《哈利波特与火焰杯》在我们的城市上映的时候，孟佳佳居然要我带她去电影院看电影。这让我很为难，因为我担心她会在一种正常人的生活方式下感觉到自己的不正常。

　　但我这种担心似乎很多余。孟佳佳仿佛知道了我的心思，微笑着，看着我的眼睛，把手放在自己的胸口，告诉我：别担心，我还有眼睛可以看，还有心可以感受。

　　我鼻子一酸，一种仰慕之情再次油然而生。她是一个多么坚强而乐观的女子，这样的女子不仅让我爱惜，更让我敬佩。

　　坐在电影院，我并没有被剧情吸引，时不时会扭头看看孟佳佳的表情。她总是安静地睁大眼睛，很投入地观看着电影。

　　如果她是一个健全的女子，那该多好啊！我想。

（四）关于命运

　　电影散场以后我们在市中心的一条小道上遇见了一个算命先生，他举着一个神奇的招牌——"不用开口可以算出你的姓氏。"孟佳佳很好奇就拉了拉我的袖子。我也觉得很神奇的，就叫住了那个算命先生。

　　算命先生不紧不慢地从他的大麻袋里掏出两个小板凳让我们坐下，然后再掏出了一张百家姓和一些小卡片，还掏出了几本破旧的命书、一支笔和一个又脏又烂的记事本，就摆好了一个算命摊。

　　我说："麻烦你算算我们俩的姓氏吧。"

　　算命先生煞有介事地掐着手指："没问题，算不对不收钱，算对了随便你给点钱买包烟。"

　　我说："好的。你先帮这位女孩算算。她是哑巴，不会说话，就看你算了。"

　　算命先生惊讶地看着孟佳佳，打量良久，突然笑道："小兄弟，虽然我的招牌上是写着不用开口就可以算出你的姓氏，但是你也不必要让人家假扮什么哑巴来考我吧？"

　　"她真是一个哑巴。"我纳闷道，"不仅如此，还是一个聋子！"

　　听我这样一说，算命先生仿佛有点尴尬起来，仔细地打量着孟佳佳，叹了一口气："哎——可惜啊！"然后他叫我们分别写下自己的生辰八字，再随便抽一张他手中的小卡片，看了一下我们的手相，胡乱地念了一些阴阳五行相生相克的口诀，前后仅一分钟的时间就准确地报出了我们俩的姓氏。

这种我平日里认为是迷信的东西居然那么神奇，真的让我百思不得其解。尤其是他说到我和孟佳佳有风雨同舟的夫妻相的时候我更加迷惑不已了。

不管他是不是胡诌，我愿意他说的是真的，也非常希望。这时候我终于明白，原来我已经爱上了这个不健全的女子。可是，最后，算命先生悄悄地跟我说了一句话："根据生辰八字来看，这个女孩不应该是个哑巴。"就因为这一句话，我否定了他的一切，所以一分钱也没有给他。

往后的日子，我和孟佳佳的活动范围开始多了起来，不仅限于在"十三月"写写A4纸画画小猪了。

我问她会骑单车吗，她用手语告诉我，会的。不过好久没有骑了。我说不要紧，我们可以去租那种双人单车，两个人都可以踩的，我来控制方向。那天我们就这样骑着单车去了学校的农场。一开始她手忙脚乱跟不上我的节奏，几个来回下来，我们就配合得很默契了。

我在前面大声地唱着歌，她在后面伸开双臂，让风滑过她的衣袖和头发，呼呼地响。速度太快的时候她会慌乱地揣着我的衣角以示她的紧张，但我不管那么多了，唯恐她感觉不到我的快乐，只是一个劲地加快速度。下车的时候我发现她那平日里整整齐齐的头发也被风吹乱了，脸上一副满足的笑。我丢了单车开心得无法言语，静静地看着她。她有点害羞地低下了头，然后捡起地上的一块石头，写道："我现在的样子很不淑女了吧？我仿佛回到了无所畏惧的十八岁。"

我笑了笑，也在地上写道："我觉得你永远要到下一个月才满十八。"

我都忘记自己会说话了。和她在一起不用说话都可以那么开心，我甚至在想，如果我真的和她一样都不会说话，那是不是会更开心一些？是不是我们之间的隔膜会减少一些？

还有在学校的林荫道上散步，时值紫荆花一树一树地开得极为灿烂。孟佳佳张开双臂，热情洋溢地在紫荆花下来回奔跑着，围着紫荆花的树干大转其圈，衣服的下摆随风飘起，她的笑容也宛如紫荆花一样地绽放着。

一阵风起，紫荆花纷纷扬扬地落下一大片。孟佳佳突然仰起头看着空中摇摆的花瓣，然后安静地蹲下身子，一片一片地拾起那些紫色的花瓣。我走过去陪她蹲下，伸手和她一起捡我们身下的花瓣。

就在这个时候，我看见了孟佳佳眼睛里的泪光，闪闪的泪光。她抬起眼看着我，那是一副很受伤害的眼神。

我的心猛然震了一下，于是我赶紧拉着她的手奔跑起来，我们一直跑过紫荆花林，来到一片灌木丛中，我指着身边一大丛的三角梅，喘着粗气用笨拙的手语向孟佳佳比画着："三角梅会在紫荆花飘落之后顽强地生长着，以它自己的物候期在寒冬里开出美丽的花，向人们展示着季节的更替与生命的延续……"

孟佳佳好像突然明白了什么，热泪盈眶地笑了起来。

这就是我认识的孟佳佳，原来她也有着女子特有的伤感情怀。她除了不会说话，和任何一个喜怒哀乐的女子没有什么两样。而在我的心里，恰恰因为她不会说话更加彰显了她的健全。于是孟佳佳的眼泪和欢笑开始停留在我的生活，我感觉自己对孟佳佳有了一种莫名其妙的依恋。

我甚至在想，我和她是不是真的像那个算命先生说的是夫妻相？他既然算对了我们的姓氏，他应该不会把这个算错吧？可是他为什么又说孟佳佳不是一个哑巴呢？

（五）一个手语

在 2006 年准备到来的时候，我不断地挥动着手指练习一个手语。这是我特地拜访了一个聋哑学校的老师学来的手语。我想在 2006 年的元旦把这句手语告诉孟佳佳，而那个时候，灌木林里的三角梅会满地盛开。

这时，卡门突然回来了。

就像两个多月前她神秘地失踪一样，现在又神秘地回到了我的房间。我一打开房间的门，她瞬间映入我的视线，然后扑向我的怀抱。

她变得更瘦了。我的卡门。

我迫不及待地带上卡门去找孟佳佳。这种迫切地想把自己的情感与孟佳佳分享的心情不知道从何时开始的，反正已经维持了很长一段时间，就像以前总会把自己一半的牛奶分给卡门一样，现在习惯了和孟佳佳分享生活的点滴。卡门和孟佳佳都是我生命中的一部分，或者说我希望她们成为我生命中的一部分。

我很快到了"十三月"。奇怪，我听到了一个优美的女声。在这间安静早已成习惯的"十三月"听到有人说话使我很不习惯。

我破门而入，说话的女子条件反射地转过身子望着我。

卡门"喵"的一声跳出我的怀抱蹿到说话的女子的脚下。说话的女子蹲下身,抱起卡门,她继续用刚才优美的声音对我说:"请……请原谅……"

我呆住。

十秒钟之后我转身而逃。

没错,说话的人是孟佳佳。说话的人居然是孟佳佳!并且,她的身后居然还站着那个帮我们算命的所谓"算命先生"。

原来。原来。

我一下子感觉到头晕目眩。

孟佳佳的短信紧接而来:"我只能说对不起。其实我认识你很久了,在你出第一本小说的时候。我只是想跟你开个玩笑,看看你会不会爱上一个不健全的女子。我喜欢你的文字,也希望写那样的文字的你是一个我喜欢的人,具有温和的性格和纯洁的爱心。"

"你是一个善良的人。善良到我不得不继续着我的谎言,并不知不觉地沦陷在自己的谎言里。我用谎言里的自己爱上了你,但是我欺骗了你。还有我的猫……"

"我只是想借用算命这个游戏告诉你,我不是一个哑巴,我爱你!因为我已经无法亲自告诉你。"

我看着手机的屏幕,想象着孟佳佳那种优美的声音,但那种优美把我吓坏了。

也许我应该感到高兴。为孟佳佳高兴,为孟佳佳不是一个活在无声世界里的人而高兴,为孟佳佳的健全而高兴。

但是,请原谅。我高兴不起来。

这并不是因为孟佳佳的欺骗。我只是深深地明白,那个和我在A4纸上用罗氏钢笔交流的无声无息的女子不复存在,那个就算流泪也会笑着的孟佳佳已经不复存在。她曾经那些让我敬仰的隐忍和安心瞬间变成了令我畏惧的性格,我重新被打回到我孤寂的起点,回到失去卡门的那段日子。一个人走在上学放学的路上念念不忘的只是那只猫,虽然那是孟佳佳的猫。

几天以后路过"十三月"发现这家店正在拆迁,我有点好奇便进去看看。"十三月"已经面目全非。我全然看不出这间曾经挂满了红豆饰品的安静的房间给过我怎样的感觉。一下子我感觉自己的记忆力在急剧减退。以前的事情一件一件地变得模糊起来。

不行,这样的话我下周考试怎么办?我呐喊。

于是我努力地回想着一些东西。

可是，在回家的路上我的脑袋里还是一片空白，什么也想不起来。英语单词和统计分析的作业都是一头雾水。

回到家一打开门，我听到了"喵"的一声。

一只猫躺在我的床上。

我呆住。和猫对视数秒之后，我突然对那猫做了一个莫名其妙的手语。

我终于想起来了，那只猫叫卡门，那句手语叫——我们恋爱吧。

（原载《萌芽》2006年第四期）

情　事

吕昕星

那时候我很瘦。偶然有同学读了"人比黄花瘦"，便拿来取笑我。其实我们都不清楚什么是黄花，比黄花瘦是多瘦。

齐烨笑得最厉害，在学校是，回了家也是。他和我家是邻居。因此我强烈要求妈妈去他家告状。妈妈当然不去。妈妈说唯一的办法是我多吃饭，吃胖了就不会被取笑了。我拼命吃饭，本来就吃很多，现在吃更多。结果并不见效。齐烨笑我笑得更厉害了。

许多年后，我知道被比作"人比黄花瘦"是一件多么诗意的事情，年少时却那样引以为耻。

考上高中的那年，齐烨喊我一起去报名，他爸爸开车送我们，我高高兴兴去了。齐爸爸帮我们报了名，请我和齐烨吃饭。饭桌上，齐爸爸说：然然啊，齐烨读书不用功，你就跟我说，我收拾他，啊？

傍晚，我和齐烨从饭馆出来，跟齐爸爸告别。秋天的夕阳照在街道上，那种颜色就像在梦中一样。我们走进校门的时候，有个小男孩在爬路边的栏杆，他抬头喊我：姐姐，抱我上去好吗？我二话不说要抱他上去。齐烨拦住我，一把将小男孩抱起转个圈，放在了栏杆上面。然后对我说：走吧。我愣愣地看看他，觉得好像有什么变了。

第二天清晨，在校园里集合。校长站在前面，慷慨激昂地说：同学们，我们来这里的目的只有一个——上大学！不想当将军的士兵不是好士兵，不想上大学的高中生不是好高中生！

后来是分班，名单按成绩排列，老师念谁名字谁就站出去。我的成绩是重点线，分在二班。齐烨的成绩是录取线，分在一班。好父母比好成绩重要。可是我并不在乎，只是竖起耳朵仔细听。念完所有的名单，我没有听到那个名字。难道他上别的学校了吗？我怕是没心思在这儿念书了。

随同学昏昏沉沉走到教室，我坐到一个角落暗自神伤。忽然一抬头，窗外几个男生经过走廊进了一班的教室。其中一个是他。心里磐石落地，花骨朵盛开。我朝着他的方向偷偷笑起来。

学校的餐厅很小，第一天进去就看到了齐烨和他。齐烨喊我：然然，你看，谢冠和我一个班！我走过去。齐烨说，怎样？我俩厉害吧。我说：是你们老爸厉害而已。谢冠看着我笑笑，不说什么。

初中时候我们一个班，现在分开了，便很少说话。他们都是很男生的那种，从来泡在男生堆里。即使齐烨，在走廊里碰见也只是对我笑笑。我每天下课了就趴在走廊的栏杆上，等待他的笑容。谢冠的笑容。

不久我生了一场病。妈妈很心疼，坚持是学校没有营养的饭菜导致。妈妈带我去一家小吃城，见了一个叔叔，从此我每天都去那里吃饭。有一天我正在努力加饭菜，就见齐烨和谢冠魔术般冒出来，坐在我面前。齐烨说，你还挺会独自享福嘛！谢冠说：吃什么呢？他看看我碗里的饭，看看我，要了两份一样的东西。两个男生还像男人那样，要了啤酒，对干起来。

以后，我们三个把小吃城当成自己家一样来吃饭。我免费，他俩自理。许多天后，叔叔笑眯眯地对我说：然然没有白吃叔叔的啊，呵呵。也许是基于我们三个的灵感，叔叔趁机把一楼改造成面向学生的自助餐厅，并印发传单，到我们学校和周围的初中小学大力宣传，不久生意兴隆，财源滚滚。

高中的重头戏永远是学习成绩。我对物理化学却俨然白痴一个。每一次大考完年级排名，谢冠和齐烨如同三级跳。我总是徘徊在一百名。齐烨到晚自习，便来我们教室，拜托我同桌坐到别处去，然后和我一起做题。我的物理化学卷子全仗他了。有时他讲两三遍我都不明白，就挑起眉毛瞪着我，丫头，你怎么这么笨哪?!我烦到极点，一甩书，宣告我再不做这破题了！齐烨再三哄也不行，只好一起出去玩，玩够了再回来。

有时齐烨不来，谢冠就来陪我写作业。他坐在旁边我就莫名的紧张，连写字手都打颤。谢冠从来不给我讲题，直接帮我把物理化学一写，偶尔看我写数学，不会了才解给我看。有一天齐烨看我的习题簿，居然有谢冠的字迹，直接去问谢冠。

谢冠说，没错，是我写的。齐烨一拳冲了过去，你他妈这是帮她吗？谢冠躲过拳头说：她不学这些又怎么样，她文科那么好，根本不用学理化。

我在楼道看他们后来没事一起走了。旁边的女生说，叶盈然，羡慕啊，两个如此黄金的男生为你打架！我觉得她很善意，想对她说句什么，但什么也没有说出来。

第二天，我们在小吃城吃饭。我把帮他们写好的作文拿出来。我说：以后逢寒暑假，老师布置的作文在十篇以上，我帮你们写，除此以外，你们都自力更生吧。谢冠抬起头，看看齐烨，对我说：我俩没事。齐烨也说：就是，你闹什么别扭啊？我说没有，我写烦了，知道写篇作文要浪费多少时间吗？不能我累死累活却让你们逍遥！我边吃东西边笑嘻嘻地说。其实是昨晚谢冠的话让我认真地想到高考，他们上考场作文我总不能代写吧。

到了高三，我进了文科班。第一次月考，没有了理化的负担，我的成绩跃入班级前五名。妈妈特别高兴，奖励我一条很淑女的裙子。我对妈妈说：秋天都来了，这裙子能穿几天呢？妈妈说：漂亮不在于时间长短。我觉得这句话特别哲理。

那几天国庆节，学校放了三天假。第二天下午齐烨来喊我去玩。我正蜷在沙发上看电视，懒懒回一句，不去。齐烨过来一把拉起我，快点，谢冠在我家等着呢。我一惊，扔了遥控器就去换衣服。我在里间穿上新裙子，却没有勇气出去。齐烨一个劲儿敲门，最后我打开门，怯怯地问他：还可以吧？齐烨吹了一记响亮的口哨，说：叶家有女初长成。

我们站在这个城市最繁华的十字路口，争论要去哪里。他们说我有优先决定权。我提议去逛商场，他们否决。我再提议去看电影，仍然被否决。最后遇到他们的一票哥们，大家推推搡搡去溜冰了。我的平衡能力很差，从小走路不小心都会跌跤，只好坐在边厅一杯又一杯喝果汁，看他们一堆人在冰池里飞来飞去。

晚上八点，我们从溜冰场出来，这时我已经是满肚子怨气。他们和那帮男生在路口道了别。我拐进一家宠物店，逗狗逗到将近九点。他们装作好脾气地等着。最后饿了，去吃了些东西，我们也随着人流去广场看焰火。

那是我们高中时代最后一个光辉的夜晚。天空每升起一朵焰火，我就拼命地跟着大叫。谢冠和齐烨拉住我说我疯了，我也不理他们。我喜欢自然的花朵，并不赞赏这种五彩斑斓的焰火。我之所以拼命地叫，那么开心，完全因为那一夜的心情和他们的陪伴。许多年以后，如我所料，当我回忆往事的时候，我越来越明白不是每一个女生在十七岁的年纪都能拥有这样的幸福。

高考结束，我的志愿表第一栏填了一所以文科著称的大学。去交志愿表的那天，齐烨在我们教室等我。我坐到他旁边，把志愿表交给他看。他看完拿出自己的表格填起来。除了专业空出来不填，每一栏的学校都和我一样。我傻了，夺下他的钢笔质问，你疯了吗？他拍拍我的肩，拿起笔走了。

我没有回家，在街上游荡，像一个失魂落魄的流浪儿。也许那天我哭了，可是我也不记得了。傍晚的时候来到河堤上，对着河滩上的芦苇发呆。

天气很热，我一点儿也不觉得，后来忽然下起了暴雨。雨点打在脸上生生的疼。我终于想到找一个躲雨的地方，转身却愣住了，谢冠就站在背后。他的头发湿了。他过来拉起我的手。我们跑到远处一个电话亭里躲起来。

狂风呼啸着刮过，河堤上有几棵树在风中啪一声折断。我心惊胆战地听着炸响的雷声，透过玻璃看见河水变成了浓浓的土黄色，向下游滚滚倾泻。电话亭的门坏了，谢冠用一只手紧紧拉着。另一只手伸过来，抱住了我。他轻轻拍了拍我的背。

这时我的裙子全湿透了，头发还在滴水。也许嘴唇冻得发白。我能感到自己在微微发抖。我把下巴抵在他肩上，去看窗外泛滥的河水。不论外面多么风云变色，这时候我心里只有安心安逸。

天黑雨停的时候，谢冠送我回到家。在我们家的巷子口，他看着我，眼光全是温柔。他说：乖乖回家去，睡个好觉。在转身走开的时候，我忽然鼓起勇气说：能不能再摸摸你的手。他看着我的眼光闪了一下，握住我的肩，在我的额头一吻。我晕晕乎乎摸着额头回了家。我都不记得那一吻是轻是重。更忘了让他解释一下，这个吻，究竟代表什么呢。

我和齐烨上了同一所大学，这是铁板钉钉的事情。谢冠去了一个很繁华的城市，离我们很远很远。从齐烨抄我志愿表那一刻开始，我就悲哀地想我只能做他的女朋友了吗？

大学之初，日子很闲很闲。我心血来潮，让妈妈把家里的全套金庸小说邮寄过来，每天躲在寝室看。飞雪连天射白鹿，笑书神侠倚碧鸳。按照这个顺序，我每天在网上写一个帖子。《飞狐外传》，我最伤心的是苗人凤的侠骨柔肠。一个铁骨铮铮江湖汉子，遭遇上南兰这样的官家小姐。有浪漫的相遇，却没有一见钟情；有以身相许，却没有白头到老。为什么同样剽悍粗犷的胡一刀能有温柔如水的红颜知己，为什么苗人凤就恰恰相反呢？金庸老先生偏心啊偏心。

我每天看每天写，就想念起初中时候迷恋武侠小说。租书的小书店里，每天都有我的名字。当时齐烨和谢冠也一样，我们常常在那里不期而遇。因为看这种老师和家人都禁止的书，多少有点做贼心虚，所以见面都是不说话的。但将近两年的时间里，我都在书店老板的登记簿上看到他俩的名字。后来他们缠着老板搞了个借书证，才剩下我一人的名字在那里循环。这为我们高中在小吃城吃饭时候的空闲积累了丰厚的谈资，我讲金庸小说的细节，追踪每一个有关联的人物、宝剑、秘籍，把古诗一般的目录背给他们听，并解说含义与出处。齐烨每天讲一段风云第一刀的经典。把小鱼儿骗江玉郎的过程对我详细分析，然而我始终不能很明白。齐烨说小鱼儿若骗的是我根本不用动脑子，动脚指甲就可以了。但齐烨最让我和谢冠佩服的，是他时不时会冒一句古龙的经典段子，比如"女人的可怕之处不在拳头上，而在枕头上"；"只有痴于剑的人，才能练成精妙的剑法，只有痴于情的人，才能得到别人的真情，这些事不痴的人是不会懂的……"谢冠很少大段大段对我们讲什么。但我和齐烨记不清的地方，他似乎常常开口提示。偶尔他听到兴头上，会从金庸古龙说到温瑞安梁羽生，还有倪匡黄易等等许多我记不住名字的人。西门吹雪、叶孤城、项少龙、白发魔女这些人，都是他建议我去看的。

我这样子泡在寝室，沉溺在快乐而有一点酸楚的回忆中。课时而上时而不上，齐烨打电话来一律找借口推托。我不知道怎样面对他。我甚至还沉浸在额前的那一吻中。每天洗脸，都会摸摸额头。

有一天，一个女孩子敲开寝室门找我。她自我介绍说，我叫步杉杉，步惊云的步，是齐烨的哥们的女朋友。来，认识一下。我没见过这么大方的女孩子，很喜欢她，便答应和她出去吃饭，我知道会碰到齐烨的。他就站在楼下。我们来到外面，那个叫步杉杉的女孩子和男朋友溜掉了。

也许我有一丝丝愧疚吧，那天晚上我无比听话，所以显得很温柔。

以后我和齐烨约会，一起看电影吃饭，我觉得自己像个木偶。我想过，这辈子我可以什么都残缺，但我的爱情一定要完美，所以我的男朋友必须以一个我爱并爱我的面貌出现。我小心地不让齐烨牵我的手，不在某种气氛下让他靠近我。我希望我们保持距离。虽然我觉得这已经不具多少意义，甚至有点像困兽之争，也许齐烨是明白的。也许他像我一样宁愿不明白。

一个叫舒虞的女生适时出现了。

舒虞，艺术系系花级人物，校话剧团宣传负责人。身材高挑，明艳照人。属于大多数男人梦中情人的形象之典范。当时舒虞大二。齐烨在迎新晚会上脱颖而出，继而被纳入话剧团，成为话剧团下一个力捧的对象。不久，校园各处盛传舒虞和齐烨的绯闻，许多同学对此津津乐道。传到夸张处，我成了这个绯闻中的第三者。于是我不再和齐烨一起出现了，因为认识的同学的眼光太奇怪了。齐烨不断打电话向我解释，我都安慰他说我明白。那些天我非常善解人意，因为我感觉到他心中的烦躁。

还好寒假到了，谢冠来我们学校，准备我们三个一起回家。我在饭桌上异常活跃。齐烨埋头不说话，我就对谢冠讲齐烨这一学期来的风云事迹花边新闻如何席卷校园，讲到开心处举着杯子不停地笑。我说，谢冠，齐烨上大学这么出息，你不高兴吗？谢冠看看我，脸色很差。齐烨猛然站起来拿上外衣走了。

我和谢冠随后出来，怎么也找不到他。站在一盏路灯下，谢冠说：别怕，他不会有事的。然后掏出手机递给我，我抬头看他，可是他不看我。我接过手机，他走到一边去了。我拨了齐烨的电话号码，总是无人接听，我一遍遍地拨，他终于接了。这时候我已经泪流满面。齐烨听到我在哭，不等我说话，就问你在哪里，我马上过来。

这个新年很热闹，可是我总是懒懒地在家里发呆。妈妈说这孩子怎么读大学读得多愁善感起来了？爸爸说文学院的女孩子嘛，都这样。然后他们就哈哈大笑。

我拿出初中开始写的日记，一页一页读下去。冠都以"他"或"你"的称呼反复出现。我的泪水一串串落在日记本上，怎么我的日记成他的传记了？临近开学，我把所有的日记本包好，寄到谢冠的学校。他一开学就可以收到。

元宵节后回了学校。在一个天气很好的夜晚，在操场边的树林子里，我命令自己用平静的语气告诉齐烨：其实我不喜欢你，其实我喜欢的是谢冠，你明白吗？出乎意料，齐烨却一样平静地回答，我知道，那又怎样？他摸摸我的头发，说，然然，除了谢冠，你最喜欢的人一定是我，我是第二名，你敢保证有一天我不会成为第一名吗？我呆了，不知道想哭还是想笑。我说，齐烨，你这样很像言情小说中的男主角，特别唯美，所以特别不真实你知道吗？你对我这样好，让我觉得我是生活在童话中。齐烨自信地说，我就是你爱情童话的男主角。

谢冠打电话来，他收到我的日记了。但他只是说：听话，专心念书，知道吗？除了温存的语气，他不曾留下任何讯息，容我窥测什么。

这一学期，关于齐烨和舒虞的绯闻要少一些了。也许什么都会过去吧。齐烨常常要求我去话剧团看排练。在那里我许多次遇见舒虞。她都会对我微笑，显出很照顾的样子，让同学帮我找座位。我不在乎她是真心的还是假惺惺的。但她和齐烨说话的时候我都仔细观察，以女人的直觉来下结论，我想她是真的喜欢齐烨的。多少就不知道了。

有一次我和齐烨开玩笑，我吸着酸奶说，姐弟恋，现在很流行的啊。齐烨就把买给我的一大袋零食全扔了。我去捡回来。对他说，其实我每天都被许多女生嫉妒，这种感觉又虚荣又脊背发凉。

春天来了，校园里花香宜人。我不知怎么闹肚子，去校医院开了几盒药，并不见效。忽然想起《红楼梦》里生小病，都是饿一饿就好了。于是决心不吃饭。等撑过一天，傍晚我生平第一次晕倒了。这样住进了医院。

那时候我和步杉杉已经是很好的朋友。她提着电脑来照顾我。齐烨赶她赶不走，我们三个在病房里打游戏开玩笑聊天。白天会有很多同学来探病，都说我气色还好怎么住院了。齐烨就告诉他们其实很不好，都晕倒好几次了，抬来的。有很多齐烨的朋友来，都是男生，只懂得送鲜花蛋糕之类。杉杉每天和齐烨谈判要把花儿拿去卖了。有一天舒虞也来了，捧一束百合站在病房门口，像落凡的仙子。她临走的时候喊齐烨出去说话。不久齐烨进来了，杉杉不住追问他，那个大美女说什么啦？他都说没什么。

第二天清晨，齐烨接到一个电话。他嘱咐杉杉照顾我，匆匆走了。我以为大概可以出院了，下午，忽然肚子痛。杉杉买来一大包卫生巾给我用，可是不等天黑就用完了。我已经只能躺在床上，额上冒着汗。医生来检查，说，女孩子，这很常见。于是不停地输液打了一剂止痛针。其实我一直都很正常，很少为此受苦。这一次偏偏那么巧。两天过去，因为根本睡不着，我闭着眼睛感受腹部一波接一波的抽痛，身上的血液一点一点流失。脸上越来越苍白。

我知道杉杉不断给齐烨打电话却打不通，她很担心我，可是我都不想跟她讲话。这样直到第三个晚上吧。迷迷糊糊听到手机响。杉杉轻轻喊我，然然，是你的。叫谢冠。我接过来，才摁下接听键便泪落如雨。谢冠在那边焦急地问着怎么啦不要哭……我什么都不能说，直哭到没意思才罢休。然后疲惫地睡着了。隔日中午，喝过一点点粥，吃过药，继续输液。疼痛终于和缓，我昏昏沉沉熟睡过去。

杉杉说，那个午后，一个男生推门进来，到我床前那样看着我。用一个恶心的比喻，就像王子凝视他的睡美人。

我醒来的时候，谢冠就在我的床前，我想老天待我还不错，这么美好的梦弄得跟真的一样。我想笑，泪水就爬过眼角落到了耳边。谢冠俯身抱住我，贴着我的额说了好多个对不起。那个暴风骤雨的傍晚在恍惚中飞临，他的两次拥抱紧密重合。我似乎在时空里打转，飘飘然飘飘然。幸福不期而至。我住院的最后几天，过得如同度假一般开心。谢冠时刻守在我的床前，喂我吃饭，看我睡觉，抱我去检查。我环住他的脖子，真的以为就如此圈牢了我的爱情，我的毕生幸福。

在我出院的那天，谢冠对我说要我做他的女朋友，他喜欢我并将努力照顾我，明明是期盼了几年——感觉是等待了几百年的话，真的等到了，于是干干脆脆允诺他：好的。然而我又是多心的。我说，可是，我不希望我是世上最富有的女人，但是一定要是最幸福的女人，你能做到吗？谢冠认真地看着我，有一个微微无奈的笑容，他摸摸我十分严肃而期待的脸，说：然然，是不是最幸福，很大程度上在于你的感觉和知足。我会尽力的。

也许我一直都是很满足同时又是不满足的。仅仅想念他对我低头微笑的脸，就可以幸福三天。幸福是如此简单。我们的相聚如同节日那么隆重，常常以小时计算时间，然后用几个月的时间去一遍遍回味。久别重逢大于天天相见的快乐，但无数次的回忆，就比如一杯浓浓的茶，泡到后来，总是会淡。电话、网络、信，以慰相思。我于是不停地写信，随时随地，只要想到他，就掏出随身带的漂亮的信纸开始写。我的生活他可以了如指掌。然而他是从来不喜写信的。他给我的信直到许多年后也被我小心放在每一个女人都会有的一个小匣子里。仅有九封，是要恰好隐喻天长地久吗？可是我很清楚，这是一个多么神话的字眼。

齐烨和舒虞在一起了。这是我出院之后知道的第一件事。他们在那个校园里拥有着太多的盛赞与目光，似乎这才是每个同学都希望的结局。我扮演了一个被抛弃的可怜兮兮的小配角。我对镜子说过我不在乎，可是谁会相信呢？我说这是我想要的结局，我应该忘记齐烨把我丢在医院，我应该祝福他。可是以后我跟齐烨再见面，只能绞尽脑汁找话说。有一次，我们在盛大的游艺晚会上碰到，竟都装作没看见。我和许多朋友一起，不肯过去；他也在一堆人里，不知何时离开了。

其实我对齐烨从来没有不好的想法。杉杉一再不平他把我丢在医院。为此我伤心过埋怨过，但也不曾想去质问他。我一个人的时候会想念他的好。可是有一次，鬼使神差我对谢冠抱怨说，你知道吗？该死的齐烨害我在学校遭受多少目光！谢冠发火了，他唯一一次冲我发火。我隐隐感到不安，难道有什么是我不知道的吗？然而谢冠的怒气令我伤心欲绝，相处之后，必是要经历不愉快的。一丝悲观让我开始忖度我们的以后会变怎样。我含泪定定看着他。几分钟过去，他不说什么，走过来深深将我拉入怀中。

谢冠告诉我，其实齐烨没有做错什么，他是个好男人，一直都是。那天舒虞来医院，约齐烨晚上陪她过生日。齐烨拒绝，舒虞说，她会一直在那里等他。那是一个天气不好的夜晚，舒虞碰到了一伙某职校的男生，他们拉了舒虞去KTV。舒虞那一晚酩酊大醉，早晨是在一个旅馆房间醒来的。于是齐烨在那天早上接到了电话。舒虞伏在齐烨的肩头哭了两个小时，齐烨对她说，都是我的错，我会负责的。

下一次我在校园的超市里面隔着一排货架看到齐烨。他跟在舒虞身后，帮舒虞拿东西，很沉默很体贴的样子。我在货架背后抱着一包东西悄悄哭了，我是越来越容易哭了。跟我一起的那个女生安慰我，她说不要伤心了，男人朝秦暮楚哪有专一的啊。

以后逢假期，谢冠来看我。齐烨只跟我们一块儿吃顿饭。他带舒虞一起来过一次，大家做出很融洽的样子，可是有许多沉默。别的时候我们三个一起，开心也是装出来的，我们再也回不到从前了。

我本是一种放纵的性格，憎恶考试。但大学开始，心里就隐隐想到要考研。那时我还根本不清楚谢冠对我是怎么想。只知道我想要去他在的地方。到了大二大三，许多东西要准备，课业越来越紧张。暂时的压力让我无暇他顾，渐渐就不再想许多事了。

我把谢冠的名字用拼音涂了无数个，满满贴在我的床上方的天花板上，全是粉红色的。每天的日程除了吃饭睡觉只是看书学习。生活比念小学纯净，心静如水，倒真的读了许多书。每晚晚自习回来，打开电脑和谢冠聊天，一个小时，然后说晚安下线休息。他是一个理性的人，不允许随便延长时间。我软磨硬泡都没有用，只好乖乖遵守作息时间。我们聊每天碰到的开心的事，汇报彼此的生活。偶尔说情人之间的傻话。开心而互相折磨。我们之间曾有许多问答：

将来会不会娶我呢？

现在想，以后不知道。

你因什么而爱我？

这是说不清楚的。

在你心里我是最重要的吗？

不是。

……那我排第几？

你是我理想的第一名。

那是现实的第几名？

然然，不要总是追问这种问题，听话。

有时心情不好，会有一点埋怨他：为什么会去离我那么远的地方？他说，只是选学校，不是考虑离你多远。然后，他很认真地说，然然，你在拿我跟齐烨作比较，是吗？他可以为你看轻许多事，但是我不会，这只是两种不同的态度。其实你和他是相似的，总是选择理想化地活着，忽略其他的因素与可能。但是现实的人要服从现实的约束，所以，我在世俗的一边。

我们大三的时候，忽然校园的角角落落飘着齐烨和舒虞闹分手的传言。

我想情人之间总是会产生波澜，至于分手，不过是无聊人的捕风捉影罢了。时值初秋，某一晚我下自习回寝室，经过一片银杏林，一群男生在那里喝酒。他们很闹腾，我想是喝多了，低眉只管离开。一个男生喊了声嗨，几步跑过来拉住了我。我一看，是步杉杉的男友。我问他这么晚还在这里喝酒？他指指后面，说，齐烨在那儿。

我最终过去了。那些男生都散了。天空月朗星稀，我手心却只是发凉。齐烨坐在地上，很落拓的姿势。他不看我，低着头说句，过来。我放下包包，过去坐在他旁边。他自顾自喝酒。我拉开一罐，喝一口看着树梢。我说，今晚月亮很好。他不回答。我再喝了一口，说，你们一群人在这儿喝酒，不怕学校抓住啊。我做出轻松的微笑看着他。他始终不看我。他的头发比以前长了许多，我看不清他的脸。忽然想起那时候我在房间穿了新裙子不敢出来，他在外面只管叫门的情景，真的有些青梅竹马的味道。可是事情永远不是谁想象的样子。

那一晚我们就在树林里坐到了天亮。他喝空了所有的啤酒罐，到半夜里埋头抱着我哭了。他是没有出声的，但我感到了脖子上有液体流下来，一直流进我的胸衣里。

此后，齐烨和舒虞分手的消息飞涨，校园里沸沸扬扬。许多女生寝室每晚的话题都是对他俩会不会分手的分析猜测。大概风云人物都是这样吧，两个人的事却成了所有人的事。

我们寝室知道谢冠，知道我和齐烨舒虞之间不是许多人认为的那样。对于齐烨的事情她们避而不谈。我很感激她们。步杉杉却无所谓，常常来向我兜售最新的传闻。我知道因为她男朋友，她的消息十分快捷灵通。有一天，杉杉告诉我，舒虞当着齐烨的面划伤了手腕。杉杉说，看，爱情到最后都是伤害。

几天后，齐爸爸来了，许多人在校门口看见齐烨钻进了他爸爸的车。齐烨几天未归，他回来之后，便和舒虞顺利分手了。舒虞随即辞掉了留校的名额，打点好一切，还没有正式毕业就赴澳洲留学去了。这是齐爸爸给舒虞和他儿子分手的条件。

这个结果令全校哗然。分手也能被收买，爱情并不是高尚的。于是，这场爱情的突然凋零再不能让人叹息，大家分成现实派和理想派，一方叫好，一方唾骂。

可是齐烨究竟为什么付出这么大的代价要和舒虞分手呢？杉杉几次问我，我说我不知道，真的。杉杉很郁闷，但她说她一定要弄清楚。后来，校园里悄悄流传，齐烨坚持分手，因为他们第一次在一起，发现舒虞是处女。有人会嫌自己的女朋友是处女吗？这太荒谬了，没有人相信。但凡相信也认为传言有误，那个理由应该是否定句才对。

那一段时间齐烨在校园里处境尴尬，声名狼藉。有一天我在阶梯教室碰到他，过去喊他。他回头一看，对我微笑，是许多年来我所熟悉的那种笑容。我的眼泪突然决堤。我低下头不让谁看见我流泪的脸。他拉我离开了那里。

一年之后，我拿着研究生录取通知书在家度暑假。收到几笔稿费，就打点行李告别妈妈去西安旅游。西安，十三朝古都，不记得是谁说她天飘皇气地埋龙骨。站在火车站的出站口，望着灰暗的天，空气中满是灰尘。然而我心情好多了。古城嘛，灰尘是飘了几千年的，也算古董。

第二天，我背上小挎包，从朱雀门开始沿着城墙走，寻找历史上有名的玄武门。我想在那里追忆一千年前的那场事变，想象秦王李世民的样子。可是花掉两天的时间都没有找到。是不是玄武门是皇宫的门而不是城墙的某个门？然而我这个中文系出身的人历史竟烂到如此地步，连这个也搞不清楚。那个傍晚，我郁郁登上城墙，绕它行走三分之一圈，最后全身酸痛躺倒在里圈的墙沿上。夕阳洒下来，淡淡的苍黄色。城墙的青灰也许镌刻了历史的血迹。我摸出手机拍下一张图片，想了想发给了齐烨。他去了那个终日阴雨如梅的国家，很难见到这样美丽的夕阳了。后来齐烨告诉我，那张图片拍得一点都不技巧，但仍然像一幅绝美的古画。

九月，我踏上了谢冠上大学的那个城市的水泥地面。站在出站口广场上，回身去望售票大厅顶端硕大的三个字，觉得那个名字不那么高高在上了。

当我拿到录取通知书，也知道了谢冠将去另一个城市工作。这是他的选择。他告诉我的时候语气里有歉疚，但是他仍旧说，我们都应该做对自己更好的选择。我很想像小女生一样哭着闹着对他说：我不要什么选择，我只要你，只要在你身边。但最后是勉强笑一笑，乖乖问他：那我现在应该怎么做呢？

按照他的嘱咐，我到这里来，好好上学。

最初一个月的时间里，我漫无目的地在这个城市出没。城市很美，我踏遍了许多角落。我面无表情四处游荡的样子可能像一缕魂魄。有那么几天坐在一家最大的商场门口，观察来来往往的路人。有一些漂亮的女人，穿着漂亮的裙子和鞋子在人群里闪过。我对自己发誓，将来赚很多钱给自己买衣服，每天都买。想到开心处开心不已。

我很明白为什么来这个城市，我曾以为除了爱情我什么都不要，然而造化之手段非让我承认，很多事总不是自己想象的样子。

国庆节到了，我的生日也要到了。谢冠打电话问想要什么礼物，我问他可以由我来挑啊？于是我去买了一张火车票。将近三十个小时的旅程。在我到的那天，他来接我。他说我还是小孩子一样喜欢出其不意。那时候他在培训还没有正式上班，每天都有满满的课。他怕我一个人待着无聊，把笔记本留给我玩，买来一堆DVD。我待在屋子里哪里都不想去。不想去名胜古迹不想上街不想出去吃饭。睡足了，便看电视打游戏吃零食看书或写几行东西。

这是一个临时天堂。第三天的下午，我午睡醒来，因为一个噩梦心神不定。拉开窗帘，是一个非常好的夏日艳阳天。我想在窗前看看书。谢冠在的地方总会有武侠小说，我到处翻找。我忘了他已经不是当年的小男孩了，他已经长大了工作了，不会再迷恋武侠小说了。所以，我的收获只是几封信。几张是我的，另一些是别人的。我在犹豫要不要看的时候，信封上的落款字母让我想到这应该是谁的名字的首写字母。我打开电脑，用它解开了我一直不能打开的guest账户的密码。桌面背景便是一张照片。我只看一眼就愣住了。泪水很快划过眼角的时候我觉得自己好傻于是又笑了。我在那个下午拼命想一个问题：怎么办怎么办怎么办怎么办……

后来。他回来了。他换了鞋，走到我背后。他抱住我披着白色浴巾的肩，他说：冷吗？我站起来，拿着遥控器对着空调盲目地摁了几下。打开电视，梁静茹在唱《勇气》。我说，你喜欢梁静茹吗？

不喜欢。

你在大学四年喜欢过别人吗？

没有。

那有女生喜欢过你吗？

我没有关心过这个。他过来托起我下巴，问：怎么了？去换衣服，带你去吃饭。

我不想去，外面太热。我说。我不能再看他，转到窗前，随便看着什么地方。

他似乎沉默了一下，然后过来问我，想吃什么？我去买回来。我说，吃面。他摸摸我的脸，在额头吻了一下：等我回来，乖。我不看他点点头。

我听见他拉开门，关上，忍不住飞快回头去看。那扇栗色的门在视线里模糊了，扭曲了。他已经在门外了。

我哭着拖出自己的行李箱，打开。将毛巾牙刷洗面奶内衣裙子鞋和书都丢进去。将手机关掉丢进去，最后，轻轻关上门离开。

火车驶进城外的郊野。夕阳一落，暮色里，起伏的丘陵全是沉寂。我在通往餐车的过道上，挨着玻璃看窗外美景。如果列车就在这一刻跑成永远，我宁愿在这扇美丽的窗前看到永远。我是越来越习惯于在某个美丽的时刻幻想可以从此永远，永远。

窗前出现一泓湖水，湖面那么宽广，不见边际。在列车前进的方向出现一艘小船，船上有船篷，船头一个身影撑篙。一切就像传说中一样。当年的范蠡和貂蝉就是这样归隐的吗？我想象他们五湖泛舟的浪漫，抛却半生的刀光剑影不见。以及多少年后人们对这个历史传说的景仰，便似李义山的诗句，永忆江湖归白发，欲回天地入扁舟。

我伸出手指，在玻璃上画出小舟的位置，让火车逐渐离开的时候，也把它一同带走。

（原载《萌芽》2006年第四期）

那年的情书

庞婕蕾

一

小鹿大一那年过得浑浑噩噩，几次考试成绩都很不理想，她的目标也不是为了拿奖学金，就是想让自己的成绩单漂亮一点。于是为了实现这个小小的心愿，大一最后一个月，她天天泡在图书馆看书，查资料，静心复习。早出晚归的姿态让同宿舍的人都惊呼看不懂。当时六月的天已经很热了，图书馆有空调，对小鹿来说，既可以温习功课，又可以避暑，真是一举两得，于是去得更勤快了。

抱着一堆书，走进图书馆，会在迎面的镜子里看见自己，她穿着白色的连衣裙，头发高高地扎一个马尾辫，肤色白皙，眼神淡定。"很有中文系女生的气质呀。"她心底暗想，又马上为自己的这个想法脸红了，怎么可以这样不害臊呢。

走在阅览室里，小鹿会感受到从四面八方聚集而来的目光，多半是男生的。她有些不自在，读中学的时候，她每天素面朝天穿着灰暗的校服在校园里穿梭，就像穿了隐形衣一样，无法引来关注，可是到了大学，她会穿上符合自己的气质的衣服，她会弄一个干净舒服的装扮，居然就有了不小的回头率。也曾得意过，但并不习惯，害怕自己会在众人面前出丑，比如打喷嚏的模样、打瞌睡的模样、啃排骨的模样要是都被那些男生尽收眼底，那该有多糗。

在阅览室，小鹿也收到过男生递来的纸条，但都退了回去。因为，没有一见钟情的好感。而且，她不是太喜欢图书馆作为爱情发生的场所，文弱的男生她不是太喜欢，她更希望是在运动或郊游的时候迎接爱情的到来。

那天晚上九点，离阅览室关门还有一个小时，小鹿抱着笔记本出来了，因为肚子饿，想去吃夜宵。她去图书馆门口的停车场取自行车，却发现自己的自行车和其他车被一把环形锁锁到了一起。天哪，她手心一阵发凉，这可怎么办，这车是借室友的，要原封不动还回去的。学校里丢车事件屡见不鲜，小鹿不敢贸然丢下车自己去吃夜宵。早知道这样，就不问她借车了，从宿舍到图书馆走20分钟也就可以了，小鹿懊悔不迭。

没办法，只能等那个冒失鬼来了。她把二分之一的屁股放在自行车后座上，抱着一堆书看天上的星星，顺便想心事，也在默默地诅咒那个粗心鬼。

等了许久，小鹿的腿上被咬了很多蚊子块，痒得难受，只好不顾淑女形象弯下身子使劲抓，抓得腿上多了好多条红印。小鹿忍不住想骂人了，这个人太没有社会公德了，先是把人家的车和自己的车锁在一起，然后又迟迟不出现。小鹿此刻的心情可以套用电视里的一句台词：哼，你要是再不出现，那就死定了。可是真的等到那个该千刀万剐的人出现时，小鹿却没有胆量说狠话了。是一个瘦削的但很有运动活力的男生。

"不好意思，锁住了你的车。"他连连举手敬礼。

"我在这里喂饱了几个家族的蚊子了。"小鹿长长地叹了一口气，"你总算来了。"

"让你等了那么久，请你去肯德基吃东西吧。"他堆起一脸热情的笑，"就当是赔罪。"

很想一口拒绝他，可话到嘴边又滑了回去，因为她饿得前胸贴后背了，身上也只有两块七毛钱，和面子比起来，似乎咕噜咕噜直叫的肚子更要紧些！况且，这个人看上去很脸熟，估计也是图书馆的常客吧。为了让小鹿没有戒心，他还拿出图书证给小鹿看，数学系的周，和小鹿一级。

在学校附近新开的那家肯德基，小鹿和他坐在并排的靠窗的座位，可以看见外面的风景，虽然外面天黑，已经没有风景可言，但总比两人面对面坐着无言以对要好很多。小鹿小心翼翼地用平常的二分之一的速度啃着汉堡包。用眼角的余光看周，他正专心致志啃着巨无霸，看样子也饿了。

他说他最喜欢吃鸡，小鹿听到这句话，两眼闪露异样的神采，就这么一句话，拉近了彼此的距离。他也最喜欢吃鸡，那天晚上，她一直在心里念叨。

二

如果没有徐嘉铭的短信，小鹿的生活会平静如水。她和周的感情平稳进人第三个年头，偶尔吵架、拌嘴，但过不了一天就会和好如初，他们曾经定下规矩：吵架之后一定要在24小时内和好，不许冷战。谁能想到，在那个初夏的夜晚，会收到一条陌生号码发来的短信："小鹿，有空一起吃饭吗？我是徐嘉铭。"

读中学时候的小鹿是典型的"baby face"，身上不胖，脸却肉嘟嘟的，要好的女生逮着她就会猛掐她一把。别人看着可爱，自己却不喜欢，又矮又胖，就像只皮球，这个惊人的发现让她觉得世界末日快来临了！前座的男生有一天小心翼翼地问她："你有没有120斤？"小鹿听了差点昏厥过去，120斤是什么概念哪，她真要120斤了，那还不真成皮球了？她用笔袋狠狠敲了敲男生的背，说："你太过分了。"那个男生吐了吐舌头，扮了个鬼脸说："人家好奇嘛。"小鹿受了刺激，想要减肥，妈妈一口拒绝，她说读书的时候，成绩最重要，等到了大学，身材才慢慢变得重要起来。可小鹿清楚地知道，女孩子的身材在任何时候都很重要，因为获得赞美和回头率永远是女孩子最受用的保养品。据说，班里漂亮的女生通常都会成为男生晚上熄灯后卧谈的话题，而帅气的男生也通常都是引起女生大分贝尖叫的目标，比如徐嘉铭。

徐嘉铭是一中校园里唯一一个走到哪里都会引起喧哗的男生。他拿过奥数奖，他拿过国际发明奖，他得到过全国十佳好少年的称号，他的名字和照片上过大大小小的报纸。这些都不足为奇，最让人脸红心跳的是，他在高一校运动会上拿过100米短跑冠军，迎风而跑的样子迷倒众人，从此就多了"风一样男子"的封号。他也曾在校艺术节上作为学校"四眼"乐队的主唱让全场为之疯狂。他优秀得让人窒息，却又那么真实地每天出现在校园里。

小鹿和寻常女生没什么分别，自然也会迷恋他，常常没事就在走廊里走来走去，期待着和他的不期而遇。其实，真要相遇了，估计徐嘉铭也不会注意到她，她实在过于普通了。可小鹿还是坚持每天在走廊里游荡，对外宣称"日行8000步能减肥"。

和徐嘉铭有交集是在高二学农的日子。那个星期，每天乘坐大巴士去森林公园锄草。小鹿没干过锄草这样的活，拿起镰刀来别别扭扭的，而且一边和身旁的女生聊天一边干活，一心二用的后果就是她的手不小心被镰刀割破了，虽然只是很小很小的一个伤口，可十指连心哪，痛得她眼泪横流，身旁的女生尖叫起来，老师和同学闻讯赶来，包括在附近干活的徐嘉铭。老师身边没有药箱，徐嘉铭挺身而出拿了矿泉水冲洗小鹿的伤口，然后又拿出邦迪创可贴帮她贴上，温柔而细致。小鹿看着他流汗的脸，看着他专注的眼神，忘记了疼痛，心里扑通得厉害。就是那么一个瞬间，让小鹿深深着迷。她着迷的原因比寻常女生多了一条，那就是那么那么那么优秀的徐嘉铭曾小心呵护过她的手指。

听说曾经有人去向徐嘉铭的妈妈打听他们家的菜谱，希望自己的孩子也能吃成一个天才。徐嘉铭的妈妈说，徐嘉铭最喜欢吃鸡。于是全校同学的爸爸妈妈也都逼迫自己的孩子吃鸡。小鹿的妈妈一样望女成凤，变着法子让小鹿吃鸡，鸡翅、鸡爪、鸡大腿，椒盐、红烧、泡椒、糟卤，一样样弄过来。小鹿和别的同学不一样，他们听到鸡就叫苦连天，唯独她却从此爱上了鸡。

可是似乎在那次受伤事件中，小鹿把她和徐嘉铭的缘分都用尽了，他们再也没有交集，直到毕业。想想毕业以后很难再见到徐嘉铭了，小鹿就伤心得要命，徐嘉铭去北京了，被Q大提前录取了，所有专业随他挑，他挑了汽车专业，说是喜欢。小鹿在高考结束以后酝酿了所有的情绪写了一封长达8页的信，可最后又把厚厚的一沓纸从信封里拿了出来，只在一张小卡片上写了一行字，去邮局寄了挂号信。毕业典礼那天，看到门卫处的黑板上写着"徐嘉铭，挂号信"的字样，小鹿乱激动了一把，因为她在卡片上约了徐嘉铭在毕业典礼的第二天中午去吃肯德基。

可是，徐嘉铭没有赴约。

三

和徐嘉铭的见面让小鹿整晚失眠。

她收到徐嘉铭的短信后愣了半天才回复：好的，时间地点你来定。她都没问他到底是不是那个全校风云人物徐嘉铭，她也没有问他为什么会突然冒出来。这些都不重要。重要的是，穿什么去见徐嘉铭呢，她早已不是当年的那个小小胖妹了，身材匀称，面容姣好，周经常会唤她小美女。可一想到是去见少女时代的偶像徐嘉铭，小鹿就变得超级不自信起来。天色已晚，商场的大门应该差不多要关了，买新衣服已经来不及了。回家后的第一件事就是把所有的衣服都从衣橱里拿出来，一件件拿在身上比画，看哪件更合适。最终确定穿一条淡粉色的钩花连衣裙，花木马牌子的衣服一直都是小鹿钟爱的，穿在身上特别女孩子气。她不喜欢太过成熟的打扮，因为和自己的心智不符合，也许是少女时代的自己太过暗淡了，她现在很想重新过那段日子。

折腾到12点多睡下，辗转反侧，难以入眠。不知道徐嘉铭现在变成什么样子了，他怎么就找到我了呢，他会和我聊些什么呢？小鹿一闭上眼睛就开始想这些问题。过了许久才迷迷糊糊睡着，早上起来，一照镜子，脸色差得吓人，天哪，怎么去见人？于是做了一张补水面膜和眼贴膜，化了点淡妆，看上去才好些。

徐嘉铭把小鹿约在了干锅居，是一个吃鸡的好地方，徐嘉铭的口味没变。小鹿走出校门的时候，徐嘉铭发短信给她说已经到了，不过叮嘱她别着急，他先看看菜单。小鹿连奔带跑总算在约定时间前五分钟到了，她知道，搞技术的男生很讨厌没有时间观念的人，她不想给他留下坏印象。

如果是在大街上遇见，小鹿一定认不出徐嘉铭了。他已经褪去了小男生的模样，整个人长开了，是个大男孩子，黑了，也瘦了，脸部轮廓很分明，皮肤比以前粗糙了一些，估计是北方的气候不好，可还是很帅，而且很有绅士风度，会主动为小鹿拉开椅子、倒饮料、盛汤，小鹿打心底喜欢这样的男孩，和他的眼睛四目相对，小鹿还是有脸红心跳的感觉。

"你怎么知道我手机号码的？"小鹿终于忍不住问。

"你们班不是也有人考上Q大了么？"

噢，想起来了，就是那个问小鹿有没有120斤的家伙，外号小胖子，其实一点也不胖。小鹿在校友录上留过手机号码，只是不知道为什么徐嘉铭会想起来联系她。

"我直研了，这次到上海的一家汽车公司锻炼两个星期，小胖子让我代他向你问好。"徐嘉铭不紧不慢地说。

"我很久没有见他了，不晓得他有没有成为名副其实的小胖子呢？"

"他学习挺刻苦的，长胖基本无望，况且他自己也说了，在没有找到女朋友之前，绝不容许自己发胖。"

有了小胖子这个话题，小鹿和徐嘉铭的尴尬紧张气氛总算有所缓解。小鹿问，小胖子有没有女朋友，是不是高高瘦瘦类型的。徐嘉铭说没有，他和小胖子至今都是单身，因为Q大的女生实在少得可怜。他还饶有兴致讲了一个笑话，他说某天，他和小胖子在食堂排队买砂锅，用餐高峰期间人很多，队伍很长，突然有个女生跑过来问，买砂锅是不是要男女分开排队。徐嘉铭和小胖子当时差点笑岔气，回头看，排队的都是男生，难怪会让女生误会。足以可见，Q大的男生是何其多，女生是何其紧缺。

小鹿扑哧笑了出来。

"可是我们学校当年有那么多女生仰慕你，我就不信上了大学，没有女生主动追求你。"小鹿很想知道徐嘉铭的情感生活，一半是八卦，一半是……

"或许是因为太专注学习了，忽略了其他的东西，打篮球、搞乐队的时间也很少，所以我挺怀念高中生活的。"徐嘉铭的言语间流露出了些许无奈和感伤。

和他面对面坐着聊天，对以前的小鹿来说是奢望，现在突然成为了现实。可是，如果时光能够倒流，回到高考过后的那年夏天，该有多好？

四

周签了一家外企，还没正式毕业，就被老板叫去工作，而最近更是被派到日本出差两个星期。周的长途电话每晚都会准时在几点打来，和徐嘉铭见面的事情，小鹿没有告诉周。从前，小鹿总是事无巨细向周汇报每天的生活，比如早上几点起床，中午吃了什么，做了怎样的一个噩梦，等等。这一次，是刻意隐瞒。

徐嘉铭每天来陪她吃晚饭。他说，他爸妈去香港旅行了，留下他一个人，没人管没人理，一个人吃饭太没劲，人多了才有胃口。他知道小鹿一直把自己关在寝室里上网、看书，饿了就吃泡面时，教训她，怎么可以这样糟蹋自己的身体呢？

"怎么可以这样糟蹋自己的身体呢？"这句话那样熟悉。周常常这样"呵斥"小鹿。每次和周闹别扭了，不开心了，小鹿不会大吵大闹，而是选择不吃东西，甚至不喝水来抗议，来表达自己的不满，这样一来，周就会自动败下阵来，他心疼小鹿的身体。他说，倘若将来两人结婚了，小鹿的身体就是他的财产之一，他不许小鹿提前透支。听上去有些霸道，可小鹿喜欢这样的霸道。

徐嘉铭每天下班后，从公司骑车到小鹿学校，然后带她出去吃晚饭，饭后散步时会去淘些影碟。因为两人渐渐熟悉了，便不再为去哪里吃伤脑筋，哪里都可以去吃，甚至是在简陋的小店里吃麻辣烫都会很开心。徐嘉铭和小鹿都不挑食，所以吃得很爽快，火锅、川菜、湘菜、杭州菜、鸡、麻辣烫、米粉、拉面，他们都一起吃过。徐嘉铭坚持他请，可小鹿不肯，毕竟他也还没工作、没收入，于是两人AA制。

"我们可以成为食友。"徐嘉铭在吃完牛肉拉面后说。

"嗯，是呀，可惜你在上海只能待两个星期。"小鹿不无惋惜。

"没关系，我寒假暑假都会回上海的。你先留意着哪里有好吃的，然后等我回来了喊我一声。"徐嘉铭忙不迭说。

"好呀，馋猫。"小鹿打趣，"以后一定要找个会做饭的女朋友噢。"

"那是最好了。"徐嘉铭接茬，"那你也要找个会做饭的男朋友。"

周是难得的会做饭并愿意做饭的男孩子，朋友们聚会的时候，常常是他下厨，并获得交口称赞。周说，小鹿有过敏性鼻炎，不能闻油烟，所以这辈子都不许她下厨房。但凡听见这番话的女生，都会羡慕小鹿，小鹿也曾经窃喜过，男朋友能干又体贴。可是为什么，在徐嘉铭面前，她一点都不想提及周呢？

五

那天，徐嘉铭约她在高中校园门口见面，说有很特别的事情。

高中毕业后，小鹿就没有再回过母校，似乎也没有什么理由让她回去，而且，门卫管得严，根本就不让外人进去。小鹿没想到徐嘉铭会约她在这里见面。

"我们没穿校服，没有学生证，进不去的。"小鹿对徐嘉铭说。

"放心，有我呢。"徐嘉铭朝她挤了挤眼睛，胸有成竹的表情。

果然，徐嘉铭和门卫说了两句，门卫就笑眯眯地摆摆手让他们进去了。

"好神奇呀，你用什么买通他的？"小鹿好奇地问。

"呵呵，我好歹也算是这个学校的名人呀。"徐嘉铭说，有一些些小小的得意。

好像也是，高一那年的中秋节，据说徐嘉铭的抽屉里塞满了各种各样的月饼，不用猜就知道肯定是仰慕他的女生送的，够他吃上几个月的了，据说他拿来招待全班同学了。

徐嘉铭和小鹿在校园里随意走走，夜色不错，很安静，这个时候同学们都还在上晚自修。学校的变化不大，只是绿化很好了，人工湖也开凿得更大了，道路更宽敞了。走到操场，徐嘉铭建议去升旗台上坐一会儿。徐嘉铭当过很多次光荣升旗手，那时小鹿是广播操队伍中的排头兵，一眼就能看到徐嘉铭，有敬佩也有羡慕。

"你知道吗？我高中三年一直有个愿望，那就是当一回光荣升旗手。"小鹿坐在高一级的台阶上说，"可三年来，我表现平平，哪轮得到呀。"

"呵呵，早点认识我，我就让给你一回。"徐嘉铭望着她说，昏暗的路灯的映照下，小鹿呈现出柔和的美，怎么以前就没在意学校里有这样一个女生呢？

小鹿看着徐嘉铭从随身的包里拿出两块小方蛋糕，蓝莓口味和巧克力口味的。

"今天是我生日。"徐嘉铭说。

如果早知道，小鹿一定会精心挑选礼物，一定。可是现在突然知道他生日，一点准备都没有，怎么办呢？她翻开自己的包，里面除了几包餐巾纸和一个化妆包，没什么可以送人的，再看看自己的手机，上面挂满了丁丁当当的小东西，前几天新买的一个粉红色关节会动的小熊是她的最爱，她把它解下来，然后问徐嘉铭讨来手机，挂在上面。

"小小礼物，别笑我寒酸。"小鹿有些不好意思。

"呵呵，其实有人陪我过生日就已经是最好的礼物了。"

小鹿把每块蛋糕分成两份，这样两个人就能同时吃到两种口味了。坐在操场上，吃着蛋糕，看着身边的人，小鹿感慨，时间过得这么快，转眼离开高中已经有四年了。纯真的年代早已远去，可是为什么此刻的自己又找到了当年的一丝感觉呢？

走出校园时，徐嘉铭顺势拉起了小鹿的手，小鹿没有挣脱，任由他牵着，如果不是夜色凝重，徐嘉铭应该能看见小鹿面红耳赤的模样。

小鹿回到宿舍时，已经过了十点，而周的长途电话一直是九点打来的。她再看自己的手机，因为设置了静音，好多电话都没听到，肯定是周打来的，他一定着急坏了。她打开电脑，上网收信，看见周的MAIL，他说今天是他们认识的三周年纪念日，希望以后每年的今天都能陪在她身边。

这一晚，小鹿又失眠了。

六

小鹿宁愿小胖子没有告诉她，徐嘉铭的女朋友一直在找他。

在网上偶然遇见小胖子，其实以前都不说话的，但是因为徐嘉铭的缘故，小鹿主动找他搭话，想多打探些徐嘉铭在北京的情况，这才知道，原来徐嘉铭到上海后，用了另一张SIM卡，他女朋友找不到他了，他也一直不主动去联系人家，人家都快急疯了。小胖子再三关照小鹿，如果遇见徐嘉铭，请一定让他打个电话给女朋友。

也不知道怎么和小胖子说再见的，小鹿的心像被撕裂了一样，疼，就是疼。徐嘉铭有一个同样相处了三年的女朋友，感情很稳定，商量好了读完硕士一起出国。可是为什么他要刻意隐瞒呢？而且，小胖子说，小鹿的手机号码是徐嘉铭主动要去的，不知道为什么。

小鹿发了条短信给徐嘉铭，让他去联系他女朋友，然后她连着几天关了手机，参加了班长组织的毕业旅行。行程安排得很满，小鹿白天没有时间胡思乱想，可是一到晚上就失眠，而且她不能听到怀旧歌曲，一听就会落泪。因为毕业在即，大家都有伤感情绪，他们以为小鹿的情绪更浓烈些，便没在意。只有小鹿知道，她的情绪从何而来。

从南京回来，开了手机，发现徐嘉铭的短信一条接着一条。他说，他写了MAIL给她，请在看完MAIL后务必联系他。他是要解释什么呢？小鹿想了很久，鼠标轻轻一点，点开了徐嘉铭的信。他说，前些日子整理旧物，发现了一张卡片，是小鹿写给他的，约他在毕业典礼后的第二天早上去肯德基吃东西。他又说，当时收到卡片后就夹在同学录里了，本来想着要准时赴约的，可是那天晚上，从小最疼爱他的外婆去世了，他们一家连夜赶到郊区的外婆家。于是他失约了，因为小鹿没有留下任何联络方式，他无法告知她。事后，他也就忘记了，毕竟之前他曾收到过很多女生的邀请，就不是那么在意了。后来，他上了大学，谈了女朋友，这张卡片更是抛掷脑后了。如果不是因为长大了，学会怀旧了，就不会整理旧物，如果不是整理旧物，他压根就不会翻到这张卡片，可是既然翻到了，心里难免会有波动，他上了高中的校友录，一个班级一个班级去找，终于找到了写卡片的小鹿。看见小鹿抿嘴微笑的照片，他懊恼起来，这该是他喜欢的女孩子，可是他错过了那次约会。他结识小鹿，是为了弥补心中的遗憾。如果时光倒流，哪怕错过了约会，他也会通过各种途径找到小鹿。信末，他问小鹿，他还有资格去喜欢她吗？

小鹿问自己，她还有资格接受他的喜欢吗？

七

小鹿答应徐嘉铭，她一定准时赴约。四年前的约会，因为徐嘉铭外婆突然去世而错过，约会推迟到四年后的这天，时间依然是下午五点，地点依然是学校附近的肯德基。

小鹿回家，翻箱倒柜，找出高中时的校服，白色的衬衫、藏青色的短裙、黑色的娃娃鞋，穿在身上有些宽松，当年的小胖妞已经永远留在了过去。她穿上衣服出门时，老妈奇怪地看着她，她说同学聚会班长要求大家这么穿，她撒了谎，她几乎不对妈妈撒谎的。

三点，小鹿就已经到了学校，看门的老伯把小鹿当做假期补课的学生，放她进去了。小鹿其实很心虚，虽然穿着同样的校服，可是她已经没有光洁的额头，已经没有清澈的眼神了，她到底不是高中生了。

她在学校里面走，想起那时总爱看徐嘉铭跑步，头发甩起来的模样真好看，想起偷偷把卡片塞进信箱的瞬间，心跳的声音仿佛能清晰听到，想起和徐嘉铭在操场的看台上一起吃蛋糕，唇间似乎还留有甜蜜的滋味。

快到四点的时候，天气突然变阴了，哗啦啦就下起雨来。幸好带了遮阳伞，要不然暴雨倾盆，没一会儿就会全身湿透吧。想起有一次和周吵架，两人站在马路上，仅仅是为了一个明星是否好看的问题，现在想来真是无聊，可当时却为这个发生了争执，谁都不肯让步。突然下雨了，周拖着小鹿去避雨，可是小鹿非要让他先道歉，周不肯，于是就在大雨中继续僵持。雨越下越大，周终于不管三七二十一扛起小鹿就走。当时马路上的行人都对他们行注目礼，小鹿真是羞死了。可是这一刻想来，内心温暖无比。

"我最喜欢吃鸡。"当年周的这句话让小鹿无法避免地陷入这场爱情，可是真正让她沉醉在这场爱情里的还是因为她是真的爱上了周。只有相爱，才会长久。

小鹿走出校园，拦了一辆出租车，对司机说："去浦东机场。"昨天晚上周打电话过来说，他今天五点到浦东机场，给她买了很多好玩的小玩意儿，包括她喜欢的HELLO KITTY玩偶。

车上的收音机里响起一首歌，小鹿听了忍不住想落泪，是江美琪《那年的情书》：

> 回不去的那段相知相许美好
> 都在发黄的信纸上闪耀
> 那是青春诗句记号
> 莫怪读了心还会跳
> 你是否也还记得那一段美好
> 也许写给你的信早扔掉
> 这样才好曾少你的
> 你已在别处都得到

五点，徐嘉铭准时出现在学校附近的肯德基，他穿着高中时的校服，白色的衬衫，藏青色的裤子，还有黑色的凉鞋。衣服显得小了，他上大学后长高了不少。他站在门口，想在人群中找到小鹿。可是这一次，小鹿失约了。

时光不可以倒流，就算倒流，徐嘉铭也一定认不出小鹿，那时的她穿着大号的校服，头发乱糟糟，素面朝天，内心有小小的自卑。那是小鹿的遗憾，而不该是徐嘉铭的遗憾。

（原载《萌芽》2006年第五期）

拐弯的夏天

李　萍

这是城市边缘的一个院落，老旧的三间平房，篱笆墙内有菜园子。

见到一鸣时，他正坐在院门口无聊地进行"掷子儿"的游戏，握几粒小石子抛上去，用手背接住它们，反反复复。这个游戏不需要伙伴，只需配合手上动作，嘴巴念念有词。他很在行。阿鸣常一人蹲在天井里玩他孤独的游戏，背后看去，像个大蛤蟆。

妈妈微笑着为我们介绍："阿鸣记得吗？这是姐姐。"他仍坐着，只略略抬起头，用他的黑眼睛瞄我一眼，又看向别处，嘴里发出个单音节。外面传来男孩的叫喊声"阿鸣，来玩官兵抓强盗"，他一溜烟跑了。阿婆走过来捏捏我的手，轻轻地说："他有些难为情。"

阿鸣是个好看的男孩，只是面孔仍旧含糊，没长到清楚分明的程度。

关于弟弟，我只有个形象上的理解，舅母的肚子隆起来再瘪下去，他便出来了。来这里的路上，我根本没工夫去管离愁别绪，脑中有无数设想。我即将与另外两个人——外婆和弟弟生活，我们从前并不熟。他们是怎样的人呢？弟弟长得美吗？我们会相亲相爱吗？然而，几乎是第一面，我便喜欢上了他们。为什么不呢？我们体内汹涌着相近的血液，这是不可抗拒的天性中的亲近。

每个星期六，我和阿鸣会陪同对方去村口等待我们的父母。我站在村口的歪脖大槐树下，一只手搭着树干，引颈眺望。阿鸣则蹲在一旁，继续他孤独的游戏。碰到路人打趣说"吆，姐弟俩又来等啦"，阿鸣总把眼看向一边。有时空手而归，他并不怎么显得失望，他好像没有太多情感。

他常常玩得忘记回家。傍晚时分，我都要唤他吃晚饭。乡村的田野，他夹在一群男孩子中，穿着开裆裤骑一根竹竿，露出被风吹得红通通的屁股，一路厮杀呐喊过来。浮云从头顶飘过，夕阳在他脸上留下阴影。

回去的路上我要牵他，他忸怩着不愿意，黑乎乎的小手在裤腿上蹭来蹭去。我会微笑地看着他，跟他说一些话，他有时也应着，慢吞吞地落在我身后。日后，这些景象在脑中形成符号化的印象，我总以为看到的是一头肥胖的小动物踽踽而行在广阔的天地间，无助而孤单。

和阿鸣渐渐熟起来。他并不排斥我与他做伴，顺便也分走阿婆的一半关爱。可他不乐意喊我姐姐，唯一一次是当着全村男孩子的面宣告"这是我姐姐你们不许欺负她"。那一刻阿鸣眼神凌厉，很有担当。奇怪的是，他又是个懵懵懂懂的孩子，不知人情世故，总是睁着大而空茫的眼睛。

我们同睡一张床，我和阿鸣一头。床很大，可以在上面翻跟斗。阿鸣一口气能翻好多个，我赛不过他，他就"咯咯"地笑躺在一边喘息，露出白色的乳牙，得意至极。要是醒得早，我们便躲在被窝讲悄悄话，嘴巴咕噜咕噜像在吐气泡。大多是我在说，我以前的生活。

从前姐姐住在城里，那是一座空旷的大房子。爸爸上班，妈妈和舅舅一起做生意……我讨厌托儿所，那里有很多小朋友，有个男生每天被送来都要大哭一场，眼泪鼻涕的好脏……我喜欢这里，这里有阿婆、弟弟，还有很多伙伴……我说着，非常地开心，尽管阿鸣并不怎么听得进去。

或独自想象我们一家人住在这里，男耕女织，爸爸偶尔会出门赚点外快。我们没有很多钱，可是我们单纯，知足，悠闲，也无聊。夏天的夜晚，三个人躺在极大的凉床上，头顶是繁茂的星空，风从菜园子深处凉凉地吹过来。清洁干爽的肌肤与体臭，男人与女人，父母与孩子。我们躺在那里，一家人简直天真了。

这个时候，阿鸣爱把舌头往上翘，努力去够自己的小鼻子；或者伸手到窗玻璃上乱敲，奏他自己的音乐。

有明朗天光的清晨，我会扭过头去，看阿鸣微微颤动的长睫毛，不知是否醒了。然后凑到他耳边："阿鸣，我会一直做你的姐姐。你醒过来，睁开眼睛，就会看见我。"我不知道自己竟有这么罗曼蒂克的感情，对我的弟弟。

一次和阿婆谈起阿鸣，她眯起眼："他蛮坏的。"

我咧开嘴巴。

阿鸣个性别扭，常常赌气，然后一言不发。他惊人地冒险，三岁就能爬上一米半高的五斗橱偷拿蜜枣果脯，学会抽烟。他的谎言少有漏洞，环环相扣。他的一个眼神，一句微不足道的话，甚至连打个哈欠都是有用途的。他似乎将所有的聪明才智都用在这儿。他打架时很拼命，颇讲义气，在一帮年纪稍大的男孩面前都很有些威信。

那是个暮春的下午，院子里有和暖的风，收音机轻轻哼唱戏曲，鸡仔们追逐日头映在地上的光影，猫弓着腰跃上墙头。我袖着手，静静地说："可是你还是喜欢他，不管他做什么事，你都不会怪他。"

阿婆笑了，追问："那你呢？你喜欢弟弟吗？"

"喜欢的，他其实很好。"话很短，我一下子说完了。

那时候的我似乎拥有完全意义上的人格，饱满，上升，纯白。一点点小事都会让我感动。一个微笑，一个鼓励的眼神，会让我感恩至流泪。我小心翼翼爱着他们，内心激荡，表面平静。我浇灌菜园子，给小鸡们喂食，帮阿婆照管弟弟。那时候，我一副很大人气的样子。阿婆心疼我，她抚着我的头："天可怜见！达奚，你才六岁。"可我很快乐，我的手粗糙了，心却越来越细密，它柔情似水。在这个没有欲望的城市边缘，世界的一部分慢慢沉淀下来，另一部分则升扬上去，它渐渐清澈明朗。

时间长长地走过，我得回去上小学了。

我当然想过回家。想象自己长成个大姑娘，很多年后了。与爸妈谈阿婆，阿鸣，以及村里的男孩子，他们偷鸡摸狗，操练打架，干一些让大人皱眉头的事。还有男孩和女孩之间的微妙。和他们当然不说这些，说一些轻巧的、不暗藏玄机的事。谈笑风生。

没想到这么快。两年很短。

阿鸣躲在门后看大家忙碌，我走过去告诉他："阿鸣，我要走了。"这次分离对我来说很要命，我拉着他的手，声音很动情："我会想你们的。"他把头一偏，眼睛倔强地盯着门板，咕哝着："稀罕！"手仍在我手里，肉乎乎的，那是一只孩子的手。

回到家里，我忙着适应新环境，交新朋友。我努力扮演乖小孩的角色，逢男人叫叔叔，逢女人叫阿姨，瞧见戴大盖帽的，隔着老远就喊"警察叔叔好"。总之，我是个面目可憎的好孩子。大人们都喜欢我，他们夸我是"小人儿精"。

我常常回想村子，大片深浅不同的自然色，由绚烂归于平静，城市里只有霓虹。我不知道阿鸣是否想念我，他会在星期六的清晨跑到村口睁大眼睛张望吗？他还那样咬牙切齿地打架吗？仿佛两条相交后的直线，我和阿鸣渐渐走远了。我们像真正的亲戚那样每年春节见上一面，也没有多少欢欣。后来就什么也不想，也想不起来了。

我真正过起了生活，忘记了诺言。

只知道，到读书的年纪，阿鸣也回到阔别已久的家。

汽车上，他定是想过许多细节，屋子里的灯光，他的卧室，在学校里和同学的相处……凡此种种。他想着，即将和爸爸妈妈一起住，从此不必再去村口等待。阿婆也住在这里，这个疼他爱他的老太太。他安心了。

照理，阿鸣应该按部就班地成长，从男童到少年，然后长成个美男子，他将成为一介良民，照例也庸俗，许多女人会为他发疯。常常能想起幼时阿鸣的温绵、善良，尽管脸上会一闪而逝不动声色的凶狠，但他的确是。那时他还没有学会伤害，成天跟在我身后，迈着肥胖的小短腿"刷刷刷"地跑个不停。他向来不喊我姐姐，唯一一次仅是为了将我护在他的羽翼下。他的温情总是藏得很深。一定有什么地方出了差错，事情的发展太不靠谱儿。

一个月后阿婆搬回了乡村的家，她舍不下那个小院落，她的菜园子，芦花鸡和大黑猫。

阿鸣察觉一切都不如他的想象。阿婆离开了；父母照样很忙，他们给他优渥的物质生活，但不包含情感；学校里，他也显得不合群。失去了从前的背景，阿鸣的世界一片空白。他觉得挫败，有种逼上梁山的感觉。

问题就出在这里。我说过，阿鸣是个奇怪的孩子，对"坏"似乎有种天生的敏感和留恋。以上种种使他从一开始的畏畏缩缩变得勇敢无畏。他逃学，飙车，结群打架，追女孩子，撒谎的技能也越来越纯熟。他成了一个痞子，厮混于城市的每一条街巷，声名鹊起，拥有成群讲义气的兄弟。阿鸣的人生从此踏上另一条路。危机四伏。

舅舅已经发现儿子的种种劣迹了。一开始，他还能克制自己。把阿鸣唤到书房，说："坐下。"那种对待不像是父亲对儿子，像一个男人对另一个男人，或一个孩子对另一个孩子，可笑的平等。我的舅舅不会当一个父亲。

他一般是不敢坐的，贴着门壁站着。舅舅坐在沙发上，远远地看过来："说说看，这些天你都干了些什么？"

阿鸣犹犹豫豫的，知道他是有所指的，答道："什么也没干。"声音轻柔，但语气肯定。阿鸣撒谎时很能装出一副坚定、若无其事的样子。表情很无辜，很受伤，像待捕的小松鼠。

"真是这样吗？"舅舅踱步走过去，弯下腰和他对视着，"我告诉你，爸爸最恨人撒谎。"

这时，阿鸣仍能镇定地说："我没撒谎。"脸不红气不喘。

他厉声而迅速地喝道："跪下！"

阿鸣跪下了，抬头看他，依旧一副坦荡的模样，只有心里知道暴风雨即将来临。

他说："老师打电话来说你很久没上课了，你怎么解释？"

阿鸣无从解释，他不愿上课，就是这样。他现在是大哥，有人来挑衅，他是不能不理的。他需要时间建立威信。

"你一直在撒谎，"他恨声道，"我不怪你逃学，只恨你撒谎。你骗我们，你把我们当成傻瓜吗？"他声音撕裂，面目扭曲。然后开始打他。

在体力上，阿鸣与舅舅是不平等的，他害怕被打。这种害怕是不顾尊严的，对父亲，阿鸣是什么都不顾的。他可以向他跪立，讨饶。然后恨他，恨完就忘记了。

就这样循环往复，阿鸣度过了他的少年时期。

我后来才发现，做痞子是大多男孩子的梦想。这是获取自由的方式之一，伴随着快感。人生还有什么比做痞子更惬意呢？一个草莽英雄。

不知从哪天起，我开始厌烦起自己，日复一日地微笑，僵住面孔。我不耐烦了，谁也不叫唤。我只想尖叫。世界像炎夏一样紧紧裹着我。被迫听蝉声聒噪，看尘土飞扬，阳光一片片，我静不下心来。我的身体里正有些东西待梳理，待发展，待疏浚。我需要扶助。

我开始爱上高处。楼顶的平台是公用地，有人家做晾台，也有人开辟成小花圃，我则用来看日月星辰。若俯视下面，是令人目眩的高度。我站在那里，张开双臂，幻想从这里一跃而下。风在耳边呼啸，坠落的极速是我从未拥有过的快感，心在飞扬。

后来，对面的屋顶常常出现一抹身影。一天，两人的视线偶然碰上，看不清他的面容，但想象力可以描绘一切。这种感觉不赖，某一个人与自己有相同的习惯和爱好，远远地微笑，互不打扰。我希望这种状况能持续下去，不必知道他是谁，长什么模样。

然而，事情的发展真是没有一点预料。

那是暑期，爸爸也放假，有时邀客在家，打牌下棋，闹哄哄的一屋子。我总是清晨就乘车去博物院或展览馆，晃悠到天黑。有时也和瞿守见面。

公交车上拥挤不堪，汗酸脚臭味熏得人几欲呕吐，还有来城打工的人扛着蛇皮袋大叫"借过"。我几乎站不住。身旁一个男孩无奈看我一眼，我也朝他苦笑，一来一去两人的眼里就有了点内容。他侧过身体，张开手臂，下巴向我努了下。我明白他的意思，这个有着明朗面孔的男孩想用他的身体护住我。只想了几秒，我大方地接受了他的慷慨。二十多分钟，他一直尽量伸直手臂避免和我身体接触。刹车或停车时，彼此撞上，他的青惨惨的下巴会擦到我的头皮。这个手长脚长的男孩就是瞿守。

就这样认识了，我觉得他是我想象中长大的阿鸣。

我们订了条规矩，不打听对方的学校、家庭，不提高考，那些只会败了做朋友的兴致。当真就这样了。见面时，谈论的都是很纯粹的东西，比如文学，足球，政治，或者理想。争论得激烈常常就不欢而散，谁也不让谁。天真烂漫的青年懂什么？

那天，我照例天黑才回家。一个陌生面孔坐在客厅。妈妈在厨房炒菜，告诉我说这是他们的一个朋友，叫做戴书生。

他穿黑色衬衫，一头乱长发。爸爸何时有这样一位不羁的朋友？

他笑笑地看着我："小家伙儿，你不记得我了？"我诧异地望着他，不明白怎会有此一说。他从桌上拿起一只相机，举到身前对准我。"记不起来吗？"三年前，他们见过一面，那时她才十三四岁光景，张着大眼睛，向他讨照相机玩。

见我没反应，他自嘲地一撇嘴："真是！谁的记性抵得住时间。"他的嘴宽而内瘪，加上有力地一撇，有种成熟男人的味道。

他突然"咦"了一声，蹙着眉头，直起身端详我。我觉得窘极了，生怕脸上沾了脏东西——今天瞿守争不过我，卑鄙地用番茄酱偷袭。

他做了个古怪动作，犹疑地伸展双臂，像只大鹏鸟——探我的反应。我"啊"了一声，指着他惊叫道："是你！"那个屋顶上的男人。

"怎么了？"爸爸从洗手间走出来，看我们一眼，似笑非笑皱一下眉头，他的眉头永远都是有文章的。

"没有什么。你的孩子长这么大了。"

"是啊，十七了。达奚，这是戴叔叔。"

你要我喊他叔叔，这么个英俊的年轻人！怕不把他喊老了，他和爸爸你可隔了十多年。我在心里说。仍含糊地叫着"戴叔"。他老着面皮应了一声，朝我眨眨眼。

饭桌上，我有些神思恍惚。模糊听见戴书生感慨："你们要都让你们的孩子这样地长大，我真要觉得老了。听说，老秦、旭东的儿子今年都进了大学……"又说起国内外大学的差异，他称赞国外的大学较平和，虽然也有弊病和缺点；认为国内的大学生生活枯燥，不健康，又窄，不是太老旧就是太咄咄逼人。

"达奚是想出去念大学，还是在国内？"

"这倒不一定，她还小，过个几年再说吧。"爸爸说，"你这次回国有什么打算？"

"小鸟长大了，总是要离巢的。"我埋头扒饭，心里有些吃紧，他笑，"还没有定，我的母校想聘我过去，我还在考虑。"

"还在考虑？你，"那有文章的眉头又皱了一皱，"我劝你还是早些稳定下来的好，不能老是这个样子。"爸爸在某些方面是个旧式的大家长，当初妈妈若不是跟着自个儿的哥哥做生意，他是不会同意的。

戴书生只是微笑："我自个儿有打算。"

妈妈说："好了，别在孩子面前说这些。"

以后，我们还一起爬上屋顶。他常来我家玩，也邀我们一家人去他家。他喊我"小家伙儿"，说话时总撇着嘴角笑。他的眼睛叫人不能直视，时而顽皮，时而安静，时而又透露出让人心疼的忧郁沉思。他真是我见过的最奇怪的人。有时几天见不到他，整个人都惶惶不安。我不知道自己是怎么了。

和瞿守说起这些，苦恼极了。他盯着我的眼睛，露出不怀好意的笑："达奕，你爱上他了。"

我捧住头，惊骇地望着他。

"你不知道吗？这种情况在英文里是fall in love，中文叫爱上了。一上一下才会让人心慌意乱。这可是豆蔻少女的专利，嗯，你返老还童了。"

看他神情严肃地那里瞎掰，我笑得蹲在地上。他哼一声，说："你可真像个女孩子！谁还敢爱你？"我恼红了脸瞪他。这时若是戴书生，定会用宠溺的眼神看我的。

"那，我该怎么办？"

"告诉他啊，写信给他说你爱上他了。不然怎样？"

"可是，我怕……"

"没想到你倒是个胆小鬼。"

瞿守的一番话，我真鼓着勇气写了一封信。

很多天了，戴书生照常上我家来，没有丝毫异样。我从一开始的忐忑不安渐渐平静下来，猜想他并没有收到信。有些落寞，更多的却是庆幸。

我告诉瞿守，他夸大了我对戴书生的感觉。即便是狭路相逢的陌生人，视线碰上了，还要定定神，再错身走开。他只是耸耸肩，一副无所谓的样子。

戴书生其实是收到了。他读了又读，为那些幼稚而美好的字眼。"我不懂什么是爱情，却固执地认为这就是了。我的爱就在这里，你若要，就拿去；若是不要，它还是在这里。"他不知道，她从前是个内心很"洁净"的女孩，她可以爱许多人，父母，阿婆，阿鸣，玩耍的同伴。可她从不希望他们知道她的爱，也不许他们爱她。如今，她却写了这样一封信。

他观察起她来。头一回见面时她还是个孩子，还会撒娇，向他讨照相机玩。现在呢，依旧是过去的模样，却又多了些什么，他说不好。站在成熟边缘的女孩多像绯红的桃子，饱满的一颗天真，叫人想摘下来赏玩，却又不敢真的拿来吃。她微笑时露出洁白的一排小牙，他常常看着就愣住了。他觉得心底有些松动了。

听爸爸说戴书生已经接受学校的聘请，他比较少来我家了。

我以为事情会就这样结束。

这个夏天，很多事纷至沓来，不让人有喘息的机会。

阿鸣毕业，中考成绩令大家诧异：一个从不捧书的人能考这么高，除非是天才。几经查证，发现他根本连一半都没考到。为掩人耳目，他将自己的名字和准考证号覆盖在别人的分数条上面，再拿去复印。

一个导火线翻出所有的旧账，舅舅被激怒了。阿鸣一开始还求饶，叫了声"爸爸——"，围着沙发和他绕圈儿，像猫和老鼠。舅舅一下子掀开沙发，捉住阿鸣，歇斯底里地抽打他，紧紧掐住他的脖颈……眼里一点温度都没有。

舅母一边抹泪一边控诉："你怎么变成这样？我们这些年来辛辛苦苦赚钱为了谁？还不是为了你！你撒谎，逃课，打架，你就这么报答我们……"看不过了，她朝丈夫喊："你疯了，你要打死他？他是你儿子啊。"后来，她干脆不看了，拿手捂住眼睛，时常发出尖叫声。

年迈的外婆赶来了，她冲上去解救阿鸣，甚至用身体挡住皮带抽下的势头。她试图将阿鸣从泥沼中拉出来。外婆的出现刺激了阿鸣心底最柔软的疼痛，这个是他信任的老人，她做了他母亲该做的事。这样地冲上来，用身体拼死拦住，像老母鸡护小鸡，一连串的动作该由他妈妈来完成。到底出了什么差错？为什么妈妈不来救他？

阿鸣恨她，恨他们。他像一头困兽。他一下子爆发了，朝他们嘶吼："谁稀罕你们的钱！你们谁管过我？以前不要我不管我，现在凭什么来打骂！"他甚至用力推开阿婆——用尽全力——他要逃开这团混乱。

阿鸣逃开后我便没再见过，只知道他一直在这个街区游荡，像个魂。靠兄弟的接济度日。

那些日子，空气里有些东西压得人喘不过气来。

有天傍晚，家里接到电话。我隐约听到爸爸对妈妈说"老太太不行了"，语气凝重，爸爸吩咐我找到阿鸣并带他去医院，我脑中一团乱麻。

我在游戏厅的地下台球室找到阿鸣。那里声音嘈杂，气氛热烈，布满十六七岁而扮相颓废怪异的少年人。

"你来干什么？"他看我一眼，面无表情。我心痛地望着他，无袖T恤，须须覆着地的牛仔裤，还有身上斑驳的伤痕。阿鸣，你怎么了？

"阿鸣，你别在这儿，跟我回家……走啊……走啊……"我拖他的胳膊，就像小时候他别扭赌气时一样。

"不用你管！谁也别来管我！走开！"他甩开我的手，神情阴鸷，眼睛凶狠。他的脸上生出了一种我不认识的东西。

我吃惊地退后一步，瞪着他。我指着他的鼻子，近乎声嘶力竭了："你知道不知道，你知道不知道……"我想朝他嘶喊"谁要管你，谁又管得了你"！却被他的眼神莫名地堵了嗓子。心底有个声音渐渐冒上来，回旋在胸腔，汇成一股力量，那么柔软，让我疼痛。阿鸣，若以为我同别人一样看你，你就错了，因为我知道，我的弟弟，他不是坏的，从来不是。眼泪流出来，我重新抱着他的胳膊，泣不成声，爸爸的话无意识地由我口中吐出来："老太太不行了，老太太……阿婆她……不行了，我们去医院好不好……阿鸣……"那一片混沌终于理清，老太太……是阿婆。

他的身体僵住，然后猛地推开我，拔腿朝外面奔去。我追上他的时候，已经快到医院。他突然一个踉跄摔在马路边上，我跑过去伸手欲扶他，却触到一大片冰冷的潮湿。阿鸣一路在掉泪。头回知道男孩子的泪可以这样迅猛，一忽儿就湿了整片衣襟。

黄昏冷冷地映在他的脸上。

葬礼在村里举行。阿婆孤零零地躺在堂屋正中央，阿鸣披戴着白麻布呆坐在地上，他的知觉似乎钝化了。

这个院子从没有这样热闹过，人们川流不息地忙碌着，乐队嘻嘻哈哈地演奏《世上只有妈妈好》。阿鸣突然冲上前夺去乐器扔在地上，凶狠地瞪着他们。人们静默下来。他从里屋拿出一个小收音机，旋开开关，咿咿呀呀的昆曲飘了出来。他把收音机放在阿婆身边，轻轻地说："阿婆不喜欢吵，她爱听戏曲。"像是对着空气说话。

我简直不能忍受这里的一切。忽然渴望极了见到戴书生。

天开始下起雨，我搭车回到城里，匆匆跑向他家——没有人。我像是被抽干了所有气力，瘫坐在门口。

"小家伙儿?"不知过了多久,听到有人唤我,声音很远。

我抬头望向他,"哇"地哭出声来。他把我揽到怀里,笨拙地拍哄我:"好孩子,怎么了?"我抽噎着:"阿婆死了,死了。他们说是阿鸣害了她,可我知道不是的,不是的。阿鸣他没有……"我把这些日子积屯的眼泪都流干了。

他开门让我进去,拿大毛巾轻轻替我揸发上的水,我感到两颊很热却没有躲开,我需要这样的温存。我的衣服也湿了,晕红的肉色从湿的白棉布里透出来。他停住手不再擦拭,替我披起他的一件衣服,握着我的手说:"我送你回家吧。"我听到他极轻地叹了一口气。

阿婆下葬后,我在家里睡了很久,走出昏沉沉的状态。阿鸣一天天安静下来,他眼里的戾气一点点消散了。

再见到阿鸣,我知道,属于他的一部分已经渐渐死去,重获新生。

我打开门,门外亮成白色,门内是黑色。阿鸣就成了个黑色剪影,在白底板上。黑与白简化了他与周围环境的关系,使他在我的知觉中又一次带有符号般的意味;他在我眼里曾经是一头肥胖的小动物独行于广阔的天地间。我认真打量我的弟弟。他已高出我半个头,面色黝黑,形容俊朗。岁月流去,他不再是那个孩子了,分明一个青年。

他开口叫我"姐",微笑着,表情略微不自在。

他喊我"姐",我想着他从不肯喊我的,鼻腔涌出一股酸涩。阿鸣告诉我他即将去县中读书,舅舅出了一笔钱。他滔滔不绝,说一些玩笑话,我们小时候的事,然后哈哈大笑。他白痴一样耍闹,他过于顽皮活泼了。

门外是暮夏白昼,热度和湿度薄薄地渗进来。

我默默看着阿鸣。想着,做一个孩子是多么安全的事。任何孩子,无论犯了多大过失,都有足够的新的开始。他在时间上的阔绰可容他把罪过当做过失来犯。然后他一步退缩回去,退回成孩子。

正像此刻十六岁的阿鸣,他有足够的坦诚和勇敢来面对自己犯下的过失。

几个月后,航空公司到学校招飞行员,阿鸣轻易被选中。托长期混迹街头的福,他的眼睛和体格都是一流的。大人们很高兴,我却觉得讽刺。

他偶尔寄回照片:照片里的男子穿着深蓝军装,鼓着和平鸽似的圆饱的胸脯,很有气势。我几乎要认不出他。

阿鸣走上正轨了,同他以前的世界划清了界限。

十七岁就这样乱糟糟地过去,我和戴书生之间好像生出了一些东西。

接受了学校的聘请之后，他邀了很多老朋友的全家在饭店狠狠办了一场盛大的酒席。庆贺自己安定下来；也许为了别的。秦伯伯祝酒时打趣道"浪子回头金不换"，这可是桩大喜事，这顿饭请得值。我看到戴书生眼里一闪而逝的自嘲。他的故事，我早已磨着妈妈打听得差不多了。

他曾是个儒雅的青年，风度翩翩，才华横溢，许多女人为他着迷。他却选择了一段苦恋而终无结果，为女人吃了很多苦，哀莫大于心死。后来辗转国外学摄影，变得放荡不羁，习惯了留半长不短的头发。

酒酣饭饱，一片狼藉。我正要回家，却被他拉住："小家伙儿，等我一会儿。"

不远处的小公园里，我无聊地在一根放倒的树干上走，它一滚动我就掉下来。几个年轻人举着糖葫芦笑闹而过。我忽然馋极了糖葫芦。引颈望了一会儿，不过我很快打消了念头。若看见一个手执糖葫芦，摇摇摆摆走钢丝解闷儿的小姑娘，他即便有一肚子感情又打哪儿谈起？

看到他走来，我立刻跑过去。

他看着这个迎面跑来的女孩，她穿着白衣黑裙，赤着腿，穿筒子极短的白袜子和球鞋。走路很轻盈，马尾辫在脑后一跳一跳的，像只活泼泼的小兔子。他在她身上看到好久以前的一个女孩。秋风吹过，她有些瑟缩。他看着她，忽然有股冲动想扳过她的肩膀，吻她细软的头发和脸颊。

默默牵着我走了一段，他忽然紧紧我的手："为什么给我写那封信？"

"什么？我以为你没收到！"我脱口叫道。

"小家伙儿，你真是可爱。"他大笑出声，突然问，"后悔吗？"

我认真看着他："不。"我从不让自己有后悔的机会。

他的眼睛闪了一下，举起我们交握的手："我本来想当这件事没有发生，你还小，不明白光有'爱'是不行的。可是，你硬是闯进我心里了。你知道吗？面对你爸爸，我很有些罪恶感。我不能让自己毁了你。"我紧张极了。他叹了一口气，伸出一只手抚着我的头："好吧，再过些年……唔，如果你还不觉得我老，就到我身边来。现在，我还是你的戴叔，好吗？"

我点头。

他回到母校工作，那所学校远在北方。

我汲汲营营用起功来，读英语，做数学题。我要让他打消"会毁了我"的想法。但是，看到教室里一大片埋头拼命的莘莘学子，我会想，我就是其中一个吗？这是我要的生活吗？有时我站在屋顶，发现对面已没有人和我遥遥相望。我也很少和瞿守见面了。

一天，瞿守打电话来，说有急事要见我。彼时，我面前正放着一道久攻不下的函数题。见到他，我劈头就问："有什么事？我还要回去做模拟题呢。"

他皱一下眉头，说："达奚，你坏了规矩。我们说好不提学习的。"他定定看着我："是为了那个人吧？"

我难为情起来。

瞿守忽然笑了："难得你也会不好意思。"见我瞪他，又说："你不是提过想出去读书吗？现在不想了？还是为了他？"

"没有的事，我想在国内读完本科再走。那时我也大一些了。不过，我是想反正以后出去的话，若是觉得不好，我就走。"

这本是一句极平常的话，还带点不负责任的意思。没想到瞿守竟说："你这样决断才好，不要为拿个学位憋屈了自己，不值当。"我记得瞿守一直说我不像其他女生那样"讨厌"（到底别人是哪里惹他"讨厌"我也不得而知），可没曾想他会有夸我的一天。我觉得他今天有些不对劲。

"瞿守，你怎么了？"

他低头搅着杯里的可乐冰块："我爸生意做大了，要搬到广州去，学校已经联系好了。"他伸个懒腰，好像不怎么在意。"我以后要是出去，就到欧洲学建筑，然后设计一座全世界最棒的台楼。你呢？想学什么？"

"我也不知道，现在读的是文科，可我想学的是……呃——"心里乱乱的，戴书生离开了，瞿守也要走吗？

"你要学什么不可告人的坏本事，值得这么畏缩？"

"不是，你不知道，我爱画画，我想学美术。可是，你不知道我爸爸那个人——而且，学美术的话，我也显得太老了。"我觉得面前一片愁云惨雾，斗嘴的兴致也没了。

"别担心，还有那个什么书生帮你啊。嗨，别低着头，你现在得多看看我。以后我若交了女朋友，娶了老婆，怕不敢和你联络。你知道，女人的醋劲很大的。"他逗我。

我扑哧笑了起来，凑过去打他："什么那个书生？人家有名有姓的。瞿守你这么不正经，看哪个女孩子敢喜欢你？"

"那也没有办法，达奚，我总得忘了你呀。"他抓住我打他的手，笔直地看进我眼里。

我吃了一惊。一时间，我想起了天下所有少男少女的追逐嬉闹、无目的地闲逛、吃冰糖葫芦。这一切他们有，我没有。我忽然嫉妒起这些，这些我还没真正尝过就要永远失去的东西，而这些东西里包括这个男孩：瞿守。

这些日子，多长时间了？我没日没夜地看书、做题，我逼迫自己觉得快乐。戴书生打电话来，和我偷偷摸摸说上几句话。冷淡，自制。他不在这里，一切都失去了意义。距离把很多现实的东西凸显出来。我觉得好累。

我扑在瞿守身上，突然哭了起来。他抱住我，不住地说："你不要哭，不要哭……"然后低下头吻住我。我紧紧攀着他，好像溺水的人抓住了一根浮木。

阿婆在弥留之际对我和阿鸣说："你们两个，我知道的，你们觉得心里很苦痛。但是，你们不要想太多，少年人不该这样，阿婆不喜欢。阿鸣你不要难过，阿婆老了，没有关系的。达奚，你是姐姐，要帮弟弟……"

如今，阿鸣已经不需要我的扶助。我呢，终于知道，我需要的不是爱情，而是真正做一个少年人。真性情，可以没心没肺，撒泼耍赖。

故事到这里真正结束了。

不久之后，我打电话给戴书生，告诉他："我不是后悔，只是错了。"

(原载《萌芽》2006年第九期)

优花的盛开，在夏天

徐 蕊

一 紫花。天生亚麻色头发的少女。和韩老师。

有时候我想，我的学校一定是世界上最漂亮的学校了。第一天转学到这里，就像看见了一座空中花园，被她的美丽震慑住了。优花学校坐落在一块长满车前子的山坡上，它有着狭长的雕花落地窗，房顶笔直地插入云霄，就像中世纪建造的最为神圣的哥特式教堂，两只洁白的小天使坐在红色的瓦片上——他们在吹喇叭："少女的祈祷"。

我就这么呆立在门口，看见好多人从各种各样的门里鱼贯而出，头发是暗蓝色的，长长的没过膝盖，一缕一缕被编成许多细小的辫子，上面穿插着好多小铃铛，走起路来一晃一晃，发出像微风吹过的悦耳声音。我知道，优花镇的人都是用铃铛来记录自己的年龄。我看着他们，然后听见我的母亲对我说，莫二，你看，他们都是跟你一样大的孩子呢。

我笑起来。抬起头看见学校上方的天空亮得像一幅油画一般浓郁而华丽——我就要把我生命的一部分交给她了。云朵大团大团地簇拥在一起开出花瓣的形状。于是我侧过头去说，妈妈，我喜欢这里。

优花镇是一座干净整齐的小城。从我的宿舍窗口望出去，可以看见许多开放在小镇各个角落里的精巧的紫花。一条河从楼下缓缓地穿越，那里面倒映着小镇每个人最珍贵的回忆。每天我都可以看见很多人站在河岸，观望或打捞。很多次，当我和伊痕在河边漫步的时候，我也会不自觉地向它的深处望去。月色安详，这时，伊痕总是笑着抚摩我的头发。她告诉我，这里面没有我的回忆。因为莫二不是优花镇的人呢，她说，你看，就连莫二的头发都是纯正的黑色。

那怎样才能把我的印到里面？我仰起头来问她。我喜欢伊痕的眉毛，微微上翘，带着某种被花刺掠夺之后的凛冽。

我也不知道。

那伊痕的回忆，我可以看看吗？

不要，这是我的秘密，伊痕羞涩起来，她亚麻色的头发在河边微凉的风里翩翩起舞。而且优花镇的人是不允许随便触摸他们的回忆的，就连我也只知道我的回忆现在正在这河某朵浪花的下面飘着，若隐若现，但是无处可寻。

那为什么在学校里，只有伊痕的头发不是暗蓝的？

因为我的母亲也跟莫二一样，不是优花镇的人呀。

伊痕是我在这个学校里面看见的除了我以外唯一与大家不同发色的女孩。第一次遇见她是在花房的外面。午后，我正陪着我的花朵们在晒太阳，伊痕走过来，她说，请问可以给我一些花粉吗？

我诧异地看着她，阳光从反面照到她身上，投射出逆向银灰色阴影。我眯起眼睛，但是看不清她的脸。我说，好。

这个学期我一共养了九朵花，四朵玫瑰，四朵蔷薇和一盆鸢尾。章老师说，如果到期末我和其中六朵成为朋友就可以得满分。

不过，他说，对于像莫二这样的外地学生，这可是一件不容易的事情呢。因为，优花镇的花朵们都是非常骄傲的。

章老师是我的花语学老师。那天他一共带来了十七盆花种来，让每个同学从中挑出八盆来照料——其实整个班就只有我和何思清两个人。花儿都出人意料的精神漂亮。它们在阳光下站出不同的姿态，洋洋洒洒倾泻出一房间的生机。

哦？只有鸢尾花没人愿意养吗？也难怪，它该是里面最绝望的花朵了吧。

我怀抱着一大堆花盆歪着脑袋看它，紫青的鸢尾孤零零地站在角落，模样楚楚可怜。我眼神无辜地看着何思清。他挑走了所有的向日葵，还有两只仙人球，是最快乐的花朵。他冲我吐舌头，然后得意洋洋地笑。我狠狠瞪了他一眼。然后把手举了起来。

章老师，请把那盆鸢尾给我吧。

可是这样我就不能保证成绩的公平了。莫二，你将花费比何思清更多的时间，但是评分的标准……

没关系，老师。我不会因为多养一盆花而影响成绩。

咳，虽然话是这样说没错，可是到现在为止，我的鸢尾都不曾开口跟我说一句话，那些玫瑰和蔷薇倒是长得茁壮健康。我担忧地转过脸去问，你们有谁愿意取一些花粉给这个姐姐。

不好意思，我有个小小的要求，因为琴弦只差紫色了，我可不可以要那朵鸢尾的花粉……

伊痕抱歉地笑着，然后递过来一只透明的琉璃杯子。天，我怎么回绝她，总不能说我跟我的花朵还不熟吧。我讨好似的看着那朵小鸢尾，好不好啊，我们就给这位姐姐一点吧。

那个，对不起，请给我小半杯吧。因为要装饰一整根琴弦呢……谢谢了。

其实那时，我是非常想听见我的小鸢尾说话的，哪怕是拒绝我们也好啊。可是它什么都没说，这多少让我有些失望。不过令我兴奋的是，它居然自己默默站到了杯子边缘，低下头轻轻抖动花冠。我激动极了，高兴地叫起来，谢谢。

你的花还真娇气呢。后来伊痕这样告诉我，不过还是谢谢你们，有了这小半杯紫色花粉，我得了学校一等奖学金。

其实我到现在都没跟它说过话呢，我听章老师说，它好像喜欢爬山虎来着，可能因为爱情中的花都比较孤僻吧。

哈哈，是吗？那你可要多费心了呢。我叫伊痕，不介意的话，我们做个朋友吧。

可你不是我们专业的，要那么多花粉做什么呢？

因为琴弦啊，我学的是小提琴制作。韩老师说了，只有能够跟随弹奏者的心情而变换颜色的弦才是最好的。而只有用植物系的花粉我们才能调出最饱满的色彩呢。

就在这时，小天使们吹奏的乐曲嘹亮地响了起来，这次是《献给爱丽斯》。我转身看伊痕。她牵起我的手开始奔跑。她说，来吧，上课了。你也来，这节是韩老师的课。你知道吗，韩老师可是优花学校最有魅力的老师呢。

我局促地坐在伊痕教室的角落里，每个人手里都有一把琴的雏形或成品。

伊痕在我的旁边坐下来，她从抽屉里拿出一根墨绿色的琴弦，说，莫二，我要开始做另一把琴了，为一个男人而做。我想，在他弹奏它的时候，它可以昭示出我的心情。

哇，好神奇。可是我想知道那个最终可以得到琴的男人是谁呢？

伊痕羞赧地把头低了下去。她说，等我完成的时候，你就会知道了。

是那个藏在优花河记忆里的人吗？

是的。从我踏进这个学校的第一天他就在里面了。而且我想，他将会一直住在里面。

呵，可爱的小姑娘伊痕恋爱了。我宽容而暧昧地笑了，这将是世界上最高贵的琴。我把头转过来——和以往任何一次转动一样，就那样毫无征兆地转过来。然后我看见韩老师走进了教室。就在那么一瞬间，我觉得我的心脏几乎停止了跳动。

如果可以，我想把韩老师比做樱花。我永远都记得那时他穿着一件粉白色的长大衣，看上去就像我的植物那样浓郁而脆弱。他走进教室的时候身后掀起一阵小小的气旋，顿时整个教室都充满了馥郁的芬芳。他头发很蓝，他的那些编织铃铛跟我见过的优花镇里任何一个人都不一样，是银色的并且还有漂亮的紫红色蕾丝垂下来。那一刻我想，如果伊痕表达爱情的方式是制作一把小提琴的话，那么我将用尽我全身的力气来为韩老师种出全世界最美丽的花朵。

接着韩老师说话了。他说，同学们，现在我们开始上课。

声音就像被最柔软的绸缎包裹之后溢出一般，周围的一切都消失了。我感到眼睛里滚动着一些潮湿的东西。我想，大概我会转学到优花，会在这里待上那么多那么长的日子，等待的就是这一天吧。

然后韩老师走到了我的旁边。他问我，忘记带你的琴和制作工具了吗？

我抬起头，目光和韩老师的眼神相撞，他的眼睛里藏着清晨某种花蕊中隐秘的氤氲雾气。鼻子挺拔，嘴唇精巧。好奇怪，韩老师左耳垂上长着一朵微小的紫色郁金香。我从来没见过长在人体上的花朵，这让韩老师看起来更加完美。

韩老师，她是我朋友，来旁听的。伊痕替我答着。

是吗？难怪我从刚才就觉得你不是我的学生呢。你什么系的？

我？植物语言。

好专业。章老师吧，他可精通许多花语呢。我时常去找他讨花粉呢。

我低下头偷偷笑了起来。我看见了韩老师支撑着桌子的手指，有许多五彩缤纷的花粉残留在他的指甲里。我轻轻地摸着韩老师的手，说，如果只是色泽的原因，应该可以找到许多替代品。可是为什么老师制作小提琴只用花粉？

因为花是世界上最有灵性的植物，只有它才能准确传达出人类的心情。我要用它来做出世界上最有灵性的乐器。

二　被吞下去的。口香糖。以及某种爱。

我喜欢韩老师。现在，这是一个藏在我心里的秘密。

我开始以一种更为高涨的热情照料我的花，或许只有这些花粉才能成为我接近韩老师的借口。

除了那朵小鸢尾，我的花朵长得一天比一天更加漂亮，它们几乎已经和我无话不谈了。我喜欢轻轻地抚摩它们柔嫩的花瓣。我对它们说，知道吗，现在你们的成长已经变成我身体里不可分割的一部分了。

我没有权利像伊痕那样把心情埋进优花河，所以我不停地写日记。我在韩老师可能出现的每一个街道角落里写这些故事。然后把它们叠成花朵的形状放进瓶子。这是我自己创造的优花河，莫二的优花河。

喂，你在干什么？一个声音从我身后传来。

我转过身去，是何思清。

你最近很奇怪哦，总是偷偷摸摸的。你把什么藏起来了？不要以为你比我多养了一朵花我就会让你。告诉你，我是不会输给你的——外地学生。

何思清的声音轻蔑而霸道。他嘴里嚼着口香糖发出吧嗒吧嗒的声音。我的手掌开始渗出细密的汗珠。我说，不是，你误会了。

那你手里拿的是什么？拿出来给我看看。

这个，不行啊。我慌张起来。

还说你没有暗自用功？我要看看到底是什么。何思清不由分说地朝我冲了过来。

不……不行——

话还没说完，瓶子就从我的手里滑落出去了。我惊惶地想要抓住它，但是一股巨大的推力把我掀倒在地。啪的一声，瓶子像一颗水晶球一般碎裂成无数的片断。何思清飞快地跑过去拣起那些影子和碎片。他说，这是什么？

一种疼痛顿时传进了我的大脑，眼泪悄悄地流了下来。我挣扎着爬起，突然间我觉得自己像一个被洗劫了的落难者一样无助赤裸。何思清，我恨死你了。

嘿嘿，其实也没什么嘛。原来你喜欢韩老师啊——干吗用那种眼神看我啊？没关系，又不是什么丢人的事，学校里很多女孩都喜欢韩老师的。不过，我看如果是你的话，恐怕韩老师一辈子都不会喜欢吧。

滚开！何思清，我这辈子都不会跟你再说一句话了。还有你等着吧，这个学期的第一名绝对是我——

我不喜欢何思清，一开始就不。从我认识他的第一天起，我就看见他总是不停地嚼着一颗口香糖。他吹泡泡——每次章老师转过身去的时候，他就对着我吹。吃饭的时候，他把口香糖粘在桌角上；睡觉的时候，他把口香糖压在枕头底下。我从来没见过那么爱吃口香糖的孩子。我总觉得，有一天他会因为嚼口香糖过度导致下巴脱落而死亡。

何思清的头发很乱，就像从来没有梳过那样。但是他成绩优秀。据说他是优花建校以来第一个入学成绩全科满分的学生。而且还有一点，他非常英俊。我曾经不止一次地替别系的女生转交过礼物，而他总是当着我的面把它们扔掉或者撕碎。这也是我无比讨厌他的另外一个原因——高傲自大。

喂，我的向日葵快要结果实了。

那又怎样？我不耐烦地回答着。但是我知道，向日葵这种植物只会为它认为最亲密的人结果实。真不愧是何思清。已经跟他的植物沟通得这么好了。

我就是想告诉你，不一定只有你才会是第一名噢。咦，你不是说再也不跟我说话了吗，那你刚刚是在干什么？

你可不可以有一天不要这么讨厌啊？！我又一次愤恨起来。要是不相信，你就等着瞧吧。

喂，韩老师知道你喜欢他吗？何思清压低了声音问我。

不知道。我不想理他，口香糖的声音搅得我心烦意乱。

不会吧。虽然是个转学生，可你也是进入优花的第二个全科满分的学生呢——那韩老师喜欢你不？

不知道不知道。拜托你不要再问我了。

你放心，我会帮你保守秘密的。我保证。

真是个麻烦的小孩。我猛地站起身来。何思清，我警告你，不要再烦我！

你真的就这么讨厌我？

是又怎么样，不是又怎么样？我感到奇怪。

莫二，你太过分了。

对啊，我就是讨厌你。我讨厌你一天到晚吹泡泡讨厌你把你的花朵养得那么漂亮，讨厌你知道我喜欢韩老师……

可是，我喜欢你。

什么？我的手指僵住了，心中突然闪过一丝隐约的感动和疼痛。我承认，尽管此刻我心里清醒地知道我喜欢韩老师，尽管我毫不置疑自己是那么讨厌他，可是，他是何思清呢，是有那么多人宠爱着的何思清呢。这太荒谬了。

不要再戏弄我了，我会当做没有听见。

我没有开玩笑。

算了吧。你不过是太执著于征服我了。不要忘了我们的竞争关系仅仅是在学习上，不要把你狂躁的统治欲扩展到其他领域，这对你对我都不好。

我没有开玩笑。我何思清，喜欢你，莫二。

何思清用那样一种严肃的神情跟我说话，一字一顿。可这不是太奇怪了吗？他有那么多追求者，而我只是一个想在优花好好学习的普通人。

因为你是跟我同样优秀的人。莫二，我很小就想，以后一定会爱上第一个能够跟我考出同样分数的女人……而我的父亲也曾爱过一个跟你长有相同颜色头发的女人，优花镇的人是不允许爱其他地方的人的。他告诉我，你们的头发比优花镇任何一朵花的茎秆都更柔软芬芳。他错过了是他终生的遗憾。还有你的宽容和善良……你对我总是那么冷淡。

可是你也知道，我喜欢的是……

不，莫二，你不能喜欢一个跟你的身份有别的男人，是不道德的。你们永远不会得到任何一个人的祝福。

可是我不是优花镇的人，我已经不会被祝福。

这不一样。我会用我所有的力量来争取幸福。我会保护你的。

是吗？那么我要怎么样才能相信你的话呢？一种小小的邪恶突然涌上我的心头。可爱的小男孩何思清，他的话真挚而诚恳，我不能说我没有被他打动。可是作为交换条件，在这之前我想要先惩罚一下他的罪恶。我说，那你能用行动来表示我在你心里的重要吗？

何思清回答的话还没有出口，忽然呼吸变得急促起来，脸色也变得紫胀。情急之下他竟然把口香糖吞进肚子里去了。我朝他扑过去，他身体僵直。我摇着他的肩膀，说，你没事吧？

何思清睁大了眼睛，手指不停地朝天空比画着什么，他努力想发出声音，却无能为力。何思清你可千万不能死啊。

当保健老师取出卡在他喉咙里的口香糖之后，在病床上，我终于听清楚了何思清嘴里一直断断续续叨念着的话。他轻轻地拉起我的手把它们放到他的心口上。他说，在这里，你比我的生命还要重要——

三　蝴蝶斑。呼啸而来的月桂树影。和耳光。

最近有一个不幸的消息：我生病了。我的脸上和手臂上突然长起了莫名其妙的蝴蝶状斑点。章老师说这是轻度传染性花粉过敏。我被禁止去教学区，只好天天躺在寝室里望着天花板发呆。

几天后，我得到消息：因为病，我不得不被迫离开植物系。

事实上，我并没有因为要转系而特别伤感，因为我马上就可以正式成为韩老师的学生了。但何思清——如果我走了，就再也没有人在他逃课的时候借笔记给他了，没有人在课堂上陪他小声说话了，没有人可以跟他竞争，也没有人可以帮他传递那些爱情礼物了。想到这些，我心里竟升腾起一种遗憾。或许只差了那么一点点，如果他在我遇见韩老师之前，恐怕现在就是完全不同的另一番情景了。而我最最亲爱的韩老师，从今天起，我就是优花学校技能系小提琴制作专业的学生了。或许他不知道，可如果一定要从这其中寻找一个原因的话，那么这个令我义无反顾的动力就是他。

技能系的教室很大。我第一次在上课的时候看见这么多学生，这与我在植物系学习的时候有好大的不同。我很满足，坐在伊痕的身边，安静地听韩老师讲课。

各位同学，我们已经学习了如何用花粉制作小提琴琴弦。但是今天我要非常遗憾地告诉大家，这部分内容我们要重新学习，因为训导处已经把它们调整成选修科目了。大家不用担心，我们接下来要学习的内容会以这部分的基本方法为基础，只是用水果的汁液代替花粉来制作充满色彩和芳香的琴弦。

这下好了。伊痕笑着对我说，莫二就跟我们站在同一条起跑线上了。哈，你转系的时间还真是恰到好处呢。

与水果相处有着一种与花粉完全不同的感觉。它们的颜色很淡，是与花粉的华丽截然不同的清爽色泽。我想，我大概是不太适合制作小提琴这项工作的，因为我似乎永远不知道如何把那些芬芳缤纷的液体均匀地洒落到那一根根粗细不一的弦丝上。可是我必须学下去。窗台上放着我的鸢尾，它已经很大了，花朵已经开出了某种别致的形状，这是我离开时章老师送给我的，也是我仅有的植物系纪念。关于转系的消息，我没有告诉何思清。其实两年后我终究是会离开这里的，所以不管对谁来说，关于我的一切原本就不重要不是吗？

莫二，在技能系的学习还习惯吗？在教学区一楼的回廊里，我碰见了意气风发的韩老师。他的手里拿着一把荔枝，皮肤青红粗糙。他说，喜欢这些么？今天老师会教大家如何使用嫩白的水果。

是很可爱的水果呢。老师最近很忙吗？

要钻研很多果汁的提取和使用方法，还要尽早做出示范品，确实不轻松呢。

可是有一点我不明白，为什么学校要把花粉制作法的内容删除？我记得老师曾经说过，只有用最有灵性的花朵才能制作出最有灵性的乐器。那是老师一直为之奋斗的目标，不是吗？

事实上花粉永远是我最喜欢的制作材料。韩老师顿了顿，他望着我，眼睛里流淌着一些脉脉的水氲。其实我是为了你才决定让全班都改学果汁制作法的。教学大纲是我自己修改的，我怕你会因为花粉过敏而离开技能系。

什么？我躲闪不及，不由得脸红了。噢，我亲爱的韩老师，为了您的这一句话，我赴汤蹈火都在所不惜。

因为莫二是那么优秀啊，我想，优花任何一个系的老师应该都会想方设法地留下你吧。韩老师拍了拍我的头。好了，快进教室去吧，我们都不要迟到了。

咳，是啊。怎么可能是那样呢，他是老师啊。我感到一阵小小的失落。我盯着讲台上他的背影，想起何思清说过的话：即使是两情相悦我们都永远不可能是被祝福的一对，因为他是老师啊。我微微地把眼光掠过韩老师的肩膀，空洞地想着。而我，是罪。

莫二，你给我滚出来。突然一个暴戾的声音在教室门口响起。我向着教室的前方望去——何思清！

同学，有事吗？上课时间请保持安静。韩老师一脸温和地提醒他。

我找莫二，有些话要对她说。

可是我们现在正在上课，我不能……

没有什么可是。对不起老师，我先替她向您请半天假。有些事情我必须当面跟她说清楚。

技能教学大楼的右后方有一棵巨大的月桂。树冠的形状很漂亮，叶子的芳香弥漫在我的周围，瑟瑟发抖。我站在何思清的面前，有种灼热足以让我皲裂而死。我不敢抬头，感到一种不可预知的空虚。这算什么呢？在众目睽睽之下被强行从教室拉出来。发生这种事，我一定会被全班同学笑死的。

皮肤过敏，是借口吗？

当然不是。我卷起左手臂的袖子一角，指着皮肤上面一块颜色尚未消退殆尽的斑块。你要是不相信，自己看。

那为什么不告诉我？我是你在植物系唯一的同学。难道你就真的那么讨厌我，连要离开都不想让我知道？怕我会纠缠你不让你走吗？可笑。其实你这样不明不白地从植物系消失反而更让我感到痛苦。

可是我并没有想过要你痛苦……

我原以为我可以怀抱着我和父亲共同的心愿完成一场轰轰烈烈的爱情，可是现在看来这仅仅是我自己的臆想。你知道，曾经的我，是多么喜欢你。

我不是那个意思，我觉得……

好了，不用解释了。其实连我自己都不敢相信，你竟然会为了一个老师而拒绝我。莫二，我尊重你。但是如果当你在韩老师那里得不到一丝爱情的时候，请记住，我会一直站在这里，在这月桂的树影底下，等待你的到来。再见。

直到现在，我都没有弄明白，为什么何思清会喜欢一个浑身长满橙色斑点的丑陋女孩？但是就在何思清转身离开的那一刻，我体会到了那种即使伤痕累累却依然坚硬固执的心情。

莫二，何思清喜欢你是吗？而你……喜欢韩老师？伊痕的声音从月桂的另一端传来。她怎么会在这里？我惊异地从哀伤中清醒过来，无处可逃。

对不起，我不是故意的。因为韩老师担心你会出事，所以让我跟着你们。

谢……谢。我的声音有点尴尬。

伊痕笑起来。说这些干什么，我们是好朋友不是吗？

我也笑了。我说，你会帮我保守这些秘密对吗？

伊痕的脚步很轻。她的双手背在背后，慢慢向我靠过来。她把嘴凑到我的耳边，莫二，有时候我真的很嫉妒你。为什么你什么都没做，却可以得到那么多人的宠爱？

我一惊，伸出手来想推开伊痕，却被她牢牢抓住。伊痕的语调变得神秘忧愁。她说，你不是一直想知道我的琴究竟是为谁而做的吗？那现在我告诉你。

我非常确定伊痕在此刻看见了我眼睛里的惶恐，因为她伸出一只手来抚摩我的睫毛。她说，是何思清，一个我第一眼看见就爱上的男人。你知道吗？我已经喜欢他整整两年了。可是今天，就是刚才，我亲耳听到他说，他喜欢你。这样，你让我怎么办，怎么办？

伊痕猛地一下转过身去。我的手腕因为挤压而形成了雪白的印痕。我感到一阵巨大的眩晕。我用微弱的声音叫着，伊痕……你先把我松开。

大概十分钟，十分钟。伊痕一句话都没有说。然后她紧握着我的手指终于松开了。她的长头发浓密地遮住了她的眼睛。我看见她高高地把手扬了起来，嘴角闪过一丝无可奈何的笑意。伴随着一股凛冽的风，我感到脸上一阵火辣的疼痛。然后听见伊痕绝望而脆弱的声音。她说，莫二，我请求你，去爱何思清吧。

四　夏至。英年。我的鸢尾终于开口说话。

我不得不说，这样的生活结结实实地弄疼我了。

已经很久了，我没有跟何思清说过话，也没有跟伊痕到月光下的优花河边散步了。我每天冷漠地坐在她身边，静静摆弄那些琴弦和木头。我终于开始清醒：对于优花镇我始终是一个过客。我在这里没有朋友没有回忆也没有爱情。我不停地想：是不是我原本就不该那么积极地想要融入这个小镇，又或许是我原本就不应该转学到这里。优花河水慢慢地涨高退潮，封冻又解冰。我一年一年地想，渐渐忽略了时光暗度的惆怅。

直到有一天韩老师走来对我说，莫二，恭喜你，今年夏天你就要毕业了。我才终于感觉到，原来我已经长大了。

在毕业典礼礼堂的门口，我碰见了何思清。他长高了，再也不吧嗒吧嗒地嚼口香糖了，头发也终于梳理整齐，看上去更加英俊。我混杂在一群进入礼堂的同学中，听见他两年后第一次对我说话，你穿学士服的样子看上去非常漂亮。

　　谢谢。能够听到你的赞扬还真是荣幸，我记得以前你总是挖苦我的。

　　那都是很久以前的事了吧，何思清笑了，你是不是快要离开优花镇了？舍得吗……我的意思是，你舍得韩老师吗？

　　毫无疑问的，何思清的话揭开了我心底隐埋最深的那道伤疤。我有什么舍不得呢？韩老师甚至都不知道我是那么深刻地喜欢着他。我的青春岁月都只为他一个人那么无畏地绽放了。我突然觉得这一切似乎仅仅是一场毫无意义的顾影自怜。我抬起头来看何思清，两颗形状破碎的眼泪就从眼睛里流了出来。

　　莫二，如果是为我，你愿意留在优花镇吗？

　　泪光中我看见何思清的面孔诚挚恳切，也许有那么一瞬间，我几乎要答应他了。我把身体探向他，有一件事，我想你一定不知道，伊痕喜欢你。五天后，我离开优花镇。

　　这两天我都躲在宿舍收拾东西。我看着空荡荡的墙壁，心中生长出一种无端的哀伤。在我之后，无数跟我一样的孩子会在这个房间里居住，可是他们之中不会有任何一个对我曾经的存在有一丝察觉，不会有任何一个知道很多年前一个叫做莫二的异乡孩子的路过。

　　莫二，是我。可以进来吗？伴着敲门声，我听见伊痕的声音从门的另一端传来。

　　我是来同你告别的。伊痕的脸就像我第一次看见时那样模糊。是伊痕哭了。

　　怎么了，伊痕？乖，我们不哭。

　　莫二，你就要走了。再也没人会喜欢我了。我在优花镇唯一的朋友就要没有了。

　　我心中一惊，连忙抓住她。我说，怎么会？

　　不，你不知道。没人喜欢我。真的，因为我没有最纯正的优花血统。从小那些优花镇的孩子们就排斥我，连我的父亲都不喜欢我。可是只有你莫二才是真正愿意和我做朋友的。有时候我真的觉得自己是不属于这里的。我的母亲在生下我之后就拒绝来优花镇，她抛弃了家庭和爱情，也许这正是一个女人最为睿智的自我保护。莫二，我不希望你走。也许你还在生我的气，可是你不知道，那正是因为我有多么地喜欢你。

我早就不生伊痕的气了。第一次听她说了这么多，我突然感到欣慰，但我已经决定了，三天后我就会离开。

为什么？就算不是为了我，为了韩老师，你也不能留下吗？

就像你说的，我们都是不属于优花镇的孩子。你能告诉我，为什么你活得那么辛苦却仍然要坚持留在这里吗？那是因为这里有你的家。跟伊痕一样，我也有自己的家，可是它不在优花镇。尽管这里有你有韩老师有何思清，有那么多的老师和同学，我终究还是要回家的。我保证你会过得很好。也许我也从来没有告诉过你，我也像伊痕喜欢我一样地喜欢伊痕。你是我在优花最好的朋友，我一定不会忘了你。

那么真的已经没有理由可以让你留下了？何思清知道你要走吗？

我已经告诉他了。还有件事我一直想告诉你的：其实最令人羡慕的人应该是你。你跟何思清才是最般配的一对。

伊痕笑起来。她说，莫二，能认识你真好。你知道吗？很多时候我都在心里告诫自己要坚强地生活下去，因为这里有何思清。你说，如果没有你的话，何思清会爱上我的对吧？

我也笑了，用手指捋着伊痕漂亮的亚麻发丝。我说，当然。

在优花学校毕业生的教师答谢典礼上，我最后一次看见了韩老师。这个最最让我心醉，最最让我义无反顾的男人，他最后一次站在我的视野里代表全校老师作毕业报告。他头发上那些小铃铛随着他身体的起伏发出铿锵有力的声音。我突然觉得在那里似乎聚结着我所有的青春和美好。我跟礼堂里所有的同学一样热烈鼓掌。我确信自己从来没有为这件事后悔过。还有那些巨大的花束，韩老师被淹没在那里面。我微笑地看着他，不遗余力地鼓掌，为韩老师卓越的演说，也为我自己爱情的完美谢幕。

然后韩老师走到我身边坐下来。他低头问我，怎么样，我没有给技能系的同学丢脸吧？

我笑着点头，用尽全身力气看着眼前这个我整整喜欢了三年的男人，我要把他嵌入我的身体，这样，无论我以后走到哪里，都能感觉到他在我的周围。韩老师的脸侧对着我，左边耳朵上那朵紫色的小花绚烂夺目，于是我问，老师耳朵上为什么会有一枚紫色的小花朵？

你说这个吗？韩老师指着自己的耳朵。这是优花学校授予一个老师杰出贡献的最高奖励。花朵是植物系的标志，而紫色代表技能系，也是整个优花镇最高贵的色彩。

那这么说，韩老师就是在两个领域都有最杰出贡献的老师了？

也可以这么说。不过在今后的日子里老师还是会跟你们一样继续进步。

是。我望着韩老师和蔼的面孔。我想，我一定是又多爱了他一点——因为他的成就和谦虚。不然为什么我的心又不可抑制地跳快了一点？咳，这个男人，我竟然为他心动了两次。但是可惜，他对其中的任何一次都不曾察觉过。

莫二，其实，老师很希望你可以留下。

我从来没觉得自己这么受欢迎呢，我笑起来，我知道，您一定又是不希望优花镇失去像我这么优秀的孩子吧？

不知为什么韩老师突然严肃起来。他说，是啊，你是这么优秀的孩子呢，不仅优花镇不能失去，连我也不能失去。

我的心中一阵狂喜。原来他知道！这么多年，那些我心中隐埋着的情怀他通通都知道！他……竟然知道。我突然热泪盈眶，语无伦次。

为了你，我修改了教学内容，改换了研究方向。可你是我的学生，我还能怎么样呢？大概这注定只能是一个梦吧。

不过这却是我在优花做过的最美丽的梦，谢谢你韩老师。

夜晚，伊痕拉我去优花河边散步。月光很好，我们两个都站在岸上凝神向河中心望去。没有人说话，我安静地幻想着某一朵莫二的回忆，然后情不自禁地笑了。

找到了找到了，莫二，快看！这就是我母亲的回忆。

可是你不是说过，只有优花镇的人才可以把回忆留在河里吗？

是的。我的母亲一生都没有来过优花镇，可是却将她的回忆永远地留在了这里。你看见了吗？在那朵巨大的浪花旁边连结着一朵比较小的浪花。那就是我母亲的回忆。而与它相连的是我父亲的。奇怪吗？我的父亲虽然不喜欢我，可他至今都刻骨铭心地爱着我的母亲，他们分享着的是同样一份记忆。

我看着伊痕欣喜若狂的眼睛突然明白了：原来只要有一个优花镇的人愿意把自己的回忆交付出来，那么其他市镇的人就可以把自己的回忆永久留在这里了。而促使这种行为产生的动力就是爱，可以冲破那么多阴暗和苍白，英勇地永远拥抱在一起。

离开优花学校的最后一天，我去跟章老师告别。老师的话不多，我们都有些小小的伤感。然后老师指着优花河里那些飘动着的洁白浪花对我说，莫二你看，你的记忆已经留在优花河里了。

我把我的花留给了伊痕。我最后看了一眼我曾经生活过的学校：再见了，我的优花。再见了，我的青春。也许我还会回来，也许永不再来。然后我又一次听到了伊痕的叫声。她目瞪口呆地说，莫二，你的花……说话了。

我的鸢尾，它终于说话了，声音细小，但是它在说，莫二，其实你舍不得离开这里。

(原载《萌芽》2006年第十期)

金城之恋

卫城祠

很多年以来，金城的人们始终相信金门街那口沉默的深水井——金井，一定会在他们最需要的时候涌出汩汩的香甜井水来。面对陪同自己死亡在金井激情喷涌的井水里的那些美丽的花，傻子格格欣喜地对自己说除了我他们谁都没有看到那口井真的流出水。傻子格格在生命的最后时刻回忆起十四天前夸父领着红鬃白马走进金门时的情景：像是一队南飞雁揭开了火烧云的序幕，状如羽絮的云彩像被烈火燃烧，红彤彤拥挤在天际想和黯然神伤的落日一同离去。傻子格格一个人捧着快要干枯而死的红掌花，匆匆走过金门街，打算询问七姥姥是不是没有办法找到水源了。绕过街心那三棵长着红色叶子的柿子树时，他停下，探头看了看金井，奇怪为什么会冒白色的烟，又仰头发现那三棵柿子树依然茂盛，傻子格格心底生起一股无名的怨气。这时候，傻子格格不经意地低头，发现一束奇怪的光芒一直在自己脚边，他抬头想看看今天的太阳搞什么古怪，就在那一刻，他看到夸父领着一匹红鬃白马和一匹黑马昂首阔步在落日余晖中走过金门。夸父郑重其事地告诉大家，在金山的另一面他找到了一块拥有充足水源的沃土良田。金城的人奉夸父为英雄，他们决定在当夜庆祝，几天之后举街搬迁。

金城的出现源于金山的发现，金山的命名又源于金子的出现。金子，又名粟。那时人们收集一种名叫狗尾巴草的植物果实作为食物。有一天，人们惊喜地看见一株较之先前个头略高、果实颗粒略大的狗尾巴草，便开始种植这类新植物，产量高得惊人，以至于成了人们的主食。基于如此奇功，这种食物被命名了一个吉祥的名字——金子。与此同时，出现了一座发光的山，像粮食金子在太阳下闪耀的光芒，于是人们为它起名为"金山"，并企图把金山挖开来看看，里面有没有金子。事实上，人们除了挖出来带颜色的石头之外什么也没得到，便用这些石头建造了一座城，命之为"金城"。金城居住着两类人：一类人不愿意再相信"金山里有金子"，他们宁愿亲手去种植得到金子；另一类人却执著地相信这件事情，总是试图做着重新挖山的准备。

金城的人们一直认为他们是住在水上的，在城里挖很浅的井就能出水眼。当金水河不明原因的干涸使金城主要水源截断时，人们精心挑选了金城的正城门"金门"所对应的地方——也就是金门街的街口，打算挖一口井，并且，专门为这口井砌了一条宽两步贯穿金城南北的水道供人们就近取用，史官仓颉老爷爷将这口井命名为"金井"。

金门街的住户积极参与了这个挖井工程，盼望清澈的井水从门前水道上缓缓流过。有一天，七姥姥宣称昨夜听到门口水道上哗哗的流水，大家都笑她一定是在做梦。她对跑来凑热闹的傻子格格说："我打算养几条小鱼，你想要……就听我的话。"傻子格格屁颠屁颠地跟在七姥姥身后，兴奋地帮助七姥姥准备为此在门前水道旁开辟一个小水洼。

夸父作为几十户人家里最有力量的男人是金门街当之无愧的领袖，他凭借熊一样的身体成为挖井队伍中最出力的人。只是这口井比别的井难挖许多，总是不见水眼出来。休息时夸父拍拍杜康的肩膀对他说不要泄气，然后大口地咽着杜康酿造出来的酒。直到有一天，大家看到夸父用了三天时间从井底爬上来，从怀里扔出一大块石片，又从嘴里吐出三颗红色种子模样的东西，气急败坏地说："这口井根本挖不出来水。"大家面面相觑，然后扛着工具去另外几处挖井工地。谁都没注意听傻子格格捧着那块石片兴奋地在说着什么："这上面有鱼。"

金井水道在不久之后果真如人所愿流过清澈明净的井水，只是水源是从另外几口水井疏导过来的。七姥姥抱怨水道刚好从房屋旁拐弯，使她的养鱼计划落空，她说她可不希望把鱼养在后院。这之后的一年中，人们似乎忘记了那口他们满怀希望的金井。直到翌年春天，仓颉老爷爷首先发现金井边长出三株红色的不知名植物的嫩芽。之后的数天里，这三株幼苗开始疯狂地生长，速度之快竟然胜过七姥姥饲养的雏鸡。七姥姥第一个认出这原来就是长着红色叶子的三棵柿子树。三个月之后，人们发现这三棵树不再生长了。这时它们已远远高过房屋，几乎与城门高度持平。秋天，满树红柿，金门街的人决定将柿子树平分。可其他街道的人也想得到一些，并为此与夸父发生了争执，夸父一怒之下便拎了一把斧头欲将三棵柿子树砍掉。一斧下去，众人大惊。树干的裂开部分像泉眼一样涌出汩汩的水来。作为金城里德高望重的史官，又是人们的占卜师，仓颉老爷爷在一个月圆之夜在柿子树下为此事占卜，神示说：这口井将在人们最需要的时候发挥作用。

金门街的七姥姥在很年轻时就是那么马虎。一个月光皎洁的夜晚，她突然从睡梦中醒来，觉得腹部不适，便去茅厕解手，努力排解半天，体内似乎有一重负脱离，周身瞬间轻松大半，正要离去，发现茅厕粪桶的粪污中躺着一个婴儿，再仔细辨认，婴儿的脐带竟然连在自己的身体上。这才幡然醒悟，连忙不嫌肮脏，轻轻把婴儿托在手掌上抱起。这个婴儿就是傻子格格。傻子格格的降生匆忙混乱，粪桶里的臭味似乎把他的头脑熏坏了，使他在嗅觉上对臭味无任何敏感，相反他对花香有一种与生俱来的兴趣。这种兴趣让日后的金门街变成花的海洋，成为金城的人们最津津乐道的事。

傻子格格十岁时，金城遭遇了史无前例的大雨。仓颉老爷爷见到了那道劈向傻子格格的闪电，他看到傻子格格正兴奋地高举用来浇花的小罐子，一道闪电之后，立刻像木头桩子一样直挺挺地轰然倒地。仓颉老爷爷不止一次对金门街的人说那道劈向傻子格格的闪电是他见过最亮的闪电。傻子格格在床上躺了整整七天，之后安然无恙地醒来，他对金门街人说了一句匪夷所思的话，他说："我梦到这里是一片水。"

更让金门街人震惊的是傻子格格从此停止了长大，他始终拥有孩童的身体和幼稚的脸庞，年龄的成长和衰老在他的身上失去了作用。最重要的是傻子格格在一生里也一直认为自己是个孩子并且时刻保持着孩子般天真的头脑。金城人在傻子格格是不是傻子这个问题上产生持久的争论，傻子格格也介入了这场关于他自己的争论，他的论断令所有的人失去了对这个问题的兴趣，他说："我是个傻子，或者，不是个傻子。"七姥姥对金门街的人断言："我儿子不是傻子。"人们试图理解一个母亲的自尊心，可事实是傻子格格的表现越来越古怪。

金城人忘记了从何时开始金门街成了一片花的海洋，这要归功于傻子格格。傻子格格一生就只有一个愿望，他六岁时撅起小嘴扬言自己要把金门街建造成金城里最大的花园。他刚学会了走路，就对路边的花花草草产生浓厚的兴趣，不管何时何地遇见花都会跑过去，仔细看半天，然后再探下鼻子细细闻闻。之后他一生致力于自认为的这个伟大事业，与花相许终身。

最初，傻子格格总是将自己在田野里看到的那些漂亮的鲜花折断花秆带回家，栽在屋前，每每不过半天就全部弯倒了。可他并不泄气，周而复始那些行动，乐此不疲。

七姥姥忍不住告诉他："必须将花根一齐挖来才能栽活。"

傻子格格诧异地看着七姥姥，他觉得怎么会被人这样认为。"花根那么丑陋，又没有香味，我才不要它。"

真正使傻子格格开始种活花是有一天他迷恋上在花丛中飞舞的蝴蝶，他觉得蝴蝶和他一样是喜欢花的，但凡是喜欢花的，都可以得到他的认可和理解。他想：既然蝴蝶喜欢活花，那么我也应该栽种活花。甚至，他认为自己也是一只蝴蝶。有一天，他将这个认识告诉七姥姥，这个女人惊愕地倒退几步。当七姥姥表示不理解时，傻子格格郑重其事地对她说："我是不会飞的人蝴蝶。"七姥姥对儿子的傻彻底绝望了，她愤怒地说："这一切的罪魁祸首就是那该死的闪电。"

在那个寒冷的冬天，金城人得到了一个振奋人心的消息：远征在外的男人们将在这个冬天结束之后胜利归来，这意味着他们将获得更多的粮食和牲畜。

第二年春天某日，傻子格格像往常一样，一大清早就去金城外不远处的金水河边，寻找河面上最晶莹剔透的浮冰。

"我就是不明白，你为什么一定要用那些浮冰融化的水来浇花？"七姥姥埋怨道。

"那些浮冰融化的水干净。"傻子格格很不以为然。

"冬天的雪水不也一样，那时候储存起来，等到现在用不更好？"七姥姥依然不依不饶。

"难道你不知道雪里有太多的脏东西吗？睁大眼睛就能看到。"傻子格格更不屑了。

"我这双老眼怕是早就看不到了。"七姥姥自顾自地喃喃道，她放弃说教了。因为傻子格格说出了她办不到的事情。

傻子格格刚走不久，七姥姥就听到他在金门街上扯着嗓门大喊："他们回来了。"七姥姥还未等走出屋门就听到远处传来隆隆大地颤动的声音，男人们的车队正经过。七姥姥和金门街的人们站在街道两旁，欢迎金城的军队。一辆辆携带着军械、粮草、被服等物资的辎重在人们的欢呼声中开进金城。

很多能工巧匠们跟着金城归征的男人们来到金城，束女就是在这个时候出现在人们的视线中的。束女坐在高高的堆满坛子的大车上，晃晃悠悠地驶过金门街的黄泥大道。束女美丽的容颜让所有的人眼前一亮，顿时像感到一丝温柔的春风拂过脸庞转而掠过心田。金门街年轻的酿酒师杜康被束女的容貌摆弄得心里乱乱的，而他分明嗅到了一种独特的酒香，并由此认定束女带的是酒坛子。只过了不久的时间，很多人都知道束女在金城开了一个酒坊。起初，男人们为了一睹束女动人的容貌而去买酒，后来，几乎所有的人对束女酿的酒的兴趣远胜于她本人的美貌。杜康是头一次感到酿酒行业竞争的激烈。

夸父是尽职尽责的城门守护者，每日在日出之前推开金门，日落之后关闭金门，而在这之间的时间，他则用来喝酒。而他和杜康的友谊也是在喝酒过程中建立起来的，他经常在杜康的酒坊里一坐就是一整天，肚子里灌满了醇香的酒，目不转睛地注视着从东往西转圈的太阳。

有一天，夸父对杜康说了一句石破天惊的话："太阳的家在哪里？"

杜康愣了愣，叹了口气，断然说道："你虽能奔跑，但也追不上啊！"

夸父一直对喝酒不付钱这件事心有不安，他也不止一次地在杜康耳边叨叨着："兄弟开酒坊不容易就让我付你点钱，我这样白喝也不行啊！"

往往杜康面色坚定地挥手拒绝，顺手将夸父搁在桌上的钱扔出门外，厉声吼道："滚！"

夸父如果一再坚持，杜康就会说一句噎死夸父的话："什么时候你喝酒喝过了我你再付钱。"

夸父一脸失望，嘀咕起来："这恐怕没希望了。"杜康也很迷惑，自己的酒量为何这么高，最后肯定地对夸父说："一定是天天做酒熏的，倒是傻子格格种的花所散发的香味让我有点醉。"

束女坐在装着酒坛的大车走过金门街的时候，夸父和杜康都被她的美貌引得魂不守舍。

杜康敏感地吸了吸鼻子，空气中弥漫着一股醉人的酒香。"老哥，她肯定跟我一样，酿酒的。"

夸父望着束女远去的背影，失神地说："我还是独身，你也是。"

杜康恍然大悟，笑起来："兄弟你先去试试，不行，我再考虑。"

"没想到金城的独身男人那么多，我的面貌又像马蜂窝。"第二天的黄昏，夸父兴致败落地回到金门街，找到杜康，叹了口气接着说，"那女人酿的酒有一种女人味。"

在束女酒坊的生意日益兴隆杜康的生意败落不堪的那段时间里，夸父坚决不随众人去束女的酒坊喝酒，并忿忿地对众人说："混蛋！都不喝我兄弟的酒啦！"这一次，杜康破天荒地收了夸父的酒钱，无比落寞地说："坛子钱都付不起了。"

杜康在心里隐隐约约觉得是不是应该前去拜访束女，从而学习一些有别于自己的酿酒经验。从金门街通向束女的酒坊路途并不远，可杜康一直没有勇气前去拜访。但现在他对自己在金城酿酒业竞争中的失败感到心灰意冷，他不得不向束女求教。他认真地在酒窖中挑选了两坛自己认为最好的佳酿作为赠送给束女的礼品。在一个晴朗的上午，自信地踏上了求学之路。在柿子树下晒太阳的仓颉老爷爷望着杜康的背影，对正在街对面修葺房屋的夸父肯定地说："这小子要走桃花运了。"夸父若有所悟地笑了。

束女对杜康的拜访似乎早有预感，只是没想到他来得这么晚。当束女闻到一阵酒香飘来的时候，那是一种细微的有别于自己酒的香味，同时她抬头看到了那天的阳光照在杜康怀中光滑的酒坛表面反射出的醉人的光芒。束女有一些无名的眩晕感，她凭借自己敏锐的直觉判断出来者就是人们传说中的"酒圣"杜康，她立刻站在门前迎接这位同行。

束女的眼睛明亮而迷人，杜康丝毫不懂得如何面对，他认为这是可以"灼伤"他眼睛的双眸。杜康的胆怯目光与束女的双眸瞬间交锋之后便逃离了，他几乎是闭着眼睛将手中的礼品递到束女的手中。

"我……我是杜康，和你一样是酿酒的，"杜康是如此紧张，先前的信心早已没有了踪迹，以至于说话时有些语无伦次，"我想知道为什么你酿的酒好。"

束女立刻被眼前的这个真诚的男人所打动，她当即决定告诉他其中的原委，虽然束女已经故去的父亲反复告诫她不能轻易将秘密泄露给别人。杜康一直不敢正视束女的眼睛，他低着头像一个犯了错事的孩子在渴望着束女的宽恕。

"那有个条件你要看着我的眼睛说话。"束女一字一顿地说。

杜康抬起头，看到束女脸上绽开了灿若桃花的笑容，似乎还能闻到一阵芬香，好像傻子格格种的花散发的香味。不过杜康的头又迅速低了下来，他觉得束女真的很美丽。任何美丽的东西都是有攻击性的，杜康觉得这个惩罚太重了，甚至有一些后悔这次的拜访。

束女把杜康带来的酒迅速塞回他的怀里，而这个举动在杜康看来则是束女要赶他走。

杜康的脸腾地红了，立刻说了声对不起就准备挪动脚步转身离去。突然，杜康的右手被一只温热的柔软的手紧紧拉住。

"我是让你把酒坛子打开。我们一起喝酒。"束女的口气略带愠怒。

杜康这一次把头抬起来就再也没有低下去。

金城的男人们为杜康和束女共同饮酒这件事在很长时间里对杜康耿耿于

怀。杜康的的确确在那一天见识了束女惊人的酒量。也就是在那一天，束女告诉杜康自己有别于他人的酿酒工艺，束女告诉杜康她酿酒用一种材料，名字叫"曲"，用麦子、麸皮、大豆的混合物制成的辅助材料。

金城的人们并没有对杜康和束女共处的整整一天里发生的另外一些与喝酒不相关的却必定会发生的事情表示出什么冷嘲热讽，因为在他们看来这似乎是最顺理成章的事情。虽然金城的男人们为此忿忿不平却也无可奈何，束女没有给他们机会，这是不争的事实。

金城的人们都看到在那一天的黄昏杜康在落日的目送中离开了束女的酒坊，而杜康几乎是以左脚踩着右脚的步态摇晃着回到了金门街，对前来搀扶的夸父只说了一句话就一头醉倒在地上。

"我数清楚了束女脚上是只有十根趾头。"杜康说。

酒醒之后，他说："我要给束女建造房子了。"

那一年是傻子格格第十四次看到金门街心里柿子花开，他看到束女在落日的金色晚霞中一步一步来到金门街，身姿绰约。对着金门街的人们嫣然一笑，倾国倾城。"你和我的花一样美。"傻子格格激动地流着泪说。

杜康紧紧牵着束女的手，好像他们的手一直彼此相握，一同走过万水千山，路过森林，路过湖泊，路过沙漠。杜康凝视着她如湖水般深邃的眼睛，良久未语，最后他说："我看不见湖底。"

在一个阳光明媚的午后，他们走进迷雾撤去的森林，春天似乎也是追随着他们的脚步迈进森林，山上的积雪融化了，雪水汇入小溪，淙淙流着，穿过开满鲜花的草地，蝴蝶飞舞。傻子格格像一只活泼的小鹿奔跑在和煦的阳光里。杜康一手拎着斧头，手牵着束女的手，眼光跟随着傻子格格的身影。"你选择木头，剩下的我来做。"杜康挥着斧头冲着傻子格格喊。杜康转过身注视着束女那双像一汪清澈泉水的眼睛，柔情似水，时间仿佛就此停止流动，这幅画面定格在湛蓝的天空下，恒久不变，一晃数年。

束女的酒坊在三天之后就彻底关门了。第四天，金城的人们看到束女用来时的那辆大车把所有的酒坛子一并拉到金门街杜康的门前，金门街人一直都记得那些酒坛子相互碰撞所发出的叮叮当当声，那些声音一直萦绕在金门街的上空，并始终保留在金门街的记忆当中。人们明白金城还是只会有一家酒坊，只不过酒坊的主人变成了两个。

傻子格格在很多时候会表现出惊人的智慧，这一点在金门街人看来就像流星滑过天际，一晃就消失不见了。直到束女来的那一天，她在与傻子格格交谈之后，对金门街的人们说，她认为傻子格格不是傻，而是痴。金门街人勉强接受了这个判断。

那一天，束女在金门街看到傻子格格聚精会神地在摆弄一株红掌花，他的周围绕着一群翩翩起舞的蝴蝶，蝴蝶对傻子格格并不躲闪，而是自在飘飞在他的手足之间。虽然这在金门街人的眼中已司空见惯，但束女对此很诧异：一个人何以能与动物如此亲近？如果一个人对美丽的事物产生执著的兴趣，那么这个人一定不是傻子。

束女走到傻子格格的身旁。傻子格格没有心思去理会别人，他依旧仔细地注视着从金山里寻找来的这株稀有的花，轻轻地用指尖抚摸细致的叶片。这种花盛开于山涧流水旁，周围无杂草，花开之后形状胜似红色的手掌，好像握着什么，花瓣殷红，有一种摄人心扉的香味。

"这种花叫什么名字？"束女明知故问。

傻子格格头也不抬。

"这种花叫什么名字？"束女故意再问。

傻子格格抬起头看着束女，眼神有些迷惑。

"这种花叫什么名字？"束女坚持到底。

傻子格格盯着束女的眼睛，有些生气地说："你别问你已经知道答案的问题。虽然我是个傻子，但你也不能这样做。"

束女不得不对傻子格格道歉。束女又问了他一个问题，并且依据他的回答断定那些传言傻子格格是傻子的人是相当愚蠢的。

"可不可以告诉我，如果有人不小心弄坏了你的花，你要他怎么赔偿？"束女这样问。

傻子格格开始笑了，并不急于回答，思考了片刻，他说："那就让他去田野里捉五十只蝴蝶赔给我。"

过了不多天，一件意外的事情发生了，从此金门街的人们提到此事便垂头丧气，不再相信酿酒业还会有什么好的发展。

夸父当然记得那一天杜康手持斧头一脸欣喜地奔出金门去金山砍伐为束女建造房屋最后需要的木材，而这一去就再也没有回来。当率领人们外出寻找的夸父归来后告诉束女可能出现的意外，一把残存的血淋淋的大腿骨和沾满血迹的斧头已经足以说明问题。在金门街人的一片惊呼声中，束女用那把斧头砸烂了几乎所有的酒坛，怀抱着最后一坛酒发疯似的奔出金门。

翌日，在金门街人焦急的等待中，人们吃惊地看到束女领着一头白斑猛虎走过金门，当着众人的面对老虎起誓："你不把杜康从嘴里吐出来就别想再回金山。"

　　杜康的死在金城的人们心中生出了一团乌云，压在金门街人的心中久久不肯散去。在最初的几天里，人们尝试着想去安慰束女，可到了最后，他们发现其实最需要安慰的是他们自己，于是，大家都不再说话，也都不再喝酒了。

　　夸父是抑制住了自己内心里的悲伤之情，或许男人之间的感情像酒一样醇厚，易久存不易流露。他在几天之后的一个黎明，穿上木屐，背上镢头，推开金门，一个人走出金城。

　　在金山上可以望见金门街的地方，夸父走到了一处平坦的绿茵草地，有几棵参天柏树，他停住脚步，决定在此为他失去的朋友挖一个墓。

　　在太阳浮起东方的时候，夸父掘下了第一块土。

　　在整整一天的时间里，他始终在考虑墓葬该挖成什么形状，是深一点还是宽一点。当金门街人护送着装有杜康遗骨的酒坛子来到这里的时候，人们发现夸父完完全全挖了一个酒坛子状的墓葬。束女到底是不愿意来，她假装说起了疯话："我在等杜康从老虎嘴里吐出来。"于是，大家也没有勉强。

　　夸父这时候站在墓葬旁的土堆上，长时间默默无语，黯然神伤。

　　金门街人将杜康的遗骨经傻子格格的手小心翼翼地放进墓葬里，傻子格格在旁边安置了一盆红掌花。七姥姥忍不住失声痛哭，当泪珠洒落在红掌花状如手掌殷红如血的花朵上，在人们惊异的目光中，花瓣冉冉地合拢，将几滴眼泪包住。

　　在人们垂泪的时候，夸父一点一点将黄土推进墓葬里，他是小心的。

　　在离开的时候，夸父望着残阳，自言自语道："我那些欠你的酒钱你想要我都没办法还你了。"

　　金门街人的生活依然在正常地继续着，人们的生活不会因为杜康的死而中断。夸父在杜康离开之后的很长时间里再也没有喝酒。

　　有一天，夸父仰着头望着天上的太阳一动不动。

　　很长时间之后，夸父对傻子格格说："人要是像你一样不会老去该是多么可怕的一件事情，就像太阳，我就没看到它有过变化。"

　　夸父真的从这时候开始思索生命到底是怎么一回事。他曾对仓颉老爷爷义正词严地说："生命或许就是不断地面临身边的人一个一个死亡的过程，直到自己有一天死去。"

　　夸父仍然忠于他的工作，日出之前推开金门，日落之后关闭金门。

　　束女神秘地带着那只老虎在金门街消失，人们不知道束女去了哪里。一年之后，束女带着那只老虎再次出现在金门街，就像她无法解释她的离开一样，她也无法解释她的归来，但金门街人还是很高兴地接纳了束女。人们猜测束女已经愈合了杜康的死带给她的心理创伤。束女在金门街再次开了酒坊。

从此，束女就再也没有离开过金门街。

因为得到了近乎完美的红掌花，傻子格格试图想把红掌花移植种满金门街，让这种花香飘满整个金城。不过，那株红掌花在三天之后渐渐枯萎而死，这让傻子格格痛心不已。他发现红掌花是不能离开它土生土长的地方的。原本生长红掌花的地方在金山深处，那里的土壤带有动物皮毛烧焦的味道，傻子格格不辞辛苦将那些土壤用麻布袋子运回来一些。可是，红掌花依然不能摆脱很快就死亡的命运。他开始怀疑可能是浇花的水有问题，傻子格格注意到生长红掌花的地方离山泉很近，便取回来浇灌红掌花，红掌花果然一直活到山泉水浇完为止。但路途遥远，傻子格格不能时常跑进金山寻取山泉，他想找其他替代水。傻子格格首先排除了井水和雨水，他认为那太肮脏了。而先前傻子格格认为纯净的浮冰融水也无济于事。

有一天，傻子格格突然异想天开，他想用人的眼泪浇灌红掌花，只是苦于自己从来不会悲伤，也因此不会流泪。

傻子格格拿着一个罐子，兴致勃勃地央求七姥姥哭给他看，把她的眼泪储存起来浇花。七姥姥似乎很生气，抬手就把罐子打碎了。

傻子格格沮丧地又拿了一个罐子，他撞到走过金门街的一名过路人。

傻子格格当即拦住这位陌生的路人，说明意思，那人先是很惊讶，然后睁大眼睛，笑着对傻子格格说："我的小兄弟啊！人只有伤心了，才会流泪的。我现在很开心啊！"

最后，束女答应了傻子格格的请求。傻子格格看着束女在他面前先用眼睛静静地流泪却没有哭声，之后，神奇般地在指尖滚出颗颗眼泪，他顿时呆若木鸡，不敢相信眼前的事情。

束女注意到傻子格格脸上的惊异表情。

束女摸摸傻子格格的脸，像姐姐关照弟弟似的对他说："我知道你的年龄比我大太多，但在我们金门街所有人的眼里，你始终是个孩子，其实你从不愿意长大。那么，允许我以姐姐的身份告诉你，真正的悲伤是全身的每一块皮肤都可以流眼泪而却不发出任何声音。"

傻子格格在回去后的一天里反复咀嚼束女说的最后一句话，在第二天从梦里醒来后认定束女是一只蝴蝶，他兴冲冲地找到束女，并告诉她："你是一只蝴蝶。"因为在昨夜的梦境中，那只在白日里围着他飞舞的最大最美丽的蝴蝶告诉他蝴蝶哭泣的时候也是只有流眼泪而不发出声音的。然后，他高兴地跑去浇花，决定为是一只美丽蝴蝶的束女多栽种几株红掌花。

傻子格格在用束女的眼泪浇灌红掌花的时候对七姥姥说："束女会悲伤，这里所有的人都会悲伤，可我从来不会悲伤，没有流过眼泪。"

几天以后，傻子格格吃惊地看着那些用泪水浇灌的红掌花迅速生枝长叶，在不过半天的时间里傻子格格数着长出的叶片数量，在长出十四片叶子之后，傻子格格看到一朵鲜红如血的红掌花缓缓盛开。

傻子格格端起这株栽种在罐子里的红掌花冲到束女的酒坊，惊魂未定地对束女说："它长得真快。"

傻子格格盼望着红掌花赶快结果。

半个月之后，红掌花没有结果。

一个月之后，红掌花依然没有结果。

三个月之后，红掌花仍然没有结果。

傻子格格焦急的等待终于达到了限度，他垂头丧气地对束女说："用泪水浇灌过的红掌花是不会结果的，因为它开着永不凋谢的花。"

夸父在束女的酒坊再次开张之后的最初几天里，一直在束女的酒坊门前徘徊，踌躇着是否应该进去喝酒，却终究没有进去这个曾经每日都来的地方，因为物是人非。夸父大为不解的是束女从未走出过房屋，也没有邀请他来喝酒，之前夸父将自己所有的钱买成酒坛子送给束女，因为得到杜康的死讯，束女砸碎了所有的坛子。夸父的心情日益烦躁，有一天，当傻子格格捧着一盆开放的红掌花想要送给他时，他将花盆打翻在地，花枝折断。夸父没有想到，傻子格格顿时暴跳起来，愤怒地说道："你怎么敢毁坏花呢？"

这时候，束女缓缓地走来，抱着两坛酒站在夸父面前。两个人在黄昏的时候，开始举坛对饮，他们极少说话，默默地望着日渐落山的太阳。夸父觉得他和束女之间隔着的不只是一个死去的杜康，而是万水千山。

夸父之后一如杜康在时一样终日将时间消磨在束女的酒坊里，他迷醉于束女酿的酒，他和她是极少说话的。夸父是愿意就这样一直陪着束女喝酒，直到老去，但他同时又觉得这恐怕是一个梦。

夸父依然职守于他的工作：日出之前推开金门，日落之后关闭金门。

直到多年以后，因为迁离，人们才终于明白多年前那项试图从金山里挖出金子的工程是多么荒唐，也因此深知，金山里是根本没有金子的，它只是人们心中的一个愿望，而人是要活在愿望里的。那段历史已经没有人愿意提及了，而金城的历史里是不能没有它的。

在偶然的情况下住在金城的那一类相信"金山里一定有金子"的人将带颜色的石头烧熔化了，凝固之后坚硬无比。他们用此方法将石头炼制成了兵器，并且轻易将手持木制和石制兵器的人打败。可是，金子在哪里？这时候，有一个混蛋怂恿所有人将目光投向了金城里种植粮食的人，争夺开始了，于是，战争开始了……

金城的人们一直后悔金城人自己和自己争夺起来，他们突然发现这个世界真的没有办法取得和平。这场争斗很快就停止了，善良的人们是不愿意看到这样的结果的，他们一直认为人们一起快乐地生活其实是最重要的，但他们又很失望，因为金城里的人们只能取得暂时的妥协。似乎从那时开始，金城的水源就像多年前金水河一样渐渐开始枯竭，金井水道因缺少水井的持续供水而变得干涸。没有什么比等待水更让人感到漫长的了，人们放弃了等待金井流出水来的希望。在想尽各种办法无果之后，人们决定寻找一个水源充足的地方，然后迁出金城。

当金城人因为缺少足够的水源而准备迁离金城的时候，傻子格格的年龄已经比步入中年的夸父更大一些。那年秋天，傻子格格望着随秋风坠落一地的红叶子，用一种从未有过的伤感口吻对仓颉老爷爷说："我觉得十年在我看来就是一天。"

"其实，一百年在你也只是一天。"老爷爷抚摸着自己脸上一道道因岁月流逝而沉淀下来的皱纹。

傻子格格像想起什么秘密似的，凑到仓颉老爷爷的耳边，轻声说："今天夸父对我说，'人要是像你不会老该是多么可怕的一件事情，瞧瞧你，竟然比我年龄都大'。其实我并没有觉得什么。"

"你要是觉得有什么就不正常了。"仓颉老爷爷干脆地说。

傻子格格将一片红树叶投进金井里，然后，缓缓地说："我昨天做了一个梦，这口井喷出水来，而金门街就只有我看到。"

仓颉老爷爷没有说什么，也不知道说什么。

"夸父问我懂得爱吗？我说我爱这里所有的人。他说我不懂爱。"傻子格格也会忧愁了。

"是他不懂你。你才懂爱，爱花就是爱美，爱美是大爱，不占有，不索取。"仓颉老爷爷这个时候笑了，他接着说，"我也不懂。因为至少我会老死，而你不会。"

"我会老吗？我会死吗？"傻子格格好像在自问，不过马上自己又回答，"当然。我会老，也会死。不会死的人太痛苦了。"

　　这时候，金门街吹过一阵萧瑟的秋风，三棵柿子树在风中稀里哗啦作响。傻子格格突然高兴起来，像往日一样在金门街上大呼小叫起来。不过，傻子格格还是扔给仓颉老爷爷一句惊人的话："我不想种花了。花美，金城不美了。人们不团结了，金井是不会流出水的。"仓颉老爷爷发现这一天的傻子格格是从未有过的傻子格格，他表现出极少见的成熟。"或许他原本就是这样的。"仓颉老爷爷默默地对自己说。仓颉老爷爷始终没有说出一句话，他不是担心傻子格格听不懂，而是很多话一点意义都没有。仓颉老爷爷从这一刻起才觉察其实金城里最孤独的人是傻子格格。"他的身上藏有金城存亡的全部秘密。"

　　金城的人们因缺少水源而迁离金城是整个金城历史的终点。金城的人们最终选择了离开，没有什么比等待水更让人感到漫长的了。事实上，金井喷涌在几乎所有人因为水源枯竭而迁离金城之后变成了事实，那股水柱是如此汹涌澎湃如此的不可想象，它愤怒地冲过了金门街，像一支不可战胜的军队向金城的大街小巷前进，以至于最后淹没了整个金城，所有的房屋建筑和傻子格格的花园以及所有人留在这里的痕迹通通在这突如其来的浪潮中隐去。从金城迁离的人们站在金山之巅遥望曾是他们家园的汪洋泪流满面，他们或许从水面氤氲起来的水汽中模糊看到金城的所有景象，而内心里却平静得像金城冬天飘过的雪花，落地无声。他们留恋那些用金色的石头建筑的坚固的房屋，在太阳的光芒下熠熠生辉；他们留恋金城在春日明媚的阳光里静静漂浮的柳絮，散发着一丝木头的醇香；他们留恋金城的街道在夏日雨后泥泞中散发出的腐烂气味，偶尔跑过淋得湿漉漉的硕鼠；他们留恋金门街围绕金井的那三棵长着红色叶片的柿子树，和七姥姥用柿子做出来的那一种有独特香味的醋；他们留恋在冬天寒冷的时候喝着温热过的束女酿造的酒……

　　人们愤怒得想要找出任何一个金门街迁离出来的人，质问他们为什么没有及早发现金井出水的前兆，但是又发现这毫无意义，因为即便是留在金城也会葬身于水底，人们不再说话了。这时候，人群里突然传出一句好似惊雷般的声音，那声音振聋发聩地从人群中传来："难道都不知道金门街是有很多人没有离开的吗？"人们这才想起金门街上同迁离大军走出金门的是已经疯癫的夸父，他离开金城之后就向着太阳落山的地方追去，身后追随的是两匹名叫"王屋"与"太行"的骏马，一匹红鬃白马，一匹乌黑马，人们怆然地看着它们同夸父渐渐消失在黄昏时的天边。人们都说夸父是去寻找愿望了。

金城迁离走的人们无法知道，也只有傻子格格清楚那天夸父满心欢喜地牵着两匹马回到金门街发生的事情，夸父希望能和束女一起骑着两匹马离开这里。在带领寻水队伍归来的那一天，金城人聚集在金门街上燃起了篝火像欢度节日一样，载歌载舞，束女将自己所有酿的酒拿出来让大家尽情品尝。起初，大家无限地展望着美好的明天，在那片想象中的沃土良田里，他们建造着自己美丽的家园，大家快乐幸福地生活。可是后来，人们伤感地追忆起了在金城的好像弹指间年华，很多人都发现他们已将生命中的大部分时间留在了金城，痛苦的，欢乐的，都沾染在这片土地上。深夜的时候，人们想到他们就要离开这个地方时禁不住流泪，很多人痛苦着开始说他们要留在这里。或许只有傻子格格看到夸父替束女拭掉映着红色的火光的脸上滚落的泪水。傻子格格在想束女为什么这么悲伤，所有的人为什么这么悲伤，以后大家不是都还生活在一起吗？傻子格格看到束女和夸父始终没有对话，就像他们从前那样彼此默地喝着酒。束女说她不会离开这里的。夸父脸上霎时浮起了黑色的乌云，因为谁都知道留下来就是死亡。不过夸父还是毅然决定陪着束女一起死。仓颉老爷爷也就在这个最伤感的深夜安然辞世，脸上挂着笑容，对于一个活了很久的人来说这是最好不过的结局。人们都看到仓颉老爷爷离开人世的时候天空顿时坠落了无以数计的星星。人们都说这是天空流的眼泪。金门街人在第二天全都震惊于束女自入虎口。当傻子格格告诉夸父在昨夜束女留给他的话，"在没有爱的世界里，活着比死更需要勇气"，夸父的怒气像火一样燃烧起来，他像老虎一样向天咆哮着，然后，拽起两匹马随着金城的迁离大军狂奔出金门，也只有傻子格格听到夸父最后说的那句话："为什么她始终不给我机会，就连一起死的机会也没有。"七姥姥最终还是陪着她的儿子，留在金门街，留在金城了。金门街残留的人渐渐因饥渴而死。七姥姥死时攥住傻子格格的手喃喃地说："我的好儿子，妈妈先走了。"

傻子格格很久不喝水却依然顽强地活着，没有人知道最后他一个人留在金门街都做了什么。傻子格格孤零零在金门街度过了他生命的最后时光，如果有人回到金城，就一定会看到傻子格格傻傻地坐在金井边独自数着柿子树上的叶子，用束女教给他的算术计算着他生命最后的时间，却怎么也算不清楚；就一定会看到傻子格格不会再笑，也不会在金门街上大呼小叫，因为没有人可以再听他笑听他闹，因为他知道金门街已经没有人了；一定会看到傻子格格独自生活的几天时间里用怎样的速度衰老，这个速度比金井边那三棵柿子树的生长速度要快，比那株用束女眼泪浇过的红掌花的生长速度要快，更比金城的人们迁离出城的速度要快；一定会看到有一个小老头终日徘徊在金门街上，而绝对不会想到那就是传说中永不长大永不衰老的傻子格格。傻子格格在独自生活的第三天清晨，发现金井边的那三棵柿子树像他一样在短时间里迅速地枯萎，他费了很大眼力才辨认出柿子树叶子原本的红色已荡然无存。无法想象傻子格格用怎样的力量将那三棵长了数十年的柿子树砍倒，更无法想象他怎样使用自己仅有的缚鸡之力将那三棵柿子树凿成空壳状并排放在一起作为他和他的那些花儿的墓葬。也许只有傻子格格自己可以知道自己是如何死去的，这个特殊的墓葬是那么的宽大，以至于放下了所有他栽种的已经枯萎的红掌花。在晚霞铺满金门街的那个黄昏，傻子格格将最后一棵干枯的红掌花小心翼翼地移放在它们的墓葬里。傻子格格非常恼怒在今天这个特殊的日子里那些蝴蝶来凑什么热闹，而且成群结队地飞来萦绕在他的墓葬旁，他从来没有像今天这样如此讨厌那些蝴蝶，他于是试着挥手胡乱驱赶可是没有任何作用，禁不住勃然大怒："到现在你们还要开宴会。"当他发现那些蝴蝶像断了线的珠子跌入那些花儿的墓葬，像它们来时一样成群结队为傻子格格和他的那些花儿殉葬，傻子格格内心一瞬间涌起了翻江倒海的悲伤。傻子格格终于感到疲惫不堪了，他安然地躺在墓葬中打算沉沉睡去，永不醒来。他感到自己的身体在流泪，就像束女所说的那样，真正的悲伤是全身的每一处皮肤都可以流泪却不发出任何声音。金井一瞬间喷出的那股水柱那么的汹涌澎湃，他欣喜地对自己说除了我他们谁都没有看到那口井真的流出水来。

（原载《萌芽》2006年第十一期）

谁 怕 谁

江南山阴

1.杀手女VS裁缝男

他的职业很偏门，居然是个裁缝。画面上是个一袭长衫五官干净的中年男子。我没来由地就想到张震演的那个裁缝，虽然张震的重头戏在于给巩俐送衣服并受其调戏，我还是觉得那种天真的暧昧让张震看上去更像个偷吃凡果的小神仙，而不像个懵懂无知的人类。①

我的职业就比较热门了。我是个杀手，一般受委托而杀人，然后收取佣金；当然，偶尔我也会为了实验武器和磨炼技巧而追捕通缉逃犯。一个杀手的品质保证首先是能够干净利落地杀掉目标并顺利逃走，然后就是保守秘密。基本上，我过着半隐居的生活，低调再低调。

有一天，我们相遇了。

我杀了芙蓉城第一财主金不换，被一群不知如何闻风而来的捕快追赶。我受了伤，眼看着血一点一点少下去，而那个刺猬头的捕快越发显得龙马精神起来。我身形一矮，进了街边唯一开着门的店铺。我一进去，那店就关门了。我可以看见那个捕快，在街头东张西望，还摆了几个明显是耍酷的姿势。我并不真的希望他快点走，否则乐趣太少；我倒是想看他会不会一家店一家店地来敲门。我失望了。他顶着那个刺猬头，留下一句"后会有期"，就以一个我所见过的最花哨最现眼也最无聊的飞天姿势遁走了。

我进了一家裁缝店。

裁缝：你还好吧？

①　指2005年由王家卫、史蒂芬·斯皮尔伯格、安东尼奥尼执导的三段式影片《爱神》(Eros)之《手》中的人物。

我：还好。我走了。

裁缝：你伤太重，还是养一养伤。

我：多谢。后会有期。

裁缝：那……这个给你。

我：多谢。

我被馈赠了一件黑底绣牡丹的披风。老实说，我一开始的想法是卖掉这件披风换取粮食武器或者一本武功秘籍，可是到最后我却没有那么做。我穿着披风，像个臭屁的女侠，沿着街角偷偷摸摸地走回了自己的家。要知道，我当时的能量几乎就是一平民。伪装成平民而武功高强地活着，与曾经武功高强而确实成了平民地活着，这里面的心理落差太大，完全可以导致走火入魔。

大部分的杀手故事是这样的：冷血无情的杀手最终爱上了某个平凡人，然后带给彼此幸福以及不幸。我有一个前辈说：杀手应该断绝情感培养意志。我同意。我是个有职业道德的杀手。

所以第二天，我又重新回到了那间裁缝铺。我说我想做一件绣金长裳。是大买卖，裁缝迎出来。我一刀刺中了他的咽喉。他的血迅速消失，然后整个人变得苍白虚无。他死了。这样的场面我见得多了，我是个杀手不是么？可是这一次，我突然觉得心口疼痛。因为，这是我第一次为了灭口，杀了救我的恩人。

讲到这里，你该不会还不明白我在说什么吧？没错，这是角色扮演类游戏中最有人气的"江湖"游戏。所有热衷武侠电影和武侠小说的人，几乎都在这个游戏中找到了自己的位置。名门正派、歪魔邪道、隐者居士、市井狗辈，你想干什么就干什么，只是别忘了江湖的规矩。江湖的规矩是什么，我就不多说了，我才不要当个碎嘴的老太婆，虽然我知道曾经有个超级八卦的老太婆差一点就一统江湖了。那是江湖秘闻，刊载在游戏杂志的小说版上。

我百分之两百地理解为什么一个游戏可以那么红火，不费吹灰之力就吸引了超过百万的玩家；我只是无法理解为什么我在一个虚拟角色的扮演过程中，居然感到了心痛。

我有两天没上网，第三天进了"江湖"，我去了那家裁缝铺。我一进去，裁缝迎了过来。画面上还是那个一袭长衫五官干净的中年男子。我微微一愣，说："我想做一件绣金长裳。"然后付了一半定金。

裁缝：客人，您的尺寸？

我：苗条修长型。

裁缝：需要绣成什么图案吗？

我：北斗七星。

裁缝：客人是熟客吗？

我：你说呢？

裁缝：呵呵。过一炷香时间来取吧。

我看着那男人露出一个诚恳不足猥琐有余的笑容来，真想拔刀。我想念那个被我杀了的裁缝。是的，我想念他，就像想念自己犯下的第一桩罪一样。

一炷香时间等于十分钟。我用这炷香时间杀了一个采花贼。这采花贼因为是系统设置的，露出了狂多的破绽，唯恐你不知道他是采花贼一样。我用一柄匕首就结果了他。赏银二十两。可是觉得太容易了。我更喜欢有真人在幕后操纵的大盗，与那种不动声色的智慧型罪犯较量才可以带给我乐趣。当然，我也没有忘记我是个杀手，所以也期待着多出几个金田一那样的捕快。刺猬头是绝对要不得的。

我并没有回去取衣服，浪费了一半定金。事实上，那天所有的裁缝店都来了位要求做绣金长裳的姑娘，付下定金，交谈两句，然后音信全无。我没有发现我杀的那个裁缝复活，我想他或许改行做了别的，诸如道士、酒保、铸剑师，或者干脆退出了这个游戏。我听说了很多人对这个游戏上瘾，也有很多人因为害怕自己上瘾而放弃。我突然开始很认真地思考，我要不要也放弃那个已经修炼到准高手级别的杀手角色。我不想再因为屏幕上某个人的倒下而心痛。

我想我是不是已经上瘾了。

2.水瓶女VS白羊男

陈乐山说要带我去一个网友聚会。我说免了吧，就我这尊容，破坏你玉树临风的形象啊。他大手一挥，允诺请我吃一个礼拜的饭。民以食为天，所以我答应了。

周末，大学后门某小酒家，陆陆续续来了一帮神色诡异的人，不是拿着一本古龙小说，就是拿着一部徐克电影，挺像地下组织接头的。陈乐山拿去的是《萧十一郎》，我嫌他没创意，我带去了自己写的武侠小说手稿。

那天是"江湖"玩家的网友聚会。我见识了杀手组织头头的真面目，一个尊容比我还"个性"的女孩，学物理的，有点严肃。我在心里感叹果然做头头的就是不一样，天人合一了呀已经。几个男孩分别是武当掌门、镖局当家、当铺掌柜、华佗神医，还有一个，他说他已经在江湖死了。我心里一动。

他说他就是金不换。大家哈哈大笑起来。芙蓉城第一财主啊，绝对标准超级地道的铁公鸡，他扶了扶眼镜，然后说："这样吧，今天我请客。"大家欢呼。

陈乐山是这样介绍他自己的："我是行侠仗义玉树临风贼见贼怕盗见盗躲的高手级捕快司马乐山。"武当掌门说："不容易啊，兄弟，这绕口令编的。"华佗神医说："你说了玉树临风了吧。兄弟，趁早把那四个字删了，不然你再高手，也要被人群殴的。"金不换做懵然状："司马乐山？"这时候，杀手头头开了金口："就是那个刺猬头。"

陈乐山挠挠头，笑了。"这位是？"开镖局的问，指的是我。我不说话，我不打算暴露我的杀手身份，我想就算我的头头曝光了，我也得保持低调。陈乐山一搂我的肩："这是我女朋友。"似乎我的长相超过了他们对网友的预期，所以陈乐山在受到了一致的鄙视后又受到了一致的羡慕。"你不玩江湖吗？"武当掌柜问我。"我不玩。"我说。"那如果你要玩，你会做什么呢？"金不换盯着我的脸，考验着我的镇定功夫。"裁缝。"我说，"我想做个裁缝。"

那天玩得很高兴，我们讲着武侠世界里的种种，笑得像个孩子。事实上，我们都已经不是孩子了。金不换工作了两年，其余的都是大三大四。面对着很多的选择，我们艰难而又坚定地做出决定。杀手头头说得好："既然已经身在江湖，为何不可以作为一番？不为世界和平，也为富甲一方。"我为她鼓掌，真不愧是我的头头。后来喝酒唱歌玩国王游戏并且互赠礼物。金不换在抽到国王牌时要了我的小说手稿，陈乐山闷闷不乐。最后我们留下彼此的手机号码和MSN，并且约定了江湖翻脸无情可也。毕竟，游戏世界一旦被现实打扰，总会有气无力起来。

那以后一个礼拜，我有了白吃的饭，觉得太幸福。我是个容易满足的人，我想。陈乐山大概也是看上了我这点，才会厚颜无耻地将我当做女朋友推到网友面前，他只要求我不要否认。其实他是个比我更容易满足的人，我想。

我和陈乐山是高中同学。在他一脸青春痘的花样年华，他便向我表达了他对我的倾慕。我说免了吧，就我这尊容，影响你一百六的智商。当时他还是比较受伤的，于是我为了寒暑假可以抄他的数学物理化学生物作业而答应与他做朋友。陈乐山当时坚信与我做了朋友就有了与我进一步发展的可能，因为我是水瓶女。水瓶女总是朋友遍天下的，然后在某一个夜黑风高的晚上蓦然回首，发现最爱的人一直就在身边。我拿笔敲他的头："你疯了，陈乐山。你是要学理的，少来那些风花雪月无稽之谈。物理卷子好了没有？借我。"他挠一挠头，很不情愿："小飞，真的连个机会也不给我？""机会？

我不是给你了吗？借我物理卷子，证明你智商确实有一百六。"我说，"还有，千万别叫我小飞，像宠物的名字。"据说高三分班后，陈乐山的绰号叫"小飞"。原因是英语课上他睡着了，睡着了也就算了，只要不影响别的同学，英语老师还是蛮开通的，不料他竟然在睡梦中大喊："小飞！小飞！"简直不可思议。他对老师交代说那是家里的狗，前两天死了，影响了情绪。我求菩萨告奶奶千万别让人发现那"小飞"和我孟飞然有什么关系，可是听到他说那是只狗，我却生气了。凭什么呀?!

后来我和高考全省第六的陈乐山进了同一所大学。我读中文，他念计算机。在他开始真正的玉树临风的青春年华的时候，他又一次对我表达了他的倾慕。我说免了吧，就我这尊容，影响你玉树临风的形象啊。他不动声色地说那好，做朋友。我观察着他英挺的眉有神的眼，心里有点彷徨。这是前途不可限量的白羊座啊。只做朋友，会不会有点资源浪费啊？我决定和他做好朋友。我允许他叫我"小飞"，不过严格禁止他养任何宠物。我说如果哪一天你有了真的女朋友，就叫我孟飞然吧，女孩子会在乎的。他瞥我一眼，不说话。我猜不到他心里的台词，有点郁闷，然后打他一拳，叫他请我吃饭。

我是个准素食者，除了鱼虾，几乎不吃什么肉，这一点印证了我是个典型的水瓶女。此外喜欢稀奇古怪的东西，喜欢特立独行的人物，喜欢真情真性的放肆。其实很多人都这样标榜自己，所以判断一个水瓶的标准已经不是这些了，判断水瓶的标准且唯一标准是他或她的出生日期。

陈乐山一直以为请一个素食者吃饭比请一只食肉动物要便宜。在学校食堂，在后门小店，这是真理。为了修正真理，我叫陈乐山请我吃日本菜。比如天妇罗，全是素的，比荤的贵。我当然要点生鱼片啊，我唯一的动物蛋白摄入。陈一脸惊恐："你喜欢吃生的?"我笑："超好吃的，你尝尝。"结果他一边被芥末刺激得流眼泪，一边将生鱼片吐了出来。"太浪费了，很贵的唉。"我叫。他摆了摆手，将钱包掏出来放在旁边。看着他惨白的脸，我吃得更欢畅。回来的时候，受不了他肚子咕咕叫，我还是请他去吃了碗馄饨。吃完后，他面色红润神清气爽，却突然向我哀求道："小飞，别再去吃了吧?"我撇了撇嘴。

3.钉子女VS锤子男

我退出江湖了。虽然头头说有人的地方就有江湖，你怎么退出。我说我只是退出这一个江湖，投入另一个江湖。头头感叹现在的杀手都只有入门级，连杀个系统设置的小贼都费劲，手下无大将啊。我说怎么会，江湖中杀手可是热门职业。头头突然像个中年男人一样，叹了一口带十个颤抖符号的气，世道艰难，杀手不好做啊，要不是我见过头头的真面目，我大概就会以为头头是个略微秃顶略微肚腩略微怀才不遇的男人，现在我只觉得有点伤心，此外还有点惊心：不愧是杀手组织的头头，掩饰得太成功了！

陈乐山请我吃饭的一个礼拜后，我收到短消息，金不换要请我吃饭。我欢天喜地，觉得自己运气真好。陈乐山听说后，抛出了他的臭名昭著的阴谋论：某男请某女吃饭，百分之九十对某女有所企图，百分之十想通过这个某女对另一个某女有所企图。他愤愤地说要不是金不换已经死了，他非得去为民除害。我朝他笑笑，为了安抚他，我承认我就是杀金不换的杀手。他奸笑："我知道。那天追你追到后来不是作罢了吗？"我冷笑："我看见你那迷死人不偿命的飞天遁姿了。就因为太污染视觉，我决定退出江湖了。"

金不换大名何悦风，做软件设计，和我一样退出江湖了。不过他说还是叫他金不换吧，因为十分怀念网上挥金如土穷奢极欲的日子。我问那为什么不玩了呢？他说有点厌倦，就出钱找杀手来杀自己。死了就可以名正言顺地退出了。这句话挺震撼的。我为此深深看了他两眼，觉得他长得还不赖，与画面上那脑满肠肥的恶人样子很有些距离。"写得还不错，你的小说。"他说，"不过看得出来是女人写的。""是吗？"我觉得失败，"哪里看出来？""没有写男女欢爱啊。""什么？"我脸红了。真是个大胆的家伙。我知道网上有很多变态小说以色情为卖点，人气算高了，人品大概有点问题吧。金不换饶有兴味地看着我的脸："刺猬头真是你男朋友？""啊？干吗？""问问呗。""跟你又没关系，别瞎操心。""谁说跟我没关系。我正打算追你呢。""啊？金不换，你还真是该杀。"他顿时警惕起来："你不会是……""没错，我就是行侠仗义玉树临风贼见贼怕盗见盗躲的高手级捕快刺猬头的女朋友。"我吸一口气，道，"满意了？""把你教育得这么好，真是厉害啊。"他神色诡异地笑着。

我说要去超市买点东西，他说陪我去，帮我付钱。我心想陈乐山的阴谋论还真是够准，虽然我也爱贪点小便宜，但绝不想因小失大万劫不复；我说免了吧，就我要去买的那东西，你一个大男人会不好意思的。他说有什么啊，大不了卫生棉。我一愣，他居然随口就说中了，估计是个经验丰富的男人。我也顿时警惕起来。

收银处排队，我们看上去像一对小夫妇。他掏出钱包来的时候，我想：天啊，我竟然和金不换一起来买卫生棉。疯了。坐自动扶梯下楼，他突然说："第一次给女生买卫生棉，怎么居然是你？"我们对视三秒，然后仰天长笑。我们身前一对银发苍苍的老头老太带着几分艳羡的表情回头看我们，然后深深地凝视了对方一下。他们或许也想起了他们的年少时光；青葱校园里英俊的少年和娴静的少女，彼此情根深种，相约与子偕老。

这小小的插曲我没有讲给陈乐山听。我只说我敲了铁公鸡金不换的竹杠。乐山微笑着说："好样的。有志气。"

那个星期，陈乐山突然出名了。原因有两个：其一，他不晓得搞了什么课题，反正获了个全国一等奖；其二，某女生在他寝室楼下向他大声表白。据说住同一幢楼的分别有两个名叫"陈勒杉"和"程乐申"的男生因为那女生的表白而心脏狂跳血压狂飙，不同程度地出现了轻微的精神分裂症状。此事成为美谈一桩。人们充分意识到表白时一定要口齿清楚地喊出心上人的名字，不然伤到无辜群众总是不好的。

周末到校门口等金不换来接。看见陈乐山与一花容月貌的女子并肩而立，心里一动，走过去打招呼。那个女孩子大方地握我的手："你是孟飞然吧。我叫郭云飞。你是乐山的死党吧？呵呵，我是他女朋友。"她这么大方地介绍着自己，我不晓得我该说什么。陈乐山看着路边的CD摊，我突然就难过起来。这时候，金不换走过来搂住了我。"陈乐山，你的死党要做我女朋友了哦。"他说。陈乐山霍地转身，郭云飞挽住了他的手臂。

坐在金不换的二手小别克里，我哭了。我一直觉得我是个理智的水瓶女，所以才可以将杀手练到准高手级别。这并不是很容易。杀手需要克制情绪培养意志，我是同意的。所以我对自己为杀一个裁缝灭口而心痛感到恐惧。我觉得我的感性正在复苏，我害怕有一天我成为泪眼婆娑多愁善感的林黛玉。我不知道是中文系待久了被同化了，还是压抑着的野性的呼唤爆发了。我感到惭愧：为什么第一次在男人面前流泪，居然是金不换？金不换不愧是个见过世面的财主出身，他递纸巾给我，轻声问："要不要去看场电影？"

看的是《天生一对》，我几乎就要将自己代入到杨千嬅的那个角色中。什么也没什么了不起，先给我好好活着，一切自有云开雾散之时。后来去吃了日本菜，我吃得像小毛驴一样高兴。只要有高兴的事，总是可以忘记不高兴的事。而其实，我又有什么事可以不高兴呢？陈乐山找到女朋友，他终于要停止对我的倾慕；不过我身边，还是有个为我付账的人呢。我看着金不换，他正大快朵颐，嘴角有些微绿色的芥末，我将食指伸过去，抹掉了那点芥末。他抬起头来，露出一个幸福的微笑。"你不快点吃，我可不客气哦。生鱼片我超爱的。"他说。我当然不会客气。

那天晚上结束在金不换的一个比喻里。"飞然，你就像一枚钉子。而我是一把锤子。我已经把你深深钉进这里了。"他指指自己的心脏。我没说话，只是看着他。他突然手足无措："该死。果然不行吧。什么《求爱必胜一百招》，烂书。那个……那个……其实我老早想……"我吻了他，将他的口齿不清吞没。这是我第一次亲吻适龄男性，我也没想到竟然是金不换。

这个世界上总是发生很多意想不到的事，我们时常感觉上帝和我们开了一个玩笑又一个玩笑。好笑吗？真想问问那个主宰万物的男人。看我们分分合合爱来恨去的，好笑吗？我问金不换如何知道我不是陈乐山的女朋友。他说就算是他也还是想追我，然后做了个往心脏锤钉子的动作。"我不想错过我喜欢的人。"他说。我问他生日。四月八号。果然是白羊男，主动型。和陈乐山不过差了两天。

4.不败女VS永胜男

说实话，郭云飞确实是个才貌双全的女孩，给陈乐山当女朋友似乎还有些抬举了他。我一只手搭上他的肩膀："好小子，艳福不浅。"他轻飘飘地将我的手挪开："你答应金不换了？""什么？""别装傻。你知道我说什么。"我远远看见郭云飞走来了，我点了点头："没错。找个财主当男朋友也不赖。"我嬉皮笑脸。"在说什么？"郭云飞问，她看了我一眼，然后深情注视着陈乐山，像足了黄蓉看郭靖的表情。"没什么。在讨论今天吃什么。"陈乐山率先回答，"你想吃什么？""吃火锅吧。""好。去小肥羊。"他们看着我，我说："我不喜欢吃肉的，不合算。你们去吃吧。""不好吧？"郭云飞犹犹豫豫地说。"没什么不好的。这家伙不吃肉，去了反而受刺激。那个，我们先去吃了。你找金不换要不？"陈乐山说。看来他是有心要甩掉我这颗灯泡了。我说："没问题。"接着转身走了。我得先走，他们的亲昵便留给别人去欣赏。所谓郎才女貌天作之合。我想我千万不要影响他玉树临风的伟岸形象啊。

金不换出差去香港，他问我要不要带什么名牌包包化妆品之类。我说不用，我还没到要靠品牌来维持尊严的地步。他说那想要什么礼物。我说想要你快点回来。他说肉麻。我也抖落一地鸡皮疙瘩，不晓得自己哪根筋搭错，说出这样迷人的情话来。他很认真地说放心我一定尽快回来。放下电话，我狠狠打自己的头。不要对我太好，我会害怕的。

  郭云飞的父母都是公务员，早早安排了女儿的工作，所以郭云飞得天独厚地享有优雅从容的气质。是有这样一些人的，仿佛生下来便只为做"出类拔萃"、"一帆风顺"的注解，让人没来由觉得天道不公。连同她与陈乐山的恋爱，也顺利得让人嫉妒。我是这么认为的，直到陈乐山在后门小店喝醉，我接到店主的电话，叫我去付账接人。我想吃了他那么多饭，为他付一次账也是理所应当，以朋友的立场，我终于可以去得理直气壮。

  "她说她父母也为我安排好工作了。机关文秘。真是好笑。叫我去做机关文秘?!"陈乐山又喝一口酒。我没话说，只好陪他喝。"小飞，你说凭什么呀？啊?"他拉着我的手，"你说，我要不要去?""不想去的话，就不要去。你不是想去留学吗?"我说，借着酒劲，我大大方方地劝他，"去想去的地方吧。做想做的事。郭云飞不会怪你的。"他看我一眼，大喝一声："好。听你的。"其实我们都没有醉，我们只是需要酒精的力量，我们只是需要一些胆量。世界上大部分人都很胆小吧？怕蟑螂，怕老鼠，怕面对困难，怕一败涂地，怕自己的真心遇不到另一颗真心，怕被拒绝背叛伤害。我们因为害怕，所以连开始也没有开始便对自己失望了。

  第二天，我目睹了他们的吵架。郭云飞连吵架的样子都那么好看，果然没有辜负陈乐山的仪表堂堂。"你走了，我怎么办？不要走。我们一起做公务员，都安排好了，还有什么可挑剔的？你那么想远走高飞吗?"郭云飞拉着陈乐山的手臂。"我想去美国。我不想一辈子坐办公室看报纸。""那有什么不好？多少人求也求不到。""可是我不喜欢。""乐山。你别生气。我们再想办法，啊?"怎么看怎么觉得陈乐山太不懂得怜香惜玉了。陈乐山看见了我，然后郭云飞也看见了我。然后整个状态都不被控制了。郭云飞跑过来："孟飞然，你帮我劝劝乐山吧。公务员的工作有什么好不满意的。再说要出国的人老早就准备了，他都已经晚了。"陈乐山过来拉了拉郭云飞："你跟她说干吗？是我们两个的事。""她不是你死党吗?"我这个死党终于开口了："云飞，让陈乐山走吧。让他去做点喜欢的事。"陈乐山愣在那里，而郭云飞突然冷冷地看我。她接着优雅地转身离去，只有我和陈乐山讪讪地站在那里，像两个游戏中的木头人，看谁先动谁就输了。

  晚上和金不换约在旋转寿司店。我拖着鞋还没走到门口，已经被他一把抱住。"下次出差我要申请带你一起去。"他诡异地看着我笑，"不过似乎女朋友不能带的，变成老婆的话可能可以吧。"我眉毛一抬，什么意思？"傻瓜，求婚啊。"接着，变戏法一样变出一大捧花和戒指来。那是我第一次看见钻石戒指实物版，不是不动心的，但是我用什么理由接受呢？过路的人们满含笑意地看着我们。电视剧情街头真人演绎，走过路过不要错过。后来我哭了："金不换啊，我怎么能嫁一个恶贯满盈的财主呢？"

我又开始做杀手了。原来的账号，准高手级别。头头说你终于回归了。我说看来我不是一匹好马。头头到底是头头，她说：不管你吃的是回头草还是前头草，只要吃得到草，就是好马。这话有水平，虽然明显抄袭了邓爷爷的名言，在我听来，还是如同醍醐灌顶。我是一匹好马吗？我摇摇头，切，今天先拿几个毛贼练练刀。不管大头鬼刀还是小李飞刀，杀人见红才是好刀。头头夸我悟性好，我嘿嘿冷笑：史前史后唯我不败高级杀手史不败重出江湖了。没错，就是那个单枪匹马杀了芙蓉城第一财主金不换的史不败。

我陆续接了好几单生意，顺利得让我怀疑现在玩江湖的都是些什么人啊。怎么一点水准都没有，让我高处不胜寒起来。我甚至央求头头多主动联络联络客户，头头骂你当你是杀猪的啊，谁家要吃猪肉就来找你。你杀的是人好哦？我说那我去做赏金猎人了。头头又骂你有强迫症啊，给我好好低调低调。

我于是开始兜裁缝铺，一间一间地兜，像个搞市场调查的。我说我要做一件披风，黑色绸缎，绣金色牡丹。我无法观察裁缝的表情，屏幕上的卡通形象都是一样大眼睛小嘴后现代主义，我只好从裁缝的只言片语中来判断。没错，我还在怀念那个裁缝。人们说有些东西总是无法忘记的，比如初恋情人，比如第一次欢爱，比如某些奖赏和惩罚。直到我们死去，我们依然有惦念不舍的东西。放不下。只好心甘情愿地记得，并且受其折磨。

有一个裁缝很特别，他居然问我还要不要那件绣金衣裳了。我说绣的什么图案，他说北斗七星。我于是和他聊了很久，像两个莫名其妙被所谓缘分拉到一起的男女。我记住了他的店，我想我会再去。很快接到任务，头头说我是被指名的。我做仰天长笑状：谁叫我是史不败呢？要去杀的是一个帮派的头目。那幅画像看上去就是个奸淫掳掠的恶人，据说防御力比较强。我突然想起来万一这次也走漏消息，刺猬头还会来追我吗？我知道刺猬头退隐，他正在全力攻GRE，是凶险千倍的战场。我不能打扰他。

我去了裁缝铺，那个裁缝给我做了披肩，果然与原来那件一模一样。我微微有些兴奋。然后一鼓作气闯进了城南帮的总坛。我被埋伏了。寂静平和的花园盛放着四季鲜花，我落在墙角，思考着路径；突然貌似无数人从我的四周出现。各种武器同时挥舞，我的鲜血狂飙，生命值迅速下降，简直像一只被所有人抛弃的股票。我拼了老命逃跑，这次我连那头目的影子也没见着，就这么狼狈地走了，真是奇耻大辱。最后一点血流尽的时候，我躲进了裁缝铺。现在我是个手无缚鸡之力的平民了。我镇定地看着那个裁缝，我很奇怪为什么我的后面竟然没有追兵，看来玩江湖的人果然智商下降了。那裁缝很冷静地拿出一件绣金衣裳，然后拿出了一把剪刀。当裁缝的，怎么会没有一把用起来得心应手的剪刀呢？然后，他把剪刀捅进了我的身体。我于是变得苍白虚无。

我并不为我的失败感到遗憾，因为我早已被陈乐山教导一切不过是阴谋，看你有没有本事识破并且加以利用。就像一个程序，不过是简单的条件结果，在诸多的关系中，我们迷失于表象的华丽和残酷。我们忘记是我们自己种下了前因。

头头很生气，我不。也并不想知道到底是谁对我这样恨之入骨。我反而有点轻松，因为我可以放下了。

裁缝发一条消息过来：我是郭云飞。

金不换约我周末看电影吃饭唱歌，他说你想玩什么就玩什么。我诡笑："你不会想再求一次婚吧？拜托，我还没毕业唉。""小飞，你伤害我自尊心了。"他说。我连忙道歉："对不起。我以为财主的脸皮都比较厚。""我是认真的。""哦……是吗？"我突然没话说了。除了"对不起"，我想不出我该说什么。那天我们在学校后门的小小日本店里吃火锅。生鱼片要预约的，所以没有。叫了酒喝。隔壁桌是日本留学生，叽里呱啦，让人不爽，我在心里暗骂"鬼子"。金不换表情怪异，他突然朝留学生大喊了一句日文，然后隔壁就安静了。他居然还会日文。"分手吧。"他对我说。

其实我一直觉得金不换是个人才，从我知道了他花钱请史不败杀他自己开始。这样一个白羊座优秀人才，上一次对我求婚，这一次却宣布分手。果然是个人才啊，什么事情都出人意料。我舀了一勺豆腐，真好吃。可惜眼泪滴进碗里，稍微有点咸了。

我们的手握在一起，像老朋友一样。当他对我表示倾慕的时候，我已经懂得了要珍惜男人们对我的倾慕，那是宝贵的东西，不是想要就可以有的。我想他将来一定会很成功很成功，只要没有我的拖累。

我吻他当做告别。我说："何悦风，你是个好人。"

"如果可以的话，我才不要做好人。我只是一把寂寞无助的锤子。"他说着捶起胸口，做猩猩状。

我们都笑了。我想其实我们都是聪明的人。

陈乐山被我在食堂里撞到，居然真的是刺猬头造型。我走过去参观了一下："兄弟，够有型。""拜托，这是爱因斯坦头，俗称鸟窝头。"他顶嘴，看来也没得什么内伤。他和郭云飞分手了，正准备着考试和出国咨询等等事宜。确实是有点晚，不过我对他有信心，就算是末班车，也一定会让这个智商一百六的家伙赶上的。

我看着他笑，他看着我莫名其妙，然后问："那财主呢？""哦，他又出差了。这次去日本。""不错嘛？小别胜新婚。""那个，其实，我们分手了。"我说得君子坦荡荡。"啊？"陈乐山的筷子很不合作地自他手中滑落。"干吗？又不是火星撞地球，没事的。"我说。"那个死财主，等我考好了，非……""非什么呀非？"我夹一块牛肉给他，"先给我好好考。"临走，我又看了那刺猬头一眼："嘿，其实，这个发型还蛮适合你的。加油。""那还用说？"他做了个V字手势，"我可是玉树临风的大捕快。胜利永远属于我。"

我去F大参加一个研友见面会，没错，我决定考研。看见陈乐山那拼命的样子，我觉得简直太酷了。虽然我对爱因斯坦头持保留意见，但人为了一个目标奋斗的样子还真是迷人。我是个理智的水瓶座，如同我做杀手一样，我有自信完成任务。即使这个世界上存在很多的意外和阴谋。

在F大的小吃一条街居然看见了郭云飞，她与一个高大的男孩走在一起，仍然是一副郎才女貌天作之合的样子。她看见我，走过来。"对不起。"她对我道歉。"为什么？""你知道的，对不对？""知道什么？""陈乐山那家伙，还是很喜欢你。我不过自作多情。""云飞，你那么漂亮，那么优秀……""那又怎么样？喜欢一个人，不是喜欢她漂亮优秀就可以的。"她撇一撇嘴角，露出一个美好的笑容，"飞然，你比我幸运。"

我从来也没想过我会比郭云飞更幸运，连从来不败的史不败也败在她手里，我想她是个厉害的人啊。

5.狂笑女VS泪眼男

复试那天，上午笔试，下午口试，中午吃午饭。我在F大的馄饨店居然遇到了杀手头头。我不动声色地坐到她对面，与她对看。"你是那刺猬头的女朋友，对吧？怎么来这里？"果然是头头，记忆力超好。"我考研，今天复试。""哦，下午面试吧？别紧张，把你知道的说出来就可以了。不知道的就说不知道。""谢谢头头指教。"我诡笑。"头头？你是？"头头的穿透力十足的眼神自眼镜后射向我，满脸狐疑。"我是史不败。"我说。"哦。是你。好小子。伪装得很成功嘛。""哪里哪里，还要跟头头多多学习。"我说，像个小跟班的口吻。"要考来这里？""嗯。""难怪你没有复活。那个裁缝是什么来头？""你不是比我知道得还清楚吗？""那个裁缝杀了你就人间蒸发了。真是造孽。""没什么的。反正我要准备考试，死了就可以名正言顺退出了。""别这么说，跟金不换一个腔调。他呀，不止买杀手杀自己，还演戏把裁缝也杀了。""唉？什么意思？""金不换两个账号啊，一个财主，一个裁缝。你杀的那个啊。不记得了？"

面试不算成功，高手如云，我这个准高手到底有些底气不足。不知道的固然不知道，连知道的也没有回答好。我只是笑着说我对这个专业很有热情，像个傻傻的姑娘。离开的时候，觉得胜算不大。

所以，被通知说录取了的时候，真的高兴得要跳起来。我在学校食堂里挥舞着手机放声大笑，引来侧目。没关系，没关系，今天让我疯一疯。

我找了金不换。看见他的小别克出现在校门口，我的微笑就变成狂笑向他席卷而去。"哈哈哈，金不换，我被录取了。哈哈，走，去吃日本料理。""真的？恭喜恭喜。"他也高兴。"最近怎么样？"我问。"老样子。寂寞的中年男人。""什么？你中年？那我怎么办？我还想当青春无敌美少女呢。哈哈。""开心成这样，真是刺激人啊。今天你请？""别那么小气嘛？第一财主唉。"我打他两拳。

津津有味地吃着生鱼片，我问他："是你送我披风的？""什么披风？""就那件黑色绣牡丹的。""哦，那件，怎么？""没怎么，你的嘴角，又有芥末。"我说着，一指头过去。"嘿嘿，不晓得为什么，跟你分手后斯人独憔悴啊。我，是不是做错了？"他的表情像个孩子。"你一早知道我了吧？""那次聚会才看见你啊。""没关系了，其实，我想说句'对不起'。我是史不败。""哦，你说这个啊。我已经很久不玩江湖了。"他装着傻。我哈哈大笑起来："金不换，你是我的贵人，你知不知道？我爱死你了。""啊？你爱死我，那刺猬头呢？""刺猬头？我得要他好好活着，不然我下半辈子怎么办？""你们果然……"

刺猬头被LA的一所工科大学录取了，在他忙着写推荐信、面试、签证等等一系列繁琐的程序时，我只是偶尔发条消息给他。比如问候一下他的发型了，推荐一种新的维他命片了，或者发张我狂笑中的照片过去吓唬吓唬他。

陈乐山，你是我的好朋友。我衷心希望你前途美好风云锦绣。我衷心希望你身强力壮神采奕奕。同时，我衷心希望你在你玉树临风的青春年华的尾巴上，继续你对我的倾慕。因为，我已经蓦然回首了，灯火阑珊处正站着一个爱因斯坦头。呵呵，如果我可以叫你一声亲爱的，也请你叫我一声蜜糖。我要用实际行动来证明，我到底是个典型的水瓶女啊。

陈乐山打电话给我，大呼小叫的。他说他刚和金不换一起吃饭，两个人现在称兄道弟了。"你，真的?"他问。"什么真的假的，喂，我还在吃饭，你别打扰我消化道。"我说，"在哪里? 当然在食堂了。"十五分钟后，我摸摸胀鼓鼓的小肚子，正要走，陈乐山冲进来。他一把扶住我的肩，大口喘气:"你，你，真的同意了?""同意? 同意什么?"我说。"你，你就招了吧。做我女朋友? 好不好?""你先给我站好了。有你这么逼问的吗?""嘿嘿，我就知道。"他傻傻地笑了，看上去又像个奸商。奇怪，我的蓦然回首就看到这么个家伙? 不过，我还是认了。我已经不做杀手了，没有必要再控制情绪了。我要做的，只是扬鞭上马快意恩仇，这个潜力无穷的英俊男子，怎能辜负他对我十年如一日的倾慕?

他走的那天，我去送他。和他爸爸妈妈打过招呼，他大方介绍说:"孟飞然是我女朋友。"我亦大方说:"叔叔阿姨，我是他中学同学。"我送他一把黑色大伞，他亦送我一把粉色阳伞。我们对视而笑。其实思念是不需要理由的，但是如果有介质传递，则思念的强度和频率都会有所增加。我想我连大太阳也要打伞，估计是我想他会比较多吧。

我与他告别吻，看见他眼里竟然泪光闪闪，媲美十克拉方钻。我说:"陈乐山，你少得意。我跟定了你，还指不定怎么折磨你呢。别以为是个捕快就比我做杀手的强。"

他绽开笑容:"谁怕谁?"

"谁怕谁?"我说，心如蜜糖。

(原载《萌芽》2006年第十二期)

李明为你讲个爱情故事

李　明

但是，我个人认为这件事该由我来讲述。换句话说，只有我朱三爷才有这个权利。至于李明，他是个骗子。嗯，我再强调一遍，那小子是个纯种的骗子。他竟然要向别人讲一件他一眼也没有看到的事，你说荒唐不荒唐。李明这家伙是个中介，你要知道，他像其他的中介一样坏。他不会，也根本无法告诉你真相。

因为，目睹事情全过程的只有我——朱老三一个人。

我叫朱老三，男，汉族。天宝十三年生于应天府。身高六尺一寸，无不良病史。在此需要特别强调的是，未婚。有意者请火速与我联系。联通用户发送zf至××××，移动用户发送lm至××××，激情好礼等你拿。

我像校园文学里的男主人公一样，阳光，帅气，高大，头发遮住眼睛，篮球打得很好，学习成绩也很好。每天骑一辆单车在校园里到处晃，偶尔带个女生。我个人认为我应该像他们一样有个很帅的名字，比如什么什么枫，什么什么冰，或者是笔画很多看起来很个性的名字。但遗憾的是，我的名字却是朱老三，只能怪我父亲朱霸天不会取个好听的名字配合这浪漫的情境。

我像武侠小说里的男主人公一样，一开始是个武盲，后经高人指点，习得一身上乘武功。后来在与恶人的一场拼杀中，不幸坠入山崖。但我显然没有死，而是被世外高人所救，练成一套旷世绝学。然后重现江湖斩妖劈怪，伸张正义维护人类和平。就是大陆版地球超人。

我祖籍山西，生于商贾世家，四代单传。我们朱家在应天府也算得上首屈一指的名门望族。我们朱家店铺遍布四海，经营范围也颇为广泛。小到摆摊卖大粒丸卖盗版书，大到勾结波斯人贩卖个军火什么的。我们也很重视买取冠名权扩大知名度，产物有"首届朱家军火杯大唐帝国蹴鞠超级无敌联赛"，"第七届朱霸天杯少年儿童作文大赛"。

李明刚才过来提醒我说，朱家应该家道中落，这样才有故事好讲。我想了想，似乎很有道理。

于是，我的父亲先是卖掉了良田千顷，后来实在是走投无路又卖掉了祖上传下来的豪宅，我们全家人只得搬回山西老家的一个小院。

但是，我个人认为做人应该有点创新，我是说，朱老三是一个不拘于传统的人。嗯，我再强调一遍，我是一个不拘于传统的人。所以，我爸爸朱霸天并不是像小说里写的那样嗜赌成性输掉了家产。他不是败家子，他从来就不赌博。我的父亲面对着繁荣昌盛的大唐帝国，面对着滚滚而来的经济热潮，当时只是想把家族产业进一步做大做强，才作出了令他后悔终生的决定：倾其所有进军新兴的IT产业。但是，随之而来的安禄山政变将整个帝国推入深渊。于是，我朱三爷就成了落魄公子。

不过，那是我刚出生时候的事了。现在已是代宗大历九年，全民族安定团结，经济发展势头良好。百姓关于战争的记忆早已远去，社会主要矛盾已经由汉族与少数民族的矛盾转化为人民的内部矛盾。百姓都在思考怎样才能把自己的精神文化生活变得丰富多彩健康向上。

老人曰，温饱则思淫欲。这话虽然很对但闻之不雅。用与时俱进的观点来看，这话应该说成，人民的物质文化生活丰富了，就应该享受一下感情文化生活。

于是，我决定找个女朋友。

需要声明的是，在爱情观上，我是一个很传统的人。嗯，我再强调一遍，我朱老三不是个随便的人，我很传统的。我喜欢纯洁的女孩子。嗯，我再强调一遍，我喜欢纯洁的女孩子。在这样一个经济发达却世风日下的社会里，大家都知道这样的爱情观意味着什么。但是我心中始终有一个信念：只要功夫深铁杵磨成针有志者事竟成世上无难事只要肯攀登，所以我决定，哪怕走遍千山万水，也要找一个单纯的女孩子回来。至少，也得是个处女吧。

我首先试图在网上找一个。试问，作为一个即将迈入8世纪的青年，怎么能忽略这种先进的社交方式呢？并且我个人认为网上恋爱是一件时髦又很浪漫的事。我总有种感觉，网上所有的女孩子都是很纯洁很纯洁的。

如你所知，网上有很多交友网站，只要用手机注册就可以成为VIP会员参加交友活动。对这事我很慎重，听说很多网站都是骗人的。毕竟是一辈子的事，岂能草草找个网站就交付终身？所以我花了一个月的时间用于调研。此时的我已然是成年人了，所以就在成人网站中选中规模最大，会员最多，由人气小天后红拂做形象大使的"大唐浪漫之夜超级成人交友网"。介绍里说这是全亚洲最大的成人交友网站，除东土女子之外，还有波斯天竺等国佳丽。更重要的是，这个网站非常正规，每个会员都有照片及详细的档案。我在茫茫的照片海洋里，一眼就看中了一个叫做"心碎的冰咖啡"的女子。档案中说她来自遥远的毛里求斯。

她那清纯无瑕的面庞似曾相识，她那淡淡的微笑让人心醉。最近时，我离她的照片只有0.01公分，一分钟后，我爱上了这个女人。我的眼角湿润了，一股五色液体顺着我的脸颊流了下来，我不禁潸然泪下泪流满面。她为我而生，为我而亡。这显然是上帝为我们安排好的，让我们在茫茫的人海中通过网络相识，相知，相爱，然后隐居山林，然后结婚生子，然后安度晚年，然后合葬在一棵白桦树下。世界是多么奇妙。感谢主。

但结果是令人失望的，一个月后，我发现"心碎的冰咖啡"注册之后就再也没有登陆过。我从此茶不思饭不想，整日整夜不能入睡，她的脸总在我的脑海中浮现。我站在星巴克门外咬着一根哈根达斯，一边泪流满面一边莫名地笑着。

李明刚才又过来提醒我说，影视剧里的男主人公遇到这种情况会长出零乱的胡子茬，嘴唇干裂，有气无力地看着窗外（他们中毒时似乎也是这样的）。

所以，我决定这时候也长出零乱的胡子茬，嘴唇干裂，有气无力地看着窗外。

直到有一天，听人说官府正在严打网络诈骗网络色情，大唐浪漫之夜超级成人交友网作为其代表首先被封。据查该网站的女会员均系该站站长、来京无业人员万某伪造。面对此情此景，我的心情久久不能平静，我望着浩瀚的星空掩卷沉思，不禁泪流满面。

于是，我决定远赴长安寻找那份属于我的爱情。我预感到，一个纯情的女孩子正在祖国的心脏——长安，默默地等待着一个名叫朱老三的男子。她为他而生，为他而亡。这显然是上帝为我们安排好的，让我们在茫茫的人海中在长安相识，相知，相爱，然后隐居山林，然后结婚生子，然后安度晚年，然后合葬在一棵白桦树下。世界是多么奇妙。感谢主。

作为一个英俊潇洒却没有英俊名字的男孩子，我从邻村苍峰云那里偷了头驴子。"苍峰云"这个如此适合我的名字被安在那个老光棍身上让我很不爽，所以我选择了他下手。其实我知道我应该骑个日行千里夜行八百、通身纯白的高头大马去接我的那一半，但遗憾的是，苍峰云那里的确只有这头被骗过的灰毛驴。

于是我倒坐在它的小屁股上，浩浩荡荡直奔长安。

长安不愧为伟大祖国的首都，街道上熙熙攘攘，这种景象在山西只有赶集时才能见到。我骑着毛驴穿大街过小巷，来到长安最大的酒楼——溢香园大酒楼前。

我一拉驴缰滚鞍下驴，将驴缰绳交给迎出来的店小二："这是上等的宝驴，要用上等好料喂得饱饱的！出半点差错大爷唯你是问！"

"好咧！"

我一甩前襟，昂首大步走上二楼。李明说随便找个酒楼坐一会儿，会有恶少强抢卖唱少女，只要在那千钧一发之际使出我的绝世武功将他们制服，就可以抱得美人归了。

我找了个靠窗户的位置坐下，一个头戴白色布帽肩上搭条毛巾的店小二赶忙过来为我擦桌子。正在这时有对卖唱的走了过来。根据我看小说听评书的经验判断，前面的老头是爷爷，后面抱着琵琶羞答答的是孙女，并且这祖孙二人无依无靠，以卖唱为生。

"大爷，听个小曲吧？"老头哈着腰恭恭敬敬地问。

老头深深的皱纹我个人认为很性感，但更性感的是他的孙女。她穿的是红色小袄，两条又黑又长的辫子扎在脑后。她虽然长得很漂亮，但真正吸引我的并不是她的长相。嗯，我再强调一遍，我是一个有品位的人。我是说，我是一个诗人。我朱老三作为一个诗人，不会像那些凡夫俗子一样只看外表的东西。可惜她穿着小袄，不能看得很透彻。

"嗯，不错。"我微微点点头，轻声说道，"一看就知道姑娘精通乐理。在下不才也是爱乐之人，与姑娘真是相见恨晚啊。"说着我掏出一支笛子，"在下一直有一个心愿，看来今天终于能够实现了。不知姑娘是否愿意在月圆之夜紫禁之巅与在下合奏一曲《舒克贝塔》呢……"

我还没有说完，一群身强力壮的汉子簇拥着一个穿书生袍的青年男子走了过来。

"哟，小姑娘长得真俊俏啊。"恶少摇着扇子轻佻地上下打量着姑娘。

"公子爷，您有事吗？"姑娘的爷爷慌忙过来挡住他，赔着笑说。

"没事，就想让妹妹陪大爷玩会儿。"他说着一把推开老头，用扇子挑起姑娘的下巴。姑娘吓得急忙躲开。

"这位大爷，我们可是卖唱不卖身啊。"老头带着哭腔央求道。

"哪里轮得着你说话了。"旁边一个打手一脚将老头踢倒在地。

老头倒在地上，从嘴角流出鲜红的血来。姑娘扑过去大哭："爷爷！爷爷！"几个打手上来将姑娘抱起转身就要走。当然了，在这个紧要的关头，少侠客朱老三就该出手了。

我大喝一声：“哪个敢动！乾坤阴阳无敌大剑客朱老三在此！”这声吼声若洪钟，久久在屋子里回荡。恶少和他的打手们被吓得一哆嗦，呆住原地。我上前一把抢过姑娘，朗声道：“光天化日，朗朗乾坤，天子脚下，大邦之地，尔等竟敢强抢民女，王法何在！”

“王法，老子就是王法！小的们，给我上！”恶少回答得中规中矩，一挥手打手们便一齐冲了过来。

我先使一招化骨绵掌打倒一个打手，然后又使一招冲击波打倒一列打手，然后用二段跳跳起来对着地上一点，然后地上就爆炸了，然后打手们就都死了。只剩下那个恶少缩在角落里瑟瑟发抖。我走到他面前，指着他的头大声说：“我代表党，代表国家，代表人民处决你！”说完用了一招一阳指将他就地正法。

我走到姑娘面前，拍拍面无血色的她很有风度地微笑着说：“姑娘，你没事吧。不要怕，他们都被我杀死了。”

她呆了好半天才醒过神来，突然掐住我的脖子：“你把他们都杀了？”

“举手之劳而已，”我淡淡一笑，“所谓天下人管天下事，路见不平拔刀相助，我想，每一个有侠肝义胆之士遇到这样的情况都会出手相助的。姑娘不要太放在心上，以身相许的事要慎重考虑啊……”

“你他妈的！”她发疯般地一边大叫一边抽我耳光，“谁叫你他妈的多管闲事，老娘等了两年才等到这个荣华富贵的机会，就让你小子这么给老娘搅了……”

“不是……”我愣住了，“他不是要非礼你吗？”

“要是有个又性感又有钱的女人非礼你，你愿意不愿意？”她瞪着我。

“求之不得。”

“这不结了！”她一脚踢在我肚子上。

“那你不是一直躲着他吗？”我委屈地说。

“你小样儿的懂个屁，女人只有先反抗一下，才能激起男人更大的兴趣，激起他们的征服欲望！”

我赶忙飞身从窗户跳下酒楼，黯然落入人群中。头顶上依然是她的骂娘声。面对此情此景，我的心情久久不能平静，我望着浩瀚的星空掩卷沉思，不禁泪流满面。

突然，我看见对面店铺里坐着一个标准纯情少女打扮的女孩子，一袭白色长裙，长发披肩。阳光洒在她的身上，我看到她在对我绽放出迷人的微笑！

　　她为我而生，为我而亡的。这显然是上帝为我们安排好的，在我最失意的时候让我们在茫茫的人海中相识，相知，相爱，然后隐居山林，然后结婚生子，然后安度晚年，然后合葬在一棵白桦树下。世界是多么奇妙。

　　我擦干眼角的泪水，昂首挺胸大步向她走去。她看到我过来笑得更灿烂了，站起来向我张开双臂。

　　"这位少侠，"她的声音是如此的动人，"要服务吗？"

　　"姑娘，你可以做我的妻子吗？"我大胆地向她表达出我的爱意。

　　"你真坏。"她笑笑说，"200两，500两都可以。"

　　我呆呆地看着她。

　　"没事没事，"她轻松地说，"价钱好商量，持学生证可以打八折。"

　　我漫无目的地走在街上。我在拷问着自己的灵魂，反思着中华民族的文化现状。我为中华民族传统文化的缺失、大众价值取向的偏差而感到深深的忧虑。一时间，我的心头涌起股股激流。小布什的连任，阿拉法特的暴亡，世界石油价格的飙升，中国股市的持续低迷……这一切的一切，让我的心情久久不能平静，我望着浩瀚的星空掩卷沉思，不禁泪流满面。

　　作为一个诗人，我不禁想起一句诗："我们走在一条康庄大道上，却不知这条大道通往何方。"

　　李明这个讨厌的家伙刚才又过来说，你现在应该找个小树林上吊了，你一吊上去就会有人用飞刀割断绳子，这人很可能就是你的另一半。

　　我一拳把他打下去了。试问，如果我吊上去了，却没有人割断绳子怎么办。退一万步讲，就算绳子被割断了，可是个男人弄的怎么办？我在这方面可没有那种爱好。

　　就在这时，我抬头看到对面的墙上挂着一个牌子，上面画着一个微笑着的男人，头戴一顶灰色官差帽。下面一排大字"有困难找官差"。

　　于是，我按着牌子上的箭头所指，走到一所衙门前。

　　"请问，哪里可以找到纯情少女？"我问门口的看守。

　　"啊？"他一脸茫然。

　　"我看见牌子上写着有困难找官差。"我回头指给他看。

　　"这年头去哪找啊。"他为难地看着我，又搔着头想了好一会儿，突然一拍手，"你顺着这巷子走，看见一个路口左转，再看见一个路口左转，再看见一个路口右转，就能看到很多了。"他又趴在我耳边神秘兮兮地说，"哥们儿，大部分还是处女呢。"

我蹲在地上算了一下，确信他指的路不是个圈后心中大喜，向他拥抱致谢。"回头给你们领导写感谢信。"

我按着官差所说，在一个路口左转，第二个路口左转，再小心翼翼地转过第三个路口，眼前突然豁然开朗：定福庄第二小学。

（原载《萌芽》2006年第六期）

李明为你讲完上一个爱情故事

李　明

一个朋友愤愤地说对我很失望，不明白我一向喜欢嘲讽俗套这次为什么写个这么俗套的长篇。

我说，有人喜欢看有套路的东西有人不喜欢看有套路的东西作者可以写有套路的东西也可以写反套路的东西如果你喜欢看有套路的东西就去看有套路的东西不喜欢看有套路的东西就去看反套路的东西不必因为自己喜欢反套路的东西就去骂有套路的东西况且说不定我改第二稿就把它变成没有套路的东西……

说服别人是件很困难的事情，直接把他说晕就可以了。

几个月前我没有用套路给大家讲了一个爱情故事，好像喜欢的人还不少。

比如这位手机尾号为1496的朋友不知怎么拿到给我的手机号码，他在短信中这样说道，李明你好，我看了2006年第六期《萌芽》上你的那篇短文，很是喜欢，你辛辣地讽刺了时下很多弊端，但是我想知道朱老三寻找纯情少女找到定福庄第二小学然后呢？怎么还没出结局就结束了呢？

我想了半天也没想出怎么回答，便回短信问，这样结局不可以吗？

很快便收到了她的回复：不可以。起因、经过、发展、高潮都有了，但是结局呢？

哦。

于是我赶紧电话连接当事人朱老三。

朱老三，你好。

你好。电话那头的他明显疲惫不堪。

有读者关心你到定福庄二小找女朋友后来怎么样了。

被人打了。

这是必然的。

朱老三长叹不语。

阿朱，我安慰他道，你乐观一点，三十多岁的人蹲小学门口找女朋友不可能不被打的。就算有路人过来拿车轮大斧把你劈了人家也算见义勇为。

小T——看网上好多人这么叫你——你那篇文章把我写得太单纯了。

朱老三讲到这里又沉默了一会儿，点了一支烟，缓缓地向我讲述了那天之后的事情。

我知道这事是不能明目张胆的，当然不会傻到在家长接孩子放学的时候在门口蹲守。我是趁他们课间操从围墙偷偷翻进去的。小T你是了解我的，我是老实人，虽然翻个墙上个房不是什么大不了的事，但心还是慌得很，寻思着在厕所里躲一会先，静观其变。

我在走廊里东张西望生怕被人发现，好不容易才找到厕所。可推门一看吓了我个半死，里头两个学生正瞪着我。

不过我很快发现他俩满脸惊恐，好像比我更害怕，纷纷把手里的烟头往墙角扔。我是何等聪明，马上明白了怎么回事，将计就计板起脸背起手走了进去，先不说话，上下打量打量他们。

你们哪个年级的？

六年级……他们怯怯地说。

我还不说话，站在他们面前不动。小T你上学的时候也有这种经验吧，低着头站在老师面前只能看见他的腿，他越不说话越不动你就越害怕，生怕哪一秒他的大巴掌就抡过来。这叫震慑，震慑你懂吗？

看样子他们已经完全被我震住了，我才说，你们班谁最漂亮？

俩孩子愣愣地抬起头看着我。

赵欣梦。一个说。

我正打算说那么好吧你去把她给我找来，不料另一个孩子当场反驳，才不是呢，是吕晓微。

你喜欢吕晓微你当然这么说了。

谁说我喜欢吕晓微了？

谁不知道你喜欢吕晓微？

算了吧你，我知道你喜欢赵欣梦，可人家喜欢的是三班的李新宇，长得又帅打架又好，才瞧不上你呢。

你再给我说一遍！

赵欣梦喜欢李新宇！赵欣梦喜欢李新宇！怎么了？！

我当时站旁边本来想讲两句的，可见这两人先掐起来，忙上来拉架。

说句题外话，小T不知道你发现没有，小学生打架基本上是阵地战，两人相隔半米立正站好胳膊架胳膊互相掐，好像是等着别人来拉架老师来抓。上了中学基本就以运动战为主了，经常见操场上前头一个人疯狂跑，后面一帮人手持各种器械玩命追。

我使劲把两人拉开，不要慌不要慌，你们俩都冷静，保持克制，我说。这样，这样，赵欣梦也漂亮，吕晓微也漂亮，两个一样漂亮，你们看这样好不好？

两人都不理我，整整自己的领子不服气地看着对方。

我灵机一动，分别对他俩说，这样吧，你去把赵欣梦叫来，你呢，去把吕晓微叫来，老师给你们做裁判，看到底谁最漂亮你们谁说得对。你们看这样好吗？

我说朱老三哪，你可真猥亵得可以啊。他说到这里我实在忍不住打断他说。

这叫智慧，智慧懂吗？不过他俩去叫人的几分钟我还颇为踌躇，你说，如果一会我觉得赵欣梦漂亮吕晓微也漂亮怎么办呢？我是让她们才艺展示一下然后含泪PK掉一个呢，还是顺便纳个妾？

你这么一说倒让我想起我的中学老师，此人精力旺盛，经常组织班里长得最漂亮的几个女生集体在他办公室辅导功课，一辅导就辅导到天黑，你知道天一黑有的女孩就不敢一个人回家，于是他就顺理成章地骑自行车送她回家。

但是如果把这个问题深入想下去的话就出现问题了。我接着说，如果有一个女孩不敢回家呢，那么让她就坐后座上把她送回家……如果有两个女孩不敢回家呢，那么他就让前梁坐一个后座坐一个，先把后座那个送回家再把前梁那个送回家……可如果三个女生不敢回家呢？那么他技术好的话可以前梁坐一个后座坐一个头上顶一个，先把后座的送回家再把前梁的送回家最后再把头上顶着的那个送回家……可如果四个女生不敢回家呢？当然人家技术足够好的话理论上讲身上是可以再背一个的，但实际操作起来估计这老师心有余而力不足吧，犯不上为送女孩子回个家就闹得力尽人亡吧。于是他只好前梁带一个后座坐一个头上顶一个车后跟着跑一个。他先把后座那个送回家再把前梁的送回家再把头上顶着的送回家最后把跟着跑的那个送回家……可接下来的问题就严重了，虽然有点不人道，但如果有五个女生不敢回家呢……阿朱，你怎么看？

朱老三沉默了半晌。我估计这哥们是晕菜了。

喂，还在吗？

又过了好久他才说，我看有点问题吧？我拿着笔算了半天发现有个疑问，为什么老师不先把后座的那个送回家让跟着跑的坐到后座上然后把顶着的那个送回家然后把横梁上的送回家最后再把现在后座上的送回家呢？这样比较节省体能吧？

这次该我晕了，我拿着笔算了半天也没弄清楚，便说，你还是接着讲你的吧，那两个女孩来之后呢？

当然了，在男厕是不太方便的，我们约在学校后门附近见面。刚一看见她俩我大喜，真的是很漂亮，而且是一样很漂亮。还好我事先已经有了准备并且下定决心：纳妾。

可没高兴两秒钟就意识到一个新的问题，纳妾就自然要分大小，可谁当大谁当小呢？试问，要当小的那个女孩子该是多么忧伤啊。看来还是得才艺展示……

你找我们干吗？两个女孩子一脸戒备地看着我。你不是我们学校的老师吧？从来没见过你。

还真是得承认，小学时期女孩真的比男孩聪明，她俩一眼就看穿了我，弄得我尴尬不已，说，嗯，那个什么……

一看你就是想打什么歪主意，你知道我男朋友是谁吗？其中高个子的女生说道。

我一听大惊，没想到她竟然说这样的话。

你想干吗？一个比她低一头的男孩子突然过来推了我一把说。

我一看他个子才到我胸口，口气却是冲得气人，小孩，你……

我是她男朋友，你想怎么样？他打断我说。

那么从今天起我是她男朋友了。我气得够呛，便说道。

你知道我哥是谁吗？你知道我一个电话可以叫多少人过来把你阉了吗？

我气得半天没说话，小孩，我像你这么大的时候也经常这样说。

他没理我，半侧回身掏出手机按了几下，喂，我是四少，叫十个人五分钟内到校门口，说着他转头看着我继续说，一个上身黑T恤下身牛仔裤皮鞋戴个黄帽子，把他给我堵了。说着他又踮起脚看看我说，帽子上写着国际安游旅行社。

我见势不好，边退边说，好，算你狠，不要再让我在朱家庄看见你，不然见一次打一次……

阿朱你也真怂得可以啊，按套路来你应该说这次放你一马下次绝对给你好看，再不济也要说个这次放过你以后别让我再看见你。可你限定一个朱家庄，人家闲着没事去朱家庄干吗？

其实他就真去了朱家庄我在那边也没势力了。朱老三不好意思但却诚实地说。不过这小子倒真有点来头。我跑出二小刚到梆子井就真被一辆面包车拦住车了，下来几条壮汉不由分说把我拖上车。

还真把你阉了？我惊讶地站了起来。

你听我说啊。

赶紧赶紧。我把话筒换到另一侧说。

我被他们五花大绑押进一间暗室，见正中端坐一人。我赶忙对身后的人说，您别踹我，我自己跪。

上面那人见我跪的态度积极甚为感动，说，看你态度不错给你两条路，一条是筋脉尽断武功全废，一条是阉了你。

我低头一想，做人要乐观，要勇于面对现实，反正我对女人也彻底绝望了，阉就阉呗，不就碗大个疤嘛。试问，阉了也能奋发图强啊，搞不好这么一骗正好激励了我，焕发个人生第二春，我也写个史记下个西洋什么的。

阉吧。我微微一笑说。

来人，阉之。那人大手一挥道。

我心想我都这么自暴自弃了你也不劝劝我，亏我一开始还把你当好人了呢。正想着见四个人嘿咻嘿咻抬来一把车轮大斧。

我一看慌了，技术含量低一点可以理解毕竟这手艺可能都失传一个世纪了，可你们也不能这么野蛮粗暴吧。我忙说，别别别！我得先问一下，您是怎么个阉法，难不成拦腰一斧连屁股带腿把我下半身整个都剁了吧？

这个……那人面露愧色道，理论上讲呢是只阉细节，但毕竟兄弟们平时没什么机会练手，操作起来可能一误差就把你截了。

我一听沉默了。这不太好吧，草菅人命啊这个。

那还是断筋吧。我说。

你现在筋脉尽断？

只断了手筋脚筋，其他筋他们找半天没找着。本来又想用车轮大斧来着，但将心比心，我已经断了四根筋如果再不小心被他们拦腰截了，他们也觉得确实有点对不住我，便把我放回来了。

我一听颇感惋惜。如果对方一发狠真把这小子阉掉就好了。

而且武功尽废。他补充道。

你的武功废不废的没什么区别吧？

下一步我打算找一个好女孩共度此生。

你怎么说变就变啊！

这不是没阉成吗？他羞涩地说。

你不是说对女人绝望了吗？

话不能这么讲的，我打算向韩国女人发展一下。我也在《萌芽》上看了你那两个梦想了，向你致敬。

虽然我现在已经180了，但是第二个梦想确实是他们扯的，在此我隆重大吼一声，中国女人很好的！

哦。好就好呗，反正我一颗红心已经向着韩国女人了。

阿朱，你不要慌，冷静一点。我跟你说，中国女人有中国女人的好韩国女人有韩国女人的好有的人喜欢中国女人有的人喜欢韩国女人所以你不能因为喜欢韩国女人就讨厌中国女人反过来你也不能因为喜欢中国女人就讨厌韩国女人，从生物学角度讲中国女人和韩国女人都是一样的按达尔文的说法不管韩国女人还是中国女人都是猴子变的。

李明，这次你是彻底玩完了。上次杂志一出来你就被中国女人围剿，这次连韩国女人也骂你了。哇哈哈。

人生嘛。你连碗大个疤都微微一笑了，我遭点谴责算什么……哎？不对啊朱老三？讲到这里我突然意识到一个问题。手筋脚筋断了你现在拿什么接的电话啊？

（原载《萌芽》2006年第十二期）

小 猫

顾 湘

　　猫出走一周了，雄性，今年六月四日我去通州血站把它从网上联系的一个人的纸箱子抱回来时说它三个月大，黄色，短毛，胸颈四爪白色，貌似我买回一周内就暴毙的小猫。现在是十月。秋天，京城，小猫正少年。一个前些日子在我这里暂住的小男孩在我有天天还没亮就要出门去和我的师傅到城外爬山，说给他一串钥匙的时候，他说："不用，我就一直在家待着好了，跟猫一样，门一开就往外蹿。"

　　猫确实一开门就往外蹿，即使在房间那头睡觉，只要门将打开，它就会到跟前，不管是从里边还是外边开门，它分得出正在搭电梯上八楼的是我，不管我穿跑步鞋、登山靴还是细高跟鞋，轻快还是重滞。想到它侧耳倾听及钥匙叮当开锁时的期盼令我感伤。它总是娇呼一声，从邮递员、送外卖的和《新京报》征订员的脚边连蹦带跳地哧溜出去，但苦于不会按电梯，也不知道怎样拧开安全出口的门，只好在狭小的楼道里一筹莫展，过了一会儿楼道里触摸感应的灯灭了，它仍然在灰暗暗的墙脚轻轻默默地站着，或扒挠别人家门口的草编踏垫。

　　爱宠网一再呼吁：爱你的猫就带它去做绝育手术。我一直拖延此事，而且好像已经没打算真要去做那件事了。猫小时候有半个家安在我的旅行袋里，我带它骑自行车，坐公共汽车、出租车、消防员的车和长途汽车，它和不来梅的音乐家一样的流浪乐手喝过酒，还看到过天安门和大海。也许它是一只与众不同的猫。也许所有的猫都是一样的。一部分旅程是为了去医生那里，尽管它幼年健康，逃脱了病弱的侵缠，却未能免除伤痛。

　　七月下旬的一天凌晨，它从我八楼的窗口跳了下去。那时我在睡觉，后来在楼下矮冬青丛里发现了它，它听见我叫它："猫？猫啊——"于是出声呜咽。它当时口鼻出血，后肢瘫软，抱去两个医院都说两边髋骨和股骨端破碎，没法上夹板，猫太小骨头太细，钉子也不好打，即使活过来也会瘫痪，大小便失禁，不如花五十块钱打一针了结。它神志清醒，眼睛很亮，我没法让它死。它疼得咬我的手。我想到上一只小猫衰弱得只剩一把骨头也要挣扎着下地不肯呕吐在床上，下决心无论如何要让它活，还要能跑能跳。半夜里它疼醒了啊呜啊呜地叫，惨不忍听，眼睛睁得格外大，幽黑不见底，仿佛看到可怕的东西。我捂着它的眼睛说不怕不怕，勇敢的小猫，你真了不起。把头发给它，似乎能镇痛，它哭累了，又昏睡过去。它深深依恋我的头发，刚到家头两天它都躲在床底下，第三天夜里我被它舔我的额头弄醒，又惊又喜，想打电话跟人说小猫来找我了，又想这事对别人并没有意义，它舔了两下又往头发里拱，摸摸它就呜噜了两声睡着了。这以后它就喜欢睡在我头顶上，我翻身或动动它就醒来走两步挨来一倒头继续睡。它把头使劲埋进头发，耳朵帖服得平平的，眼睛紧眯成弯弯的两条线，后脑勺去贴凉鼻尖，整个贴扁，简直要变成蛞蝓了。平时它竖起耳朵就像个长角的小魔鬼，叫的时候脸颊还会向上鼓，下眼睑变得弯弯的，笑意就攒起来，表情却严肃认真，还挺凶悍，很有金刚猛将之风。耳朵撸下去，就像只乖小羊，被拍拍脑袋很高兴。要给它滴耳朵药油时，它就犟，一边把耳朵撸起来。我猜想，它跳楼以前，在窗台上全神贯注往外看的究竟是什么呢？当时我也过去张望，天正在亮，灰白白的，天上什么也没有，没有鸟，没有月亮，没有飞机，没有飞艇，地上也没有人活动，只有莫名其妙上下一整片灰白。但那时刻实际上是月亮运行到了离我们最近的位置，贴面低语，冷不防照猫脸上喷出口迷魂烟。后来被我找到个艺高胆大的医生，帮猫腿里钉了三根钉子，再不掏出来了。

小猫重新被钉子钉起来之后，恢复得和原来没什么两样，还跳得更高了。一天我心血来潮打算搬去另一个城市所以就先卖掉了搁在厨房案板旁边的迷你洗衣机，它一向得先蹦上洗衣机，才能再蹦上水池。原本在那里的东西突然消失不见，令它疑惑，在那里转来转去，喵喵直叫，但那消失不能阻碍它，过了一会儿它凭空跳上了水池。

而如今它自己也消失了。

最初它蹿出门我都会赶紧弄它回来，后来发现它也跑不掉，想想屋内空间局促得可怜，就让它在那儿玩一会。它渐渐长大，我就不怎么带它外出了，我自己外出也少了，似乎楼里的猫难免以做一只无性的猫的形态过下去。它在门外时，我就在开着门的屋里换鞋、放东西、洗刚买的水果、拆邮件或看报纸。最后一次，我读完两版报纸或是洗完葡萄准备带上床吃，于是叫它："猫！"可它不在那儿了。

我觉得我其实是有意使它有出走的机会的。虽然要面对电子门锁、缺教养的小孩、播撒的鼠药、变态气枪⋯⋯但那些应该都不能阻碍它，我等又何尝不活得障碍重重杀机四伏等艰险。猫生来自由、聪慧、好奇、敏感、野心勃勃。猫的世界不是食蚁兽的世界，不是狗的世界。猫从未被驯服，它秘密保存着所有天性和能力。家猫甚至比野猫更强悍，它只是暂时和你生活在一起，养精蓄锐。一旦它出发潜行猎杀，自如披靡、为所欲为。

　　放跑猫的人也必须去找猫。未必要再带它回来，只是猫走了的房间变得像被迫中断计划的旧殖民地那样让人头脑空空又心烦，仿佛要是叠起的唱片和书本某时突然又哗啦一下滑坍下来，或看见李小龙和阿童木的玩偶跌倒在地，我就会灵魂出窍。然而再也没有不规则的、即兴的变化在屋里发生，一周以来花盆始终在窗台上，一星半点泥都没有蹦出到浴室地上，窗帘再不抖抖瑟瑟，趴在纱窗上的小瓢虫安然无恙。我把什么拿到哪里，它就一直在那里，除非过很久很久很久，它腐坏掉。要在这患上呆小症的房间里一直陷滞下去的未来令我苦恼。就像又被揭发说我从不知何以在此，虽然我不曾抵赖过，这也实在是种骚扰。旅行的人偶然踩落陷阱出不来，就在坑里搭床起灶耕植挖地铁卜卦，防空洞帝国元年一过，好像连有第二个人的脸出现在上方井口那么大的天空里的预兆也不再有了。我想念圆的猫尖的猫扁的猫和看不见唯闻叹息的猫和猫的呵欠和经咀嚼濡湿散发的缥缈的小鱼大河水味，床单下总有几颗掸不走的比豌豆小得多的猫砂粒让我睡得一肚子火，精疲力竭。

　　每一团蠕动的阴影都可能是猫。在隐蔽的角落和门背后，猫把自己借给鬼当影子，鬼长得可能和电梯里贴着的高钙乳品广告上的美女一模一样。我向遇到的那些猫打听，它们有老有少，有的倨傲，有的温婉，有的顽皮，有的怯生生，口风都很紧。有天我灵机一动在衣裤每个口袋里塞了一撮猫薄荷，果然遇到了更多猫，它们接二连三地聚来我身边，我跟它们每一个打招呼，它们或近或远地跟着我，有的要跟我做交易，有的只是想和我聊聊天，它们像春天夜里贴地面飘的一卷一卷缠灰的蒲公英绒毛，柔软、灵巧而桀骜不驯，谁也没说出曾经和我住过的那只猫的讯息，包括附近的人们。有个街坊热心地想把他家的小幼猫分我一只，小家伙们非常可爱，但我谢绝了。因为那只猫我多了一些停顿在这个城市里的借口，甚至订了份报纸，周而复始的事情，真是没有意思。

　　这天夜里我想到我有两天没有练双节棍了，就连楼下杂货店的伙计见到我也问："怎么没拿棍子？"我随口回答说："师傅生病了。"我想是天气陡然变凉，衣服一下子穿多，动起来碍手碍脚，手指也变僵了。前几天我练得心不在焉，被木棍敲到了自己的头，鼓出一个包。伙计说："师傅生病关你什么事，你就不能练了吗？" ⋯⋯是受伤啦！"又问："看到我的猫了吗？"他说没有。我摸摸包还没有⋯⋯下去，拿上最趁手的一副钢棍子去练武。

从小区北边出去往西⋯⋯米左右，路尽头有一个关公雕像。居民区为什么会立一个关公呢？⋯⋯想过，没想出来。从关公右手边就能进一个社区公园，南北方向，⋯⋯种着很多高大的树，也有低矮的树，还有石头坐椅、草地和凉亭。⋯⋯园西侧一直挨着铁路，从我住处的窗口可以从两幢矮楼之间的空隙看到⋯⋯小截穿过的火车，距离合适，倥偬的火车的声音刚好不会成为一种侵扰⋯⋯而又在空气潮湿时和夜间带来松涛海浪般惊心动魄的声响。北面是火⋯⋯站，进进出出的火车都从这里经过。比如你从长沙中午到北京，或下午上火车往广州去，就可能从窗口看见我在花园小径上玩双节棍，你飞驰得快如流星，我练得日渐娴熟，看起来就更快如流星，你就会想原来北京人不只爱放风筝，还习武。但我不是北京人。如果你在清晨匆忙离去，或夜晚，就看不见我。清晨我多半在睡觉，夜晚我隐身浓荫里，有时看着自己的影子练，就像在武馆对着镜子，并有丝丝银光闪烁，你总不见得会想：北京人还练忍术遁形与暗器。而我却能看见一个个掠过的白花花的窗口里你撑着腮帮子满腹心事或百无聊赖地坐着，或试图跟邻座的姑娘搭讪，或大家都已经收拾好行李，笑着说快到啦，交换了谁也没打算使用的电话和网络即时通讯工具号码，吃了一堆的瓜子壳和花生皮已经被打扫掉了。

这样乍冷下来的秋天的夜晚，特别黑，可是有很大的烟尘，一直不下雨，空气很脏，烟尘反射出雾似的蒙蒙白光。这时没有人到公园里来，就连外头路边卖枣子的车和鬼鬼祟祟的中学生也跑了。公园里没有那么大的烟，有一点，而且越暗越看不见它们。我边信手甩棍画圈边走过第一个凉亭，又走了几步，觉得脚下的路湿湿的，不但湿，还有点黏，并且随着走入大树茂密的一段，更幽暗无光。像一脚踩进鲸的腹中，幸好并没有酸液从四处喷来。周围只有尘埃，太干燥了，尘埃完全不能在脸上停留，像干沙子滑出手掌一样从周围流过，反而分不出是肮脏还是清洁，呼吸已经没那么灵敏了。还有就是肃穆而神秘的黑色的树。我不记得那是些什么树，白天它们是绿色的，城郊和山上的树叶已经变黄变红，而它们在市中心的铁道旁显得比较漠然。它们绿得像夏天的青蛙和被绿色的火车驰过甩溅上去的绿。

这时我忽然听到一种声音：嗝嗝嗝嗝嗝嗝嗝嗝。密匝匝而规律的嗝嗝嗝嗝嗝嗝嗝，像是什么有链有齿的机械构件发出来的声音，像有人在暗处里拨玩具左轮手枪的弹匣或修一个卡壳的自动木偶。嗝嗝嗝嗝嗝嗝嗝嗝，但那声音传得很远，而且散布在树林里，不止一处般。难道有不止一个人在夜晚无人的公园暗处拨玩具左轮手枪的弹匣？他们在干什么呢？一群活得不耐烦的人定期聚会玩俄罗斯轮盘游戏用塑料子弹自杀，还是秘密团伙在饲养怪蛙？那些青蛙就像吞了一肚子顶针。我侧耳倾听，边往前走，越走越近，我猜那是什么虫子振动身上哪里的膜或刮锉翅膀发出来的声音，它们可能贴在树上，听我在靠近。它们很能飞，个头比较大，翅膀和口器很有力。

直到我被这种声音完全包围，而且被打湿了裤腿，才发现那是林间的喷水器开着。我没看见那些草丛里的喷头，但听清楚是它们在出声，也许在旋转。它们把近处的空气清洗得很清透，而我在这嗝嗝作响的冥静里有点陶醉。

到现在都没有火车经过。我正这么想的时候，一列火车出现在不远处的铁轨上。夜里的火车不出声啸笛，像重的乌云压下来，堕到铁轨上，从低闷到狂放的雷滚过，强光陡现，银环钢铁巨蚰迅疾游窜而过，鳞摩擦，磬令哐啷地响，质量那么大，可仍给人一种是在漂浮的感觉。像铁铸的狮子在深夜结厚冰的河面上自上游滑行往下去。来的这列车奇怪的是它的灯并不发出雪亮的白光，而是幽幽的琥珀光，仿佛太后等的鬼魂们重现秘密出逃，马车前的灯笼。我头皮有点发麻，盯着那列火车不动，心想是不是灯坏了，或电力不足，或是什么特殊的列车。听到一种嗒嗒声混在驶进的轰鸣里，挺细小的，却仍清晰可辨，这个声音分散了我的注意力，我想不出那是什么，说不上来为什么会注意到它。

我终于看见一个完整的火车头，那种具有令人惊骇或镇静或总之不可言喻的力量的完整，像汤里露出一大半的鲢鱼头，或是一个还没扔掉的带鱼头，张着嘴，牙齿很尖。这说法未免不伦不类，尤其对于说起鱼头一无所感一头雾水的人。再说那火车头除了灯不像样，也是地地道道的火车头。看分明那灯，像是往里照的和内缩的光芒，那里头深邃空洞，可与世界之厚度相比。这时才意识到那车是减速了，要停的样子。

火车在这里停下，也不是没有过。不记得是进站或离站的方向了，也许是进站要让道。这列车则是出城去的。我站着，还看了看天上的月亮。先头烟雾很大，天上什么也看不见，这会儿好像散了很多，天很黑，有个白而大的弯月亮，真的像个钩子一样。那列妖里妖气的火车的窗子都拉上窗帘了，严严的深褐色，想看餐车里什么人在吃夜宵、猜想夜宵味道是否还过得去都不能够。也没有看到写着从哪里往哪里去的白牌子。我想，总不见得是有阴谋要发动吧。想着它就真彻底停住了。唝咚，唝咚，唝咚，哐嘡，我心里也跟着哐当一下。会不会外星人用这种入乡随俗可能接受度高一点的形式来劫持？请把我变成一个数学天才，或者有四个子宫，常年血流不止，将它们分别称为黑桃、红桃、梅花、方块，或者——随你们处置好了。

它不但停下，还在我面前开了一扇车门。没有列车员现身。什么人也没有——什么看得见的人也没有。

忽然觉得我神经过敏，它停它的，有我什么事？

我扭头走我的路，棍子拎着，没好意思再甩。倥隆、倥隆，它也缓缓动起来，我不看它，只管走，走了一会儿见它不加速，心想那是跟着我了，我停下，它惯性大没一下停住滑出几米，果然哐喤停了，我心里说："火车啊——"我是最常这样叫猫，其实对熟悉的人也常如此，只是深居简出，见猫远远多过见人，现在对火车也一样，好像一番语重心长的开场白，但我从来就没有下文。我微微笑，看着它又走，它又动，又有那种嗒嗒声。随着一个哆嗦进入脑袋的联想兴奋得我毛骨悚然，我止步凝视它，它也真的随即停住，我看着它，它固执地一动不动。当那些火车一停，会有许多修检工或不清不楚的家伙在车腹下出现，从别处跑过来，还有的直接从车底下来，等车一开动，他们再攀附回去，更不用说车身里进进出出无数，活像火车的寄生虫。有人说火车是一种基本上非群居的、迁移劳累的分节虫，即使是金龟子也没有达到它那样的流浪癖。但为什么不是植物呢？扁圆柱体、节环状的匍匐茎，以每小时一百五十公里的速度水平方向攀爬。又为什么不能是一种鸟类呢？既然有像仙鹤的腊肠狗，像省会的首都，像情人的魔鬼，像电视机的电视机，也就可以有像火车的鸟，像鸟的警察，像警察的拉杆箱，像拉杆箱的猫，像猫的火车，或者，像火车的猫……这列车体表很干净，没有虫虱——我深吸一口气，走向火车，钻过宽疏的铁护栏，抓住车门边扶手攀上了火车，它于是再一次动了。我没有走进车厢，在吸烟区站着，看外头向后平移的景物，一帧帧消逝得快起来，我想，照这样再变快下去，恐怕还来不及看见就看不见了。门这时才轻轻关上，没发出一点动静。

小猫当时两条腿和屁股整个裹在石膏里，放在床上和我一起，望着我叫就抱它去砂盆，它那些天成天吃好吃的，我要说猫罐头里的鱼肉都相当地道，不愧是猫罐头，而且感觉比人吃的罐头要可靠得多，我还幻想：有一天我靠吃猫罐头活了下来。只发生过一次的事等于没发生。一次未遂的死不足为信，如同那些丰盛佳肴不过是幼年时一度持续缠扰的梦魇——科学家说猫做梦总是在吃东西，即使情窦初开后它们也不做春梦——它们的恋爱是富有行动力的，在梦里也要借进食来抵御空虚感的侵袭。

睡着的小猫又香又甜。伸手蹬腿，像扑蝶，捞月亮，撩水玩；梦见变成水龟，在发亮的水面上划行，它不湿，水也不破，互相切，但隔绝了，谁也不碰到谁。飞。它在大魔王般地长大。因为很年幼，漂浮得自由自在，还有点稚拙，生怕从空气里沉下去。它还嘟囔一两声，像环法自行车运动员拿沿途的水瓶，傍晚前退烧的小鹅卵石。它睡觉肚子朝天，头往后仰，歪着，腿放得随意，小手总弯曲着、软软的，搁在头上，遮着眼睛，或者蜷在腮边，或窝在下巴下头，像跳幼儿园里学的舞蹈，弯在身侧，像对小翅膀。嘴角翘着好像要笑，两只新长的小獠牙挂出来。我记得很清楚。

四个月大时，它越长越英挺起来，毛色分明，黄色益鲜，虎斑清晰威武，颈圈、胸前和四蹄雪白雪白，显得清秀俊朗。眼珠是琥珀色的，很清澄晶莹。连胡须也抖擞又剔透。温润如玉。它还会叫"妈妈"，跟人的小孩说话一模一样，叫得不如小时候多，听见过的人都很惊异。小猫偶尔哼哼唧唧，呜里呜噜，抑扬婉转，一唱三叹。

我曾担心它不能再把腿放下得那么舒服也就不仰睡了，结果担心是多余的，它能随心所欲地睡觉，双手捂着脸，怪好玩儿的。如果伸手过去，它会把你的手也一起用力捂在脸上。这让我想起我在中学里有一天玩的一个游戏，我告诉别人说："保护头。"我大概戴上了衣服后头连着的帽子和找来的帽子，别人也明确了我们在玩"保护头"，任务是使我的头受到保护，甚至当我摘掉所有帽子在走廊里行走时，碰到迎面过来的人，她也一本正经压低了声音对我说："保护头。"我点点头，既不发笑，也不故意表现出投入的样子。我不知道我怎么想起玩那么个古怪而愚蠢的、莫名其妙的游戏，也不知道其他人为什么也会加入进来、默认游戏规则——我也不知道是什么规则，我只跟他们说"保护头"。我还玩过许多像这样即兴的、古怪愚蠢的、莫名其妙的游戏，我不过是自娱自乐，不过经常有人参与，我不管他们，只要不碍手碍脚，自娱自乐是最关键的。

我越玩越离谱，到有一天，别人就不和我玩了，像突然转上圈不停了的滑冰选手，越旋越快越旋越快，随后有人看得不耐烦走了，有人盼望她当场死掉，可她在转得看不清了的时候消失了，冰面上留下冰刀旋锉出的一个小窟窿，她钻入地下跑了，或是像竹蜻蜓那样飞走，众说不一。

但吃饭休息都很吃力，蹲一下就会把两条腿撇到一边坐下，我觉得脊椎经常那么拧着，久了是会出问题的，我就经常歪着身子在床上玩电脑，这样不好。过了些天它也能蹲伏得像只猫了，压低上身时更像辆铲土车，后腿也能跷上来啪啪啪地挠耳朵了。

然而它其实还是有一点点小问题的。它左脚脚趾长得不太对，中趾比旁边一个脚趾长出一截，我没弄明白是怎么回事，是有一只趾头缩着伸不直还是中趾哪儿抻着，我轻轻拨弄那只脚，它每次都反应很大地避开，它和我这么好，总是松懈怡然，这时的敏感就显得蹊跷。过去很长时间了，应该已经不会有疼痛，那么，难道是那种羞惭和惊惶么？它朝我走来时，变得像朵小巧的雨云，雨滴在那儿像只钟数着降至我的距离，嗒嗒嗒，悠然的，无邪的，洛丽塔的嗒，嗒嗒嗒嗒，坦然迎视我的大眼睛猫，歪脑袋，像只琥珀色雨蛙像小鹿那样踱步，半透明的蹼踏在通向我的石板路上，啪嗒，啪嗒，嗒，嗒。最初我很为这嗒嗒声诧异，猫的亲近包含过这样无畏的彻底袒露的近乎绝望的宣告吗？它从哪里来。而后想起可能是猫的指甲，猫不能正常缩回去的指甲轻叩白色地板。它的爪子也是白色的，积了一小团雪的扯断了的蛛丝滚落小溪旁。

猫曾以为北极熊是比它更小的猫，它看它在播放器屏幕里梦游。

火车声除了哐啷哐啷，还咕噜咕噜，从天花板上的广播喇叭传出来。车厢里贴着告示：因为有一节车厢装满了鸽子。我从衣服裤子里抖干猫薄荷草，抖啊抖，抖出很多，居然够填一个枕头，就填了一个枕头。睡觉真舒服，醒来不必忧伤更好。有不知多少节的车厢留着没去，我希望既然非要活的话，就最好能永远像探险般地活下去，所以自己也要给自己留余地啊。火车过桥，火车钻山洞，鸣笛：喵呜——呼着淡粉色的湿薄雾气，火车上蹿下跳，是过山车的轨道。我真喜欢哪儿也不在——永远在离开，并不去到哪儿——“最亲爱的妈妈：出外旅行真好玩，我的心完全着了迷，因为马车里很暖和，我们的马车夫是个好人，只要道路不是很难走，总是跑得很快……”如果非要在哪儿，在猫里是最好不过。我透过窗子看见外面天空，山水，放学的小孩和忧心忡忡的父亲，田野，刘德华和小理发店，车水马龙，万家灯火，飞鸟好自为之，朋友包饺子，乌龟埋头猛爬，低落得饱食终日的人在河边哭泣，姨姥姥穿红戴绿，扇子舞，有东西挂在电线上闪闪发亮，像是扯出壳子的磁带，不知道录的是什么，柿子红了，米粉炒得很香。广播喇叭还放歌曲：小猫小猫我们的朋友，你是我们的好朋友，你张开洁白的翅膀，总飞在我们的船前船后。面临突然失去某种程度的存在的可能一开始确实让人害怕焦虑，但要是确信实现，是我欣然接受的。火车停了一个站，我看不到它的脸，可是知道它征询地看着我，我对它说：“不啦，不下去。”于是它欢呼一声又跑起来。

（原载《萌芽》2006年第十二期）

寻找苏三

潘　瑾

2004的夏天，我来到了青岛，因为有人告诉我，有个叫苏三的女人住在这里。那个家伙还没来得及告诉我别的，然后就莫名其妙地死了。当出出入入的警察到隔壁向我取证的时候，我突然想起，我曾经答应过他，如果哪天我去了青岛，便一定帮他跟这个叫苏三的女人说，他曾经爱过她。如今，他死了，这个承诺还应该兑现吗？

2004年的春天发生了几件事，和我相恋多年的男友离我而去，无痛而终。失恋就仿佛刚刚完成一部长篇小说，无边的空虚感爬上我的肌体，整个人柔软无力。我本来打算出去旅游，可有个男人恰在此时搬进了我的隔壁——闲置了半年的居所。我所居住的公寓隔音条件很差，已经入住的邻居全都学会了小心翼翼地默声生活，只有他还不知道这个，传来的声音原始又肆无忌惮。我可以很清晰地听见他收拾屋子的声音，叹气的声音，洗澡的声音，甚至面对镜子欣赏自己刚刚刮过胡子的脸的声音。

这一切吸引了我，写小说的人难免都有偷窥别人生活的癖好，我于是打消了去俄罗斯看茨维塔耶娃故乡的念头，沉迷于每天偷听别人完整生活的声音。他应该是个外籍男子，有着规律而健康的生活，我甚至设想他是不是有修长的双手、迷人的鼻梁。偷听的乐趣并不在于这些你能听到的声音，而在于你去设想他沉默的时候在做些什么。

他沉默的时间很多，或许像我一样，他是个痴迷的阅读狂，把安静的阅读看作生活的一部分。或许他在玩线上游戏、上网。或者他在静静地思念某人，给远方的朋友写信。或者，他是一个危险的人，正在策划什么秘密的案件。我就是对他充满了好奇心，除了我之外，谁还可以待在屋里总是足不出户呢。

在他所有的生活中，最让我感兴趣的就是，每天总有那么半个小时，他是要用一种奇怪的语言祈祷。之所以能判断那是祈祷，是因为他虔诚的语气，可我听了许多语言的录音，就找不出这坚硬又破碎的语言是出自哪个语系。他是个怎样的人？既然来到了异国他乡，为什么还要闭门不出？他很丑吗？很罪恶？或者有某种不可告人的怪癖？

一个月后，我有些厌倦这种偷听。他的生活太规律、太平淡，已然让我没有什么新鲜感。我设想了很多方法，去敲开隔壁的门，和这个熟悉的陌生人交谈几句。而我只是一个有着丰富想像力、喜欢在想象中猎奇的作家而已，在现实中则显得语拙、胆怯又不自信。

有天，我坐电梯上来，在电梯间遇到了一个清秀的外国男孩，皮肤是月亮的颜色，柔弱得让任何女性都会产生保护的欲望。他和我在同一层走出电梯，这个时候我才发现，他有一只瘸了的右腿。他拖着右腿，很安然地走路，然后在1607的门口停住，用左腿支撑住整个身体，缓慢地拧动钥匙。此时，我在1608的门口，心慌意乱，无法把钥匙正确地插入锁眼，也顾不得什么羞涩，只是歪着头看他垂下的遮住半边脸的淡黄色头发。

我一进门就背靠在门的背面，用心神不定的眼光盯着我和他之间的那堵墙，除了心跳之外，我的空间里一片寂静。我可以听到他换拖鞋的声音，把钥匙放在桌上的声音，拉开一把椅子，坐在上面，然后长长地舒展了一口气息的声音。我再也不能继续偷听他的生活了，那张精致柔弱的面庞一直浮在我的面前，让我好奇又充满了罪恶感。我知道，在我和他之间有一些相通的东西，不是男女之间钟情的情愫，而是和命运以及职责相关的玄妙的事。

我躺在床上，开开音乐，以免我情不自禁地陷入他的声音世界。这时，我已不再想偷窥他什么。可我满脑子都是关于这个年轻男孩的事。他为什么要来中国，他为什么瘸了，那么年轻不经事的脸上究竟有什么不为人知的故事？

再次遇到他的时候是在两个星期后。那时我找了一份新的兼职工作，繁忙和新鲜牵扯了我大部分的精力，失恋的阵痛期也自然而然地在过去。我下班经过花园的时候，看见他正拖着那条瘸的腿和邻居家的小狗玩耍，脸上灿烂的表情十分动人。他看见我经过，抬头冲我微笑，他居然还记得我。我正在惊愕之际，他跟我说话："我知道你认识我，我也认识你，你是住在我隔壁每天写作的女人。"他带着狡黠的表情继续说："昨天晚上你又听到了什么？为什么我们不能坐下来好好谈一谈？"

他误会我了。昨天晚上我被刺人的酒精扎住了脑袋，一粘到枕头便睡着了，直到早上醒来，那发疯的头疼还死死地缠着我，我什么也没有听见。我一片茫然，继而为他的误解感到委屈，继而为错失偷听的机会感到失落，继而又想起来他定然知道我的偷听癖很久很久了，一股羞愧的歉意蜂拥而上。

　　他煮的咖啡很香浓，我坐在背对着阳光的沙发上，看阳光在玻璃杯上跳舞，青草的颜色晕染在这杯水里，仿佛这是一个普通的美好的清晨。咖啡的味道很快充满了他的小巢，让我对这陌生的家具、陈设自觉地有了熟悉感。我大胆地打量这个就在我隔壁的小屋，风格怪异，许多面玻璃让这60平方米的小屋子有了令人心疼的破碎感。温暖和冷漠同时存在于这个空间里，长时间住在这里的人一定难免患上分裂症。我注视这个房屋每个角落的功能，我从前听过的声音开始具体，以前这声音只有远和近的区分，现在我可以判断那是从哪里发出来的。人生不就是一个想像力渐渐具体的过程吗？

　　他和我一起背对着阳光坐下，翻开一本影集给我看，一个个生动的人，和他以前的生活密不可分，对我来说，却永远不能具体。这时，我突然有种去别的国家度过余生的愿望，把那些爱过我和我爱过的人放在影集里，翻开给陌生的朋友看，在一杯咖啡的余温里，安全的哀思袅袅升起。我爱上这种开放的隐秘了，你的不幸，你的罪孽，将在你踏上别的土地的那刻自动清零。他淡淡地说，他爱这些人，只是不敢和他们生活在一起。

　　"我是个不祥的人，你不会害怕吗？"他这样问我，问得我想发笑。也许他觉得我是一个长着平静面孔的中国女孩，五官死板，没有生气，走在马路上毫不起眼。是啊，如果有陌生的男子找我问路，我会激动又不知所措。恰恰是我这种普通人，会有丰富的心灵世界，内心抱着冒险的欲望，在某个不会被察觉的时刻，想做件疯狂的事情。

　　他的故事吓不了我，古老的魔咒，神秘的宿命说，一切玄乎的事在我这里不啻于梦境。在我小的时候，也曾被人认为是个不祥的孩子。我出生在鸡叫的时分，傍晚，村里最老的老者就在家中合上了双眼，死亡是我幼小的生命里司空见惯的事。自我出生开始，不幸的事一件接着一件，小表哥失踪再也没有回来，姨娘疯了，母亲得了一种谁也说不出来的怪病。而我的家庭也随着我的出生渐渐衰落，做皮革生意的父亲流年不利，回回都赔得所剩无几。在我懂事后，奶奶偶尔会抱着我说"你是没有赶上以前的好时候"，随后就用记恨的眼光看着我。我究竟做错了什么？

　　我是无辜的，可谁也不相信，村里的人都相信算命先生的说法，一些关于前生今世、孽缘报应的话。他们相信在我这个瘦弱不堪的身体里藏着小小的魔鬼，只要它住在我身体里一天，村庄便一日不得安宁。

最后一次是个未满一周岁的孩子，孩子的父母把他的摇篮放在田埂上，自己下田干活去了。我经过那里，用小麦的麦穗逗他玩，把他逗得哈哈大笑。他的父母顺着笑声远远地看到了我，发疯一般地从很远的田埂上跑回来，抱起儿子惊恐地跑了，仇恨地瞪着我，嘴里骂着最恶毒的话。一个星期后，那个孩子发了一场热，出了一身的红疹子，在一天一夜不间断的大哭后，他变成了一只幼小的魂。我被排斥在这场葬礼之外，场内锣鼓在响，场外的我因为恐惧而大哭，谁也不来管我。再后来，我被父母送去很远很远的地方，再也没有回去过。

十几年安逸的生活快让我忘了这件事，幼年受过伤害的人都像我这样敏感，并有选择性的失忆症，在静下来的时候回忆过去，疑惑那是真的还是假的。可住在我身体里的魔鬼又因为这个陌生的男人而苏醒了，它开始想疯狂，想邪恶，想做点叛道离经的事。

他和我躺在凌晨的床上，裸露，没有开灯，月光被林立的玻璃分解得体无完肤。我知道他叫Edward，还取了一个薄枷梵哥的中文名，奇怪的名字，仿佛含着宗教的意味，我不知道这个不懂中文的男孩是怎么取的这个名字。他用手指一笔一画地把这四个字写在我的裸背上，难以辨认的复杂汉字，我不得不回头看他书写的脉络。或许就是梦到的四个汉字？就在这时，他问我有没有去过青岛，说那里有个叫susan的女孩，喜欢向着夕阳亲吻海平面的方向跑步。我想问他一些关于苏三的细节，可他不想说。

他死在自己的床上，毫无征兆，没有痛苦和挣扎的痕迹，仿佛只是被上帝领去了。我在十几年之后，又闻到了童年那股令人窒息的死亡味，真害怕噩梦从此又开始。没有亲人，没有朋友，关于他的一切记录都像谜一样绕来绕去，最后失去了线索。他的房间现在敞开着，玻璃真的破碎了，零落在地上，满屋子都是刺眼的阳光。我在忙乱的警察的眼皮底下偷走了他的日记，我经历过那么多死亡，却头一次感到死亡是不可逆转的事。

我相信他是因为我而死去的，我重新忆起童年的事，那个算命的瞎子说，所有让我幸福的人都会遭罪。我得替他做点什么，哪怕就是帮他去青岛找叫苏三的女子。处理完手头的事，我坐了十个小时的火车来到青岛，只带着很少的行李，我的心已经不堪重负了。整个城市都是我无法忍受的鱼腥味，有人说它很新鲜、很美好。寻找苏三不是一件容易的事，我唯一知道的只是她喜欢朝着夕阳的方向跑步而已。

我住在擦着海浪的岸边，每天傍晚顺着海岸线要走很远很远，眺望起伏的远处，思考，开始相信大海的深处一定藏着什么瑰丽的东西。半年后，我敢于承认我是爱过薄枷梵哥的，他全身弥漫的病态、不健康的美对我是致命的吸引，甚至包括他那条瘸了的腿。我花了半年的时间去回忆和他在一起相处的三天时光，每个细节，每个难以忘怀的想象。我头一回变成一个活着的人，被赋予了不可复制的灵魂，也可以发生那些出现在童话里的奇妙故事。以前我是沉在大陆里的，现在我飞翔在蓝天碧水之间。

搬去青岛的日子里，我的文字都和薄枷梵哥有关，他没有死，只是化身为中国古老神秘的方块字。开始，我在街道上问过很多人苏三这个名字，他们各自忙着自己的小生意，撇开我的问题，向我兜售自己的商品。渐渐地，我对找寻到她不抱什么希望，只是盲目地、习惯性地寻找。寻找苏三只是个象征性的符号，半年之后我开始清楚，我来到这里，不是为了找到苏三，而是想安静地让我心爱的人伏在我心里，像空壳里的幼草。我想找一块没有人的海滩，用木头搭建一座小房子，一辈子住在那里，守候着潮起潮落，随便哪天海浪卷过来把我的性命拿去。

最开始的那段时间，我会幻听，在海浪声音的缝隙里，我会听到薄枷梵哥仿佛就在我空灵的隔壁，叹息和祈祷，醒来和入眠。如果我只是一个他生活的偷窥者，他还会不会死去？我是一个不祥的人，童年时算命先生说我被种上某种咒语，让我微笑的事物都要倒霉，比如晴朗的天空、灿烂的星辰、如黛的远山，它们总在我感到幸福的那个时刻突然变了颜色。

幸好长大后，我学会了书写，把一切不能付诸感情的东西托付给文字里的人。文字也不可以让我微笑，只是感觉空乏，一切都离我太远，我只是个旁观的人。爱情就像是长长的睡眠，醒来后想抓住什么东西，可又忘记了是什么，手臂悬在半空中，落寞空虚的剪影。直到我遇到了薄枷梵哥为止。在他死去的时候，我突然意识到，我有多少年没有爱过、没有幸福过了，以至于我都忘记了关于幸福的诅咒。

薄枷梵哥的躯体被运送到一个我从未去过的地方，他的生命在这个国土灵光一现，最终回到出生的土壤或者海水。相比较于不被重视的生，忙忙碌碌的死亡是不是要稍微好一些。关于他二十二年郁郁寡欢的人生，我稍微了解那么一点。他的母亲因为难产而死，比海水还汹涌的血伴随着他一起来到世上，父亲爱母亲爱得发狂，终身未再娶，躲在悼念母亲的小阁楼里终日不见笑容，把他视为仇人。他在祖母家长大，在懂事之前，始终没有人告诉他，为什么他既没有妈妈，也见不到爸爸，他变成了小孩里的异类，性格乖僻。

　　五六岁的时候，他发现自己有预知的本事，在梦境里发生的事很多都变成了真的。某天早上他哭着醒来，想起刚刚做了一个关于火灾的梦，就发生在祖母今天要去的集市的路上。他在梦中看见祖母被烧焦的脸，变形、扭曲，在火焰上嚎叫。在祖母的葬礼上，他的哭声是最让人惊怵的，因为只有他见到了祖母被燃烧的整个过程，别人都只是泛泛地伤心。可怜的男孩自发地感觉到预知是种不幸，他不敢告诉别人，一件一件事情跟随在梦境之后发生，他简直不敢闭上自己的眼睛。

　　他梦见过同学父亲的车祸，梦见过在遥远的伦敦一座不知名的写字楼电梯失灵，梦见过深海里的海豚集体自杀，梦见过母亲说她在那个地方过得很不快乐……大约在他十岁的时候，他恋爱了，他把那个女孩看成世上最美好的人，对她无话不说。他对她说，他梦见一个邻居的新生儿是个不会说话的哑巴，同学把这话传了开来。邻居开始天天诅咒他，在查出孩子真的患有疾病之后，他守在薄柳梵哥散学必经的路上，打算开车撞死他。薄柳梵哥瘸了一条腿，再也没有朋友，再也不信任什么人，年幼的他时常怀疑，上帝为什么允许像他这样罪恶的人活着。

　　我不晓得他来到中国是什么原因，我只知道他是个怪人，把自己封闭起来，不愿意和人交往，只跟屋子里横竖交叉的玻璃打交道，和玻璃上零碎的影子交谈，分享人生的私密。他就像一只被咒语变成了野兽的王子，远远地站在人群之外，艳羡地看着人间的生活，却不敢走近来。他每日只是锁在这座高耸入云的公寓里，坐在朝着烟火的方向，打开记事本，记录从有记忆开始的每一件怪事。

　　我曾乘他不注意的时候，翻看过那么厚厚一摞的红色本子，可记录用的语言却是我读不懂的，是一个一个奇怪的符号，是什么奇怪部落的语言或者是他自己创造的记录方式，我不清楚。他记录的目的只是记录而已，不像我的小说，每一个字都散发出渴望被阅读的欲望。如果他一直活着，他是不是能成为诗人、哲人、先知，或者别的什么。可惜他活在现在，一个不相信奇迹和超能力的世界里。

　　如果他还相信朋友这么一回事的话，我是他唯一的朋友。他相信我，我也相信他，我们仿佛是两只没有羽毛覆盖的小鸟，在这个世上相依为命，仅仅只是三天而已。我了解他那种人的痛苦，希望在他每个噩梦醒来的时候，我都可以把他哭泣的淡黄色头发拥在怀中。梦是一种折磨，醒来又是一种折磨，除了睁开眼睛那一瞬间里我的胸怀，哪里还有小小的温暖呢？我们的相爱是自然而然的事，和我以前恋过的那些人都不同，还没等我体味到我有多么爱他，他就已经死了。

2005年，时间比什么都快，人们就是这么遗忘的。我习惯了青岛充盈着海腥味的风，习惯了潮湿的空气、晾不干的衣服和长霉的家具。除了写作之外，我唯一的课题就是去设想，如果没有遇到他，我会怎么样；如果没有遇到我，他会怎么样。我想我定然继续写那些让少女潸然泪下的文字，或许成为一个畅销书的作者，坐上飞机去各种地方参加发布会。我一定会忘记被诅咒的童年，不，或许会在哪一本书里写出来，为作家的一生披上一层迷幻的色彩，再加上点谎言和渲染就完美了。我会继续恋爱，以为纯情和眼泪是这个世界最后的王牌。我会以为我的文字足够美妙了，以为我是一个被精灵附着了的女孩……

如今我穿着宽松的棉布裤子，在海边心事重重地漫步。只有每日都陪伴在海身边的人，才可能见到海最美的时刻，蓝得可以融化一切，蓝得混淆了海水、天空以及人的灵魂。特别是当你的身体钻进水面的那一刻，这个没有尘埃的世界，可以让你忘记所有的烦恼。我疑心我会被海水染成蓝色的皮肤；我疑心自己要渐渐长出鱼鳃，渐渐学会在水底呼吸；我疑心我已经习惯了鱼类的哲学，厌倦了人类自以为是的所谓善良。海洋是宽容的，它甚至接受我这个背着氧气瓶的异类，接受石油和垃圾在它的皮肤上荡漾，接受船只的呼啸声像把尖刀一样划过它的身体。

在夕阳的光辉把海水照得金碧辉煌的时刻，海边的楼房、树木以及在海面上最后飞翔的海鸟都变成了暮色的剪影。一天要过去了，大海要进入它自我疗伤的时候，我会想，苏三在哪里，她的人生和悲伤是什么样的？

海水倒映出我的面孔，东方式的瓜子脸，细长并永远忧郁的眼睛，右眼下藏着一颗淡褐色的痣，据说有这种痣的女人免不得一生都要哭泣。我记得十四年前，父亲像押解犯人一样把我塞到开往北京的长途汽车里，密不透风的长途汽车上空气浑浊，充满了呕吐物的气味和不可言说的疲惫感。父亲要把我送给一家不能生育子女的老夫妻，临走之前，我拽着母亲的衣衫，问她为什么不要我了。善良的母亲号啕大哭，说我是个不祥的人，如果把我留在村子里，别人都会遭殃的。我又问她，那么我会不会让那对收养我的老夫妻遭殃。母亲说不会的，不会的，可也说不出来为什么。

我渐渐好起来，一个曾被当成怪物的小女孩只要受到一点点的关爱就会觉得异常的温暖。我慢慢忘记那些不幸的事，葬礼、哭声、疾病、贫穷、仇恨、复仇等等一些关联的词语。那个村庄现在会是什么样子，会有着袅袅的炊烟,幸福安详的生活吗?我的乡邻们是否找到一条通往宁静安逸的道路,所有的老人孩子都像祝福语那样长命百岁?

高中的时候,我的养父养母相继离开了人世,那是我长大以后第一次体会到悲伤。把养母的骨灰安葬在养父旁边之后,我长长地舒了一口气,他们终于到死也没有知道我的秘密——他们收养的孩子是一个不祥的魔鬼。

我开始荒凉地活在这个世上,对我而言,没有比寂寞更好的伙伴,再也没有人会因为我倒霉了。我开始写那些催人泪下的小说,开始谈不痛不痒的恋爱,人生说悠长也悠长,说短暂也短暂。如果没有遇到薄柳梵哥,我就会这样过下去。这时夕阳已经完全沉下了海平面,我看着逐渐融入深黛色海水里的落泪痣,我明白,悲伤的人根本不会落泪。

我没有来得及问薄柳梵哥,他是否爱过我,肉体能代替灵魂回答问题吗?性爱不是别的,不是欢愉和快乐,只是两个恐惧的小龙虾在互相慰藉。他大约不爱我吧,他爱的是那个叫苏三的青岛女孩,我不知道他们因为什么相遇,为什么相爱,薄柳梵哥不远万里来到中国是不是和这个叫苏三的女孩有着某种关联。我只知道苏三已经消失在青岛宁静的林荫小道里了,每个迎面而来的姑娘都不是她,她们个个长着死板的面孔,笑容是一模一样的,化的妆也极其相似,千篇一律地忙碌,千篇一律地渴望七彩祥云上的王子。薄柳梵哥会恨我吗,临死前,无论他说什么,我都应该帮他办到的。

我害死了薄柳梵哥,我以为十四年的普通生活已经让我失去了魔鬼的能力,我以为魔鬼已经腾空而去,给我留下一具空荡的躯体。而薄柳梵哥还是死了,就在我微笑的时候,魔鬼扼杀了他俊美的脸。我不配拥有什么,一万吨海水也洗刷不了我的罪恶。

如今我丢掉了二十多年来所有的东西,工作、名望、积蓄、朋友,我曾经拼命追求的东西就像这海上的一把雾气。雾气渐渐淡开,露出海迷人的肌肤,海是一切幻觉的真理。我什么都没有,一个人住在青岛的海边,等待长着毛的霉逐渐爬上我的身体,虚弱的时候就抱起从隔壁房间里偷来的笔记本,那些奇怪的符号语言是我唯一的可能性。寻找不到苏三,我也并不失望,最起码薄柳梵哥让我认识了大海,我的余生再也离不开大海了。

后来,我也遇到了一些对我感兴趣的青年,他们问我为什么每天都要在黄昏的时候来海边漫步,每天都是一个人。是啊,我总是不知不觉地往海的深处走,喜欢感受海水给我多一分再多一分的浮力——我不是孤独的,最起码还有海水的力量。我不知道怎么和那些青年说薄柳梵哥的故事,他们在音乐广场上玩滑板,一切对于他们都是新的。他们很容易信仰什么,也很容易遗忘什么，他们的好奇心像大海一样包罗万象。我告诉他们，我在寻找一个叫苏三的女人，他们一哄而笑，说苏珊才是漂亮的名字，苏三是古老京剧里的人。

我寻找不到她，一年内我找遍了青岛所有的湿润的街道，在每条黄昏的海岸线上漫步与奔跑，苏三却从来没有出现过。我想，或许根本就没有苏三这个人，他只是赋予我一个责任，让我不那么轻易被咒语击倒。那么，他究竟为什么要死呢，既然他都已经遇上我了……

如果可能的话，我想变成一只无形的昆虫，飞进薄枷梵哥记载着最后几天梦境的脑的沟壑里，看看他究竟梦见了什么，会让他死得那么轻盈宁静。我只记得最后的一天，他念着谁也听不懂的祈祷语，虔诚地匍匐在阳光里。他说人总是要死的，这是他最后和我说的话。我也有最后的话要说：找不到苏三，可是，我来了，亲爱的。

一个穿着宽松棉布裤的女人，面孔惊人地消瘦，把一本红色的日记本贴在胸口。她是死亡的，又是生动的，她迈着细长有力的双腿朝着夕阳的方向奔跑，海水被她的双足濯成一片美妙的浪花。她试图跑进夕阳亲吻海水的地方，在远方渐渐变成了一条赤裸的鱼。大海那么宽容，定然能容忍一具罪恶的躯体。除了海，再也没有葬身的地方。

（原载《萌芽》2006年第二期）

红粉·致命胜利

冬安居

但觉脖颈骤然一热，温暖如春。

我第一次真切地仰视自己。裸的玲珑踝，裸的晶莹腿，裸的柳枝腰，裸的半个酥胸。我有点后悔，刚才不该太过挣扎，以至于这般帛裂罗碎。

幸好锦缎罗裙里的身子不愧于见人。

我欣赏着那具躯体，惊叹于它的新鲜和白嫩。

新鲜，是因为它来到世间不过16年。白嫩，是因为它浑然如玉、如雪、如凝脂——自足至腿，至腹，至臂，至胸，至肩……

肩往上，是脖子。鲜艳异常，赫然触目。

血自然是鲜艳的，何况是刚见光的血。

脖子再往上，就什么也没有了。

脖子上本来有的那个东西，现在地上。它本是我身体最美的一部分，现在却什么都不是了。

我的明眸自来善睐，顾盼生辉。我最后一次转动眼珠，波光流动中，但见我的尸首边，一左一右两个男人。

吴王阖庐。

孙子武。

女人的一生，也就这么两个男人吧，一个是爱，一个是死。

还有吴王身边的两个女人，艳娘和丽姬。一个在哭，一个在笑。

哭，因为艳娘是我姐姐。笑，却不是因为仇敌丽姬幸灾乐祸，她是被吓笑的。哭的人只会哭一时，笑的人却会笑一辈子。

哭哭笑笑间，她们见证了我的胜利。

只有女人能见证女人的胜利——致命的胜利。

我慢慢地合上眼睑，再不愿见他们，安静地合上眼，就此作别万丈红尘。

毕竟，我赢了。

艳娘曾说，她宁愿小时候没有听过美丽双姬的故事。她说这话时手里擎了朵水芙蓉，花曾经很美，但这一个月已经死了。你简直想象不出死了的花有多丑陋，没有花瓣，秃着头，而且发黑，而且发臭。

越是美丽的花，死得越难看。

可艳娘还是擎着它。因为几个月前，吴王把花送到她手里时，它是活的。艳娘是死心眼，她以为活的东西会一直活。她不知道，死总是伴随着活的。比如，当她让吴王心里开出花来时，美丽双姬已经在吴王心里死了。

我见过吴王心里开出的花，美貌是花子儿。我和姐姐把一叶扁舟藏在藕花深处时，我就在期待花种破土，村里的大吏说过，吴王今天会出巡，大吏还说，平民要关门闭户，不许偷看。如果惊扰了圣驾，格杀勿论。

大吏的声音很凶狠，艳娘就怕了。她战战兢兢问我：要是、万一、如果……

我说，想想美丽双姬吧。

我们从小听乡人们讲传奇。小户人家，生计维艰，但凡女孩儿，养到半大总要卖的，卖为奴，为婢，为妾，为妓，为妻，都一样。

美和丽，好货卖了个贱价。买主是草菅，他说多少钱，自然就是多少钱。因为草菅是夫桀的管家，夫桀是吴王阖庐的弟弟。

草菅出价低，因为他只是要买两个托盘。宝贝的是太湖底刚捞出来的两颗夜明珠，鹅卵大小，晶莹碧绿，暗夜里毫光逼人。他要作为年节的厚礼，献给主子夫桀。

夜明珠是灵物，有脾性，怠慢了会黯然的。先前在湖底，有水汽滋润，如今离了幽潭深水，就需用人气来养。所以不能随便搁在盒子里，锦缎宝椟也不行，要玉质处女噙在嘴里，温气软流的时时抚慰。

美和丽，就是两个华丽的托盘，托盘价低，原是常理。草菅不是郑国的傻子，不会干出买椟还珠的傻事来。

年节将至，美和丽的唇上供着宝珠，献于夫桀门下。夫桀正在拟定供奉王兄的礼单，一见草菅的礼单上有"上等太湖夜明珠两颗"，顺手一钩，便直接转赠了。

美和丽，就这样呈到了吴王面前。

少女赤裸的胴体，在隆冬的深夜微微地抖，不敢明目张胆地冷。夜明珠在暗室里熠熠生辉，映照着发紫发乌的唇，如同色泽幽深沉沉的上等檀木托盘。

吴王命宫娥掌灯。他看中了托盘，夜明珠却趁兴赏了下人。到底还是买椟还珠。

美姬和丽姬的娇宠，是整个吴国人都津津乐道的，虽然没有人亲眼见过，而亲眼见过的人从来不说什么。可是所有的吴国人仍然相信美丽双姬的娇纵和幸福。

女人最大的事是出嫁，女人当然要嫁给能嫁的人当中最好的那个。吴国女子能嫁的最好的人，不就是吴王么？

被王宠爱的女人。

可是，为什么不是我？我自问。看看姐姐发白的脸，我又问：为什么不是你？

美和丽有多美，我不知道，但我知道我和姐姐有多美。我们站在路边，再宽的路也会堵的。方圆数百里都知道，水家有芙和蓉一对姐妹花，艳夺天下。

我还知道我有多年轻。从我记事起，美和丽就进宫了，现在总在25岁上下，已经老得不像样了。

姐姐还在问，蓉，要是、万一、如果……

我说，别怕，芙。我就不怕。美丽是花的特权，所以花不怕。花要敢于开放。

当吴王的龙船渐行渐近时，当采莲的歌声冲破我喉咙时，当凶神恶煞的侍卫将我们拿下时，我也曾害怕，可是我保持鬓发，整理裙衫，我不让自己狼狈。

抬头见吴王。我分明看到他心底的花一时怒放，猝不及防。

吴王探身折了两枝荷花，赐给我和姐姐。吴王说："你们看，这对姐妹花把荷花都逼枯萎了。"荷花并没有枯，不过我看到他身边的美姬和丽姬在那一刻凋谢了。

她们真的很美，美得让我于心不忍。女人何苦以女人为敌？

可是伺驾十年，她们已经不新鲜了。不新鲜的花，迟早会谢的。

姐姐和我，芙和蓉，成了吴王的艳娘和妖娘，成了所有吴国人茶余饭后新的谈资。

内宫深处，暗不见天日的地方，美丽和妖艳的战争爆发了——拉锯战，而且旷日持久。但硝烟弥漫、战火纷飞中，胜负渐次明朗。

姐姐固执地擎着死了的水芙蓉，幽幽然："我们四个，为了……这么争，有什么趣？一个人何苦为另一个人活？一群人何苦为一个人活？"

我不回答，因为说不出话来——宫女正在给我点唇。香帘后，接我去见吴王的宫人和肩舆已恭候多时。

我不回答，还因为姐姐这么说，只是因为香帘后没有接她的轿。

美姬不仅美，而且能上下融通，左右逢源。姐姐没有那一份乖巧伶俐和八面玲珑。

吴王倚在榻上的一堆竹简上，我偎在吴王怀里。

我用柔软的发和柔软的腰缠绕他，用青春的唇喂他吃末春的杨梅。我无意般絮絮道，艳娘在宫里好寂寞啊，上次王出巡，为什么不带上她，出去散散心也好。

吴王浪笑，牙齿折磨着杨梅核，咯吱作响。她没有你妖，没有你骚呀，我的心肝肉乖乖。

我不做声，也不再喂他杨梅。吴王反过来哄：上次，寡人不是把丽姬也丢家里了吗？又没有亏待你们姐妹。太偏袒了，也不好。一边说，一边把嘴拱上前来。

正这般缠绵，听到外头报，孙子武求见，候在殿下。我问：谁的孙子？吴王失笑，是孙武，齐国的一个穷小子，还自称是什么兵圣。

吴王拍拍身下的竹简，他写了这十三篇劳什子，前日里转了很多弯，托人献给寡人的。迟疑了片刻，又道，不过寡人看了，倒还有点意思，见一见，又何妨？吐了血红的核，翻身就要走。我醋道，莫非孙武比我妖，比我骚？让王这般猴急。

吴王拍我的脸，调笑道，这你就不懂了，有他才有你。

他的意思是，有兵有武才有江山，有江山才有美女。男人的心如此九曲十八折，女人淹没在简单的宠爱中，如何能知道？

我不屈不挠，追上一步问，下了朝，可去看我和艳娘？艳娘对王可是一往情深啊，那朵荷花，她现在还留着呢。

吴王马虎应允道，好好好，就看在旧日荷花的分上，寡人去！对了，听说洞庭的荷花最好，等寡人攻下楚来，带你们姐妹去采洞庭的芙蓉水莲花。

那么远的承诺，谁敢信？但不信又能如何？我心慌慌，犹自拉了他的手，不舍。吴王便道，不如你陪寡人一起去见孙武？

真丑。

我对孙武全部的印象就是这个。人怎么可以长得这么丑呢？还有那么寒碜的衣服，那么迫切想被重视的神情，交织着谦卑和倨傲。我尤其不喜欢他的眼睛，不是因为那双三角眼充满欲望和攫取，而是他的眼珠子看人和看木石时没有区别。

我半侧着身子，无所用心地玩指甲，指头上染了杨梅汁，是血的颜色。耳朵闲着，便有一搭没一搭地听到吴王的声音。

你能用兵吗？

真的？

能把军队训练好？

什么兵都能训吗？

没问题？

孙武窘红了脸，坚持句句都答是，愈答身子愈前倾，吴王嘴角挂了哂笑，依然句句都是问，愈问愈往后倒，毫不掩饰的怀疑。我忍不住噗嗤一笑。

吴王亦笑了，回身揽我的腰，嬉逗道：什么兵都能训练，那美人也能训成兵么？

我娇嗔地轻拍他一下。讨厌！

孙武瞪着的死鱼眼珠子居然瞬也不瞬，语调亦不变，道，是。

我和吴王都纵声大笑起来，妇人勒兵，真好玩。吴王戏弄道，好啊，我就把后宫的一百八十个美人都交给你，你要是给我训成了，我就拜你为将。

孙武居然一直很严肃，好像吴王真的在说国家大事。

美人们都应召出来了。顿时万紫千红，花红柳绿春意闹。我一眼就看到了星目幽幽半含怨的姐姐，而抢在她前头的，正是眼中钉和肉中刺——

美姬和丽姬只当我不存在，径直拥到吴王侧，肉堆肉挤，呕哑嘲哳。我忙拉了姐姐的手，占据另半壁江山，软语软体，莺语娇啼。

孙武已然把美人们分作了两队，奏道，军当有将，王最宠的姬妾二人可为队长。

吴王顺口应道，那美姬、丽姬，你俩去吧。

双姬得见吴王的机会日稀，这会子哪里肯动？只是磨磨蹭蹭的，赖在王身上不下来。强被吴王推下座去，降到台下，立在美人队前，愁眉苦脸地持戟僵立。

我不喜反恼，正色问王，为什么叫她俩去当队长？

吴王谗了脸的左拥右抱，不及搭腔。

我的腰肢水蛇般扭开去，因为不悦。适才孙武说的是，王最宠的姬妾二人当为队长。原来，王最宠的，还是那两个老邦菜！再看美丽双姬，旋即已转愁为喜，笑逐颜开，志得意满。

吴王惊道，是吗？小孙你是这么说的吗？

孙武道，是。

吴王想了想，慰我道，算了，你就陪着寡人看操练好了。寡人还舍不得你的小玉手儿拿那铁家伙呢。他握了我的手在掌心，珍宝般搓揉。

不。我恰如其分地任性，坚持道，王若真可怜我们姊妹，我们就该是队长。若不得宠，我们也该在队伍里，就当小兵好了，横竖早晚是炮灰。

美丽双姬分明把紧了戟，吴王还要哄，我的心性被激起，越发的不依不饶。今日姬妾全都在，外臣在侧，众目睽睽。我要所有人都明明白白地看到，谁是吴王最宠的人。我要一举定下名分来！

吴王怎奈我的歪缠？何况他原不曾驳过我的。我得了应允，携着姐姐的手，昂昂然走下台去，铿铿锵锵踩碎万众目光，直踏到美人队前。

风光无限。

丽姬已然变了脸，我伸出手去，要夺她的戟。

戟如权杖，顷刻易手。

她的坚持只在瞬间，便脱了手。她看我的眼神里，有恨，有怨，也有服输服软和恐慌。桃花面上清泪双划过，她掩了脸跑开了。

吴王显然不意有此变故，一时不忍，着人唤她回来，拉在身边，好言劝慰。丽姬在吴王怀里啜啜泣泣地止了泪，却再不敢看我。我记得她看我的眼神，有恨，有怨，也有服输服软和恐慌。

胜负立定，大势已去。

我窃笑。

美姬骤然巧笑倩兮。王，我是旧爱，妖娘是新欢。今日里旧爱新欢一起给王演习妇人兵阵，岂不有趣得紧？

丽姬刚刚失势，她就撇清两讫，不过为自保。而于我，她显见得已是妥协至于自甘败局了。

她手里握紧了戟，眼巴巴望定吴王，却不看我。我知道，她是不敢，如若她看我，她的眼神必是与丽姬一样，有恨，有怨，也有服输服软和恐慌。

吴王最不奈妇人纠缠，忙忙地应，好啊好啊，如此甚好。艳娘，你快上来陪寡人。

不待我出声，姐姐已转身。我只恨姐姐愚痴心软，竟然放美姬一条生路。放着余勇不追穷寇，不怕放虎归山？

姐姐已转身，我也无奈。

夺了半壁江山。

收辍半日，规模初具，逐鹿台下设铁钺，立战鼓，杀气登时腾腾升起。

孙武开始说话，心。手。背。前后左右。隐隐约约、断断续续的。我全然未听清，双目只仰着台上，要时时接上吴王的眼神，不使一星半点旁落，肥了他人田。

吴王的目光，果然点点滴滴落在我眼里。我飞目扬眉，眼波星动，故意不看他。由着他慢慢欣赏我不同的神情。

眉眼正勾搭火热处，右边鼓声暴起，唬得我丢了戟，抚胸大骇，惊魂难定。

鼓声歇了，天地俱静，只听得吴王大笑不已。他凭空点着我，前仰后合。我料知必是自己适才花颜失色的傻样惹他发笑。他一直只在看我，思及此，由不得我随之娇笑微喘。

众美人亦回过神来，狒然呼、轰然笑，队阵俄顷大乱。原来演兵较之平日猜花、赛歌、春日丽人踏青游，竟有趣十倍。

孙武高声道，是我的错，没跟你们讲清楚。我再讲一遍……

他说了很久的话，声音已半嘶，哑着嗓子。可是有谁听？众人看定他，窃窃笑不已，纷纷道不休。

这人好丑啊，脸还跟石头似的板哦。

还搞得真的跟真的似的。

齐国的口音听起来好奇怪呀。

王在看你呢。你假装不知，别看他！

哪里会？他眼里怕是只有那一个妖精！

呸！

瞧那些击鼓的人，倒是威风。还有摇旗的……

纷纷扰扰。

鼓声又起，这一次击在左。

众美人又大笑。笑击鼓的卖力又滑稽，笑孙武的正经架势可厌又有趣。我亦然，不仅有趣，而且我知吴王在看我的笑，我还知美姬也在笑，也指望吴王看她的笑。我要笑得比她娇，比她妖，比她妩媚比她俏。

鼓声停。笑方歇。

孙武冷冷道，战鼓即军令，军令如山倒。我没说清楚军纪，是我的错。如今我已然说清楚了，还违反，是队长的错。来人啊，把左右队长推出去斩了！

我和吴王，尤在台上台下相视而笑，已有人上前，生生扭了我的臂，将我推在地，刀架颈上。我和吴王的笑同时惊破，残了一地，难收拾。

斩？

军刀举起，寒光赫赫，阴气逼人。斩！我和美姬魂飞魄散，同声惨叫，王救我。我们从来没有这般一致过。

王果然救我们。逐鹿台上滚下一人来，是吴王的近臣传令使，传吴王言：小孙你果然用兵如神，寡人已经见识了。至于这两个爱姬，就免了吧。寡人没有她们，竟是睡不着觉、吃不下饭的。

闻此言，我窃窃得意。乜斜美姬，亦是眉梢堆喜，与我一样。唯独这一次，我竟不厌她，脖子被雪刃寒了一回，从鬼门关前折身回来，彼此多了怜惜和同情。

孙武向传令使行礼，恭谨却依旧阴冷，道，虽是模拟，我终究是将。将在外，君命有所不受。斩！

斩！斩！！斩！！！

那个削尖了脑袋要谒帝台的孙子，甚至余光都不瞥我们一眼，便口口声声喊杀。竟是要用我们的血祭他的显达路！我不惧反怒，遽然起身，直冲到他面前，逼得他倒退了三步。

我点了自己的鼻头，冷道，你要杀我？你知我是谁？

孙武微窘微惊，道，你是吴王的姬妾。

我且悲且愤，一字字道，不，我是妖娘，我是蓉。你可知蓉是谁？你可知？

孙武道，不知。我只知道，你是吴王最宠的姬妾。

我一时哭出声来，他要杀的，不过是吴王最宠的女子，你要杀给天下人看，杀给吴王看，你要扬你的兵威。只是这一切，与我何干？我只是蓉，只是与美丽争风吃醋，用嘴喂吴王吃杨梅的妖娘，为什么是我？

孙武道，你就是吴王最宠的姬妾。

他不认识我，竟执意要杀我，不过因为我是"吴王最宠的姬妾"。如果"吴王最宠的姬妾"另有其人，他要杀的自然也另有其人了。

原来他要杀的，不过是一个头衔。可每个头衔下，是一个活生生的头颅啊。

我扭头，惨然高呼，王。

孙武竟与我同声高呼。

王。

我的命，孙武的官职前程，都悬于王。

吴王拍案，长身而起，高声叫，孙武听令，寡人知你善兵，罢了罢了。只是这两个美人，到底你不能伤一毫。

美姬闻言跃起，扑过来挽我的手，抚我的肩，笑如花开。我亦平生第一次，拥抱她。

死里逃生。生死与共。

孙武黯然，不过片刻，复凛然道，王既徇私情，何必嘱我勒兵？无兵，何以得天下？

天下？天下！

吴王一错愕，跌坐下去，只在瞬息间，他别过脸去，右手虚虚弱弱地挥。

孙武会意，所有人都会意。

转眼间风云突变，杀声四起。我与美姬强被扯开，刀剑相加。

吴王旁边的丽姬突然破空一笑，撕裂杀气。前一刻她还是失败者，现在她成了最后的赢家！我不甘心。

坐在她那个位置上的，原本是我！孙武要宠姬为队长。吴王分明说了，美姬、丽姬，你俩去吧。

去赴死。

我直指着吴王身边的那个女人，疯狂地尖叫：她才是，她才是宠姬，她才是队长，她才是该被斩的人。王，王啊……

吴王始终不回头。左右来了很多男人，七手八脚地拉我，或许只是为了趁机摸我，我亦不知。披头散发罗衫裂。连我自己都知道，自己这一刻有多丑陋。

丽姬继续笑，笑不可遏。

我终于在丽姬的笑声中止住了挣扎。她笑得那么欢畅，痛快淋漓，手舞足蹈。生性谨小慎微的丽姬从来不曾这般放纵和飞扬，从来不曾这般美丽。

丽姬，原来真的是丽人。

只是，她再也止不住自己的笑了。

原来，她也输了。女人与女人为男人斗，没有赢家的。

男人和男人为江山斗，可有赢家？是吴王不是？

临刑时，孙武黯然，说他并不认识我，自然无冤无仇。无冤无仇，却定要杀我。

临刑时，吴王泪流，说他爱我。身为大王而爱我，却放纵他人杀我而不顾。

原来世界竟可以如此荒诞，不可理解。

孙子杀我，竟与我无关。他的目的，是兵，是吴王，是他的将军路。

吴王杀我，也与我无关，他的目的，是天下。

或许吴王没有错，或许孙武也没有错，可是他们都没有错，我又何罪之有？以至于今天身首异地！

不过，所有这一切还有什么意义？我凄然笑，回头问美姬，我叫水蓉，你呢？我还不知道你叫什么呢。

手起刀落。万籁俱寂。

附记：

妖娘不知艳娘知的事：

我和丽姬当了新一轮队长，美人军队整齐肃静，中规矩绳墨。连疯子丽姬都没有犯错，齐国的卑微小子孙武由此如愿以偿，被拜为将。

吴王曾跟我说到过他对妖娘你和美姬的思念，对丽姬的愧疚。可是很快，他就连我都不认得了。他生命最后一次"最宠爱的姬妾"，是洞庭渔女甲姑娘和郢地第一花乙姑娘。

丽姬最终死于冷宫，死于阖庐伐楚留守，夫□归吴自立那年冬天，开春雪化，才显其尸。未葬。后阖庐引兵回国攻敌，战乱中，丽姬尸骨无存。

我最终死在太子夫差剑下。他向伤重将死的父亲发誓：我如果忘记了越王勾践的杀父之仇，有如此女！于是阖庐立夫差为吴王。

艳娘不知冬安居知的事：

阖庐、孙武、夫□，都是中华英豪，留于史册，名传千古至于今。

其他人等，史无载。

2006年5月，读史而作

《史记》卷六十五　孙子吴起列传第五：

孙子武者，齐人也。以兵法见于吴王阖庐（和卢）。阖庐曰："子之十三篇，吾尽观之矣，可以小试勒兵乎？"对曰："可。"阖庐曰："可试以妇人乎？"曰："可。"于是许之，出宫中美女，得百八十人。孙子分为二队，以王之宠姬二人各为队长，皆令持戟。令之曰："汝知而心与左右手背乎？"妇人曰："知之。"孙子曰："前，则视心；左，视左手；右，视右手；后，即视背。"妇人曰："诺。"约束既布，乃设铁钺，即三令五申之。于是鼓之右，妇人大笑。孙子曰："约束不明，申令不熟，将之罪也。"复三令五申而鼓之左，妇人复大笑。孙子曰："约束不明，申令不熟，将之罪也；既已明而不如法者，吏士之罪也。"乃欲斩左右队长。吴王从台上观，见且斩爱姬，大骇。趣使下令曰："寡人已知将军能用兵矣。寡人非此二姬，食不甘味，愿勿斩也。"孙子曰："臣既已受命为将，将在军，君命有所不受。"遂斩队长二人以徇。用其次为队长，于是复鼓之。妇人左右前后跪起，皆中规矩绳墨，无敢出声。于是孙子使使报王曰："兵既整齐，王可试下观之，唯王所欲用之，虽赴水火犹可也。"吴王曰："将军罢休就舍，寡人不愿下观。"孙子曰："王徒好其言，不能用其实。"于是阖庐知孙子能用兵，卒以为将。西破疆楚，入郢（影），北威齐晋，显名诸侯，孙子与有力焉。

（原载《萌芽》2006年第十二期）

此去经年

胡 涵

当一个人谁都不爱的时候，就可以轻易地爱上任何人，我是知道的。

但我没想到刚回家就接到小熙的越洋电话，说年后她要结婚。

正如我没有想到落野的第二次婚礼，新娘依然不是我。

呵，如何解释呢，若要听我细说，怕是辗转经年、曲折回还的一个长篇故事了吧，但要概括，倒也容易，无非是没有缘分而已。

"新郎是谁？"

"邱翼。"她补充道，"我并未同你提起过。"

"你是否已经决定？"

"是。"

"我希望你的决定不是欠考虑，小熙，你与安侨挣扎这些年，就算是荒废也该有些所得才是。"

"呵，要我如何决定？子初，先放弃的并不是我。半年前是他与我摊牌，说今生爱任何女人不会比对我更多，但已没有力气与我周旋。他太累了，需要成家立业，休养生息。"

"你也知他最爱是你，除非你不爱他，否则何苦鸳鸯两地？"

"如此简单的道理又何须我来教你？我们都爱对方，也都更自爱，你予我几许温暖，我便回馈几分关怀，若你收紧目光，我又怎会不自保？我承认，我们是爱得炽烈，但几番轮回，我们之间已是裂痕斑斑，纵然想要收拾心情平静相对共度一生，那些给对方的伤疤总会千方百计地提醒心痛，我们在一起，爱多，怨恨更多。"

我仰天。小熙三言两语已然道尽全部事情。她并不是飞蛾扑火的愚钝女子，却又何尝不是白白浪费这些眼泪这些年。

"十一年。"我说，"你同安侨十一年。"

"十一年又如何？总算我不是全然无所得，现在我至少知道我该要的是什么。子初，学费不会比你想象的更为便宜。"

"可是，连我都可惜你和安侨这么多年。"

"可惜？子初，你有没有可惜你与落野那些伤害和纠缠？"

落野。落野。

我的心脏瞬间酥软下来。这么多年，这个名字依然是能够让我心生悸动的两个字。想及当年阳光浅浅，他从身后拿出小小一株不知名的淡紫色花朵，摊开我的手放于掌心，轻声耳语："落落野花愿在你的掌心盛开，此生相连，切莫丢弃。"是十九岁的春日午后，面前的落野眼眸微蓝，嘴角温柔。我仰脸望向他，幸福大片大片弥散。

食指与拇指弯成一个圈，再瞬间分开。弹指间，往事灰飞烟灭。

此刻我的手心里仍有文着的小朵野花，而芳香，已是万劫不复。

"子初，子初？你还在么？"

我恍然："是，我在。"

"别多想，子初，落野始终不是你那杯茶，你当初的选择，是对的，我不希望你后悔。"

"嗯，我也这么以为。"

"那样最好，子初，下月9号，我希望你飞来，做我的伴娘。还有长平，带他来见我。我会算出他是否是你合适的结婚对象。"

"我尚未决定带来的是谁，"我调笑，"但你的婚礼，我一定会来。"

挂下电话。突然浑身乏力。

成年以后我逐日隐忍，贪恋琐碎平静的俗世幸福，再不曲高和寡，再不为赋新词强说愁，甚至再不伤春悲秋。许久前的某时也曾反思——莫子初几时起成了没心没肺简单头脑的市井女人？怕是伪装惯了不经意便入了戏。平日里不算是感慨良多的人，而今日，小熙一个电话却竟仿佛隔世召唤。

我与小熙是自高中一年级起的朋友，彼时都是身形高挑多愁善感的少女，难得的是爱好相似，成日黏在一起，写诗、看片子、读书、弹琴。也无止尽地相互倾诉，见证了彼此青春期里情绪的大起大落。

写信给对方。上课的时候。两人面容平静，笔耕不辍，看似认真做笔记的好学生，却在纸上写着："小熙，今日读到存在主义，每个人都是无理由地被抛掷在这个世界上互不相关的物体，整个世界就是一个没来由的杂物的堆积场。突然觉得路太长太冷，我走不下去……"如此这般。

而彼时小熙最爱写的是："子初，昨夜又梦到他，潮湿的阴冷的绿色空气，他从高高的山崖上向我俯瞰，我大声叫他的名字，他纵身跳下，却被树枝卡在当中……"

我于是一点一点知道那个名字叫做安侨的男孩，是小熙的小男朋友。小熙的皮夹子里一直放着一张模糊的照片，是她十四岁时两个孩子的合影，照片上的小熙一张圆鼓鼓的笑脸，旁边的男孩子大她一岁，只和她一样高，却已经有挺拔的姿态和硬朗分明的五官轮廓。

有时候小熙也会跑来我家跟我一起住。她在上海没有家。初二那年她只身一人来到这座城市，寄住在一个关系颇远的亲戚的家里。她的母亲这样不由分说地安排下她的生活，希望她能够在更好的环境得到更好的前途，却没有也不屑于去察觉，小熙已经把灵魂钉在了那个北方的城市。那里有她爱着的小男孩安侨。

少女时代的小熙瘦弱纤细，她握住我的手，急切地表达，反复地祈祷："子初你知道么子初，安侨说他要娶我，他在写来的每一封信的最后写，等到我们毕业，我娶你。"我很认真地握紧她的手："你与安侨结婚那日，一定要我做你的伴娘。"

两个人都眼波涌动。

陈年旧事，物是人非。二十五岁时小熙终于决定穿上新娘礼服，且如约邀我做伴娘，而新郎的角色却已面目全非。

想起当初我们盈盈相握的虔诚，想起那厚厚的一摞信的末尾恒久不变的"等到我们毕业，我娶你"，想起那些纯真到透明的日子，连我都禁不住泪水涟涟，而小熙在斯时斯地，是不是真能谈笑风生？

响起轻轻叩门声。我自梦中初醒，抹一下眼角泪水，入洗手间略略补妆，才走过去打开门。

果然，这个时候来敲门，除却长平没有别人。

他进门，凝住我半晌："恕我直言，你今日何以突生老态？出了什么事？"

老态？也许吧，往事伤神。但要我把过去讲给他听么？于理，我们相处已有几个月，该让他了解我的性格爱好，心情想法，但于情，没有必要。情理并不总是统一。我与他其实并无特殊关系，并不是出双入对的男女朋友，说穿了只是一个朋友，男性而已。他只需知道我年龄25岁，未婚，职业高尚，收入稳定，无不良记录及嗜好，喜穿黑色衣裙，工作尚属努力，不喜派对逛街，乐得蜗居家里享受清静。这些，足够了。

我笑。"哪里有事？衰老是人间规律。你若害怕陪着一个年老色衰的女子虚度一生，大可至幼儿园门口排队去等，挑个唇红齿白的小鬼头，悉心栽培，待伊到法定结婚年龄你染了头发择日完婚，那才是青春少女呢。"

他也笑："子初，与你在一起总是如此轻松愉快，我贪恋这份平静的幸福，怕是永远舍不得走开了。"

"永远？"我简直啼笑皆非，"长平，你不是那种不谙世事的纯情少年吧，嘘……莫言永远，永远太远。"

他依然是平稳的眼神，却如此强烈地直视着我。"子初，嫁给我。"

我愕然。我不曾想过长平会这么快向我求婚。

我一直固执地以为，一个男人要很爱很爱一个女子，才会向她求婚。比如安侨对小熙，又比如落野对我。而长平，他爱我有多少？

"你根本不了解我的过去。"

"你也说那是过去。"

"我们对彼此的性格习惯等等都不了解。"

"可以用一辈子的时间慢慢了解。"

"我们认识只有5个月。"

"这个借口不是你的风格吧。"

"那么，我还没有做好心理准备接受你。"

"这条理由我接受，你当然可以好好考虑。"

"我有多少时间考虑？"

"只要不是三年五载。"

"你为何选择我？"

"和你在一起的时候，我的心里是安定的。是家的感觉。"

我默然，与他在一起的时候，我的心里也是安定的，不似与落野那般汹涌起伏。

可是，我爱他么？

他又企图说服我："婚后我们可以在这里定居，也可以回国。你可以辞掉工作在家做喜欢的事情，也可以继续工作，我不会干涉你，一切照你的意思来。"

一个男人，为了一个女人，可以掷下人生华年耐心等待，可以随时改变工作和生活环境，可以随时放弃现有的一切工作成绩，重新开始……这些，已经足够优厚。

更何况他还有份高尚工作，可观收入，年纪轻轻已是华人圈内颇有名望的建筑师，前途不可小觑。最最不易的是人品温良，一直洁身自好，对围在身边的女孩子保持礼貌的距离，全无一般年轻有为而又自视英俊的男人的轻浮。

似乎已经完美。

"你不必立刻答复我，但你要告诉我现在我们去哪里吃饭。"他笑吟吟抓住我一只手。

我一凛。我与长平相处这五个月，一直是淡淡的君子之交，外人皆知我们是男女朋友，但事实上我们连手也不曾牵过，至多只是在穿过马路的时候，长平的手悬在我的身后，疼惜地不放下来。

他感受到我的犹豫，立刻放开了我的手。"对不起，子初。"

我反而有些歉疚，长平永远这般谦谦君子的形象，从来不会违背我的意愿。而落野，落野会在突然之间像抓一只小猫那样抓住我的后颈，低下头封住我的嘴唇。我不能呼吸。

我深深地吸了一口气。我不该在这个时候又想起落野的。我该好好地考虑长平的建议，嫁给他，或者不要继续耽误他。

"长平，我今天有点累，你一个人去吃饭好么，我想早点休息了。"

"那也好，我走了。是否要帮你买吃的东西送来？"

"不必了。"

"那好，子初，晚安，有空的时候考虑下什么时候嫁给我。"

他轻轻地带上了门。

长平的关心也永远是恰到好处，不像那个时候的落野，会大声敲我们寝室的门，把生病赖在床上不想吃东西的我一把就抱起来，然后从背包里变出各种清淡而有营养的食物，强迫我吃下去……

我使劲地晃晃脑袋，难道今天是真的发烧了么，为什么不停地想起落野？那个名字已经离我那样遥远。我们的缘分只有那么多，早在几年前我离开他的时候已经耗尽了。现在他已是别人丈夫，甚至会为人父，我没理由再暗自伤神。

而长平，才是摆在我面前的，触手可及的幸福。

初识长平，是在一座新楼盘的新闻发布会上，我带了摄像前去报道，房产本不是我的条线，可是该条线的同事玛丽当日家里突然有急事，要我一定替她完成任务。原本只是受人之托忠人之事，不想竟然因此结识未来男友。

哗，命运玄妙。若是玛丽自己前去采访，会不会是另一个感情故事？

记得那日在会场碰到旧日房东，发布会结束后她拉住我说介绍一个华人朋友给我认识，然后我看到之前坐在主席台上的楼盘设计师稳步走来。"你好，我叫安长平，很高兴认识你。"

我这才近距离看到他的面孔。恍然间觉得有些似曾相识，但印象十分模糊，好像是上个世纪在哪里见过。这种微妙的熟悉让我对他有了一点点亲切感，我冲他微笑，伸出手："记者莫子初，很高兴认识你。"

就这样认识长平。

之后的第三个星期他开始约会我，我对他不是没有好感，欣然赴约，到后来便发展成为男女朋友，固定是每周四次的约会，一、三、五、日，两个人都很配合地将其他应酬安排在剩余三天里。约会的内容也是有固定程序的，下班他到家里接我去吃饭，然后看一场电影，话剧，或者听场音乐会然后送我回家，也有的时候就在家里聊天，或者各自看书、上网。到晚上十点半，他便离去。

呵，严谨一如中学里的课程表。可是我们都乐得这样的安排，不必绞尽脑汁安排新鲜节目，也不必刻意制造什么气氛，默契一如老夫老妻。

嫁给安长平，婚后的日子不劳想象。安静，独立，彼此信任，不相干预。有相似的休闲方式和品位，不至于为了琐事而争吵不休，也不会有翻江倒海可生可死的激情。似乎可以用什么词来概括，嗯，相敬如宾是一种说法，举案齐眉是另一种说法。

没错了，这个男人已把最本能的特质表现出来：平头，带黑框眼镜，眼神安稳，从不吸烟酗酒，即使在最热的夏天也只穿长袖衬衫。理性，平和，可靠，有理想有前途……不容否认，他是一个无可挑剔的结婚对象。

可是，我爱他么？

识字以来一直相信，长大会与一个彼此相爱的人结婚，王子与公主，白头偕老，幸福一生。念诗，又是"画眉深浅入时无"，又是"君当作磐石，妾当作蒲苇"，直念得心旌荡漾，暖意融融。

结果呢？

结果生活毕竟不是古诗。大学毕业那年我往大洋彼岸升学，落野依旧潦倒。他到机场送我，彼此都没说承诺的话，他只是紧攥我的手，又无力地放开，说："以后要学会照顾自己了。"我没说话，转身走进安检处。再没有回头一次。

我知道，在我转身的那一刹那，我和落野之间，已经完了。我们本就不是一个世界的人，落野落后我太多，而男人永远无法忍受伴侣强过自己许多。我犹记得大四那年我兼职的公司里一起加夜班的男同事开车送我回寝室，靠在自行车上等我的落野一点一点看清我从车上走下来的过程。那晚夜宵时落野的沉默和爆发，我一百年后也依然会记得。

从那时起我便坚信，我们倘若在一起生活，即使我百般安抚他的自尊心，即使彼此深爱对方，即使坚持到结婚生子，我们都始终会分开的。教训太多，奇迹太少，我是平凡的安稳的庸俗女人，我不敢拿一生去冒险。

大学二年级在酒吧认识落野的时候，我已知道，这个驻唱的潦倒歌手，是我命里的人，我也知道，与我步入结婚礼堂的，不会是他。

又如何呢？那个年代里理智即使对这段感情判处死刑，汹涌澎湃的激情照旧拿着特赦令喊刀下留人。

几番纠缠几番逃离，多少眼泪多少挣扎，明知道这些那些全是徒劳，还是莫名其妙地勇敢向前，飞蛾扑火是一种说法，撞鬼中邪是另一种表达。我们因为知道注定要失去而彼此伤害，又因为舍不得失去而彼此关爱。现实的压力如芒刺在背，彼此都知道我毕业的那天便是分手的日子，可依然纠缠着僵持着，直爱到彼此遍体鳞伤体无完肤的时候，离别如期而至。

三年里说了无数次的分手又无数次地相拥而泣，到了真正分手却终于没有说出那两个字。机场一别就是永诀，彼此的心里是清楚的，只是那一瞬间谁都别过脸去不看，联手制造一个无疾而终的假象。

从此把往事收进箱子沉入潭底。如我少女时代喜欢唱的歌："我们学会许多说法来掩饰不碰的伤疤。"离家之前一切物质条件都有父母准备妥当，一切进取要求都有坚实后盾，所以有心力整日沉湎于一段青春往事做苦大怨深状。成年之后才悟到了歌词的真意，如今一切东西均要自己努力，包括毕业论文，实习报告，就职申请，升职加薪，公寓租约，看房东脸色，水电煤气，甚至包括修理突然抛锚的车子……

发达国家男女平等落实得好，待遇上不见得实现，要求上却一视同仁。男男女女都作出一副强者姿态，绝口不提旧日苦痛、挫折失败，即使提到也须以自嘲的语气改编成笑话，否则只会惹人漠视嘲笑。那些青涩幼稚痴男怨女的感情故事，那种疯狂事，不值得一提的小事，小爱情，哪里还符合游戏规则？

是，被打磨被修剪，莫子初干练短发坚毅神色，叫嚣乎东西，隳突乎南北地在职场冲锋陷阵，旧日恋人的名字早已丢弃在天涯海角。落落野花？真乃前尘旧事。

只是一个早已分道扬镳的故人而已。

分道扬镳以后呢？以后我在异国攻读硕士学位，落野杳无音信；再以后我辞职归国，邂逅落野，他已成为一间规模中等的公司里三名合伙人之一。另一个身份是，一个女人的丈夫。

我以为这些年来我远渡重洋异地求学早已甩开了落野加在我身上的沉重包袱，谁料跨越了经纬却躲不过宿命，落野在餐厅里突然攥住我的手："子初，当初看你走远，我没有信心追赶也没有胆量挽留，你走以后我白手起家去做生意，我熬过那些蹲在地下室里喝凉水的日日夜夜，我从卖盗版光碟开始，我几乎没有信心，但我居然成功了。我做那么多，就是想证明给自己，我也可以开车接你下夜班，即使我知道此生也许再没有机会见到你……子初，如今我已经有能力给你幸福，上天让我再碰到你，你说，我怎么还能放掉你？"

落野的手指弹吉他的手指，落野的手掌抚摸我脸颊的手掌，落野的温度温暖了我三个冬天的温度……他说子初你掌心落落野花还在，他说子初你已经跑了一次我不许你再跑第二次，他说子初你看我心口这里依然文你的名字，beginning，万事之初，我们重新开始……

他穿休闲西服端高脚酒杯，眼光炽烈眼波温柔。乐手在我们身旁抑扬顿挫拉梵阿铃舞曲……我想起若干年前在酒吧邂逅落野，角落里独自低吟浅唱的落魄男子，穿浅色宽大毛衣，喝罐装啤酒，在一曲终了突然说："把下面这首歌送给7号桌上的女孩，是我自己写的歌，《经年以后，幸福不远》。"

……

而经年以后，我们是否真的接近幸福？

我的心脏只是痉挛，我以为这些年来伤口缓缓结疤血液渐渐凝滞，我与落野早已是擦肩而过再无关联，即使再见面也不过相视浅笑云淡风轻。却怎料，却怎料经年以后，物是人非事事休，落野，落野却仍是我命里的劫难。我终于还是不能抽出我的手。

徒劳奔跑三千万里，跌跌撞撞回到原点。不是借口，比借口还要理所当然。

至办完手续从家里搬出来，落野才告诉我他已离婚。他的妻子早知道有一个莫子初的存在，也知道落野对她并无至深感情，觉得拖延下去毫无意义，忍痛签了离婚协议。落野对她是充满愧疚的，只能徒劳地用大把赡养费弥补。

这一切来得如此迅速，我别无选择，不可以再辜负他这诸多努力。于是落野置新宅买新车，只待与我圆了那几年前无比缥缈的梦。

　　但见新人笑，哪闻旧人哭。这世间从来没有完整的幸福，所谓完美，不过是拆东墙补西墙，如此而已。

　　无论如何，今非昔比，落野终于自觉与我般配，敢于向我承诺，更难得的是，我们对彼此的感情，一如既往。似乎是那多少年的苦痛熬到头，终于是合适的机会与落野结婚，可是，我为什么还是不快乐呢？

　　一个独身的男人，一个自由的女人，一个刚好的时间，一份还没来得及变质的感情……这一切来得太快太顺利太不真实，简直似幻觉。我狠狠摇晃头颅。

　　居然真是幻觉一场。被落野前妻的猝死打破。

　　是在我们开始筹备婚礼的时期，一日在家具城内落野的手机响起，短短10秒钟的电话，落野面如死灰。他不发一言，我于是知道多日来的预感终成现实，我们还是不能在一起。

　　落野的前妻在卧室里死去，是煤气泄漏。橡胶管破裂，无法判断是人为还是橡胶自然老化。但我和落野相信她是自杀。

　　她是一个勇敢而懦弱的女子。一直深爱落野，也一直明白落野不爱她。她勇敢到可以不哭不吵在离婚协议书上签下名字，却懦弱到不能一个人生活下去。

　　那个雨天落野跪在泥水里为她送行，而我在葬礼第二天收拾行囊再度飞往异国。

　　我知道，纵然我和落野终成夫妻，彼此深爱，我们都始终摆脱不了那个死去的女子的魂灵，我们会憎恨对方，并且自责至死。

　　我再次以决绝方式离开落野，相隔三年。这一次，我没有让落野知道。

　　上天同我和落野开了个玩笑，还顺便要我们付出巨大代价。

　　一切重新开始。我在一间华人电视频道找到合适职位合适薪水，努力工作以麻痹自己删除记忆。

　　与一班陌生人同处一室共同打拼，彼此之间互不了解也互不好奇，更棒的是一大半工作时间里东奔西跑地采访各界人士，男女老少，一面之交，再无瓜葛。剩余时间便是窝在编辑室里剪素材，人机对话，简单磊落，再快乐不过。

　　从来懒得参加同事之间聚会派对，故此也没有朋友，下了班以后急急赶回家中，泡茶，洗澡，窝在床上看肥皂剧，待到深夜蒙在被子里一觉睡去，便又老掉一日。

是不是就可以这样老掉一辈子？

然而，那文着落落野花的左手掌心却每到下雨天便隐隐作痛，提醒着我一个女子的死去，是因我只想满足自私的一己幸福。我甚至猜测，落野刻着我名字的心口，会不会也在雨天隐隐作痛。

经年以后，我与落野还是离幸福太远，还牵累一个无辜女子搭上短短一生。

她错不在爱上一个心中另有其人的男人。她错在对这份婚姻投入全部心力。一旦崩塌，万事皆休。

尚不了解游戏规则就买票进门。命中劫难。

后来听说落野与公司里新来的女同事闪电结婚，终于放心。我想落野的心口定是比我的掌心更为疼痛，因他要遭受更为巨大的内疚与痛苦。

如今他与一个完全不了解那些过往旧事的女孩子结婚，也许可以渐渐更换心境安度此生。

逝者已矣，活着的人，还要继续。其实我和落野谁没了谁也一样可以生活。

是在这个时候遇到安长平。

他给我平静给我关怀给我希望，让我想着，自己也许可以嫁给他，为他做饭生子，模糊掉来路和一切往事。

我的心突然温暖和光亮了起来，我急急地从床上爬起来冲到客厅拿起电话，长平的声音在一记嘟声后响起："子初，你怎么了？身体不舒服么？"

"没什么事，我只是想念你。"

"小姐，我夜不能寐担心你身体不适找不到我，凌晨一点接到电话你却是为了说这一声想念啊。"话虽如此，子初的声音却没有丝毫责备，反而全是笑意。

我蓦然意识到此时已是凌晨一点，而习惯十二点关机的长平却开机等着我的电话，只因为我说过一声身体不舒服。

我泪盈于睫，我想告诉他我决定接受他的求婚我要跟他生活在一起，我们生一桌孩子围坐吃甜点，我们看着一个个孩子长大成人恋爱结婚，我们给对方梳理满头如雪白发，我们相交定百年，谁先九十七岁死，奈何桥上等三年！

但是我突然醒悟到，长平在阳光下向我求婚，我也该在白日里答复他。黑夜里要说的是少年情侣间的缠绵情话，不是理智考虑后的结婚誓言。

我平一平声调："长平，谢谢你，晚安。"

"子初，好好睡，晚安。"

挂下电话，算到小熙那边正是午饭时间，于是打了电话过去。

"小熙，我决定与长平结婚。"

"恭喜你，你让他知道你的想法了么？"

"还没有，他说可以给我充裕时间考虑。"

"那最好，答复他之前带他回来参加我的婚礼，顺便接受我的考核。"

"不说我，小熙，我能不能最后再问你一次，你真的可以放下安侨么？"

"呵呵，我也以为我没有，但遗憾的是，我真的已经做到了。子初，你知道时间的力量。所以，你也可以忘掉落野。"

是时间的力量么？那为什么一份感情可以披荆斩棘走过十一年，却在六个月里面目全非？

我不明白。

"那安侨呢，他做到了么？"

"前日突然收到他的电邮，说在国外有了未婚妻，不久便可结婚。"

我终于释然。

小熙与安侨之间，辗转十一年，每次他们分开了，我为他们舒一口气，但过一些时间，他们还是会在一起。

我没有见过安侨，但是在小熙无数次的诉说和描述之下，安侨于我已经成了一个最熟悉的多年老友。我知道小熙在十六岁那年终于回到故乡，他们重逢时安侨抱紧小熙狠狠地吻她，那是他们的初吻，他把她的嘴唇都咬出血来；我知道安侨比小熙早一年升学，考入全国最好学校，小熙于是奋力读书，就是为了可以考到北京去和安侨在一起；我知道他们为了他戒不掉烟而吵架，小熙背起包就要走，他失手打了她，然后他抱住她求她原谅他，他抓住她的手臂不让她走，争执间小熙好像听到他说，"你要是走我就烫你了"。她毅然把手伸向门锁，然后她看到安侨把烟头印在他自己的手臂上……

他们也曾很多次地分手，很多次的逃跑，最远的一次，安侨跑到国外，躲了小熙两年，然后安侨的父亲突然病逝，他赶回国看到小熙已经帮他料理好一切后事……

他还是抱住她。

似乎每一次都是诀别，却从来没有正式告别过。

而这一次，连我都能够确定，他们是真的天各一方了。

小熙将与某君喜结伉俪，安侨也有了未婚妻。都有新生活，多好。原来人们爱得铭心刻骨的是一个人，结婚生子的又是另外一个人，这本是多么寻常的规律，我却要到今日才真正参悟。

正如少年时喜欢的女作家说过的话："因为爱他，所以离开他。"彼此相爱的人容易互相伤害，只有不爱的人，才可以平静相处，日复一日，年复一年。

而我多幸运。长平对我如此专心耐心真心，顶顶难得的是从不向我追究一切往事，甚至包括掌心的落落野花，他看到，眼神只是平静地滑过，绝不多言。这个男人在用他的宽容大度宠爱我，只要我不去提及与落野所有痴缠的过往，认真专心对他，相信我们会有美满的婚姻，儿孙满堂，终此一生。

念及此，便不可带他去参加小熙的婚礼，以免碰到我与落野的旧日朋友，哪怕是无意间让长平听到我的前尘旧事，都难免心生芥蒂。何苦？

我于是收起小熙寄来的请柬中印着"安长平先生"的那一份，独自一人飞回国参加婚礼。

我不曾想过小熙的婚礼竟如此气派，之前听小熙说到她的未婚夫，我连名字都没记住，也不关心是何许人也，只知道只要不是安侨，对于小熙便都是一份无爱婚姻而已。张三与李四，区别不大。

而此时终得一见才发现区别其实远甚，这位邱翼先生已过天命之年，皮肉微松，轮廓却依然是不错的，身形挺拔，浓眉大眼，兼是资产可观的富商，自有一派雍容华贵的气度，只是有点过于招摇。但无可否认，他能给小熙提供一流的生活条件。

小熙穿白色婚纱，同样是美丽但略带浮夸的式样，无疑是昂贵的。不是每一个女孩子结婚的时候都可以有这样的待遇，而其实，女人一生的美丽也都只为这一瞬，小熙的选择是对的。

她与我碰杯："子初，怎么不带长平来？难道还怕他拜倒在我的婚纱之下么？"

我笑："我与你一向外形相似，我怕他误以为这是他的婚礼。"

小熙也笑。她终于要出嫁，而我也已有打算，我们看彼此挣扎恸哭这些年，看彼此从青春期的狂喜悲挫走到今日，为对方心疼落泪，总算是都尘埃落定。

新娘小熙比我以前任何时候见到她都要白皙丰满些，初为人妇的小熙终于不似当年为情所困时的瘦削清丽，少了点摄人心魄的风情，却多了些人淡如菊的韵味。

邱先生当日饮酒过多，举杯至我面前说要与小熙最好的朋友痛饮几杯。我看着他，只是推托。不知怎的，我觉得他眼角眉梢对小熙并无至深爱意，但同时我又感觉，他会关怀小熙。

"莫小姐，有些话小熙不问，我也不方便说。我的前妻五年前死于癌症，我们感情非常好，我一直很怀念她。之后也与其他年轻的女孩有过短暂交往，没有一个似小熙这样独立沉默，她从来不问及我的往事，更不会与死去的人争风吃醋，她善待我的孩子，在她身边的时候，我的心是安静的。我请莫小姐放心，我会好好照顾小熙，此生此世。"

"你爱小熙么？"

"我们给对方足够的尊重和关爱，我们对彼此都没有过高的要求，我们会相互忠诚扶持，难道，这些还不够么？"

呵，是，爱与不爱是恋爱的语汇，但说到结婚的动力，只要有那一种安静的家的感觉，便已足够。我还纠缠什么爱与不爱的问题呢？

我会心一笑："祝你和小熙幸福，邱先生。"

"小熙是聪明的女孩，我们会的。"

莫子初也是聪明的女孩呀，像安长平这样的男子，自有一班优秀女子对他垂涎，我若不早日锁定他，迟早变为他人囊中之物。何苦还沉湎在爱与不爱之类无聊的问题之上？

可笑的是我要经过这么多看过这么多才明白婚姻的真谛，小熙说得是，学费不会比我想象的便宜，但还好，我尚缴得起。

我即日登上返程飞机，我要赶回去结婚。

如意郎君莫过于安长平，人品高尚，一表人才，不吸烟酗酒，无不良习性，且前途光明，爱我敬我，莫子初，夫复何求？

我匆匆赶到家里，长平果然在我的客房睡熟。

走前那晚将钥匙交给他，说："我有事外出，帮我看房。"他不问不惊，拿了钥匙便走。对我来说，这正是长平最可爱之处，绝不问东问西，不似那些幼稚小气的少年，打着爱的名号表演可笑的控制欲。

我看一眼长平蜷缩的睡姿，笑一笑，轻轻关上门，走到客厅，长平却跟了出来，轻轻把手搭在我的肩上。"回来了，子初。"

我突然冲动地回过身去拥抱他："长平，让我们结婚。"

他自睡梦中初醒，有些混沌地停顿了一下，然后眼眸立刻就明亮了，他张开双臂环住我，说："就知道你会答应我，我早把你当未婚妻看待。"

"我们什么时候去办手续？"

"天亮即可。"

"证件可准备好？"我开玩笑。

"随时查阅。"

没想到长平真的走到客房里拿来一个袋子给我："我自向你求婚之日就准备好这些了。"

我又感到一阵温热，这个男人，不但为我们结婚做好一切准备，而且胸有成竹吃定我一定会嫁他。我打开袋子，看到一张证件。

Given Name：Qiao
First Name：An
Age：26
……

我恍然只觉天旋地转："你……叫安侨?"

"那是在国内用的名字，出国以后改成长平，长久平静，你说多好。"

他抬手撩我额前的乱发，睡衣袖子滑到臂弯，我赫然看到他手臂上一个烟头大小的疤痕。

呵，落野，小熙，此去经年，便纵有良辰美景虚设，更与何人说?

原来经年以后，浮生已过千山路。

（原载《萌芽》2006年第六期）

寻找我们的位子

丁怡萌

古人为了寻找自己在世界上的位置。也曾远渡他乡，也曾掘地三尺。屈原在汨罗江畔问道："谓骐骥兮安归？谓凤凰兮安栖？"李白对月叹息，心之所向的位子是"忽复乘舟梦日边"。那貌美的杨玉环也不能甘于"养在深闺人未识"的默默无闻，还要"一朝选在君王侧"才不算辜负了自己如花的容颜。总之，无论男人女人，何朝何代，都想跑到皇上身边去伺候他老人家。那么，作为"寻觅位子主义"的接班人，我们应当继承前辈们哪些传统？实现他们的哪些期待？延续他们的哪些追问呢？

楼那么高，哪里有我的位子？

爸爸对我说，他小时候一直生活在湖南岳阳，浙江永康，一个个人杰地灵却最高不过三层楼的"小地方"。后来跟爷爷去了高楼洋房鳞次栉比的大上海。第一次望见外滩的林立的高楼，那么高，那么高，那么高。还是小孩子的爸爸仰头看外滩的高楼，仰着头，向后仰，仰啊仰，仰得帽子都掉下来了。

后来啊，后来爸爸长大了；后来啊，后来有了我；再后来啊，再后来我也长大了……

已经长大了的我最大的理想是在城市中最高的楼里工作。那时候我还在美国东部缅因州的一个小村庄里读大学，离学校最近的小城市叫班戈（Bangor），人口区区三万。班戈最高的房子要数市政府办公楼啦，足足有五层呢，当地的国会议员啊，银行家啊，公司总裁啊，都去那里办公。我仰头看着他们西装笔挺地步履匆匆，仰着头，向后仰。仰啊仰，仰得不小心把自己那灰头土脸的车停在VIP的地方，差点没吃罚单。于是，我在这最高的楼里找到了一个位子，也堂堂地坐在美国国会、众议院的办公室里，帮助参议员整理文件，接听电话，处理杂务。这样的实习经历也算是圆了我家祖孙三代的一个"高楼"梦。

椅子那么美，它是我上大学的理由么？

要毕业了，学校里一下子空旷了很多。最后一次和我的朋友走在学校的走廊里，才发现连走廊都很美，前些年怎么就没发现呢？美丽的走廊里闲闲地放着几把美丽的椅子，有种"野渡无人舟自横"的意境。椅子很艺术，很抽象，窗明几净，我喜欢。

我们坐在椅子上，我说："难道我们上大学来是因为这里有好看的椅子么？"无语……

"不仅仅是为了学校里的椅子，还为了未来的椅子。"他说。

那时，我忙着在波士顿面试，要做个会计。并不情愿却别无选择；他忙着在美国各大医学院游走，要做个医生，以实现积蓄多年的梦想。我眼睛亮亮地向他描述波士顿最高的玻璃大楼有多么令人血脉贲张。我说：只要能天天走进那栋直冲云霄的高楼，无论我为哪家公司工作，做什么，都心甘情愿。我的朋友同样眼睛亮亮地向我描述他在医学院面试时看到的实验室，那里边油光锃亮的容器和设备整装待发，也有多么令人血脉贲张。他说着说着仿佛眼前就是医学院，自己俨然已成着白大褂的医生。从此，我们依照各自的方向分道扬镳。这是后话。

我说我的玻璃高楼，他说他的实验室。我们说着不同的话，憧憬着不同的未来，但亮亮的眼睛却是一样的。幼稚如我，明白了：高楼是空间上的虚荣，世界上无论中国或美国或任何一个国家也仅仅是个空间而已。而在这个空间中所做的事情，所坐的位子才有内有容。

北京那么挤，还在中关村挤来挤去么？

回到北京，我在大街上挤啊挤，在火车上挤啊挤，在地铁里挤啊挤，在公车中挤啊挤，原来天底下有这么多人啊，比起千里无人烟的美国农村，我感到史无前例的温暖。

世人都道北京好，全国各族人民不远万里来寻宝。农民像老鼠搬家一样，扛着编织袋跑到城里睡火车站。"北漂"租房子的光景也不见得好很多，载沉载浮的日子要以买房子做个了结。"落户"才能"安家"是硬道理。据说，蜜蜂先生疯狂追求蝴蝶小姐，而务实的蝴蝶却嫁给了趴在地上的蜗牛。蜜蜂不解地问：“蜗牛哪里比我好？”蝴蝶说：“人家好歹天天背着自己的房子逛，哪像你，还在集体宿舍。”

公共汽车上，我深刻地意识到每个人在世界上都占据那么一块实实在在的物理化空间：你上去了，车门就死活关不上；你下来了，车门就勉强关上了。如果公车是满满一杯水，那么把一个人搁进去，水就会满溢出来。如果公车是盒罐头，那么每个人就是挤在罐头里的肉，正是：车为刀俎，我为鱼肉。正当我被身边近如手足的同胞挤得花枝摇曳时，我们的车与另一辆双层公车擦肩而过，一行醒目的黑体字从车窗外掠过："还在中关村挤来挤去么？"这句话写在另一个拥挤空间的车身外，好像是神谕在冥冥之中暗示着什么。是的，我们还要继续挤来挤去，意志坚定、万死不辞。而且不仅在中关村，还要在家庭。学校，社会，世界上，生生不息地挤来挤去，寻找自己的空间，自己的位子。

家那么温暖，女儿的位子"与生俱来"

"没有天哪有地，没有地哪有家，没有家哪有你，没有你哪有我。"一首久远的歌依然令人感动。爸爸妈妈走到一起，造了一个家，让我坐在女儿的位子上，这个位子与生俱来，我甚至没有要求过，没有为之奋斗过。为什么世界这么大，我偏偏会出生在一个位于北纬39度、东经116度的家庭里？假若我不是在这里，又将会是在哪里？父母姓甚名谁？会说中文，英文还是法文俄文？这些都是天注定。

坐在爸爸的位子上要搞科研，坐在妈妈的位子上要照顾家，坐在女儿的位子撒娇就够了。如果我生来残疾，如果我学习不好，如果我没有工作，如果我一无是处……爸爸妈妈会伤心，但是他们依然会疼爱我，养育我，给我温暖的生活，因为我的位子是他们给的。假如他们不曾保护我，我的命运将会是什么？总有一天，我也会有自己的家，那么当我坐在妈妈的位子上，我能早上6点起来做好早饭，然后追着我那快要迟到的女儿出去，让她哪怕啃上一口热腾腾的煎饼就欣慰了么？我能么？我能够承担起妈妈的位子所需要负的责任？

学校那么残酷，名次的位子"荣辱与共"

高中教室第三排那个位子，我独坐一角。小学时，在后黑板上的名次表中，从第一名到第六十名依次排开，公正透明，绝无贪污腐败的恶劣现象。当我的名次沉到黑板底下的时候，像被人扒光了衣裳一样，是决然不忍心也不敢看那后黑板，好像后黑板里有个怪物，青面獠牙，能跳出来把我吃了。

有个诗人曾经说。"为什么我的眼里常含泪水？因为我对这土地爱得深沉……"这个诗人叫艾青，毕业于金华一中，这所中学也是我爸爸的母校。

爸爸上高中时，是按照入学考试名次排座位吃饭的，考前十名的坐第一桌，十一名到二十名的坐第二桌，依此类推。爸爸名列前茅，总坐在第一桌，再前边是校广播站盈盈顾盼的校花播音员。事过境迁，爸爸如今说起高中时的情景依然眉飞色舞，谁说好汉不提当年勇？一段青春骄傲的岁月值得纪念。爸爸还说起坐在后面桌上吃饭的同窗。这位学兄虽然入学考试成绩未能排名在前，拉起二胡来却真是"一弦一柱思华年"。仰仗那位同学的启蒙和熏陶，爸爸多年来对"此曲只应天上有"的《二泉映月》、《空山鸟语》、《良宵》、《听松》如痴如醉，对那位学兄的敬重溢于言表。从爸爸的描述中，我仿佛听出那位学兄纵然才华横溢，当年依然因为坐在后面桌子上吃饭的待遇而愤愤不平。我对他满怀同情，只因一次入学考试偶尔成绩错位，连吃饭都食不下咽啊，谁出的损招儿？

原来，"位子"是一些人的荣誉，也是一些人的哀愁。

社会那么复杂，为一个位子"上下求索"

总觉得自己身上有使不完的劲儿，想做许许多多的事，想把一件一件的花衣裳一齐套在身上，捂个严严实实：要读MBA，要读博士，要做编辑、记者、老师、会计、翻译，还是作家？我都想统统来过一遍，像杂技演员把许许多多五彩的球抛到空中，然后一个个稳稳地接住；像是把浓浓稠稠的蜂蜜糖浆涂抹在身上，再跑到芝麻罐子里打几个滚，粘一身香喷喷。

而进入一个公司，却看到其中的每个人都踏踏实实地坐在一个位子上：领导拥有超豪华办公室，中央空调，真皮转椅；小员工自有温馨拥挤的办公格；跑市场的在社会上四处游说；刷厕所的整日价蹲在水房，一派"上下求索"的景象。这个世界本来就不平等，而且不平等得合情合理。古人云："吃得苦中苦，方为人上人。"也正是这种地位的不平等鞭策着、激励着人们不断进取，不断向上。

我进公司是新人，经验浅薄，又不够成熟，短短几个月间，被从一个部门调到另一个部门：研发，IT，远程教育，老师，教务，客服，助理……兜兜转转一大圈都干过，像一颗永不生锈的螺丝钉。同事说我在公司里跌跌撞撞，其实何止啊？在世二十多年我跌跌撞撞一路走来，从中国走到美国。走遍美国再回到中国，摸着石头过河。但我从没有摔倒过，而且越走越好，越走越宽广。因为I'm a soldier, even if my collar bone is crushed or crumbled, I will never slip or stumble。

大家都玩过"抢椅子"的游戏：屋子中放着N把椅子，把N+1个人来围着椅子转啊转，喊声"坐"，总有一个人无椅可坐，被淘汰下来。再转再淘汰。"抢椅子"给人的心理暗示和人们为了得到一个"椅子"时所付出的努力和心计是值得深究的。

这就让我想起了黛玉和探春。比比这二位姑娘在贾府中所处的位子和心态和所做的事，我就要批评黛玉同学了："你不要成天长吁短叹自己寄人篱下，哭一辈子。人哪，不能自己作践自己。你看看人家探春同学，出身不比你困难？你好歹是老太太亲闺女的亲闺女。可探丫头是赵姨娘生的，那赵姨娘是什么货色啊，使坏撒泼的小老婆，被贾母啐个满脸。可探春压根就不承认赵姨娘是她娘，她有志气有志向，清醒自尊地扭转自己庶出的身份，堂堂正正做了姐妹中的尖子，赢得上上下下的尊重。可是。黛玉啊，我一向最疼你，你怎么就一头栽在'位子'这个问题上：开篇起，到把泪珠从春流到秋，从冬流到夏，一直悲叹自己无人可以靠，怎么就不办一件实事儿奋力抗争改变自己的位子？"真叫我恨黛玉不争气啊。可话又说回来，如果黛玉眼光敏锐长远、做事干练果断地"抢位子"，那黛玉就不成黛玉了。

世界那么大，中国的位子"沧海一粟"

小时候我读《娃娃画报》，封皮上面一个娃娃在读《娃娃画报》，那个娃娃手里也拿着一本《娃娃画报》，再进去，又是一个娃娃在读画报，我想象如果手中的画报是用一张无限大的纸做成的，这样一层套一层的娃娃读画报，里面的娃娃和画报就可以无限地深进去。深进去噢。世界好大。娃娃读画报的工作循环往复，乐此不疲。世界与公司与员工的关系也这样层层深入：每个员工在公司里占一个小小的位子，而每个公司在同行业中也只占小小的一个位子；进而每个行业在众行业中又占一个小小的位子，一个国家的各个行业在世界范围内各个领域依然只占一个小小的位子。

走出国门最大的收获是看清楚中国在世界上到底占一个什么样的位子。美国人说起"China"这个词时，会不会本能地想起"一条巨龙屹立在世界

的东方"这样的形象？难道这只是我们自己一厢情愿的假想么？国内一说
"海外华人华侨"就会出现衣锦还乡的富贵形象，而很多华裔在海外蝇营狗
苟。生活仅局限在社会中下层小小的华人圈子里。唐人街是如何形成的？是
心中有对美国梦想的人来到了梦想中的土地上，却丢失了梦想。在别人的主
流社会里找不到自己的位子，而聚众为自己建的圈子。唐人街身在异乡为异
客，只能在他人的世界里建造一个跟自己的旧位子一样的位子。为什么坐标
定在这个点上？

由于诗歌是不可被翻译的语言，以诗为命的中国诗人更是不可能在外国
立足，才思敏锐的甚至由于语言的障碍被剥夺了话语权。比如，北岛可以在
自己的国家里说出这样伟大的话："卑鄙是卑鄙者的通行证，高尚是高尚者
的墓志铭。"而到了美国，英语不通，只能写道："对于世界，我永远是陌
生人。我不懂它的语言，它不懂我的沉默。我们交换的只是一点轻蔑，如同
相逢在镜子中。我对着镜子学说话。"

结篇：小鱼的位子

世界不是孤立的，当我们寻找自己的位子时，也离不开他人的惜惜相
助。我不会忘记，许多年前我背着手坐在小学一年级的板凳上，妈妈还在教
室窗外扒头看啊看，那放心不下的眼神；不会忘记，初到美国陌生彷徨时，
教堂基督徒们友善地点在我额头上，那虔诚祈祷的圣水；不会忘记，迷路时
帮我找回家，那沿途鸽子的哨音。

有这样一个故事——海水涨潮时，大风大浪把许多小鱼冲到岸上来，小
孩子为了救小鱼把它们捧起来放回到海里去，大人问："这么多的小鱼，你
救得过来么？"小孩子捧着手里的小鱼说："可是它在乎，它在乎，它在
乎！"是的，大海里一个小小的位子是小鱼呼吸生命的地方。好的父母，好
的老师，好的领导，好的Mentor，是富有爱心的小孩子，在乎芸芸众生中在
乎每条小鱼的位子和感受；在小鱼坐错位子时，帮助它回到自己的位子上。

小鹿的位子在草原，小鸟的位子在天空，小鱼的位子在大海。大家各就
各位，是天下一派清华气象，朗朗乾坤。我是一只小鱼，感激救助我的人；
我是一只小鱼，我的位子我在乎。

（原载《萌芽》2006年第八期）

曲未终，人未散

豌 豆

宣说了他们得见一面，尽管下着雨，尽管已经上了一上午课，尽管身体刚好很不舒服，她还是坐了3个多小时的车，到另一个城市看泽。他来车站接宣。两个人平淡地撑着一把伞一起走在雨中，彼此说笑着有相见恨晚的感觉。佛曰：前世500次的回眸才换来今生的相知相识。他们开始相信宿命。

一把单人伞只能保证头发不被淋湿，两个人默契地来到住的地方。

这次见面他们计划了很久的，一开始在为谁去看谁而讨论。最后的结论是泽去宣的城市，正在准备订房间的时候，泽说刚好那个星期学校开家长会，这样只有推迟一个星期再见面了。但宣觉得那个星期非见不可。于是她坐上了长途汽车。泽逃了下午的课订了房间，没想到还要等上二三个小时，想睡觉的，因为睡着的话时间会过得快点，但又睡不着了，第一次见面会不会很尴尬啊，在辗转反侧中时间在流走。手机上一直有宣发过来的信息，他不是不想回只是觉得已经都快见面了有话就见面再说好了。估计时间差不多的时候泽起身去车站。外面有点小雨，他没有折回去拿把伞因为在泽看来宣一直是很细心的那种女孩，是不会忘了带伞的，而且到车站的那一段路在这种情况下用跑会更好，伞反而是累赘了。车站出口的地方刚好是风口，虽然已经是初夏了，由于下了几天的雨还是有点冷的，但心情还是别样的，那绝对不是冷。虽然照片视频都有见过但会不会还是认不出来呢，是不是应该问一下衣着呢，正在犹豫的时候，只听到有人叫："泽！"是利剑划破长空的声音。宣那天穿着米奇的T恤牛仔裤帆布鞋因为坐车所以把一直扎着的马尾辫放下来了，另加一个背包，宛然一副高中生的打扮。像从另一个世界走来一样突然出现在泽面前。泽觉得有点像朴树的《生如夏花》"我为你来看我不顾一切，我将熄灭不能再回来"，而他们之间会不会只是像惊鸿一瞥般短暂，像夏花一样绚烂呢。

"你认得出我啊?"

"当然咯,都看过照片了的。笨蛋啊。"宣喜欢这样叫泽,觉得亲切,觉得这样是可以拍着脑袋讲话的亲切。宣一下车就在喋喋不休的,她希望他们可以走出网友的这层关系,所以她一直像很久没见的朋友一样交谈。泽很想正眼仔细地看一下宣,但只能从余光中默默注视,感觉没有视频中那么漂亮,但更有味道。泽觉得宣长得很标致的,就是那种有良好基础的漂亮。宣知道泽一路都在看她甚至忘了怎么去摆弄那把伞,她也没有任何回避的眼神,一贯的落落大方,而雨却越下越大了。泽不算帅的,身高也不是很有优势,这种男生在大学里一抓就是一把的,但宣只是觉得这样走在泽的身边感觉可以肆无忌惮地、踏实地这样走下去。

房间是一般的标准间,两张单人床。因为外面下雨鞋子又湿了,就只有待在房间里。他们看电视,吃刚回来时路过超市买的零食,做应该做的事。其间泽还接了班主任的一个电话,问他为什么要逃课还有后天家长会的事。虽然累了,而且两个人的见面彼此表面看上去都很平淡,但毕竟是第一次见面还是有点心潮澎湃的。各自一个床睡下,隔着一条过道闲聊到半夜还是没有睡意,最后是沉默,只有对着天花板数绵羊了。"我觉得我蛮喜欢你的。"泽过来半抱着宣,在耳边轻轻地说。在宣眼里泽不是轻易讲出这么露骨话的男生,也许也有这个原因宣会不顾一切地要见面,宣一直相信自己的感觉。宣还是躺着一动也没有动,但思绪在飞跃。似乎这一句话唤醒了一些原本沉睡了的神经。在上大学前的那个暑假宣曾经发神经一样在QQ上发过四句话:

你喜欢我吗?

你会喜欢我吗?

你爱我吗?

你会爱我吗?

已经不记得当时泽是怎么回答了。只知道后来都忙着学业的事而很少联系了。而后又不知道过了多久,泽说有女朋友了,宣只有沉默或说是沉没。宣很快从可笑的过往中抽离出来。"你知道我有男朋友的,不要这样。"宣也惊讶于自己的理智竟然能如此冷静地说出这句话的。泽没有言语,只是紧紧地抱着宣。宣说不要这样。但没有能力去反抗。只有内心挣扎的声音。泽理解宣的为难,只是情不自禁,他松开手。沉默。"我不想夺人所爱的,而且我知道他对你的好我做不到,我不想以后你恨我。"宣努力筑起的防线被一点一点销毁,分明地听到她和男友的感情如破旧的石灰墙一样一片片因风干而剥落的声音。他们在矛盾中慢慢睡去。夜晚真的会诱惑人犯罪吗？

第二天照样下着大雨，快到12点的时候他们才出门。宣扎着秋辫穿着黑色的七分牛仔裤。因为第一次到这个城市，宣一定要逛逛，没走几步宣的鞋子就全湿了。

"穿我的吧，会感冒的。"

"那你穿什么，不要，我们还是找个地方坐坐吧。"

两个人看了第一场电影，故事大概是说一群人被困在非洲的一个沙漠中。最后凭着团结和不放弃的意志终于逃出了劫难。宣没有意料自己却从此在劫难逃了。散场出来的时候已经到吃晚饭的时候了，他们简单地吃了点东西，找了家旅舍落脚。

旅舍的对面是一个技校的女生寝室，像很多男生一样泽对女生寝室有天生的好奇。其实女生寝室本身并没有什么值得好奇的。但人总是这样，对若隐若现或是触及不到的总觉得神秘异常，便努力想去知道。宣明白。但最后还是错了，她过快地把自己呈现在泽面前了，这只是后话。那天晚上他们只是彼此相拥着，甜甜地睡去。"喜欢我什么呢？"那种缠绵是孩子间的依偎，圣洁如天使的羽翼。

第三天雨终于停了。因为开家长会所以泽还要回学校见一下爸爸，何况宣还要早点回去的，一天一直匆匆忙忙的。泽的学校和车站是相反的方向，所以那天感觉上一直在赶车。直到下午一点的时候终于到了车站，车票是半个小时后的，也许这最后的半小时是这一天中最闲适的时间了。他们在车站旁边的花鸟市场买了两盆一模一样的仙人球，因为仙人球是最好养的不容易死掉。仙人球，本来寄予的是永恒。没想到后来会成为要离开的理由。要上车的时候宣给这个城市留下了一滴眼泪，走了，是从梦境回到现实的感觉。他们有种心照不宣的默契。语言是脆弱的。昆德拉说过，当你在我面前时我就开始怀念，因为我知道你即将离去。相见注定着离别，开始才会结束。48小时后的分离让宣想到了《罗马假日》的唯美，公主最后说："在罗马的每一刻我都会珍惜。"而珍惜的东西只能怀念不能拥有，派克的只身回转注定了童话的结束。如果宣和泽也只能是传奇的话那也应该点到而止吗？宣在胡思乱想中开始打盹，双手还是小心翼翼地捧着那盆仙人球，带着那种沉浸在幸福中的微笑。

终于还是要回到现实的，到了车站，突然想起走的时候说好男友来车站接她的，现在倒好手机没电，宣来到公用电话亭。但却不知道号码，她记了好几遍的但还是不记得男友的手机号码。反正也不想见面，刚好是个理由，就这样一个人直接回学校了吧。不过宣不知道对不对还是拨了泽的号码，有些事是冥冥中的注定，当电话那头传来懒散的声音时，宣真的相信了。

"你到了啊，我在睡觉呢，太累了。"

"是呀，那你继续睡吧。"

若无其事地挂了电话，真实地感受到抽离梦境的疼痛。接踵而来的便是必须面对和解决的现实的情感。后来宣说她和男友迟早是会分手的。从某种程度来说泽是这段感情的催化剂，宣之后做的一切都是为了泽的一句话而义无反顾的结果。都是命运吧，命运是为心爱的人去建造一座机会的桥。宣也不知道自己坚持的对错，选择是自己的不是别人给的。宣会天真地相信距离不是问题的，对于两个相爱的人；泽也曾一度这么以为过，但最后泽却如觉醒般说这样做不到，两个一同掉进泥潭的人，总会有一个先摆脱的。这都是后来的事，故事还在继续，依旧甜蜜如初。

"泽，以后要对我好点哦。"

"哦，知道啦。要是你以后再觉得你以前男朋友好，那你啊要恨死我的啊。"

"你这样说那还要我怎样啊！"

"我喜欢你的哦。真的喜欢的！我不知道你真正的性格是怎样，但是你现在这样我蛮喜欢的。不过我们离这么远会有点难度的啦。"

"换个角度，距离也是美啊。"

"嗯。"

"从今天开始我们每天都存一块钱吧。"

也许潜意识中是在恐慌距离的力量，才决定要用硬币来鉴定彼此的爱情。不过当时宣觉得这样可以每天虔诚地为彼此做一件事即使不在身边也能感受到，而且还可以计算在一起的日子，梦想他们以后可要用一整间房子来装这些硬币，宣的确这么想的。不会料想到最后梦想和感情都一同被扼杀在襁褓中了，那种感觉就像看着自己慢慢死掉，却无能为力的无奈。

宣每天睡觉前会存一个硬币，然后安心地上床睡觉。泽在每天买早饭的时候存一个硬币，每天都是笑着做这件事的。

"下星期来看我吧。"

"你又急了，下下星期吧。"

他们说好一个月见一次的，宣知道这才过了两个星期，但她真的很想见泽所以才撒娇的，泽以为下下个星期就一个月了所以这么说的。他也很想宣只是觉得时间过得好慢，何况他的大男子主义也不会容许直接地表露感情的。用泽的话说那叫成熟，宣觉得泽有的时候真像个小孩子似的惹人爱，大多数时候宣也只是闹闹最后还是听泽的。时间在期期盼盼中度过，终于到了泽要来的星期。宣订好房间去车站接泽，因为看错一个小时所以去得太早了，在等的时候才察觉到自己中饭还没有吃，空下来的时候发觉肚子反抗了很久自己竟然没有发现，宣知道那天她的脑海里只有泽。不过现在反正有时间就去慰劳一下胃吧。车站边上实在没什么好吃的就随便走进一家拉面店。宣一如既往地发信息给泽，泽看着手机笑的样子真的有点傻傻的，笑着想着远方等着他的宣。车子终于进站了，比预期的要早。见面的时候激动似乎被什么东西给隐藏起来了，没有拥抱，没有寒暄，平淡如初。宣自然地挽着泽，只是走。

宣在的城市美丽如天堂，这里的每一丝空气都会让人有恋爱的错觉，他们手拉着手游走在这个城市的夜里，人和人之间有了感情才会把手拉在一起，这种感觉幸福异常。晚上去爬山也是第一次而且是和心爱的人。他们坐在岩石上看城市的夜空，拥抱，接吻。宣希望时间能停在这一刻，像灰姑娘一样胆怯零点的到来。下山的时候发现半山腰有一块空地，月光下还有树的倒影，那一吻让宣感觉天旋地转。接下去的两天过得飞快，时间在黑夜和白天的交替间散去。在记忆深处宣铭记了泽的每一个微笑，泽的温柔，泽身上的有点太阳气息的好闻的味道。一直以来宣只有把泽埋在心灵深处，现在对着被挖掘出来的感情有点不习惯的面对和不真实的错感。也正是因为在深处宣会记住，永远，即使泽不再爱她。

泽说在一起的时候是很开心的，分开了以后就觉得烦了，他们这样快乐的时间不会很多的。

"我们还是只做朋友吧。"也许这句话在后来看应该是理智的，他不想他们的感情像身边的很多人一样迅速地在一起又很快地分开，他想把他们的感情保护起来不去用幼稚践踏。但当时宣听到这句话的时候，却莫名的有种晴天霹雳的感觉。宣开始慌了，开始语无伦次了。宣坚持她可以例行每天存一块钱、一个月见一次的爱情，但绝对做不到只做朋友的。如果当时没那么冲动地说出那些弄巧成拙的话。可能结果会好些。宣一直强调这只是结果而不是结局。宣哭过，闹过，也去找过泽。但泽下定决心的事宣总是无能为力。泽真的不忍心让宣难过的，只是想让彼此都静静地往后退一步，不要连带起涟漪。他认为宣就像在闷热的小屋推开窗户吹进来的凉风，当然，没有这阵凉风也不会窒息而死。但是他轻视了宣爱他的程度。天总以为自己是无色的，可它是蓝的。所以最后迫使泽必须说出伤人的话，因为宣说过"只有你不爱我的时候我会离开"。宣失去理智地围着操场跑步。人体内的水分是有限的，如果化成汗水的话就不会流泪了。

　　硬币宣一直会存到有一天不再爱泽了。

　　音乐还没停下来你已离场，我也只能这样。

（原载《萌芽》2006年第三期）

山 海 经

宋静茹

刚看到语冰讲落花，后又见十一说伤逝。

可见甭管才子佳人，春，还是照例要伤的。

人间四月天，人间月月天——春太美，太短暂，太绚烂，所以也就太怕错失。

我以为的春分两种，一为自然，一为人生。

人生的春，青春年纪的新，如涉江语，"那不是经年的绿"。所以翠得格外让人心疼。昨天看《悲情城市》，里面说到一个故事："明治时候，一个女孩子在樱花盛雪的季节跳下悬崖。她的遗书里面说，'我不是对人生不满，亦没有什么抱怨，只是这青春太美，常常会想，失去了怎么办？不如在最美丽的一刹那离开人间，不留任何遗憾'。这个女孩子的遗书激励了当时的青年，于是一场轰轰烈烈的维新革命开始了。"

也是为着这个缘故，金基德的《萨玛利亚女孩》讲雏妓卖淫，年轻的女孩，微笑着改变成年男人的命运，更替委琐的生活，歇斯底里地释放青春。她跳楼那一霎，甜美的笑脸泯灭在窗外的阳光里，坠落的声音，如卵击石，鲜血梅花一般叫人疼——青春像糖，甜到哀伤。

自然的春便是这人间四月天。最是一年春好处。阳光和暖。杨柳风吹面不寒，走在外面，人心总不由得荡漾淡淡的醉意。

听古人说春。

说春光："从戎昔在山南日，强半春光醉里销。"

说春月："舞低杨柳楼心月，歌尽桃花扇底风。"

说春水："日出江花红似火，春来江水绿如蓝。"

说春风："可闻不可见，能重复能轻。镜前飘落粉，琴上响余声。"

说春雨："双飞燕子几时回，夹岸桃花蘸水开。春雨断桥人不渡，小舟撑出柳阴来。"

只听得人心快乐肿胀，饱满得要吐蕊盛放。日子千秋万代地过，这春光、春月、春水、春风、春雨——如故，春色分毫不减，排山倒海地来，教我怎么不心花怒放？

说那人生之春。记得梦玳小姑娘有天跟我说："18岁那年想，马上要20岁了，20岁就老了，老了怎么办，老了怎么办呢？昨天坐在公车上，忽然想起，四年过去了，我还是这样，老还没有来，觉得好满足，心里有踏实的妥当。"

又想起五年前行歌写《青春舞曲》："回到家翻出罗大佑的CD依次放去，又听到他改编那首《青春舞曲》，这些天我乱涂乱写的东西也都拿了这个曲名作题目。很小就听过这首歌的原始版本，播音员还说是起源于中亚细亚草原上的游牧民族。当时只觉得旋律优美带着无奈忧伤，却并无特别的感触。后来上大学的时候第一次听见罗大佑嘶哑的破喉咙从急骤刺耳的铜管和打击乐器背景里劈头盖脸猛地吼出'啊——太阳下山明早依旧爬上来／花儿谢了明年还是一样地开／我的青春一去无影踪／我的青春小鸟一去不回来……'吃了一惊，心想这歌怎么给唱成这个样子？以后很长时间都很不喜欢听，一放到这首歌就跳过去听下一首。不久前偶尔又听到，却有点相通。只是少了什么，大乱，终不成就此枯萎了。且去看一看山海。"

四年、五年，她，他，他们并没什么太大的变化，一样的贪财好色，活蹦乱跳。我不禁莞尔，可见只要贼心不死，人生之春并不是那么容易错过的。

至于自然之春，记得黛玉在《葬花吟》里讲："怪奴底事倍伤神？半为怜春半恼春；怜春忽至恼忽去，至又无言去不闻。"可林姑娘也说，桃花明年可再发（我断章取义，以证明林mm是个讲道理的姑娘）。我于是乐观地想，春天多么叫人快活，人间四月天，人家月月天，春色年年如期地来，好像同永不迟暮的美貌情人私会，她年年来会我，年年来会你，颜色光彩分毫不减，她不为美人儿的怨憎而不来，不为才子的翘盼而早来。她不为你翩翩少年就眷恋，也不为你耄耋老年而嫌恶。这自然的春色来得就是如此娇俏旖旎，干脆利落。

推窗看去，满城姹紫嫣红的春色，一股脑儿汹涌地灌入室内，我欣喜这玉兰洁白，连翘嫩黄。人道清明离苦，我却只觉得人鬼共庆，内心爽朗雀跃，并没有片刻忧伤，也无丝毫潮湿。此时此刻光景是如此之好，让我滋生信赖，我仰起头，信它从不曾改变过，亦不再会有任何的变故。

还愣着傲什么呢，且去看一看山海。

（原载《萌芽》2006第六期）

一　梦

刘莉娜

开始的开始，是我们唱歌。
最后的最后，是我们在走。

　　十二月的五点，天色其实已经全黑了，在冷气氤氲的暮色里面，每一个人的每一次呼吸都造出一团白色的雾气，我走在街上看见大家来来往往，吞吐着小团小团的气息，这一刻这个城市看起来真的很忧伤。就好像每一个擦肩而过的最普通的中年男子或者粗呢裙子下面露出一小截羊毛袜的潦草的姑娘，他们呼呼地吐着白色气息走过来的时候，他们的面目在白色雾气的后面模糊起来，眉目婉约，眼光游动，他们原来每个人心里都有一个动人心弦的故事。而每一辆将要停站的公车都好像远远要泊过来的船，在归人潮水一般蔓延出去的期盼目光里，靠过来，亮起黄的右手灯，靠过来，亮起红的停车灯，靠过来。我就是在这样闪闪烁烁的暮色里张望着等车的时候，看见那一对小小的恋人。

　　小小的恋人穿着一样臃肿的藏青色棉衣，让我想起来自己在这个年岁的时候，也是线裤保暖裤一层一层套在身上，妈妈手工编织的扭花毛线衣要穿两件还套上棉袄，包裹成一个真正的雪人身段才放出门。要是像现在这样只在羽绒大衣里面穿一件蕾丝边吊带衫罩镂花线衣就跑到零下3度的室外，一定要被妈妈大惊失色关起来的。而那个年岁我可是想也不敢想有一个这般亲密的小男朋友的，如他们这样，还背着拖下来挂在后腰上的那种软帆布的书包，完全初中生的打扮，然而却亲密地拥在一起。男孩子背靠在车牌的杆子上，他看起来很想把他的小女朋友揽在外套里，可女孩子不要，她一点一点小心地挣脱出来，总想帮男孩把他的外套扣严实才好。天真的很冷，两个孩子面对面呵出的白色雾气合在一起，在这样天寒地冻的一个夜色里，简直像悬空开出来的白色的花，花瓣卷着边舒展开，那是雾气的边缘，丝丝缕缕融化在乳蓝色的暮色里，缓慢而轻盈。他们也发现了这一点，于是一起笑起来，更加用力呵气，旁边的一位阿姨漠然里带着一点惊奇地别过头去，而我早已看得微笑起来，躲在厚厚的尼泊尔围巾里面，弯着嘴角，笑得满心回忆蔓延。

　　因为我想到了另外一对小小的男孩和女孩，那时候他们也许初二，也许初三，不是恋人，甚至不敢认识。她只是远远看他，她不知道他也远远看她，她和他的故事现在看起来简直就是遥远遥远年月里的一段孩子话。如果你看照片，在照片里的她是一个脑袋大大身子小小的姑娘，留着拳曲的短头发，因为天生的，所以没办法。而他的照片已经找不到了，或者从来就没有过，但记忆里的他是个皮肤很白头发很黑的男孩，不很高，面容孩子气，可是身形很笔挺，走路和跑步的样子都非常好看。他总穿黑色的灯芯绒夹克，所以衬得皮肤愈加的白。他高她一届，教室在他们的正上方，已经不记得为什么她开始看见他，总之，从某一天开始，下课以后她总要拉着朋友去最远的小店买一点零食，或者买一本本子，或者什么也不买只是兜兜，为的是回头的路上，可以堂而皇之地去看那个站在高一层长露台上高谈或者浅笑的他。那一段路很远，很远所以不用把视线抬起来也可以看见他，很远所以露台上那一排小人人人都是小小的一个身影，可是，她可以第一眼就看见他——其实也看不清面容，也看不清表情，可是她相信自己已经看见他在低头笑，或者，因为一句什么话，抬起眼睛把头摇一摇。很长的路途走到一大半的时候她就收回目光了，因为再近些，就需要仰起下巴，而她相信这一段路程以及这一段路程里所有的心思都是她一个人的小小的快乐，并不需要打扰他，也并不需要第二个人知道。然后上楼，二楼，在自己班级门口的那一小段露台栏杆上，她吹掉浮尘和粉笔的碎屑，然后把胳膊架上去。她闭上眼睛，她什么也不看，什么也不说，她心里知道自己和他正站在同一条垂直线的两个点上，所以得意地在心里面笑。她闭着眼睛，慢慢把脸庞仰起来，觉得阳光落在关闭的视野里，并不刺痛，只投下一小块温暖的橙子色光斑，下一刻，它会化作黑暗视觉里的一抹青蓝，在幻化的青色阳光里她偷偷踮起脚尖，想象中青色的阳光落在扬起的脸上，像青草一样，然而温度留存，她在心里说，现在我距离他更近一点了。而她不知道的是，如果这时候有人从她刚才走过的那条路上走过来，用她刚才偷偷远眺的那个视角看过去，一定会很奇怪为什么三楼那个黑衣服的男孩子正探出身子看向二楼阳台下他正下方的小女孩，只是看着；如果再近一点，就会发现，她什么也不看可是笑盈盈地迎向日光，而他，却只是看着她笑的。这个男孩子凌空落下一大片温和的笑意替代了阳光洒向那个什么都不知道的女孩，在这一刻，她并不知道，她踮起脚的时候，他也垂下头，一条垂直线上的两个点，在这一瞬间曾经以这种方式如此无限地接近过。

后来，全校大扫除的日子，那种老式教学楼逢到这样的清扫日，二层以上的教室都需要到一楼取水，他从她身边走过去的时候，忽然伸手接过她手中的水桶，太久了我已经不记得他们有没有说话或者她有没有惊讶，只记得那是一只很蠢的大红色塑料水桶，像很多年以后已经忘记了所有年轻岁月的爱和忧愁的一颗粗糙的成年人的心脏一样，它还会不会记得，它曾经承载过那样清凉凉的明亮亮的如水的情意？它还会不会有心情去想一想，水也没有颜色也没有气味也没有形态，可是为什么那么沉重好像爱一样？

后来，他们终于相识。她也终于知道了垂直线上的那个小秘密。以后在人来人往的课间十分钟的露台上，他们各自在人群里面怀着同一个甜蜜的默契，在两层平行分割的空间里，为总有一个人和自己是站在同一点上而心怀感激，独自欢颜。那些时候的每一点零星的愉悦都曾经让她长长地久久地抿着嘴唇笑不停，如果有人问她为什么，她就回答什么也不为。而如今，我有多久没有这样被发自内心的喜悦充盈了？我有多久没有那么没心没肺的只为一点点小礼物，就相信自己得到了全世界的宠爱而意气飞扬？我又有多久，多久，彻彻底底地忘记了她和他了？——她可不相信有一天他们会不记得彼此，是的，怎么会呢。所以我决心永远不要把这个事实告诉她。

后来，他载过她在后座，金陵的晚风从六朝吹过来，她没有张开双臂模仿飞翔，他也没有叮叮当当把铃铛按响，1995年颐和路上那些高大沉默的法国梧桐和橘色的路灯一起睁开温暖的眼睛，亲爱地看透了两个孩子不动声色的安宁外表下汹涌的温情心事，那些树现在落了叶子，灯也修了又修，大太阳底下树木灯架们屏息漠视着身下浮动的车流，那个晚上的记忆，今天它们是不是还有？

再后来，她将要变成一个初中三年级的女学生了，而他，考上了一样好的但是不一样的高中。年少时候是多么轻别离的时代，也是颐和路上，分别就是"再见"那么简单甚至没有遗憾。我记忆里南京的颐和路有点像上海衡山路上没有酒吧的那一段，圣母堂面前的那一段衡山路灯光幽暗，在上海其他任何地方你都没有办法看到那样好的法国梧桐，两边的树冠好像一双手臂轻轻地合上一个拥抱，那样静谧美好，那样充满了爱，不激烈的爱，不私藏的爱，不占有的爱，甚至不明了的爱，那样的，真正的，圣母堂面前才可以有的爱。时光空间交错，颐和路上这样的爱像莲花一样氤氲在三月依旧凛冽的暮气里面，以两个孩子为中心弥散开，你要和我一起回忆那样的情境吗？

又或许我们只是一起想象。很多年以后爸爸从高原买回来一种珍稀的干花给我，我把它们放进一个透明玻璃的威士忌方杯注入热水，那一瞬间花朵好像倏然回到它盛放的那一刻，在一圈一圈荡开的水纹里，朱红的花露褪下花瓣，慢慢以花朵为中心弥漫出来。层层叠叠，落落浮浮，绮丽繁复而纹丝不乱，好看得简直让人说不出话来。那样的场景，是不是就像这样。那样的少年之爱，是不是就像这样？好像佛的那朵金莲吗，次次第第，华实同株，前因即是后果，而此岸不是终了，彼岸才美好。他们已经懂得了吗？他们还那么小。可是隔着长梦一样的记忆，我想那是孩子才有的"懂得"，懂得把一朵花小心拨近过来，懂得看见它的美和香，懂得不要折断它。隔着长梦一样的记忆，她和他的故事里的最后一个场景，是他们面对面地说再见，南京的早春依然寒冷，两个孩子面对面呵出的白色雾气合在一起，在那样天寒地冻的一个夜色里，简直像悬空开出来的白色的花——这也许是一条垂直线上的两点最最靠近对方的时刻，他们谁也没有拉过谁的手，谁也没有抱一抱谁，只有这一刻，两个人无形的呼吸奇迹般有形地重叠的这一刻，她想，这是不是好比一个告别的吻？

从此她再也没有见过他。

七年以后我在罗马一家华人开的小小的家庭旅馆里，旅馆的女主人是个意大利籍的上海女子，取了个小巧美丽的名字叫做玛格丽特。玛格丽特说，有一家非常简单但是非常好吃的冰淇淋店，叫做Palazzo del Freddo，一百年前就给欧洲的贵族们供应冰淇淋了。她说你们应该去尝一尝。于是和身边的男朋友在晚上差不多十点的时候兴致盎然地出发。那是四月，可是法国的南部还在降雪，意大利的晚上依然春寒料峭，当我们把手插在口袋里走在罗马中心火车站旁的街道上，沿着晚上十点欧洲安静冷寂的巷弄，寻找一家冰淇淋店的时候，我忽然看见我们的呼吸，呵出一小团白色的雾气，悬在两个人的唇边。那一刻不知道为什么我突然停下来，我要一个拥抱，然后我要吻一吻。那时候我以为我只是累了或者觉得冷，但是现在，我想，那一刻我只是突然在心里面划过了不知道是真实还是虚幻的一场梦。

而梦字，是林下之夕。

时间的流动掠过林梢，好比风，于是枝冠摇曳，于是投下的夕影也聚散绰约，离离合合，真真假假，幻幻灭灭。然而是谁爱上谁，是谁离开谁，如今谁也说不清。

（原载《萌芽》2006年第七期）

卡 特 里 那

左 边

日子过得像风平浪静的海平面，懒洋洋地拱起粗糙的涟漪，微不可见的矿质溶解在海平面下巨大的水体中，形成巨大的咸涩，即使平静。

肯德基的销售额不知怎样了，它刚刚打出新奥尔良烤鸡腿汉堡的广告，新奥尔良就来了卡特里那台风，又是风又是水的。我一直都很相信风水之类玄而又玄的东西，所以我很偏执地认为此二者必有什么肉眼凡胎无法察觉的内在联系。

人不知，其实灾难每天都在发生，何时何地。把一杯水放在桌上，它会突然泛起一圈小小的漪轮，像低度数的眼镜片一样，那就是每天都会发生数次的小地震。我们都不知道，只有水知道，虽然我们本身70％都是水。这就是不纯粹的下场——不纯则蠢。

我确定我没有走错教室，所以我正在听讲，数理方程，根本就不是我这种智商能理解的，听说以前是研究生才开的课，现在大二就赶鸭子上架，难煞人也。说明社会进步了，可并不能直接促进我大脑的进化，尤其左边。我叹声气往后一靠，撑开手去搓桌子，显然还有人跟我一样听不下去，因为她在搓我的大腿。我拿起铅笔用左手在她书上写下you good color ya。她看了看，然后捂住牙齿傻笑。我喜欢用左手写字，偶尔吃饭。听说右脑控制左边身体，左脑控制右边。我小时候睡觉喜欢右侧，由于地心引力的作用我左脑的细胞于是少了几个，所以呀，真的不是我故意抵制，我的确是学不好数学嘛。

现在我每天睡觉都左侧，可结果是我得了瞌睡症，白天犯病。晚上我亢奋，精神好得跟贼似的。俯仰之间欲罢不能。我一直不停地疑惑我为什么会在一个工科专业里，如今我们除了英语体育和毛概之外全是数学。

我最理想的一种专业至今没有哪一所学校开了，开的尽是什么电气工程与自动化，听着都拗口。和我最想要的专业最接近的是计算科学与技术，可人家并不教算卦。我的理想就是贴上情比金坚的胡子，挂一根飘着赛半仙的招幡到处招摇撞骗，算尽世间玄机，将阴阳五行玩弄于股掌之上。一掌八卦行走天下，神龙见首不见尾，然后因泄露天机太多而遭天谴，死掉。

如果向现实低一低头，我想开个杂志社，成就一种空前绝后的风格，年轻而不做作，成熟而有活力，去伪存真追求自由，让人一看就觉得我们胸中大有丘壑。最终坐上全球华语文学市场第一把交椅，树立出独特的人文气质，让中文自然而然地流露出高山仰止的精神魅力……某一天我们社的空调坏了，我的秘书就去告诉员工们说，等社长回来了亲自修，人家学电气的。多么文韬武略的社长啊。

要不行就开个针灸馆。用我的爱心和我与生俱来的比GPS还厉害的空间定位能力将这种残忍的治疗方式变成一项艺术。戳一下，就好，妙手回春。

再不行就开个小修理铺，我觉得我天生就有修东西的才能。小时候一看见起子小刀就乐不可支，现在我是我们宿舍出了名的一修哥，管他什么坏了过手就好。

其实我最想做的职业就是什么都不做，我毕生的事业就是生活，生活在我自己的现实而又理想的世界里。我希望我以后能盖一间房子，然后住进去，一间就够了，像学校食堂那么大的。屋顶上挖一个洞，洞的垂直下方种一株栀子花和一株梅花，还有几棵不同的果树，四周围上玻璃栅栏。我每天早上起来用软布将一片片叶子擦得干干净净。夏天栀子花会开，散得一屋子都是浓郁的香气，久而闻其香，我也变香了。冬天梅花会开，把白白的雪从洞口招进来，第二天早上一树枝桠粉雕玉琢，我要围着它大叫。屋子中央摆一个2米宽20米长的桌子，上面七零八落地放着我随手翻看的书和一切我喜欢的东西，比如我亲手制造的拙劣的手工艺品，或者光滑的大石头。我没有床，夏天我睡在树下面，冬天我在桌子的一头打铺。如果朋友们来看我，我们就一起横着睡在桌子上，像空难过后摆尸体一样。屋子里很大一截站着两排高大的书架，上面密密麻麻全是书，旁边停靠着一架有轮子带发动机的人字梯，自己发明的。还要在屋里安装一套教室里那样的多媒体，可以给自己放大屏幕的电影，场面恢弘得很。史努比坐在我左边，加菲坐在我右边，怀里趴着我养的小狗，名字就叫狗狗，它们和我一起看。屋子的角落里还有一张酒吧台，里面收集了各式各样的酒。我喜欢喝酒。绝不属于借酒消愁或故作风雅之流，喜欢喝只是因为它好喝，就像有人喜欢喝排骨汤一样，单纯而执著的，只是碰巧它是酒而已。但是有时也会觉得，把那种味道剧烈的液体一口吞下去的感觉，就像把眼泪咽成苦水一样，很是隐忍，有种任你红尘滚滚我自气沉丹田的气度。如此三番，已迷离彷徨，逸兴壮思飞。房间大就是好，大房间展示一种包容力，可以放大沙发，放钢琴，放滑板车，放电影，放音乐，放歌长啸。

我给我的屋子起了个名字，叫左心室，人最重要的部分是心脏，心脏最重要的部分是左心室。我有一扇门，窄窄地开在墙角处。

我不是作家不是心理学家不是哲学家，我是生活家。最近，也最遥远。

可是啊，一片冰心一腔热血一把年纪一事无成。

我常常对自己说一句话——现实是用来面对的。

在我的转系计划功败垂成之后，我的信念变得无比坚定。我要留在这里，我就是要留在这里，死也死在这里。

失恋的女人用刀片往自己手腕上拉口子总是很痛快。

我还常常对自己说一句话——放弃，有时等于从此以后不再拥有。可这句话，输给了第一句。

其实我内心深处是喜欢理工科的，一直都是。喜欢它的聪明与精细，与折磨人的工夫。还有它为我造就的个人精神的思维方式。

但是……

偶尔我会想起曾经，曾经多么复杂的同时涉及斜面小球轻质弹簧匀强磁场的物理过程，在我的谈笑间灰飞烟灭。曾经在没有纸和笔的情况下，我一边闭目养神一边将难以画出直观图的立体几何题潇洒地解出。还有曾经用10块钱去买东西，结账时8块1我多嘴对老板说了一句找我9毛。然后他找我9毛然后我高高兴兴地走了。

知道吗？这就是应试教育的悲哀。我一点也不奇怪为什么我最好的朋友们都在二流大学里，那些人天资聪颖除了考试什么都能无师自通。而我被题海战术送入了名牌大学，之后就变得既不会考试也不会别的简直一无是处了。我们之所以成为朋友是基于成长中的共同点，比如从小到大没挨过打，比如可以用比解剖尸体还残忍的手段对付家里老弱病残的电器，还有，我们在成长中做了很多错事，那是因为没有人耳提面命地教我们。在曾经的某段日子里，我们一起被分划出正常的群体，一起堕落，然而后来，我们又一起重新冲出云霄。那个年代的故事，说起来不过是这样一句话，而在当时曾是一番天翻地覆。这样的过程，不是平步青云的人能理解的。

因为尝过大风大浪的滋味，所以期待卡特里那。

所以看清了自身的渺小，所以舍得抛开渺小的自我。现在的孩子们，绝大多数钟灵毓秀天生聪慧，绝大多数会为自己精心打算，绝大多数认真地执行自己的人生过程，可是这绝大多数中从来没有一个人问过为什么，所以绝大多数庸庸碌碌。社会价值取向告诉我们要成材，于是我们成材，就像中国地形西高东低，于是绝大多数河流向东流入太平洋，企求获得永久太平。

然而，有，且仅有一条，一路向西。

我突然想起我的高三，在连番努力后我的数学成绩依旧岿然不动的境地下，我死猪不怕开水烫地写了一首很歪很白痴的诗。

啊，数学。

我是正极，你就是负极。我们一短兵相接就会使战争的导线升温。

我是ALO_2^-，你就是H^+。我们不能大量共存否则我的脑子里就会出现絮状沉淀。

我是老鼠，你就是猫，在生物界的自然法则里我们是天敌。

我是KISS，你就是KILL。SO THAT我们就像爱与恨一样永远OPPO-SITE……

后来被数学老师发现了，他说，你把这本事用到正经地方就好了。

很小很小的时候，我妈就形容我为野生物种，什么正经事也不做，无可奈何的而又无比骄傲的。我一直都自以为是的认为自己是个天生具有灵性的孩子，我相信自己应该会有不俗的成就，可多少年的事实证明了我多么自不量力。

正经地方？那地方在哪儿？那是一个方向，与社会精英文化指向平行的方向。不知道是为了平衡自己的心理还是我真的这么认为，我发明了两个蹩脚的词——家养才智和野生才智。

这题目一出，问题就变得复杂了，不想也罢。

简单一点，再简单一点，这就是生活。我是生活家，所以我简单，单纯，又不纯粹，蠢。

蠢人不该动脑筋，但可以回忆。想想以前总是自作聪明地跟人争论，而至争吵，而至肉搏，而至械斗，而至有人说行了今晚就到此为止吧，然后我们捂着肚皮甜甜睡去。第二天早上我睡得四仰八叉地死活不肯起，于是有人挠我的脚心，不起，拽我的大腿，不起，最后几个人同时跳到我床上来打我，帮我做瑜伽，不起。没辙下去了，有人嘴里说，也算报了昨晚的仇了，这家伙一开卧谈会就特嚣张。

我们感情真好。

总有人说，君子之交淡如水，小人之交甘若醴，此话果然不假。我的朋友都不是君子，那些人已经轻而易举地在各自的学校里找到了自己的一丘之貉并形成了坚固的友情。而在这个高分录取的学校里，我的人际圈至今还没有形成格局，因为大家都像君子一样彬彬有礼左右逢源且不自觉地保持一种微妙的距离。

有次考试时我抬头一望，发现一件有趣的事情，很多人的卷子是折起来的，且用手臂自然而娴熟地压在下面，这是一个完全无可厚非的姿势，折起来是因为桌子小，压在下面是怕飞了。但我也是过来人，在这层自然而然之下隐含了一个重要的心机：就是怕别人抄了。别不承认，大家心里有数。可这也是有理由的，小学时就流行这么一句话，不给你抄是为了你好。后来嘛，另当别论。我记得我以前曾告诫过别人一句有点儿毒的话：朋友吗？他不给你卷子。他就不会给你别的。

有句话讲，成功的人总是孤独的。说得真好，黑色幽默的讽刺。不踏着朋友的脑袋向上爬，怎么会成功呢？精英文化的潮流告诉孩子们，成功是人生的目标和意义所在，于是孩子们就配合着教育者们从童年之前起就不懈地奋斗勇往直前，全然不顾那过程可能是在所不惜，无所不用其极，而泯灭人性的。更不管成功的结果细探起来往往不过是要将来过上好生活，名与利而已，堂而皇之的所谓人生意义。

很多伟人都说，要抛开渺小的自我。我说，生活是用来享受的。其实这二者是等价的。我相信爱因斯坦那么努力地研究科学唯一的原因就是那样做能让他快乐，顺便给人类一些贡献然后增加自己的快乐。人是物质的，做某件事情会使人大脑中的某根神经感到快乐，那么他就愿意做那件事，当然，被迫的除外。所以有的人是科学家，而有的人是赌徒，但相同的是他们都快乐。于我，一饭一室，我想我就快乐了。

时间在一点一点过，我的生命在一点一点萎缩。人的确是渺小的，虽然这些咸咸涩涩的事情微不足道，但这些微不足道的事情咸咸涩涩，大量的微不足道化零为整引起质变形成巨大的咸涩，我微不足道的快乐在海平面之下快要窒息而死。

我要用我弱小的力量作法！倒行逆施，一挥袖而风生水起，卡特里那气势汹汹呼啸而过，打乱游戏规则散落得一片狼藉。吹散弥漫在海平面上的海市蜃楼，撕破海面，百米巨浪腾空而起，睥睨一切翩跹起舞，然后势如破竹俯冲大地，一切淹没了。

我想起张惠妹一首歌的末一句：牵手，牵手，我要今夜刮起台风！

卡特里那，快来。

（原载《萌芽》2006年第四期）

蜕下那段青葱岁月

七七小巫

一

残阳如血。归鸟掠过天空。地下的孩子在想念另一个孩子。

我缓缓拨通了林的电话，说好不哭，可是一听见他的声音，眼泪又不争气地掉了下来，我在电话这头唏嘘，他在电话那头叹气，然后他轻轻地唱：

"两个小娃娃呀，正在打电话呀，喂喂喂，你在哪里呀……"

"哎哎哎，我在幼儿园……"

我跟着唱，眼泪还在不断地往外涌着。

哥哥，我想你了。

二

我总像个孩子，拖着鼻涕光着屁股却喜欢长篇大论充大人的孩子。美美说我是小丸子，我说我是寿兰。通常喜欢某个人就是因为那个人有着自己所没有的东西，所以我和寿兰是完全不同的两个人，就像肥猪和猴子一样，一看就知道不是同个妈生的。但我想和寿兰一样烫鬈发，然后将一小撮头发染成红色。穿上厚厚的松糕鞋和短短的裙子，到涩谷狂扫降价衣服，和老师理论，同爸爸吵架，然后还笑嘻嘻地拉上几个朋友去喝酒打架，没日没夜，没心没肺。

可是，我被老师叫起来答题的时候，总是紧张兮兮得好像自己偷偷向校长打了他的小报告被他知道了一样。

我叹了口气对美美说："我真失败啊，究竟什么时候才可以变成寿兰呢?"美美冷冷地笑几声,说:"寿兰是漫画人物啊,难道你崇拜超人,你就可以一飞冲天啊?"

我看看自己,梳着短短的马尾辫,架着一副大大的铁框眼镜。穿着20多块钱的学生鞋,脖子上还挂着妈妈前天拜神时带回来的观音菩萨的玉坠——分明就是未老先衰,人小珠黄。所以我总是驼着背低着头在人群里穿梭,生怕冷不防地冒出个和我的装束一模一样的大婶拿着双袜子对我说,10块钱3双。

我翻翻白眼。埋头继续看漫画,看《辣妹当家》,看寿兰。

我就是太乖了,以至于长这么大了还是离不开襁褓,头脑简单,思想单纯。

小时候,我依妈妈的话把头发剃得短短的,然后戴一副很大很重的眼镜,穿着一双很大很重的皮鞋,像足了个男生。因为我很丑,学校里的同学集体排挤我,看到我好像看到一摊鼻涕一样,不小心挨到他们的桌子也要擦半天。一个同学欺负我以后我哭了,然后她说了一句我这辈子都不会忘掉的话,她说:"你哭吧,你怎么哭都没人可怜你!"

上了初一以后,我顿时很想一头撞死在墙上,因为小学班上那些最调皮的学生,竟然都和我同一个班!庆幸的是,我最喜欢的奇奇也和我同个班,每次看到他,心都不自觉地怦怦直跳,我笑嘻嘻地对自己说:"这是爱吧?"我很傻,我知道。妈妈总把我当成小孩子,以至于当别的女孩子都穿着红色的皮鞋和短短的裙子摆动袅娜的身躯时,我还穿着多拉A梦的T恤和很大的波鞋看漫画书。

美美说我丑得可爱。

三

懵懵懂懂地走到了初三。我们在厚厚的一摞试卷下面唱"外面太阳那么大"。美美依旧指着走廊上的A、B、C、D君说,这是高一的会弹吉他的学长。我依旧崇拜寿兰,但我还崇拜小樱有高大威猛的哥哥,大雄有神通广大的小叮当,月野兔挥挥神仙棒就能变成美少女战士保卫世界和平。

林就在这年插班成为我们班的一分子。

他长得不好看,矮矮的,头很大,看起来好像睡觉前喝了太多水造成全身浮肿。

年少轻狂啊,脸皮太厚啊,我总是能够找到各种借口认识到插班生。可是林总是冷冰冰的,好像一颗黑不溜秋的脸橘子皮一样坑坑洼洼地穿着白色

T恤的鱼雷。我问他："你那件T恤在哪里买的？"——很烂的对白。他冷冷地说了句，无聊。

后来。老师把他调到我的前面。我庆幸我以前那个讨厌的前桌终于滚蛋的同时，也庆幸我终于有机会接近他了。

上课的时候，我望着他厚实的后背总是特别容易灵魂出窍，所以我用钢笔戳他，戳得他嗷嗷叫。他从不生气。我就喜欢他像大大的海绵，会呼啦呼啦地把我的坏习惯吸干净——不像V一样，总是凶我。

V，我的初恋。我，V的初恋。

但是我们谈恋爱之前，都喜欢过了很多人，孩子都那么花心吗？我唯独记得奇奇，长得像王子一样清秀的奇奇。小时候我常常抱着一大袋济公丸跑去他家，和他一起泡着喝。初一的时候他就转学走掉了。他走的时候，大家都哭得稀里哗啦的，V常常问我，那时我哭得那么凶，是不是喜欢奇奇，我心虚地说不是。

V是班长。他很阳光，是个骄傲自大却光芒万丈的帝王。

初一那年，我当上了执勤班干，人缘也很好。当我以为新生活终于来了的时候，晴天霹雳，下起了哗啦啦的酸雨，腐蚀我所设想的幸福未来——我得罪了一个女混混。没人敢惹她，偏偏我太单纯，在执勤本上记上她的名字。于是她拼命欺负我污辱我，我却不敢反抗，怕她打我。我害怕上学，我期待她哪天突然网开一面不骂我。我变得神经兮兮的，总是怀疑别人谈话的时候都在讲我坏话。我幻想超人蹦出把她扔出太阳系。小樱把她收进古罗卡永远封印，小叮当给我武器让我把她砸成肉酱。我更想自己变成寿兰，一个敢作敢为却真挚善良的混混。

V是那个女混混的朋友，他在我最需要帮助的时候变本加厉地欺负我。我恨透了他，恨不得把他一脚踩扁扔进垃圾筒。

可是，初二即将结束的时候，我们的关系就乱七八糟地改变了。他变成了我的同桌的前桌，我盯着他的后脑勺，突然发现他凌乱的头发看起来是那样可爱。他虽然依旧骄傲得让人很想扁他，但言语间却隐隐多了温暖，对我也渐渐多了很多笑容。

初二的最后几天，我把自己折的纸鹤送给他——我偷偷地在纸鹤里写上"I love you forever"。第二天他值勤的时候从我身边经过，轻轻地把一只粉红色的纸鹤放在我手心，上面写着"Me too"。

黑板上的倒计时在一天一天地少着。我突然想，如果岁月也可以这样一天一天地倒退，妈妈就用不着花那么多钱去美容院，还没头没脑地跟老板娘买500块钱一套的抗皱霜了。

V活得自由自在，下课的时候把书包扔给我然后去踢球，回到家还是会追一些新歌，然后第二天到学校show歌喉。我也是一副不见棺材不掉眼泪的架势，依旧大大咧咧地看电视打电脑谈恋爱，可成绩却一直在及格线徘徊。我咬牙切齿地咒V，也抱怨老天不公平，为什么V活得那么逍遥，成绩依然名列前茅，奖学金、奖品、证书都是一摞一摞的？

后来我才知道，我偷懒的时候V一直在努力，我努力的时候V还在努力。

上数学课，我就在梦游。小学的时候被那个化着浓妆贴着假睫毛的数学老师毒害，直到上了中学我的数学成绩还是上不去，不懂的越拖越多。习题集买了一堆又一堆却只做了几道，家教请了一个又一个却还是听不懂，不久妈妈因财政赤字辞了那个补习老师，妈妈问我，补习以后学到什么？我连声说："很多，很多。"却不敢告诉她我只记得补习老师的手毛很长。

V下课以后总是急急忙忙地问我，有没有不懂的？我摇摇头，他就转过头去做题了——其实我的意思是"我全都不懂"。有个博士说过：一切东西都是带奴性的，要么你征服了它，要么它征服你。于是我很想征服数学，因为我不想被数学征服。V细心地教我做每一道题，当我突然大叫"噢，我懂了"的时候，他就捏捏我的脸喊句："So lovely you are!"我坏坏地想，我征服了能够征服数学的男人，也算间接征服了数学吧？

我在V的后背写字让他猜我写了什么，V笑嘻嘻地说："不外乎'老公'、'I love you forever'之类的。""错了。"我摇摇头，"我在你的背后计算练习册第二十七页第三道应用题。"

数学老师在上面滔滔不绝，我们在下面窃窃私语。我偷偷地把手伸向前去，V轻轻地抓住。然后两个番茄一动不动地任手心变得汗津津的。心跳加速，整个心房仿佛融化了一般，酥软酥软的。后来V告诉我他的感觉也一样。

夏至。我搂着美美，兴致勃勃地说着V的每个动作每个眼神每句话，美美突然指指迎面走来的一个男生，小声对我说，我喜欢他，三班的。我看看那个男生，高瘦，长得很阳光。我说，看起来很舒服，不错。美美说，他帅个P，明明是Dinosaur一只。我笑，是不是每个人都喜欢诋毁自己心爱的人呢？像我和V总是互相攻击，像美美总是喜欢泼我的冷水，像我总是笑林说他三等残废，其实我们都深爱彼此，唯恐对方不知道。

原来Dinosaur是不认识美美的。美美很孤僻，千方百计贿赂了他的班上的女生给他们作介绍，自己反倒冷冰冰地很不合作，外加Dinosaur又是天蝎座冷剑士，于是两座冰山相撞，噼里啪啦地用冰块砸死那个女生。

上体育课时，我和美美懒洋洋地偎依在树荫下。我望着V的白色T恤在风中飘呀飘呀，好像一面常胜的旗帜。V进球以后会用食指指着天，然后绕着球场飞奔。龇牙咧嘴地对着队员喊："Yeah!"而林，大家都喊他"水牛"，因为他踢球很拼命，带球时跟疯了一样，双眼都会扑哧扑哧地喷火。我不喊他"水牛"，也不和其他人那样喊他"大头"，怕伤害他，于是我喊他"哥哥"——事实上他对我比哥哥还哥哥，我敢说我从没见过一个男生会像他那样大度，我欺负他，他顶多笑呵呵地瞪我一眼，和我说话的时候，他的橘皮脸上永远绽开着笑靥。

美美扯扯我的衣角说："Dinosaur在打球啊。"

我顺着她的指尖看过去，很快就认出了他那高晃晃的身影。

美美说："我弄到了他家的电话号码，可是，我不敢打电话给他……"我急忙避开她的蜡笔小新招牌眼神，不过她还是蹭蹭我说："你帮我打电话，然后告诉他你是美美就好了。"我只好点头。

那天晚上，我们去电话亭打电话给Dinosaur。

我特不习惯地说："Hi，我是美美，你吃饱了没有？"转头看见美美一副喷血的表情。Dinosaur呆了很久，"嗯"了一声。我急忙说："你不要那么冷嘛，好歹我们……好歹我打电话给你呀。"Dinosaur说："你有什么事吗？"我说："你有没有喜欢的人啊？"这句是照着美美写的对白念的。他依旧冷冰冰的，说："没有。"于是我搁了电话。

美美慌慌张张地说，怎么样？

我说，帅哥就是有性格。

我和V还有林一起回家。到车棚一看，我的车胎被人扎破了。我气嘟嘟地推着单车往外走，V和林慢悠悠地跟在我后面。我生气地说："你们两个怎么不帮忙啊?! 袖手旁观！"V笑嘻嘻地说："我没有'袖手'。"林憨憨地跟着说："我没有'旁观'。"我和V愣了愣，顿时笑岔了气。林一愣，也笑了起来。笑够了就追着V跑，打V的屁股。

我深深地吸口黄昏的空气，就让我们一直这样幸福下去吧！

四

好不容易盼到老师回家，V却把书包一扔又要去踢球。我生气地拉住他说："少踢一天会死啊，你就不可以找点时间陪我吗?"V说："足球是我的第二生命。"我瞪着他说："那我是什么?!"V笑着说："NO.1行了吧?""NO.1? 我没这个本事，排在我前面的还有你的父母你的成绩呢!"

V笑了笑拍拍我的头，走了。我欲哭无泪。我真的把他放在第一位了，为了他我什么都可以不要，为什么他不好好对我?

我趴在窗前看他在球场上矫健的身影。林站在我身边，他说："妹妹，不要不开心了。"我的眼泪喷涌而出。我一边哭一边骂他，你是猪啊，这句话是最容易惹人哭的。林惊慌失措地说："你，你不要哭好不好? 哥笨，哥是猪，行不?"我说，哥哥你用肺说话吗? 女孩子哭的时候你让她"不要哭"还问她"好不好"，这就像乞求强盗不要抢东西一样啊。

难怪美美说我像个小女巫，总是那么邪恶。欺负心爱的人们。

给Dinosaur的电话次数越来越多了，几乎我和美美每次出去都会像犯毒瘾一样疯狂找电话亭。Dinosaur也不再冷冰冰了。我的话总是噼里啪啦地砸过去。他就笑得像断气一样。美美在旁边看我——美美很喜欢掩饰，我知道她一定不开心。我把话筒递给美美，说："告诉Dinosaur你才是美美吧。"美美的眼闪过一丝光芒。

后来美美告诉我，Dinosaur不喜欢她，Dinosaur爱上了我。

V总是想突破最后的防线——我是很爱V的，爱到甚至可以付出自己的身体。V在我身上乱吻一通以后，所有的胡闹就落下了帷幕。我飘飘然地走着路，头嗡嗡直响。回到家以后我疯狂地呕吐，吐完后我软塌塌地瘫坐在浴室冰凉的瓷砖上，用水龙头发了疯一样地冲洗自己的身体，我一边冲一边哭，热水夹杂着泪水流进我的嘴里。好脏，我觉得自己好脏，身上残留的精液好像怎么洗也洗不干净。我怎么了，我在做什么?

是不是所有男生的爱都非要带上性的字眼? 那天以后，V就越来越放肆了，但却没有食禁果。

他欠了我，我要他拿出所有的爱来还。我开始像黄脸婆一样跟着他，不准他踢球，不准他和别的女生说一句话，不准不准，什么都不准。我就是他的梦魇——我不管，我就是要他做梦都梦见我，哪怕是噩梦。

我和V不停地吵架，不停地和好，吵完又黏在一起。刚黏在一起又开始吵。林懒懒地看着我们日复一日地做同一件事，也不再做什么评论了。也许夏天的阳光太炽热，晒得我们都不愿意说半句话。

我终于和V说了分手。V哭了，他乞求我不要走。我也哭了，我爱他，也恨他。像童话一样的我的初恋，什么时候变得那样淫秽牵强？我望着他满是泪水的脸，却有些心悸：V想留住的，是我的心，还是我的身体？

Dinosaur拍着篮球走来，朝我们招手，我笑呵呵地回应他，可是美美却懒洋洋地将脸别过去。待Dinosaur从我们身边走过，我望着美美沮丧的脸，生气地说："那头说很爱他，这头又对他冷冰冰的！你究竟想干吗?!"美美推开我："他喜欢的人是你，是你！我难道还要撞过去吗？""莫名其妙！"我生气地走了——其实我很清楚，Dinosaur根本就没说过他喜欢的人是我，一切都是美美编造出来的。美美对着我的背影喊："当初，你让我告诉Dinosaur真相，是你想理直气壮接近他吧！"我哭了，美美没有看到。

美美，是你亲手放飞你的爱，怎么能怪我？何况，我是真心希望你们在一起的呀。

黄昏，我坐在看台上，望着Dinosaur高瘦的身影，突然有种撕心裂肺的痛楚袭来。

Dinosaur跑过来，说："你怎么了？""我胃痛。"我望着他充满阳光的脸，不自觉地低下头去——阳光也会有灼伤人的时候。Dinosaur扔给我一盒"斯达舒"，转身跑了。刚跑出几步，他又回过头来，笑着说："我看出你不开心了，别怕，还有我呢。"

我的泪水一点一点地漫上来。别怕，还有我呢。别怕，还有我呢。虽然我的爱情千疮百孔，友情也伤痕累累，但我还有Dinosaur呢，我还有林呢，我还有他们呢。

我跑到足球场去找林——心爱的哥哥，请替我圈出一片宁静，让我好好睡一觉。林看到了我，立刻微笑着跑过来，说："丫头，来了？"我的心泛起一阵感动，喉咙涩涩的，眼眶一定也红红的了。但我立刻擦擦眼角，撅起嘴巴说："我不是来了，难道还'去'了?!"林不好意思地笑笑，我也笑了。

别怕，还有他们呢。

中考来得很平静。我的成绩超出了填报的学校的分数线40多分。

我一把撕掉贴在墙上的激励的字幅。曾经自己身心透支极其想睡觉的时候，就是被这些字幅硬生生地拽起来的。那段日子总算过去了，我再也不用一边哭一边做题了。

我突然很感激V，如果没有他，那个成绩很烂的笨蛋不会被拉到全班第三名，更重要的，他在我最丑的时候选择了我，他告诉我，我很可爱。

我逼着林给我写同学录，他笑呵呵地写：丫头，你给哥的第一印象就是个可爱的小女生。

Dinosaur写了很多话给我，我慌慌张张地藏起来怕美美看到又胡思乱想。

至于美美，我想，我是真的失去她了吧。

五

新的学校，我要做个新的自己。

整个高一，我都坐在陌生的学校里想念着心爱的他们，脑子里恍恍惚惚地只剩下回忆。

我的成绩一塌糊涂。没有V手把手地教我数学，我的数学又滑了下来。

而且，我的物理越学越差。特别奇怪的是，我上课明明很认真听，而且都听懂了，可每次月考的成绩出来，物理试卷却总是血淋淋的。我和同桌上课时总在研究物理老师嘴角的白沫，究竟受什么力被吸进去又受什么力被挤出来。他叫人回答问题的方式很奇怪——不小心看他一眼，他就用粉笔指着你说："好，这位同学回答一下。"所以，我们全班都把头埋得低低的，然后在下面"盼望着下课，盼望着放学"，挥汗如雨。可是他还是喊我回答问题了。我懒懒地望着黑板上七横八竖的受力分析，一句话都说不出来。他语重心长地叹了口气。

我知道他在想什么，我就是我们那个尖子班的败类。

放学后我截住了那个女生，把她拖到厕所。

在厕所里我们文明解决了所有误会——原来一切又是我自己在疑神疑鬼，她根本就没有针对我的意思。走出厕所，我的心豁然开朗。但是，我很快又觉得很悲哀——我变了，我真的变了，不再是以前那个呆呆被人欺负的小女孩了。

那个女生在班上跟大姐大一样，讲话很大声，还喜欢和男生打闹，而且她很嚣张，曾当着很多人的面下我的面子。我生气地上QQ发泄，结果搬了一大群朋友决定和那个女生打一场架。一个同学怯生生地对我说："你真要和她打架？伤了和气就不……"我打断了她的话，说："谁叫她在我面前那么嚣张，反正人都叫齐了，我他妈打到她求饶！"那个同学笑了笑说："不要说粗口啊。"我愣了一下——我讲粗口了，我会讲粗口了。

从厕所出来以后，我还在想那件事，我觉得自己真是莫名其妙，她根本就没说过我的坏话，而我却神经兮兮地处处注意她说的每一句话，时刻想挑起是非打一场架——是要显示自己有多了不起才会有那样的举动吧？

我怎么变得和以前那个欺负我的女混混一样?!

低下头，长长的直发垂下来，盖住了我沮丧的脸。我猛地发现自己竟然用6个月的时间不经意地忘了那个整整16年老实憨厚的我。现在——我剪了最流行的发型，摘下了厚厚的眼镜，把校服的裤脚改得窄窄的，左耳上戴了5个闪闪亮亮的耳环，提着色彩鲜艳的手提包，开始和妈妈共享化妆品，甚至还教妈妈怎样使用睫毛膏。

走在校园里，我总是很张扬很骄傲。我喜欢这种被人关注的感觉，我不甘心和以前一样永远低头做人。

追求我的人越来越多。我冷笑着接受了每一个人，伤害了他们后甩甩头发转身就走。有一个男生当着我的面掉了眼泪，我望着他颓废的脸仿佛看到了曾经在V面前哭泣的自己。

人总在循环地扮演几个角色，今天我是好人被坏人伤害，明天我变成坏人伤害好人，后天被我伤害了的好人变成了坏人又去伤害另一个好人……我知道他们喜欢的是我的外壳，所以我始终爱着V，那个在我最丑的时候选择了我的人。

一天在街口见到林。他的头发很凌乱，嘴里还叼着烟，我坐上他的摩托车，说："哥哥，带我去转两圈吧。"

我俯在林厚实的背上，抚摸着他左耳上的银耳环。林也变了，曾经的乖孩子们都不见了。但他的好还是没有离开过——前段时间和别人打架，我一打电话给他，他立刻就来到我的身边还气喘吁吁地喊人帮忙；下雨天我打电话给他，他就冒着雨来学校接我回家；我想出去没人陪的时候，他无论多忙也会马上跟着我出去瞎逛；晚自习我怕黑，他每晚开车送我去，然后一直在门口直等到我出来……其实，我们的叛逆和骄傲，不过是为了保护自己。不要怪我们污染了社会，其实是社会侵蚀了我们。脱下那层盔甲，我们的心依旧晶莹。

车停在路边。林又点燃了一支烟，我瞪着他说："哥哥，不要吸烟。不然你的肺会黑掉的。"他笑着说："黑了你就不怕哥再用'肺'说话啦。"我笑了，他把烟放在我面前，说："吸一根？"我点点头。刚想伸手去拿，他就迅速把烟藏起来说："打死你咯，不准吸。"我"咯咯"地笑了。

哥哥，你疼爱我，我是知道的。

六

在新学校里，我不再受人呵护。

大家都宠爱我的同桌——我不是妒嫉她，我只是觉得难过。

在V，林，Dinosaur和美美怀里我多么像个幸福的小孩，美美说过。我是个邪恶的小女巫——也许我天生就是女巫，一直就是；而我的同桌天生就是公主，无论公主脾气多不好，她总是讨人喜欢的；而女巫，无论做什么，都没办法让人喜欢。

我是不值得人们关心爱护的，只是因为太过幸运遇到了V，林，Dinosaur和美美，于是我鬼迷心窍以为自己是公主——离开了他们，我只是个驾着桀骜的扫把走四方的巫婆。

于是，我偷偷地溜回学校看我心爱的他们，我想向他们撒娇让我有片刻"我是公主"的幻觉。

Dinosaur用篮球打我的头。他很开心，因为看到我。我抬着头看他，他那么高，好像一棵稳稳仁立的松树。

要离开的时候，V把单车停在我面前，我知道他想送我回家，但我却坐上了Dinosaur的单车——当初我千方百计要V送我，他都不理睬我，现在竟然落拓到我拒绝?！

我的长发在Dinosaur的脖子萦绕，耳边是Dinosaur带着热气的呼吸。Dinosaur和我嘻嘻哈哈地说着话，因为意见不合他狠狠地用头撞了我一下，我龇牙咧嘴地喊疼。他突然愣住了，过了很久才冷冷地说："你怎么变得那么嗲？很恶心啊。"我呆了。Dinosaur对我说，"别怕，还有我呢"的Dinosaur，现在竟然对我说，我很恶心。

我立刻下了他的车。他也不说什么，走了。

我看着他的背影，眼泪扑通扑通地掉下来。

那天我留了电话号码给他，但是却没有接到一次他的电话。

我写了长长的信给林，对他说：心爱的哥哥，我很想你。林没有回我的信，我打电话给他，他却懒洋洋地不喜欢说半句话。林，你怎么了？

　　周末，我打电话给他——我们很久没有通电话了。谁知他开口第一句话就是："又和谁打架了?!"我惊愕——难道在林的记忆里，我只有在有事的时候才会找他？难道他真的不知道，他对我有多重要？我伤心地挂断了电话。

　　每次电视上播起"斯达舒"的广告，我都会想起Dinosaur，然后流着泪忍受内心的疼痛。Dinosaur是不是也和林一样，不知道他对我是何等重要？

　　那天晚上，很多人一起约出来玩。我惊愕地发现，有很多女孩都喊林"哥哥"。我问林"究竟有几个好妹妹"，他轻描淡写地说："多。"她们和林一起闹，林也笑呵呵地回应她们，那么温柔那么宽容，就像对我一样。我望着他们，像个看似高傲内心却疼痛无比的女巫。

　　一直以来，我以为自己那么幸福，是林唯一娇宠的妹妹……

　　最重要的人，只剩林一个。而我，竟然一直都不是林最重要的人。

　　我一个人安静地穿梭在熙熙攘攘的人群里，四周死一样静寂，突然，一首歌拼命钻进我的耳：

　　　　当我失去你那一秒，心突然就变老……喧闹的街，没发现我的
　　泪，被遗忘在街角……

V，林，Dinosaur，美美，最疼爱我的人，都离开我了。

七

　　上QQ时见到V，他问我，我们还能不能有友情。我连忙点头。突然想起他不会看到呀，便急忙打了很多个"一定能"发过去。我们的友情仿佛是劫后余生，是不是更值得我们去珍惜？

　　美美来我家了，我们躺在床上望着天花板说话。我嘻嘻哈哈地同她讲鸡蛋跌价，然后立刻皱起眉头说，又没下雨那些菜不知干吗又涨价了。接着又开始讲到德国科隆，法国普罗斯旺，希腊雅典，英国斯特拉福德，还有摩洛哥卡萨布兰卡白色经典之城。她一直点头——我说话太快了，很多时候都是我一个人讲得极其兴奋，她一个劲地点头附和。

　　我很诧异，美美和我竟然还是那样要好。

　　说了不再理会林，但还是打通了他的电话。我抽噎着听着他唱"两个小

娃娃"给我听，那是属于我们的歌，那是象征我们纯真烂漫永远不变的友谊的歌。

"丫头。哥很想你。"

V说："三班那个家伙一直在找你。"

我惊讶，他为什么不直接找我？也许一直以来Dinosaur的天蝎座霸气都没变，他是不会先打电话给女孩的。于是便急急忙忙扑到电话那儿拨通了Dinosaur的电话。

他听见我的声音，呆了很久后突然大声地骂起来："丫头！有没有搞错啊你！这么多个月一个电话都不给我?!"

"我留了电话给你了。你自己不会打嘛，霸气！"

"我承认我霸气，可是我好几次都想打给你，没面子就没面子咯。问题是——那天我洗完澡才发现你这个猪头把电话号码写在我手上啊！"

……

八

残阳如血。归鸟掠过天空。地下的孩子们在想念另一堆孩子。

多想再牵起心爱的你们的手，穿起蜕下的纯真，踏在柔柔的青草地上，累了就躺在树荫下，透过叶隙望胖乎乎的云朵慢悠悠地在碧蓝的天空上漫步。哪怕人总要学着长大。

大家手牵手走过那段铺满琉璃碎片的青葱岁月，我们的笑容，经过洗涤，将更加坚定和灿烂。

（原载《萌芽》2006年第二期）

肖　念

李　铭

　　肖念有些头疼，抬起头给眼睛做个放松。班里安静得可怕，每个脑袋都垂到肩膀以下，苦大仇深地在一批又一批的卷子中挣扎，只有日光灯在不识时务地嗡嗡作响，教室的安静又为它提供了无限的空间，于是这种巨大的声音向不可知的方向无限制地延展开来，似乎充满了整个世界。肖念愣了会儿神，心底的小理智又开始叫嚣："怎么了你又？还想明年再复习？"肖念赶紧低下头继续投入学习。

　　肖念去年高考成绩只比本科一批低两分，当妈妈打电话告诉肖念的时候，肖念本来就缺少血色的脸一下更加苍白了，等待的煎熬已经让肖念的神经极度脆弱，妈妈显然也有些失望，但她还是顾全大局地安慰了肖念："孩子，妈妈知道你尽力了啊。"肖念更加欲哭无泪，妈妈总是那样大度，为什么妈妈就不能无理一下，让肖念也更有理由痛苦一下。

　　这是个大事。肖念的高考成绩出来了。这可是全家上下最重要的事。全家召开了家庭会议，爷爷、奶奶、爸爸、妈妈全到，肖念无助地坐在沙发一角，像是某种疲惫饥饿的小动物，深深地垂着头，瘦瘦的脸上只剩下双眼睛，潮湿微红，睫毛低低地盖着。爷爷发话了："念念这次考试成绩，不是太理想。可是我想这也不是孩子所愿意看到的。"爸爸说："我打电话咨询过了。念念这次要是走的话上不了什么好学校。"肖念心头一紧，在眼眶里打转的泪水终于毫不迟疑地落了下来一滴一滴砸在校服上。校服已经陪伴肖念三年了，洗得有些发白，于是眼泪浸湿的印记格外醒目。奶奶心疼了，也红了眼圈，她坐在肖念的旁边，抓着肖念的手，轻轻抚摩着，安慰着肖念的悲伤。奶奶的手虽然苍老却很柔软，让肖念的悲伤更加跌跌撞撞，所有的委屈全部喷发。但那也只是促使肖念的眼泪更加剧烈地涌出，再加上隐忍的小声抽泣。肖念从不放肆地放声大哭，她怎么能放声大哭呢？她可是乖孩子，即使发生再大的事情也要小心翼翼，四平八稳。

　　最后大家一致商议，决定肖念还是复读吧。念念是个好孩子，念念的成绩一直都很好，这次，只不过是个失误。失误而已，她的前途还是很光明的。

　　吴羽凡和肖念坐同桌，她也复习。补习班第一天上课时，肖念在人群里远远地看到了吴羽凡，这只天鹅依然光彩照人，穿着破破旧旧的校服仍是胜人一筹。混在汗水和心情恶劣的被高考遗弃的一群死难者中挤进教室时，吴羽凡挤到了肖念的旁边，主动示好："咱们是校友吧？"肖念有点莫名其妙地害羞："嗯。"天鹅似乎看出了肖念的情绪，并不介意，更加大方地把自己推销出去："我是吴羽凡，三班的，咱们一起坐吧。"胸有成竹仪态万方。看天鹅如此大方，肖念不能再一味小家碧玉了："好啊，我叫肖念，九班的。"吴羽凡，这个名字早有听闻，此女曾在学校人尽皆知，闻名于美丽和高傲，如今粗头乱服仍不掩国色，可见一斑。当年全年级十四个班，平均每个班都有十人以上追求此女，传闻曾一度夸张到吴羽凡下学推自行车时车筐里就会规律性地出现情书一打。如同大家车筐里的广告一样多，而天鹅看都不看直接扔到垃圾筒里，不知道践踏了多少人的幼小心灵，听得全年级女生双眼通红，妒忌之情犹如大江之水，后来关于吴羽凡的传言就开始妖魔化：此女无比轻浮，男友月月换，经常有目击者见她由不同男生护送。尽管如此，全年级的男生仍然跃跃欲试随时等待机会，但是大家始终都不知道吴羽凡的男朋友是谁，她似乎也没有女生朋友。

　　天鹅的落落大方瞬间拉近了两个人的距离，她似乎没有传言中难以相处，女生成为朋友往往很简单，坐在一起，下课相伴上厕所，放学一起回家互称"亲爱滴"，再加上来自相同的学校，肖念和吴羽凡俨然成了好朋友，感情就这样慢慢培养起来了。

　　肖念和吴羽凡相处得很愉快，气氛融洽，互帮互助。由于大家来补习的目的都很明确，少了很多是是非非，每天的生活只有拼命学习，也无暇感叹生活，她们为了节省时间，中午都在学校吃饭。

　　天鹅的光芒是掩盖不住的，在肖念和吴羽凡的补习生涯还不到一个月的时候，她们共同构建的小社会就被吴羽凡的美丽打破了。吴羽凡经常有追求者中午放学后等在教室门口请求赏脸吃饭，这通常都是先通过同学口信或纸条传达的，天鹅通通拒绝。吴羽凡的过去对于肖念来说还是一个巨大的问号，对于补习生涯的友情来讲，是不需要这些秘密做调料的。吴羽凡挽着肖念，脸色平静，一边讨论上午的立体几何题一边走向学校后门的小吃街，那里有卖烧饼夹鸡蛋，只要等上三四分钟，实惠又方便。追求者往往跟在她俩身后，努力地和天鹅搭话："明天二模准备得怎么样了？"吴羽凡头也不抬：

"还行。"追求者看不到希望，又努力："咱们仨去吃肯德基吧，新出了种蛋挞，挺好吃的。"吴羽凡冷冷地抛出一块石头："时间太短了，来不及。"肖念这个时候往往就特别难受，不知道是替那男生难受还是这气氛，肖念感到不知所措了，她用胳膊肘轻轻地碰碰吴羽凡："羽凡……"吴羽凡熟稔地一扭头，审判了追求者："现在大家时间都很宝贵，别浪费时间了。"吴羽凡的话理智得无懈可击，追求者没有理由再纠缠，时间如此金贵，怎么能浪费？

　　吴羽凡和肖念继续着以前的话题，买了烧饼一边吃一边走回来，可是肖念有些……奇怪。天鹅似乎浑然不觉，肖念也无暇顾及，很快，这些小情绪又淹没在了高考的滚滚洪流中，和着烧饼夹鸡蛋一起吃了下去。

　　每个星期只有一天的休息时间，肖念不敢松懈，仍按照上学的时间到学校开放的图书馆去学习。阴天天压得很低，让肖念有休息的安全感，肖念站在图书馆门口看了看灰色的天空，可是不敢多看，怕被天气宠爱得忘记了时间，她是全家人的乖孩子，从来不浪费时间。

　　肖念头昏目眩地出了学校门，天还是有点阴，让肖念突然有点想哭，推着自行车忍了好大一会儿才忍住，最后才别扭扭地骑上自行车。快要拐到家的一条小路上时，有个人"嘿"了一声，肖念茫然地回头，她的视线中出现了一张脸，浓眉毛，小眼睛，皮肤很白，短短的头发竖着。肖念一时回不过神来，那人见肖念一脸无辜的表情，笑了笑说话了："你是肖念吧？还认识我不？我刘蒲啊！"肖念脑袋里一片空白，"刘蒲"这个名字在肖念脑袋里转了好几圈，肖念恍然想起，小学有一回这个叫刘蒲的男生揪着她的辫子逼迫肖念把作业给他抄，肖念以沉默抵抗着，使劲拧着脑袋，她从来不善于用语言抗议，班长及时地发挥了自己的作用，命令他放开肖念的辫子，刘蒲被班长训斥，可是班长也是个小丫头，刘蒲不服气，跳上桌子愈发放肆："噢……噢……肖念的作业也是抄的噢……"肖念被冤枉，觉得自己受到了侮辱，终于反抗了，眼泪汪汪地抗议："你瞎说！"后来刘蒲被班长告发，班主任在班里问话，刘蒲不承认，班主任见刘蒲藐视她权威，勒令刘蒲到教室门口站着，并怒道："下星期一把你家长叫来！"刘蒲头一扬，以一种极轻蔑的神态回击："叫就叫！"肖念一下子记住了刘蒲这个昂首的神态，不知道为什么觉得刘蒲变得没那么讨厌了，脸悄悄红了，这可是莫大的耻辱。刘蒲可是班里有名的坏人，肖念应该对他表示不屑一顾才对。肖念后来为了这个和自己斗争了很长时间，但是从那以后见了刘蒲还是有些慌乱。肖念还沉浸在回忆中，刘蒲下巴一扬："嘿，好学生学习学傻了？"这个扬头的动作是如此动人，让肖念的心抖了一下，空气中飘来清新的梧桐花的味道。肖念想努力表现自己的不紧张，两只手汗津津地使劲握住车把。可让她恼火的是，她的脸还是有些发烫。肖念不知道该如何回答，脸更烫了，刘蒲说："高材生，不认识我了？咱们小学同学啊。"肖念赶紧解释："认识啊，你小时候挺调皮的。"刘蒲嘿嘿笑了："我那时候总欺负你，没忘吧？"肖念点点头。刘蒲说："好久不见啦，怎么样啊，有时间没？走吧，我请你喝点东西。"肖念有点迟疑："……我还得回家呢……"刘蒲说："不给面子啊，今天星期日也不用上课吧？"这把肖念的计划打乱了，肖念原本打算回家吃完饭，睡会儿午觉，再去学校图书馆的，这个午觉对肖念来讲是很奢侈的，只有星期日肖念才给自己一个睡午觉的奖励。刘蒲见肖念还在犹豫，把手机递给肖念："给家里打个电话吧。"肖念只好接过去，拨通了号码，是妈妈接的，肖念硬着头皮说："妈妈，今天下午学校补课，我就不回去了啊。"妈妈问："哦，不要乱吃东西，要吃饱啊念念，这是谁的手机号啊？"肖念迟疑了下："这是……羽凡的。"肖念一直表现很好，妈妈没有怀疑也没多问，很轻易就请到了假。

肖念一直很被动地跟在刘蒲后面，刘蒲开得很慢，配合肖念自行车的速度。肖念心情复杂地跟着刘蒲来到了一家冰淇淋店。刘蒲很绅士地为肖念推开门，肖念有点……不习惯，肖念很少张嘴说话，肖念很少和男陌生人单独接触，这类事情对于肖念来说是很困难的，尤其和陌生男生。刘蒲算是陌生男生吗？不是，但是又好像是。究竟为什么来到这儿，难道是为了小学那点久远的若有若无的回忆，还是被刘蒲霸气的逼迫所屈服？肖念居然欺骗了妈妈，在如此紧张的日子里，放弃了学习和睡午觉的时间来做这件荒唐的事情。于是肖念直到坐下去，一个长着圆圆的脸的服务生问先生小姐需要什么的时候，肖念终于发现这已经成了既定事实。先生小姐，肖念以一种女性的身份出现在这次突兀的会面中，呃，她还穿着校服呢。

"喝什么，好学生？"刘蒲问肖念。

"……随便吧。"

"这里有随便的吗？来盘随便……"有点老套的笑话让旁边的服务生眯起了眼睛，肖念也开始放松起来了。

"那……珍珠奶茶吧……"肖念选择了种小朋友饮料。

"一份珍珠奶茶，一份蓝山。现在饿吗？还是等会吃东西？附近有家店挺不错，专门卖一些小吃类的，咱们待会儿去吃？"

"……哦，好……"肖念似乎只有这几句台词。

"我可以抽根烟吗?"刘蒲拿出根烟征求肖念的意见。

"嗯。"肖念不大喜欢烟草的味道,让她觉得呼吸困难和不干净。

刘蒲点着了以后,深深吸了口,烟雾后面的他让肖念更加不确定,在久远的岁月里扬起头的小男孩,是不是眼前这个人。他们两个从小学毕业后就再没见过,大概六年多。

"你还记得咱们班的那个胖子吧,就是那个张昭,前几天出车祸了,不过没什么大事,这小子命大。"

"噢,严重吗伤? 肯定挺疼的吧?"

"可不是吗,疼得他整天在医院骂骂咧咧的,被医生骂了以后就不敢了,哼哼唧唧的,像头病猪。"

"……"

"现在高三了?"刘蒲不知道是由于过早离开学校没有计算清楚还是怕肖念难堪,肖念今年应该读大一的。

"嗯。"

"挺累的吧……我没上高中,上了所学摄影的学校,其实心里还是挺想知道高中是个什么感觉的。我现在在中华路上开了个小店,叫黎明黄昏。"

"名字有意思。你起的吗?"

"是啊,不错吧。"

"……"

"上小学那会,有回我想抄你作业,被老师知道了,后果让我叫家长。还记得不? 嘿,我妈回去把我狠揍一顿。"

"……记得,你还冤枉我来着。"肖念笑了。

"哎,你还挺记仇啊,没看出来啊,看来我今天要是不碰着你请你吃顿饭赔罪的话,你得记恨我一辈子吧,哈哈。"

"差不多吧。"

"可别啊。我其实挺愧疚的……"

"没有吧,我记得你特别理直气壮啊。"

"我特善于掩饰自己,可看不出来,再说你那时候哪看得着我啊,神圣得不行整天给人感觉,知道不,那时候咱班特多男生喜欢你,但是没一个敢追你的,就是你太完美了,难以接近啊。"

"……啊? ……哦……是吗?"

"真的,那会你回回考第一,在班里也不爱说话,挺冷的。"

"……哦,其实也不是,我也不是故意的。"

"一不小心就考了个第一？"刘蒲故意逗肖念。

"不是啊。我是说你说我挺冷的……"

"哈哈……"

"……"

阳光透过玻璃门打到彩色的桌子上，门口挂着一串风铃，有人进来或是出去的时候就叮叮地响，像是细碎的玻璃发出的声响。由于是午饭时间，这家冰淇淋店的人并不是很多，穿着绿色制服的服务生在收款台闲闲地翻着本杂志。刘蒲说："那家小吃店特火，估计现在都没座儿，咱们等会去，不跟他们争。饿了没？你要饿了咱们先去吃点别的。"肖念摇摇头恐吓刘蒲："现在还没什么感觉呢，等会吧，等会我吃的时候你可别哭啊。我吃得可多。"刘蒲被肖念意外的幽默逗乐了："可别啊，不是吧，看不出来啊……""哼，你看不出来的事还多着呢。""哈哈，那看来我得慢慢了解了……"

他们到那家小店的时候已经没什么人了，店不大但很精致，味道很不错，烧卖的皮晶莹剔透，咬开以后有个大虾仁，涂着新鲜辣酱的铁板烧，清香的皮蛋瘦肉粥……肖念胃口出奇地好，在这个男生面前少了刚见面时候的拘谨，轻松愉快得有些不真实。这个男孩子似乎是重新认识了一遍，他时不时地扬起动人的下巴，才让肖念觉得他们是很久前就认识的。这个午后一反平日的干枯烦躁，意外地相遇，温润馨香有小小惊喜，肖念会心地微笑，刘蒲适时地耍宝，一如早就写好的剧本。

直到天色蒙蒙黑，刘蒲把肖念送到楼道门口，肖念扭头微笑着说再见，脸上的轮廓被路灯扫得很温柔，刘蒲喊了声："肖念？"肖念侧起脸露出孩子般天真的神态："嗯？"刘蒲顿了顿："没事，回去吧。"肖念抬起右手稚气地摆摆手："拜拜！"转身进了楼道。

肖念回到家，拿出历史书，想背下历史事件的年代，这是她的弱项。肖念需要调整自己，快速完成角色的转换。打开台灯，阴暗的屋子被唤醒了，只有下半部分被橘红色的光笼罩着，温暖的明亮被灯罩压得低低的。肖念心满意足地趴在桌子上，脑海中闪过刘蒲下巴扬起的优美弧度，世界上多了份温暖。

二模成绩出来了，肖念是班上第七名，吴羽凡是十九名。公布成绩时班里一如既往的压抑，同学们反应基本一致，大家已经久经沙场，都有大将风范，空气中弥漫着一种大义凛然的决绝。吴羽凡碰碰肖念，用眼神示意，肖念顺着她眼神的方向，落在前座的赵晓身上。赵晓是个刻苦的女生，戴了副似乎戴了很多年的眼镜，金属边框已经被汗水侵蚀掉了不少块，有些地方露出蓝绿相间的碱蚀掉的地方来，显示了岁月的痕迹。赵晓极其踏实，除了上厕所和吃饭，其余时间都在座位上坐着学习，从不多说一句话，在班里安静到似乎只有一个背影，而她的回报却总是并不和付出成正比。肖念和吴羽凡对视了一下，知道她们对于赵晓的痛苦无能为力，做什么或说什么都很苍白。吴羽凡意味深长地耸了耸肩膀，叹口气，肖念不知道自己是什么表情。在这场战争中，每个人都抱着种惴惴不安却又视死如归的态度。大家都很清楚，自己，再输不起了。以前肖念上高二的时候有同学说，在整个学校里，高三的学生一望即知，他们大致拥有这样的共同特征：行色匆匆、蓬头垢面，面部浮肿苍白，表情迷茫，视线从无焦点。而高补的除了具有以上特征以外，又多了份苦大仇深的沧桑感和风尘感。大家都心不在焉地当做笑话来听，仔细一想，真是那么回事。而肖念从那时已经高瞻远瞩地预见了自己灾难性的未来，高三，如洪水猛兽般可怕。转眼，肖念也历尽沧桑地修炼到了地狱生活的最高级别，对于肖念来讲，往事不堪回首，想起来就忍不住软弱得要流泪。

肖念现在似乎有轻微的神经衰弱症，每天都处于困顿疲乏的状态中，可是倒在床上以后却睡不着，总是处在半睡半醒的状态中。

肖念看到刘蒲用一条腿撑着地面骑在摩托车上扬起他动人的下巴："嘿！"眯着眼睛半侧着脸，肖念径直走过去坐在他身后抱着他的腰，趴在他的背上说："刘蒲，对不起，我迟到了。"可是一转眼刘蒲变成了妈妈，肖念急于解释，结果过于紧张反而说不出话来了，妈妈一如既往温柔地说："念念，高考都开始半个小时了，你怎么还不去？"肖念一下蹦下来拼命地朝学校跑去，周围路边的树木商店如快镜头一样闪过去，失去了颜色和以往熙熙攘攘的温度。有着贵族气质的镂空雕花大门无情冰冷地挡在肖念面前，肖念的心脏都停止跳动了，她无力地顺着铁门滑下来，吴羽凡突然出现在大门里面，隔着铁门站在肖念的面前，美丽的大眼睛含着无能为力的泪水："肖念，肖念，你快进来啊。"肖念绝望地抬起头，喃喃地说："羽凡，救救我……"吴羽凡失神地摇着头，铃声响了，肖念听到了考生交卷收拾东西的骚动，身体中最后一丝力量被抽走了，肖念觉得自己轻得丧失了重量，化成了一堆泡沫，被空气这个恶魔一点一滴分解掉，从四周快速地逼近到心脏，她开始溶解，化成一股气体向天空飘去，任凭她使劲喊，却怎么也张不开嘴。

肖念努力睁开眼睛，心脏又恢复了跳动，摸到自己满脸的泪水，由于刚才的惊悸还在小声呜咽，她抱着自己的腿蜷缩着在床上坐了会儿，思维又开始进入程序。她迅速地穿上衣服，打开台灯，昨天还剩下一道政治辨析题。

肖念背起书包，拿起妈妈做的三明治和一袋热奶，骑上自行车向学校迅速开动。

今天四模考试，第一场考语文，肖念感觉还不错，比较得心应手。作文的题目是"怀疑"，怀疑，肖念从来没有怀疑过身边的一切，包括家人为自己安排的人生道路，这个题目对于她有些难度，肖念努力思考有关的题目，她把目光投向窗外，学校的绿化做得很好，到处是各种知名与不知名的植物，绿得理直气壮意味深长，趾高气扬地表示自己的存在。风吹着爬山虎的叶子摇摇摆摆的，在对面的墙上形成了巨大的绿色波浪。毫无预兆的，一个黑影从窗口闪过，如一只巨大的鸟急速坠落，在落地时发出了"噗"的一声。像是烂了的西瓜被切开时发出的沉闷腐烂的声音，有种动人心魄的惊悸。

赵晓从教学楼的顶层跳了下去，她甚至没有像以往一样给肖念一个沉默的背影就跳了下去。

学校里一片惶恐不安的混乱，哇哇怪叫的救护车警车，赵晓妈妈撕心裂肺的哭声。考试被突如其来的事件中断了，肖念从混乱的楼道里游走到了自己的教室，迎面走来和擦肩而过的人都面色凝重，还有不知道从哪里传来压低声音的窃窃私语，像是共同隐瞒着一个人尽皆知的天大秘密。

肖念回到了自己的位置上，吴羽凡缩着身体趴在书包上，睁着饱含泪水的美丽大眼睛惊恐地望着肖念，和肖念昨晚的噩梦是如此惊人的相似。班里由于用作考场把所有的书桌全部搬走了，原本拥挤狼藉的教室此刻光秃秃的，袒露着怪诞的笑容注视着肖念，空气中弥漫着疏离坚硬的气息。肖念的目光越过高大的法国梧桐，落在对面灰色的楼顶上。赵晓有没有犹豫？跳下去的时候。

学校放假一天。肖念拖着书包穿过学校有着美丽法国梧桐的甬道，到了人声鼎沸的门口，肖念被巨大的人流堵到了门口里，有戴眼镜满脸青春痘的男生嬉笑着对旁边的人说："放了一天假，还算是做了件好事。"肖念回头望着很久没有看过的校园，阳光稀疏地落在灰色的墙壁上，淡得失去了原有的温度，显得冰冷起来。树木缄默着。肖念想，那天赵晓一个人孤独地趴在桌子上，有没有流眼泪？

人流终于消失在空气中，肖念缓缓走出校门，找到自己的自行车。肖念突然不想回家，她来到了刘蒲的摄影店，工作中的刘蒲有种一本正经的滑稽，没了桀骜不驯的气息。刘蒲看到了肖念，绽放了一个温暖的笑容，抬起好看的下巴。

肖念没说话，怔怔地红了眼睛。

（原载《萌芽》2006年第五期）

毕业不分手

黄 璐

　　我所在的系共有两个班，加起来男生女生不过60，"内部解决"的共有4对，不到毕业并不知道他们是否相爱，因为大家都在学校里牵手同行，一副你侬我侬恩恩爱爱的模样。也不知道原来人心如是，真正让我感慨。

　　A女和A男是大四时候开始的一段黄昏恋。A女不和我同屋，所以了解不多，凭直觉是个物质女子，她也并不避讳自己对于物质的热衷，这样其实挺好的，至少她知道她要的是什么，求仁得仁是谓福。长得不算美，在我看来，黑黑瘦瘦，蛮会打扮的，也的确加分不少。感情细腻，或者是悲观的女子吧，总是觉得她在淡淡地哀愁着，也有着北方女子的干练爽直。男孩给人的感觉是脾气好到了极点，看见他的时候总是笑呵呵的，听说在男生那边A男也是个吃得开的人物。在宿舍时大家说起，都觉得A男是个老好人，常常有同学报告在哪哪看见A男帮A女拎包提水鞍前马后。在哪哪看见他们shower kiss……说到这个shower kiss，是我自己起的名字，暴风雨般的吻，呵呵，在各女生楼前时有发生，有时会很好奇地想去看看他们运气的法门诀窍……总之要人出人要力出力，很是周到。欧阳总是说起他们还挺恩爱的之类，但是我隐隐觉得有某些奇怪的东西在他们之间。有一天jojo特兴奋地回来广播，她和A女的室友一起时说到A男和A女还蛮恩爱的，但是室友以镇定而诧异的语气告诉jojo他们只是好朋友，A女已经有一个未婚夫了，毕业就去结婚了。听了这个，我也不过只能hoho两声罢了。人心难测世事难料。后来女生一起出去吃了顿散伙饭，大家聊天的时候我问A女，A男毕业后回武汉吗？A女轻描淡写地说，不知道啊，或许在北京吧。我还是很白痴地问了句："你们没讨论过这个吗？"A女以更清淡的口气对我说，毕业了就各走各的啊，这有什么好说的吗？我也只能说不胜唏嘘。更让人感慨的是临到最后，来送我们离开的，仍然是这貌似亲密无间的一对，默契如斯。

　　B女和B男是看上去真正恩爱的一对，大概在一起三年吧，很少看见他们红脸怄气。我也常常拿B男当模范来提醒欧阳该同学对女朋友是如何的温柔体贴恩宠有加。其实B男是个让人感觉很舒服的男生，喜欢天文喜欢摄影，在许多人的时候很沉默，开口说话的时候带着浓重的福建口音，在网上也曾聊过几句，是个有智慧的人。B女是那种让人觉得大大咧咧的女孩子，嗓门大大的，笑声很爽朗，让人不自觉地开心起来。长得也是水水的招人喜欢的模样……说这些只是为了表明他们是看似完美的一对，男孩很忍让，女孩很豪放。拍学士照的时候他们仍旧是甜蜜的模样，"西西，西西"地叫个不停，在旁人眼中是多少有点麻的。我总是以为他们会是长久的一对了。后来风云突变是我和欧阳回家后的事情了。上网的时候碰到B女，欧阳问他们可好，但是B女的回答让我们傻在了那，她说他们分手了，还特诧异地加了一句，你不知道吗？我本想很八卦地问问怎么了，但是被欧阳制止了，欧阳只是说，"只要你好就行了"。B女的回答，让我觉得她在负气，她说"我当然好了，为那么个男人，不值得"，我还是只能说不胜唏嘘。或许是因为误会吧，否则曾经那么相爱，不可能这么轻易地伤害。而且这感情不是怨恨，是不屑，对曾经在一起耳鬓厮磨举案齐眉三年的男子。

　　C男和C女是一对可爱奇特的情侣。他们的恋龄是最长的，源于大一。女孩子很可爱，男孩子胖胖的，似乎每年都以20斤的速度更胖着，看上去很讨喜。女孩因为家庭的一些阴影不相信爱情，但我更觉得这种失望是因为她从不曾真正遇到过这种感觉，所谓心动。男孩不知花了些什么周折，总之两人是在一起了。从此以后吵架不绝于耳，总是说最狠的话去伤他，但总是能和好如初，总是说分手但总是继续着，总是跟我们说她对他有多厌倦从没心跳过，但是仍然厮守着。最后两人找了同一家公司的工作租了同一间房子，我们都以为他们终于否极泰来拨云见日，但是C女看电视里关于相爱关于心动的情节仍然对我们说爱情这回事生活中是没有的，她根本不可能和C男在一起的。

　　D女是我D男是欧阳，没人知道我们是否能白头偕老，但是我们是在乎着对方渴望着对方而且明白自己爱着彼此的，暂时地分开一段距离，不知是否会是个温床，但是因为那个要在一起的念想，已经是个极大的安慰了，在这个浮华浮躁动荡爱情窒息的年代。

（原载《萌芽》2006年第六期）

我打电话的地方

小 饭

小饭十四岁那一年早上六点钟就起床，他母亲觉得这很奇怪。在小学里小饭可是老迟到、瞌睡大王，为此她去开他儿子家长会的时候没有少挨批评，一上初中这孩子整个人都精神抖擞的。不过这是一件好事情，小饭的母亲这么认为，那天早上小饭临走前她给小饭的书包里塞了一个苹果作为奖励。

吃过早饭后小饭急匆匆地就跨上了自行车，疯狂地踩了五分钟自行车之后在那家杂货店门口把车停了下来。小饭并不觉得这家杂货店的生意原本有多好，但是这几天他要买白胖高就得排队。他其实并不想吃白胖高，他就想在这儿多待一会儿，如果运气不够坏的话，他还能在这个杂货店遇见刘晓玲。

"嗨！亲爱的。"身后突然有个人叫他。

小饭一回头，原来是棒冰。"别这么叫我，怪肉麻的。"小饭说。十四岁的小饭讨厌肉麻讨厌直接。这个棒冰是小饭在球场上新认识的朋友，两个人在球场上配合默契，并很快就在球场上下熟络起来。

"嘻，你在这儿干吗？"

"买一根白胖高吃。"小饭言不由衷而且心虚，此刻就只好把头低下来。不过这一低头却错过了在第一时间看到刘晓玲的自行车经过杂货店的场面。

在这个场面到来之际棒冰抓紧时机吹了一个口哨，小饭也马上意识到他等待许久的猎物已经出现。等他一抬头果然看见了刘晓玲红着脸飞快踩着她的自行车朝学校的方向驶去的情景。

在此时此刻碰到棒冰让小饭懊恼不已，他甚至后悔认识了棒冰这个小流氓。这样他的全盘打算就只能泡汤。从第一次在这儿邂逅刘晓玲开始他每天早上都要在这儿守候，有好几次他错过了，赶到学校才发现刘晓玲已经在三（一）班里面领读英语。几次错过之后使得小饭强迫自己每天都要早起半个小时，宁可多等一会儿，也不能迟了。在这里遇到刘晓玲之后小饭就会让自己的自行车一直跟在刘晓玲的那一辆后面，保持二十米的距离一直跟着，直到进入学校。这样一种上学方式让十四岁的小饭沉迷不已，他对上学的期待要甚于整个过去上学经历的总和。

但是今天可不成了。棒冰在这里他觉得浑身不自在。计划之外的事情总是令人讨厌和郁闷。他一甩头说不买白胖高了。

"人太多了，不吃了今天。"小饭懊丧着说。十四岁的小饭并不会掩饰自己的心情。

棒冰太聪明了，他抓住了这一点。而且作为同龄人，他似乎很了解彼此。

"嘻，你也喜欢刘晓玲么？"棒冰带着一种揭示事实真相的口吻说道。

听棒冰这么一问小饭的脸马上涨红了。十四岁的小饭还不会否认事实真相，他害羞而且好奇，就问棒冰："你怎么知道的？"

"嘿嘿，你看，排队买白胖高的人全不买了。"

小饭果然看到那一长串的人都纷纷离开柜台，跨上他们自己的自行车上学去了。

"这太明显了，都是在这儿等刘晓玲上学的小崽子。"

小饭恍然大悟，怪不得最近上学他总是碰到高峰，即便他跟在刘晓玲后面，他身前身后也总是熙熙攘攘，好几次他的自行车还差一点跟别人的撞上。

"你喜欢她这事儿好办，我跟她就是一个班的！"

"真的？"小饭此时已经不再羞愧，因为他觉得他是大众的一分子，不光是他一个人喜欢，看来是有一群人喜欢刘晓玲。一旦个人的爱好成为大伙儿的爱好，就无需再掩饰自己了。小饭用怀疑和兴奋的表情看着棒冰。

"当然啊，这我还能骗你啊？"棒冰肯定地说。

那天小饭一整个下午都在背一串数字，那串数字是中午棒冰告诉他的。棒冰则是从他的一个女朋友那儿打听来的，而棒冰的那个女朋友就是小饭经常看到的跟刘晓玲关系最密切的一个女朋友。小饭首先把那串数字写在手心上，后来又写在数学本上——但这还都不保险，小饭考虑来考虑去，又怕自己不小心洗手，又怕写在数学本上被人家发现，记在脑子里更怕自己忘掉或者记错——最后他在数学本上记下了另外一个号码。这个号码是刘晓玲家的电话号码跟他自己家的电话号码的和，他得意地想，回去他只要把这个数字减去自己家的电话号码就能得到刘晓玲家的电话号码了。

他用修正液涂掉了那个刘晓玲家的电话号码。涂掉的时候他在想他为什么要怕人家看到这个号码呢？真是不可思议。不过这样也好，现在这个数字更像一个密码，而且是一个把自己和刘晓玲联系在一起的密码，这样一想他又开始高兴起来了。

就是这一天晚上，他决定不再等待刘晓玲，准备自己先回家。他觉得自己要做一些准备，比如说要是刘晓玲妈妈接电话他该怎么说，刘晓玲爸爸接电话他又该怎么说。这些都是必须要准备的，总不能说"我喜欢刘晓玲，我要跟她打电话"这样的话吧？十四岁的小饭还不知道巧言令色，也完全不懂得掩饰自己的真实想法。

做好了这些准备（他打算冒充棒冰，十四岁的小饭还是挺阴险的），他就开始做那个减法。再一次得到了那个令他激动的号码之后，他算准了，这时候刘晓玲也该回家了。

电话铃在那一头嘟嘟嘟地响着，小饭这一头的心跳远比电话铃声更大。十四岁的小饭非常粗糙，他做好了刘晓玲爸爸接电活的准备，做好了刘晓玲妈妈接电话的准备，但是竟然没有做好刘晓玲接电话的准备。

"喂。"电话那一头是一个青春少女的声音，没错一定是刘晓玲的，她的声音就像她的脸蛋一样甜美。

十四岁的小饭开始结巴了，他很想说出自己是棒冰想来问问今天晚上数学老师布置了一些什么作业，但他知道这个把戏会在他说出声的那一刹那被识破。棒冰那由于过早发育而沙哑的喉咙刘晓玲不会听不出来。小饭张开嘴但发不出声，拿着话筒的手还在哆嗦。对方传来第二声"喂"的时候小饭已经不觉得那声音甜美动人了，因为他感觉不到，他强烈的心跳就如同心脏是长在他耳边一样阻碍了他辨识其他声音是否甜美的能力。

小饭匆忙间就把电话给挂了。他挂了电话后觉得自己连走路的力气都没有了，他呆呆地看着电话机，心脏还在剧烈地跳动，他开始觉得电话机也在跳动。他开始觉得自己是干了一件很严重的事情，他事先完全没有意识到这件事情的严重性，他没有料到这个电话会让他如此激动不安——他觉得这件事情比自己那天早上趁没有人闯进女厕所一探女厕所的究竟那件事情还严重！

十四岁的小饭接下来开始产生科学的幻想。他不知道从哪儿听来的有一种叫做可视电话的东西，会在你按电话的时候看到跟你打电话的那个人。小饭想起这么一个玩意儿的时候简直把自己吓坏了，连忙从电话机前退了三步。这还不够，他马上又弯下身子躲到了床底下。他把自己的头埋了起来，还用自己的双手放在脑袋上。他一直讨厌床底下那些灰尘总是扫不干净，此刻却完全不顾。小饭只觉得他的面前一片昏暗，过了几分钟他才终于沉静下来。

"要是她家里装了这个东西，我们家一定也会装。"小饭做着这样的推测，"而我们家没有装，所以她家也不会装吧？"小饭最后心存侥幸，开始安慰自己。小饭就是从十四岁开始学会安慰自己的。接着他就从自己的床底下爬了出来，照了照镜子，发现自己灰头土脸的，然后就笑了。

小饭虽然笑了，但是心中却蒙上了一层关于给刘晓玲打电话的阴影。在后面的有一阵日子里他都不敢再去排队买白胖高。

只有棒冰在暗地里帮他，给了他一张刘晓玲的照片，是从他们班级的集体照上面剪下来的。那一小片"刘晓玲"安慰了小饭十四岁到二十岁整整六年的时间。看上去小饭上学的时候总是阴郁着脸，没有好心情，一到晚上在他的房间里，做完功课他就开始兴奋起来，脸上浮现出一种变态狂的笑容，然后用那一小片"刘晓玲"在他脸上抹啊抹的。小饭从十四岁那一年从身体和心理上都学会了如何安慰自己。

小饭进了高中还是能经常见到刘晓玲，这都是在棒冰情报工作的帮助下才取得的成果。小饭精准地预测了刘晓玲的考分，对刘晓玲的志愿就更了如指掌了。他也成功地控制了自己的考分（他在中学时期几乎是一个天才）在高考中他也如愿以偿，当然要是能让他们俩在一个大学的同一个系对小饭来说就更完美了，不过小饭也没有抱怨没有遗憾。

二十岁的小饭并没有比十四岁的小饭更加成熟和勇敢。他始终没有对刘晓玲表示过爱慕之心，而打电话就更难了。十四岁那一年的惨痛教训小饭每一个晚上都要回味一番，最后在那一小片"刘晓玲"的安慰下小饭才能甜美地睡着。

事实上刘晓玲早就开始注意到这样一张熟悉的面孔，但是出于一个女孩的害羞或者说是矜持，她也没有找过小饭。二十岁的刘晓玲要比她十四岁的时候更动人，几乎每一天都穿着令人想入非非的裙子——夏天穿丝的，冬天穿棉的。上了大学小饭总是在暗地里借机找到与刘晓玲见面的机会，但也仅限于见面而已。在食堂里他们一前一后当中隔着两个人买饭；在自修教室里刘晓玲坐在第一排而小饭总是出现在教室的最后面；放假期间回家他们俩也能出现在同一辆公共汽车上……

事情的转机还是在于小饭。二十岁的小饭毕竟不同于十四岁的小饭，对于刘晓玲他开始有更多的渴望。相比较那一小片终于被渐渐磨损的"刘晓玲"，小饭更注意多多收集任何有关刘晓玲的东西。光是刘晓玲从初中开始的练习本小饭家里就藏了厚厚一摞，还有刘晓玲使用过的空的修正液瓶子小饭也保留了好几个，刘晓玲在高中遗失的那一只发夹也在小饭这里……这些都已经无法满足小饭的欲望。

那些令人想入非非的裙子率先令小饭想入非非。小饭决定在一个深夜去偷一件刘晓玲晾出来的裙子。事情就是那么凑巧，如果刘晓玲不是住在一楼，如果刘晓玲不是住在最靠操场的那个寝室，小饭的这次行为也将仅仅局限于构思。当然小饭决定办到这件事情，一旦二十岁的小饭下了某一个决心那二十岁的小饭就将无所不能，但他总是没有下决心去向刘晓玲当面表白。这可能还是那一次十四岁给刘晓玲打电话失败所留下来的恶劣阴影。

那不是一个月黑风高的夜晚，相反，那一个晚上十足应该是一个情侣们幽会的时间。但是十二点过后女生宿舍关上了门也关上了灯。等那些女生们沉沉睡去，小饭就要开始他的行动。二十岁的小饭说起来还是勇敢了一些，只是不在感情上。他埋伏在操场的另一头久久地看着对面刘晓玲的那一幢寝室楼。这当中他抽了两根烟，做好了一切准备——万一他被当场逮住他都做好了"牺牲"的准备。他不知道这会是一个什么罪名，流氓罪还是偷窃罪，就如同他不知道他在十四岁的那一年他做错的是什么。

现在他终于要动手了，他敏捷地从地上爬起来，又试了试他跑起来有多快。今天他穿了一双高科技的运动鞋——这就是他所做的准备之一。他缓慢地靠近那一幢女生楼，东张西望，呼吸也小心翼翼。在女生楼边上有一盏路灯，这并不是小饭所介意的，相反这让小饭能更清楚地了解周遭的形势，要是远远的有人路过他也能提前做好准备。这大学校园半夜里经常神出鬼没，今天要多算上小饭这一个。

这是他几个晚上终于盼到的一天，那就是刘晓玲终于在夜里晾出了她的裙子。那条绿色的丝裙一直以来都是小饭盘算中的猎物。这时候他已经顺利地潜到了女生楼刘晓玲住的那一间那个窗口下，要想成功，小饭只需要伸一伸他细长的手臂。在路灯光亮的照耀下小饭的手臂就像一根竹竿，而且就像竹竿一样管用。小饭现在的心跳声就如同他六年前的一样剧烈，由于这六年小饭的身躯飞快地生长，心脏的跳动也更为有力。很可惜，在事情即将成功的刹那还是因为一个小疏漏把小饭的全盘计划给毁了。二十岁的小饭还是没有做好一切准备，比如说，他忘记把自己的手机给关了。

他当然没有想到这个夜里会有谁给他打一个猝不及防的电话。不知是为了让手机的铃声马上暂停，还是条件反射，小饭下意识地就把那马上就能够到刘晓玲绿色丝裙的细长的手臂收了回来并且接了电话。

小饭不敢出声，倒是那个给小饭打电话的人非常干脆。

"我是刘晓玲，你想干吗？"

小饭第一反应马上伸出自己的脑袋看了看窗户里面昏暗的寝室。

"别看了，里面黑乎乎的你什么都看不见。"刘晓玲又说。

"噢，对不起对不起……"小饭就像一个有教养但犯了错的孩子那样连连道歉。

"你是小饭对吧？"

"嗯……"

"我出来咱们见个面吧。"

"呃……好的啊。"

"那我们在哪儿见面？"

小饭现在的心情复杂得实在无法找到一个词来形容，不过有一种情绪已经在悄悄滋生，那就是愉快。

"嗯，就在我现在，"小饭露出了他二十年从未露出过的奇特笑容，他抬起头看了看这美妙的夜空，又侧过身看了看那盏明亮的街灯，"我打电话的地方吧。"

(原载《萌芽》2006年第一期)

我打电话的地方

苏 德

公用电话间

小的时候，家里还没有电话。一天，楼下公用电话间的阿姨穿着大花汗衫叉腰站在花坛边大叫：×××室，某某，快点，烤鸡一个！

正是暑假，我从"暑假生活"里抬起头来，非常好奇地探了出来，不明所以。很后来，才知道那"烤鸡"原来是一种黑色的塑料小壳子，有人找，就哗哗响；至于电话间阿姨所叫唤的"烤鸡一个"，说的是那个某某之前打的拷机，对方已经回复。

那是大部分人家都还没有电话的年代，公用电话间里有三条长板凳，两个阿姨，桌子上几部老旧电话，以及一个尖针木板，小摞方纸，上面密密麻麻地写着回电号码哪家哪户；也有不需要回电的，只由听筒等着，阿姨便利索地出门去唤。这样记忆里的场景似乎都是夏天，公用电话间有小木窗，阿姨统一地穿着大花汗衫，不戴乳罩，电话机土色的，穿堂风一吹，屋子里满是口水气味。那时候，还没有人会给我打电话，只巴望着哪天遇上打给阿爸姆妈需要急听的电话，让我也能跶着拖鞋捏紧几张角子钞票去过瘾，哪怕仅仅是拎起听筒来回复一句：伊不在。

后来，同学里有早熟得很的女孩，拐进公用电话间，从口袋里掏出一角钱来就熟练地拨起号码，报出某个男生家的地址，直呼着要他来接电话。偶尔，我也在一旁，陪着她坐等，仿佛是自己做了错事，低着头，或许还偷偷地抿嘴笑。而她，却始终是扬着脑袋的，面对大花汗衫阿姨狐疑的眼神，丝毫不乱阵脚，只在听筒那边男生姆妈粗劣的一记："喂！萨宁（谁）寻某某某？"就慌乱挂断电话。那种老式电话挂断的时候，会有尖锐的"零"一声，在仓促里向整个小屋里的人宣布：我们做了坏事。有的时候，阿姨也会斜着眼嘀咕一句：小小年纪。

是呵，小小年纪。

沙发边，眼神里

家里装电话，大约是初中预备班了。花当时来说略显昂贵的一千块，等三个月，再排队去体育馆内张罗出来的电话市场挑电话。我家的第一个电话机是天蓝色底座白色按键的，被姆妈放在沙发边的茶几上，盖一块白色钩花小布，已经有了脉冲功能，拨起号来很利索，那时候的电话号码七位。写在小纸条上嵌进话机。渐渐地，家里也有了找我的电话，问作业的，闲聊天的，或是不吭一声。而那些不吭一声的电话，总能将家里的紧张气氛调到最高点，引来无尽的发问和质疑。我开始变得不喜欢电话铃响，也不喜欢把电话号码告诉别人，生怕给自己惹麻烦。

就这样，沙发边，眼神里，每一次打电话都显得有些不自在，担心挂断后还有一番旁敲侧击等在身后。我也渐渐地习惯一个人待在房里，拉窗帘，不再什么都挂在嘴边，只时常心心念念着某个名字，或是在速写本上涂鸦出一个轮廓来。当时没有遥想过手机这种高科技的产品，倒是巴望哪天自己屋里能够装个分机。我想，那我也能打一些无聊电话了吧，响几声就挂断或是惴惴不安地说不出话来。真情或是恶作剧都好。

现在去想，很不明白姆妈当年怎么就认定那些缄默的空白电话是找我的呢？而我怎么又会一脸忐忑默认了呢？

兴许实在是太心虚。

床

如果有详细的计算，我想我打电话最频繁累计时间最久的地方一定是床。自家中电话换了子母机后，躲在被子里喋喋不休成为一长段时间里横生出的癖好。这种癖好一直从家里的床延续至宿舍，当然，偶尔也会被赶去走廊上搬个凳子抱电话轻声耳语。

因为是子母机，虽然少去了分机可能产生的"偷听"现象，但却因为主机上分明显示了通话与否，而更加令姆妈对自己的通话习惯了如指掌。有时候通电话忘了时间和分寸，她便会横冲来我屋，掀开被子，直直地瞪，不发一语。因为不愿意自己的声音唐突在电话中，我的姆妈只用眼神勒令，那种目光很犀利，如同圣旨，不可违抗。好在没过多久，这种日子便结束在我读寄宿高中生活的道口。从此，我可以拖着一根长长的电话线，想说多久就说多久，只要能躲过查房老太太的步伐。

从高中到大学，我的床铺从上到下地换，却都是离电话机最远的，所以每次在床上说完电话后，都要大费周章地将其复位，并矫正已经拉扯了半天的电话线以免缠绕。临到考试期间，或许还要一寝室的人同心协力接连打好几个电话去刺探导师的口风。

如今，大学毕业，自己一个人住，家中电话已经几乎沦为摆设，同电脑还有手机比起来，它简直微不足道。只偶尔，在MSN上面有些说不清的话，才又拖着长线窝在被子里喃喃一番。但这样的情境，已经罕见得可怜。

通常，电话铃响，往往是姆妈又催促着周末可以回家吃饭去了。

(原载《萌芽》2006年第一期)

一梦三四年

霍　艳

亲爱的宝贝：

　　我坐在学校男生宿舍楼下面的会客厅写信给你，身边来来往往都是男孩子，这个学校好看的男孩子很多，如果是你一定会羞涩地躲在柱子后面目不转睛地看着花样年华的他们，但我却早已失去了观察的欲望，我时时刻刻拥抱着可耻的孤独，不放手。外面很冷，凛冽的寒风让我放弃了行走的念头，十八年来北京的冬天从来没有这样惨烈过，就算我紧挨着空调双手也依然忍不住地在颤抖，我想自己也许是病了。妈妈如果知道我的寒冷一定会心疼地骂我活该，我在冰天雪地的日子里固执地穿着单薄的上衣，刺绣牛仔长裙或者红色灯芯绒短裙，镶嵌花朵的长靴，而亲爱的你，依然乖乖听妈妈的话把自己包裹得严严实实吧，我总笑你像个粽子总爱摸摸你冻得通红的鼻头把围巾围上一圈又一圈，你抽抽鼻子要求我的拥抱，你说在我的怀抱里是那么地温暖安逸，可这一抱以后我们就分开了太久太久。时至今日，在这个异常寒冷的冬日，我再次毫无保留地张开了自己的怀抱，可是你已不在。

　　回宿舍以后我还要卸妆洗脸做护肤，这是一个异常繁杂的流程，可我却乐此不疲，我已经熟知世界上任何一个名牌化妆品，并用自己的脸做试验田，而你可能刚开始因为痘痘的滋长用着可怜可俐，你期待第二天你的脸就会像童年一样光滑，我却没有什么期待了。抽烟熬夜已经毁掉了我的皮肤，尽管每天我都特地早起用粉底弥补自己的缺陷，但是卸妆后镜子里的是一张不符合实际年龄的苍老的脸，皮肤干燥毛孔粗大毫无光泽，每到这个时候我都想要哭出声来，岁月的痕迹迅速地划过我的皮肤，甚至不给我拒绝的机会。所以我多么羡慕你的年轻，你不施脂粉的脸却比我细致的妆容充满活力。

　　我知道你学校有一面很大的落地镜，你从来都是低着头快步走过，因为镜中的你是那么地自卑，害怕看见自己臃肿的身体和长满痘痘的脸，你想用刀子削掉你身上的肉用围巾蒙上你的脸，你渴望注视却害怕别人真的看见你，你认为他们眼中的你定是丑陋不堪毫无魅力的，没有人会喜欢你会爱你。所以当你看见我时你眼里充满了惊异的羡慕，因为我曾经也很胖很自卑，但现在却光鲜亮丽，有合适的身材和精致的妆容，你小心翼翼地要求我教教你却被我一次又一次地拒绝。亲爱的宝贝，不是我吝啬，是因为成长蜕变付出的代价是异常惨烈的，我曾经连续一个月不吃饭还做着高强度的运动，最后被人发现晕倒在操场，从此以后贫血厌食就像个恶魔一样缠绕着我，挥之不去。我的痘痘被一种医院自制的药水消灭了，那淡黄色的液体抹在脸上就像抹实验室的硫酸一样令我疼痛不已，有很多次我都狠狠地抓破了床单，我感觉自己的皮肤正在被腐蚀和溃烂。亲爱的，这些痛苦你都能承受得了吗，我花费了将近两年的时间来重复遭受这些苦，我因为身体虚弱长时间地奔波于学校和医院，功课也越来越差，所有人看到的都是我从一只丑小鸭蜕变成一只白天鹅，可没人知道付出的是健康的代价。所以我希望你不要着急要慢慢探索成长的道路，成长的过程应该是快乐的享受而不是惨痛的回忆。

七月我一个人去了云南，你曾经告诉我云南是你的一个梦，而现在我替你实现了这个梦。我住在了丽江一个叫束河的小镇，之前的大研古镇让我失望透顶，五湖四海的人们在导游的带领下走马观花般地浏览，他们随手扔掉垃圾随意涂抹墙壁时刻亵渎着这座优雅的古镇，镇里的店铺也被当地人高价出租给外地商人，操着南北口音的人紧紧盯着游客的荷包，一瓶啤酒就要卖到30块钱，一件普通的吊带衫开价就要一百，漫天要价和拼命杀价让我想起了菜市场，一座历史悠久的古镇最后变得跟菜市场一样喧嚣，你难道不感到悲哀吗？但幸运的是我在几公里外寻觅到了另一片世外桃源，一个叫束河的古镇。这里很少有人知道，安静地保持着淳朴的气息，偶尔稀稀落落的客人也都和我一样有着闲适的心情。我换下了名牌服装穿上了碎花长裙，肩膀随意披着有东巴文字的披肩，脚下是样式简单的凉拖，行走在石板路上却比踩在柏油路还要觉得踏实。我的化妆品已经被藏在了箱子的底下，在这里我不需要用脂粉伪装自己，没有人知道我认识我，在他们看来我不过是一个匆匆过客，走或留都掀不起波澜。我每天都睡到自然醒，在街边的小吃店吃一碗正宗的过桥米线，下午则悠闲地坐在咖啡店里，喝着老板推荐的招牌咖啡发呆，很多时候咖啡店会一下午都没客人，老板就会过来和我聊天，他们大多也曾是过客，最后却决定不要离开，这里新鲜的空气淳朴的民风温暖的气候让他们坚信这里就是寻觅已久的桃花源。我停泊了整整一个月，甚至连我都融合到了这处闲适的氛围中，早晨穿着毛衣去买早点，中午穿着短袖去搜刮稀奇古怪的饰物，晚上和熟悉的老板游客凑在一起吃烤全羊喝当地啤酒，我们唱着笑着，一天又一天。亲爱的，我想你读到这里一定对束河充满了向往，一定感觉到自己心中的梦更加立体丰富了，一定巴不得现在就飞奔过去，不是吗？

但很快我又被拉回了残酷的现实当中，我又帮你实现了一个愿望，进亚洲电影的最高学府学习，你天真烂漫地把电影当做一个美轮美奂的梦境，而进电影学院是实现梦的唯一途径。但是这种想法是多么地幼稚啊，这里每天都有一堆人在和你做着同样的梦，甚至他们的梦都充满着英雄主义色彩，他们叫嚣着要坚持自我主义要拯救中国电影，他们张口闭口就是安东尼奥尼、伯格曼、小津安二郎这些陌生的名字，他们蜷缩在宿舍里抱着笔记本电脑一天看四部沉闷的艺术片，而我不可以，我第一堂课就被《马太福音》沉闷的情节催眠了，我至今也分不清现实主义和浪漫主义，我感觉到对于电影的兴趣在迅速消退，在此之前我痴迷的不过是一些商业电影，一些让我觉得简单轻松的电影，我不想每天紧张地学习完毕还被一部意识流形态的片子搞得郁闷。我把自己的商业片小心翼翼地藏了起来，装模作样地摆上了安东尼奥尼黑泽明的全集，我不想被同学耻笑竟然看这种没深度的片子，我又开始恢复了戴面具做人的状态。

爸爸嘱咐我少说话踏实做人，因为没有人能预料到谁以后会功名显赫谁会身败名裂，一切都是未知数。我和每个同学都客客气气的，我把自己的棱角又磨又削，直至没有危险性。没课的时候我就一个人抱着笔记本电脑坐在这个位置上写信给你，你是我唯一值得信赖的人，是我唯一敢于交付秘密的人。我那么地爱你，你知道吗？

你的爸爸还好吗，你曾经告诉过我和他之间不可调和的矛盾，你抱怨他对于你的冷漠，你开始还试图跟他交流但他不理睬让你很快放弃了这个念头，你认为他根本不屑于这种简单的形式，但是我想告诉你，你误解他了，因为我也有和你同样的遭遇，我爸爸对于自己的生活闭口不谈，也许他觉得我只是个孩子没有必要接触这些复杂的东西，所以我只能拼命找来一切的音影资料让自己对他所经历的一切有最大限度的了解，只有这样我才敢平等地与他交流。老师在上课的时候放关于云南建设兵团的片子时我哭了，我想起了我的爸爸，他也曾经历过那些苦，他那么拼命赚钱就是为了让我不再经历那些苦，而在此之前我却什么也不明白。我对他所经历的一切一无所知，我和你一样只是讨厌爸爸的沉默，但不明白他们已经无力说话。

　　我觉得自己是和爸爸心有灵犀的，有一天我坐在咖啡馆里安静地写作，等我摘下耳机望着喧闹的人群时突然毫无征兆的崩溃了，你知道那种莫名其妙的状态吗？我突然开始坐立不安头晕目眩觉得窒息，我说什么也不要在这里再待一秒钟，我打车也要离开这个鬼地方，可到了家里我却得知爸爸住院的消息，而在前一天他还打电话让我这周不要回家，他就是害怕我承受不了这份疼痛。我终于明白自己突然的崩溃是和爸爸的病情分不开的，我们血脉相连时刻都能感受到对方的气息。医院的走廊我走了很久很久，我像只无头蝇一样四处乱转，我根本就不知道爸爸住在哪间病房，更不知道他得了什么病，我才发现自己从未关心过他的身体，我能带来的只有无尽的牵挂和负担。

　　看见爸爸在病床上痛得一句话也说不出来只能冲我摆摆手时，我的心一下子就碎了，爸爸在我心中永远都是那个坚强不苟言笑的形象，而现在他被疼痛折磨得变了形，我除了在旁边着急什么也帮不上，我设想了无数种可能性然后又一一否定，因为我始终无法相信眼前这一幕是真的，我最爱也是最敬佩的男人一下子倒下了，我感觉自己的心被抽空了一般，空荡荡的。接下来的一个星期我说什么也不愿意回到学校上课，经常是被妈妈送回去然后又偷跑回来，我一直陪在爸爸的身边，害怕一刻看不见他他就会彻底消失不见，我什么也没说就静静地看着，阳光洒在我身上却让我觉得寒冷，这个男人我看了十八年却从来没有像现在这样感觉那么亲近，因为他倒下来我也失去了支撑下去的勇气。我与爸爸的片段如电影般在我脑海回放，他从我读小学就骑车送我上学，到了高中依然骑车跟在我身后，冰天雪地他送我去学琴跌倒了手摔破了也一声不吭地往前走，高三他请假陪我参加各种提招考试，而我只有拼命用荣耀和成绩来回馈他，他翻阅我的第一本书时表情从未有过的绚烂，他知道我高考分数时像个孩子一样活蹦乱跳，他接到我录取通知书时悄悄躲起来不让我看见他激动的泪水，我一直以为这些荣耀就是我能给他的全部，但是在病痛面前这些东西根本达不到止痛的作用，唯一能缓解的药物就是我体贴的关心，我曾经以为最微不足道的，现在却是最难能可贵的。

　　所以亲爱的，你的关心你的理解是化解你与爸爸间矛盾的最好法宝，不要用沉默来缝合两人的裂缝，相信我，那只是徒劳。

　　宝贝，我刚才离开了会客厅，抱着电脑回到了自己的宿舍，我感觉深夜并没有白天寒冷，也许寒流也要趁夜晚好好养精蓄锐吧。宿舍里的人都睡了，那些都是很好的姑娘，她们忍受了我阴晴不定的脾气忍受了我颠倒黑白的作息时间忍受了我怪异的生活方式，我们会半夜三更跑出去吃夜宵会高谈阔论聊聊班里的八卦会为一部电影争执得喋喋不休，我有时候会莫名其妙地哭泣，她们什么也不说就走过来伸出手来拥抱我，就像我曾经紧紧抱你那样，热忱地奉献出自己的温度。

宝贝，你还在坚持涂涂写写一些莫名的感触吗，我在你这么大的时候把自己无名的悲伤与忧愁编成了一本书，后来记录就成为了排解的最好方式，无论开心或者不开心我都用纸笔记录下了最真实的感受，就算是讲述别人的故事你也可以在他们身上看见我的影子，我那么那么地热衷于自我抒发，那么那么地沉迷于自己的方寸天地间，迟迟不肯跳出来。所以这四年我都活在了自己狭小的世界里，我拒绝别人闯入我的领地，那方寸天地在我看来是极其纯洁与私密的，我把守住了自己的领地却丧失了与外界沟通的能力，我甚至失语，面对陌生人不知所措，所有人都知道我是个自闭的小孩，每天只是不停地在一个本子上写写画画，把所有的秘密都告诉那个本子听，因为坚信文字才是最好的传递者。但是我多么希望你不要再重复我这条路，我需要你健康地成长起来，而不是近似痴迷地陶醉于书写中，我现在才知道外面的天地更广阔更精彩。

亲爱的宝贝，我最后伸出手来抱抱你，你与我相差四岁，那四年对每一个少女来讲都是弥足珍贵的。我现在经常会追问当初走上这条路是否是正确的选择，我总觉得这四年是一个残酷的梦境，可就算后悔也不能抽身而退，太多的东西我已经放不下了。而你不同，你还年轻，还有大把大把的青春可供挥霍，你心里还有梦还有憧憬，你的道路还漫长，我所能做的只有祝福，祝福你选择最适合你的道路，祝福你每日每夜都可以做个好梦，祝福你四年后不会像我一样对曾经的选择动摇。

因为我比所有人都要爱你心疼你，不希望你走错一步，以致让自己永远都活在忧伤里。

因为你所经历的或者将要经历的就是我曾经经历的或者现在正在经历的。

因为，你就是四年前的我，就是我在十八岁那年天天梦见的那个十四岁的我。

睡吧，宝贝，安。

爱你的霍霍
2005.12.16　凌晨　1:54

（原载《萌芽》2006年第三期）

亲爱的小孩

西西公主

看见这个题目的时候，我第一个想到的就是你。每次叫你"亲爱的"时，你总会脸红，然后跟我说：."去，去，去，别肉麻！"看见你这个样子我都觉得很好玩，所以每次看见你还是会叫你"亲爱的"。

去年有天上课的时候，我突然收到娄娄的短消息，说和你用MSN聊天了，当时我就懵了，你不是没有MSN的吗？而且，你们是怎么认识的呢？在我的百般追问下才晓得原来你是用了我N久都不用的MSN账号，你说只是开机自动登陆的。你知道吗？娄娄说你很可爱，因为她说你的姐姐很爱你时，你就不好意思了。我看见这条短信的时候笑了很久，这的确像你呀——高高的个子，走路的时候酷酷的，可是却很容易害羞。

第二天遇见娄娄的时候又说起了你，于是很自然地说到你的小时候和我的小时候。

有一次，在姥姥家，那时你好像虚岁才五岁，我七岁。我从小就是一个馋猫，看见姥姥每天吃完饭都会从一个小瓶子里拿出几粒圆圆的咖啡色的小丸子吃，而我一凑过去，姥姥就会把瓶子盖起来，这让我觉得非常之神秘。于是每天心里就琢磨着这一定是什么特别好吃的玩意儿，不然姥姥怎么会藏得这么严实，并且一直盘算着什么时候可以偷吃一点，可是心里却又很担心被大人发现怎么办，还有万一不好吃怎么办，当时这两个问题困扰了我很久。所以，那天当你出现时，我两眼一亮，于是趁大人不注意连哄带骗让你吃下了那个瓶子里的半瓶小丸子，看你吃了不少后，我问你好不好吃，你还傻乎乎地说好吃。晚上姥姥吃完饭又打开瓶子时，我们的事情败露了。当然招供的时候你把我说成了罪魁祸首，虽然那个你认为很好吃的小丸子我一个都没吃到。那天妈妈都恨不得打我一顿，因为那个小丸子其实就是我们现在叫做药的东西（当然那时也叫药，只是我们不知道），是治心脏病的，不过所幸的是你并没有受到药物的影响，一切十分正常，所以现在我开始怀疑当时的制药技术和药的真假。

那个时候的你真是好骗，一直到现在你都很单纯。所以，有时我会对妈妈说真希望你不要长大，不要接触到社会上的黑暗，可以一直这么单纯下去，也愿意把你当成我的小孩来养你照顾你！

再长大一点的时候我开始通过爬姥姥阳台上的栏杆进出屋子，并且一直梦想着以后永远通过这种方式进入姥姥家有天便可以通过这种方式练成飞檐走壁的绝技。理所当然的，我成了家中反面教育的典范，阿姨、舅舅分别教育你和妹妹一定不能学习我的这种独特行径，但可能因为你是男孩，也喜欢爬上爬下，也消停不了，于是有天你也学着我爬上了栏杆。当时阿姨喊你下来，你坐在比你人高的栏杆上叫嚣着："我不！我不！她可以我为什么不可以！"阿姨生气地告诉了我的妈妈，妈妈生气地跑来骂我："都怪你！把弟弟妹妹都带坏了！"我当时那个冤啊，为了洗刷带坏你们的罪名，跑去阳台叫你快下来，你还是不干，我一急就跳了起来一把把你拽了下来，结果你狠狠地摔在了地上就哭了。我却还在训你："哭什么哭，都下来了还哭，要不是你我能挨骂么我！"

不知道是不是因为这些事情使得你后来开始仇视我，每次看见我的时候都要喊我"乡巴佬"或者是取笑我。那个年龄的小孩是不是都有这样叛逆的情绪？而面对这种情况，我总是沉默。心里很不爽，却不知道用什么语言来回击。现在想起来真是好笑。那么小的小孩，把那么小的事情看得比天还大，这种情况一直持续到我的高中生活打开序页。

高中离我家很远，却离你家很近。有时一个月才能见父母一次，因为学校和家之间相隔的不仅仅是陆地，还有长江。周一到周五我住在学校，每个周五晚上就住到你家，然后周日晚上再住到学校，如此三年。第一天住进学校的时候我就哭了一个晚上，这是我第一次一个人离开家。虽然妈妈跟我说："阿姨家就是自己家，阿姨就和妈妈一样。"可周五住到你家的时候还是不停地哭，现在想起来才知道自己是多么地homesick，当时你就觉得不耐烦了，说我没出息，怎么这样都会哭，我不理你，走进房间关上门。在之后的三年时间里每个星期五我都会走进那个房间，坐在书桌前复习，看小说，开小差，在那个房间的衣橱里整理我的衣物，在那个房间的大床上睡觉。渐渐地，我开始觉得习惯，我们之间的关系也渐渐融洽，我会给你说我们学校里的特殊的笑话，特殊的人物，你会教我玩虚拟人生。知道么，亲爱的小孩，至今为止，我最喜欢玩的游戏就是虚拟人生最早的那个版本，因为是你教我玩的，那时你教我的各种战斗技巧你还记得吗？那是一段应当感恩的时光，可是当时的自己却不明白，不知道你默默作出的牺牲：在我高中的这三年时光中，是你，让出了你的整个小屋。这样，我才有了一个安静舒适的学习环境，而你只能在客厅或者电脑桌边上写作业，并且，打了整整三年的地铺。记得我毕业前把东西搬走时，你开玩笑地说了句："终于可以睡床了！"不过马上又紧接着："以后还要常常来啊，有空再来住。"妈妈问你："不怕再睡地上吗？"你笑笑："那有什么，睡地上就睡地上！"

其实那三年也不是没有纷争的，印象最深的是一次阿姨送给我三支皮卡丘的铅笔，叫我不要告诉你，可你还是知道了，于是那个周日回到学校的时候发现铅笔的笔套很难拔开，原来你在里面塞了口香糖。第二个星期我换了支新的，周日晚上回到学校的时候发现笔套更难拔开了，原来你在里面偷偷地灌满了修正液，真是输给你了，于是最后的那支新的我一直没用。当然记得的还有你喜欢风风火火冲进房间问我数学题目，我刚开始说，你便嚷着："哦哦哦，我明白了！"然后再风风火火地冲出去；一直记得阿姨比较偏心，有好吃的总是多给我一些，而我也渐渐会偷偷再分给你，你也开始有什么都记得留一份给我。所以最后那支新的皮卡丘的铅笔我还留着，等着有一天再给你！

就是因为这三年让我们变得亲近，有时在朋友面前提起你也会感到很自豪，因为我觉得现在很少有表姐弟这么亲的了，所以我喜欢告诉别人我有一个比亲弟弟还亲的表弟。

现在我们都搬了新家，住得很近，时不时地就可以串门。

还记得去年过年的时候我们一起看刘亦菲的《五月之恋》，看到凌晨两点然后双双挨骂。

还记得去年暑假因为你说想吃KFC的鸡腿，38度的天气，我在太阳下走了一个小时去买了全家桶和汉堡包，要求KFC的服务生全家桶里的原味鸡都给我鸡腿，结果那个服务生说只有四个腿，买回去以后你连吃了三个，看着最后的那个腿，犹豫了很久对我说："你快吃了吧！"当时你的表情真是好好玩，明明很想吃却又极力忍住。我跟你说想吃就吃吧，你想了想，还是决定给我吃。亲爱的小孩，如果我这次成功了，我会买很多很多鸡腿给你吃，带你去吃很贵很贵的烧烤，给你买最最拉风的鞋子！

因为还记得我去考试的时候，你比我还紧张。

因为一直记得复习的那段日子是多么黑暗，谢谢你在电话里陪我说了那么长时间的话，谢谢你认真地说我肯定行。虽然你不知道我挂了电话哭了很久，可是我最终还是振作起来继续努力，因为我知道背后有着你们的关注和支持。

去年的时候，开始博客，每次再去你家的时候都会让你看我新写的关于你的博客，你总是不愿意看，因为你知道是关于什么的，我也知道你是想以一个成功者的姿态去看。所以想跟你说：亲爱的小孩，那个时候的我也很迷茫也很累，可是一点一点走过后回味才会觉得那段日子其实是甜的，纵然再难可是心里充满了希望，是一直可以看见黑暗中的明灯的。曾经我的一个好朋友写给我一段我认为很经典的话，她告诉我，每个人在无助的时候都会后退，后退，不停地后退，一直退到某一条底线的时候就会振作起来重新努力！而在那条底线的地方会有一件事或者一个人，就是这件事或这个人给了后退的人力量。那么，亲爱的小孩，当你无助的时候，请你回头，因为你的姐姐，我，一定站在那条线那里为你加油！给你重新前进的力量！亲爱的小孩，我相信你一定可以成功就好像你相信我一定会成功一样！

那么，邸晓亮同学，请你加油！我等着今年七月你传来的捷报！

(原载《萌芽》2006年第五期)

天人不寂寞

朱 婧

村庄的大人们在很多年后还记得小夏这个性格刚烈的女孩子。十岁的时候，父亲打她委实厉害，她却一直不肯哭下一滴泪来，就只是硬气地挺直了身体站立着。

邻居听闻她父亲的打骂声过来劝他松手。父亲气得说不出话来，握着的竹条被邻居抽走了，手还兀自颤抖。她却好像赢得了一场胜利，转过头来，目光冷冽地看着父亲。

父亲是村庄优秀的泥瓦匠人，所谓泥瓦匠人，就是帮人家砌墙造屋的，但是村庄大建设不多的时候，父亲更多帮人家修葺房屋。父亲皮肤黝黑，身体强健；他跑家串户，日出而作，日落而息。

母亲是优秀的家庭妇女，她照看小孩，烧茶煮饭，唯一的爱好是打麻将。母亲有个姐妹嫁去了南方的福州，所以母亲的副业是贩卖些茶叶。母亲是个面孔小小、身材丰腴的女人。这一点，在弟弟诞生后尤其明显了。

弟弟比小夏小六岁。小夏出生那阵已经开始实施计划生育，小夏记得家里原本有个红簿簿，上面五个烫金小字曰独生子女证，父母起先很为此自豪，因为在乡村初生女孩，就心甘情愿领回独生子女证的父母并不多。他们似乎就是一种开明风气的象征。当然，实际利益来说，这个小红本本，能换一笔笔独生子女补贴。

独生子女证和小夏的一堆宝贝首饰放在一起，粉红色的、白色的、黄色的雕花塑料珠子的项链。那是爸爸妈妈给小夏买的。小夏六岁前的童年是委实幸福的，爸爸妈妈爱装扮她，当她是可爱的小玩意儿，也很重视她的启蒙教育，识字的玩具、卡片散放了一屋。那时，小夏性格中那些坚硬的东西也没有显现出来，她只是个幸福到有点懵懂的孩子，有点自私，表现在别人家小孩到小夏家玩，小夏绝不愿意主动和人家分享玩具。

小夏六岁那年，暮春时节，桃花开得泛滥，归草村甜香袭人。那一年，很多年轻男女结婚，弟弟也来了。那时，很多人逗弄小夏："小夏，妈妈有弟弟了，生了弟弟就会不要你了。你要弟弟么？"

他们只是习惯逗弄小孩，许多人家小孩也是这样被逗弄着，后来也不可避免地有了弟弟妹妹。

小孩又能更改这个世界的什么呢？他们是最无奈的。

小夏那时奇异地已经会说场面话，她记得清楚，自己反反复复和人家说："没有关系，我也喜欢弟弟，我想妈妈生下弟弟。"

计划生育的干部频繁上门，劝妈妈把这个孩子引产掉。妈妈小巧的头颅伶俐地摇着拒绝。后来，爸爸停工在家看守，在门边，一夫当关，万夫莫入的架势；爸爸几年的积蓄缴了超生的罚款，弟弟如期降临。

那个晚上，家里忙成一团。叔叔，姑姑，外婆，舅舅都来了。小夏很早就睡了，等她醒来，已经是第二天早上九点多，抱到她面前的，是一个洗得干干净净的皮肤皱皱的小奶包。

她觉得惊奇甚至怀疑，尽管爸爸灿烂的笑，门前鞭炮红色碎纸屑，妈妈疲倦的睡眠，历历在目；她伸出手指，小心翼翼地碰了碰小奶包红红的额头，就不愿意再碰他了。

她不觉得，他和她有什么关系。

钟小夏从来没有喜欢过弟弟。从他蹒跚学步到牙牙学语，她从没有主动对他示好过，她开始习惯躲在自己房间，缩在天窗下面的小沙发上看书，课本和不多的课外读物被她熟读翻旧到书页起卷。有太阳的时候，阳光透过天窗的玻璃投射下来，一柱阳光里，细细的微尘漂浮，她常常坐在那儿，一看很久。

她第一次发现，自己六岁的时候，对自己，对所有人说了一个谎言。因为这个谎言，她必须承担结果，如果当时不同意，如果当时抗争，又会是怎样一种情况。她不知道。

是六岁以后，老师在她学生手册上给的评语开始从开朗活泼变成文静内向，她不再有更小的时候领着一群女孩子玩的神气，她更习惯成为玩伴中最普通的一个，不突出，跟随大多人的喜好，不轻易表达意见。

在家中，她也常常是乖觉的一个人，她放学回来，她躲进房间写作业，她出来吃饭，她再躲进房间，写作业，画小人画，睡觉。她不看电视，不和家人聊天，更不会和来串门的邻居们扎堆，这让她以后生长成一个多么不俗气的小姑娘。

她只是在有件事情上绝不妥协，她不会帮妈妈做任何照顾弟弟的事情，爸爸妈妈一开始也恼火，爸爸甚至为此用竹条打过她数次，后来也只能作罢。爸爸恨恨地说过，我怎么生了你这样一个狠心的姑娘？她只是一声不吭，但绝对不低头。

谁能不心疼弟弟呢，他生下来就有毛病，父母亲抱着他去了很多大城市的医院，才好不容易治好他的病。他从小就瘦弱，越显得脑袋大，身体小，惹人怜爱。只是，当父母亲的爱都不自觉地投向弟弟后，她只想把自己的这份，完全留给自己。

她成绩那么好，让人不能不猜测她的灿烂前程。她小学时候的老师常常会议论，很多年没有出过她这么优秀的学生了。她各科的作业永远那么一丝不苟，她的每份试卷都做得毫无瑕疵。尤其是数学，数学的考试，她总是只需要一半不到的时间，老师都要思考一下的题目，她看完就能动笔做。从三年级开始，她已经成为学校大会上的长期表彰对象，成为很多孩子的偶像。而且，她漂亮。那个年代，早期的广告刚刚在电视上流行，甚至，老师在办公室的聊天也会说到她，说那个女生长得真像那个拍什么广告的人。

是从那个时候，她对这个世界产生了小小的轻蔑感，对她来说，没有什么艰难的事情，她有足够的智力挑战和应对。她的早熟和聪明，让她对世事有过早的洞察，她能轻易判断谎言，洞察人的动机，看透那些肤浅、可笑的言行。这让她越来越难被打动，真心地笑或者哭，都很难。

她只是孤单，冬天的夜晚太漫长，黑沉的夜很快就降临，又仿佛不会终结般始终蔓延。有时，乡下习惯性的停电里头，她更只能对着烛火发呆，随着时钟的摇摆而数着时间的流淌。她的生命从来没有那么缓慢而沉寂过。这让她多年后回想起来，一半是感慨，一半是惊讶，她发现，自己居然在那样稚龄已经有着那样苍老的心态。

她不爱假期，因为长时间地必须在家让她百无聊赖。她那么快地做好了假期的作业，她每天跑去隔壁和隔壁的男生借书看。他的父亲是镇上的中学教员，家里有着对小孩子来说颇丰的藏书。她曾经有过几年快乐的读书的假期，后来，那个升入中学的男生开始在光线暗淡的房间里，在她在书橱前专注地找书的时候，长久地靠着门边迷恋地看着她，他的影子和面容印在了书橱的玻璃上，被她捕捉，她就不愿意再过去隔壁借书了。后来的假期，她夏天喜欢带个小锄头出去，在菜园旁开垦一小块土地，她种植一些和邻居奶奶们要的花子儿，每天去浇水。她在田地里看到过蛇，那些柔软身体的爬虫类，在最靠近她的时候曾经乖觉地挨着并绕过她薄薄的凉鞋游走。她没有害怕过，当花朵鲜艳地长出来的时候，她去探望她的花朵，蜜蜂和马蜂们也去探望。马蜂是一种体形庞大的蜂类，蜇到人会让人肿痛数天。她和它们不相干扰地在夏天的早晨，共同为花朵陶醉。太阳，总在后院竹林和小河的后头升起落下。她看着它的升落的那个年纪，还没有会吟诵岁月忽已老这样的诗句。

冬天的假期的漫长夜晚里，她为自己招来了伙伴。她故意用剥开的花生散落在房间的地上，过了一段时间，总有吱吱叫唤的老鼠从衣橱旁探头探脑，终于忍耐不住，跑过来吃。为着过年而新炒的花生的香气是那么辽远而浓郁。即便是人也没有办法抗拒，何况是老鼠。那些灰黑色的大小各异的老鼠在不多几天后，就了解了状况，它们开始减少害怕，每天总有三五个来赴这个盛会。她每天故意喂养这些老鼠，看它们吃花生，和搬运花生的情形。这样一个寒假过去以后，她把猫关进了自己的房间一个晚上，它在她的脚边的被子上不踏实地睡觉，一会呼呼地打着小鼾，一会就起来走走动动，哀怨地叫唤几句。它在春天迫切希望出门的心情让它无法安睡，并把这份激情转化为对老鼠的仇视。那些度过一个幸福冬天的老鼠，即使躲在房梁的瓦片的最深处，也感觉到了那份巨大的威胁。这晚以后，老鼠们再也没有敢在她的房间出没。

她的弟弟在长大，长成一个漂亮的男孩子，在他的姐姐完全漠视他的那些日子里。姐姐看他的目光永远像陌生人，但是他喜欢她。他爱怯生生地喊她，拿着画册问她某个字怎样读，一切可能与姐姐接触有关的事情他都愿意做。比如，每天喊姐姐吃饭这件事情一向是他做。妈妈在厨房喊道：吃饭了。他的小耳朵灵敏地收到，就立刻跑去姐姐房间，敲着门，说：姐姐，姐姐，吃饭了。小夏11岁生日的时候，他甚至画了一张蜡笔画，旁边写着姐姐生日快乐给她。只是姐姐似乎看也没有看就丢进抽屉了。

事情发生的那一天，完全没有征兆。那天，小夏同桌的小剪刀丢了。那是一只可以折叠的小剪刀，很精致、小巧，在当时的乡下可以算是罕见的。后来，小夏在长大后，在城里的夜市看到过太多这种廉价的小剪刀。可是，对于一个小学五年级的孩子来说，这个小剪刀是不可放弃的财富，她的同桌急得眼泪也要下来了。小夏十分认真地帮她找，甚至翻班上的垃圾筒找；小夏任劳任怨地陪她找到暮色也慢慢降下来了，打扫卫生的同学也走了，教室里满是水汽混合着灰尘的特殊味道，负责锁门的学生已经在门口催了，他是一个教师的儿子，他要锁完门回去吃晚饭，他爸爸妈妈在等他，他个子高，人也壮，胃口很好。

就在小夏和同桌正走到学校大门的时候，一个疯疯傻傻的女生跑到小夏面前，说："你弟弟被拖拉机撞了。"那个女生大家喊她曹丫头，小时候有次发烧很厉害，去医院晚了，后来脑袋就有些不大好。小夏有些狐疑看着她，可是她歪着头认真地说："你弟弟被拖拉机撞了，就在岔路口。"

岔路口是小学门口的路和一条乡村公路的一个结合口，因为有一个S形的拐弯，向来车不太好走。

小夏奔出校门，看到好些原本在操场上玩的孩子们正在往岔路口奔跑，那儿远远望去，已经聚集了一群人。她的心跳得很急，她飞快地跑着，薄薄的凉鞋下面的石子硌得脚生痛，可是，她的步子却越来越快，有人在大声喊叫，她什么也听不见，她似乎什么知觉也没有了，她就觉得一个声音在耳朵边放大，再放大，那是弟弟叫唤她的声音，姐姐，姐姐。

她大力地推开人群，平日全没有的野蛮和力量不知道从何而来，她挤到人群的最里面，她看到血肉模糊的小孩子，她眼泪大滴大滴地滚下来，她浑身冰冷，6月的天气却好似严冬，她浑身颤抖。她想哭喊却发不出声音，她感觉好似心被剜去也似的疼痛，她就那样，站在那里，眼泪像一条河流也似的流淌，她终于脚下发软，跌倒在了地上。

一只小手轻轻拉她，带着哭腔的熟悉声音轻轻喊她，"姐姐，姐姐"，好似来自天堂的神谕，上帝打开愚者的耳目，她的耳朵捕捉到这个声音，她转过头，她看到弟弟，整个人好好地站在她旁边，他带着惊吓的表情，眼泪在满是尘土的脸上流成了沟壑。

我们一起回家的，他抢我的弹子跑……拖拉机拐过来……我喊了他了，他没有看到……弟弟抽噎着说。

她突然举起手，狠狠打了弟弟一巴掌。

这是她第一次打他。

然后，她抱着他哭，12岁的她抱着6岁的他哭得很伤心；在夕阳最后的瑰红里头，她第一次，背着她已经睡着的弟弟，回家。

（原载《萌芽》2006年第六期）